白薔薇《しろばら》殺人事件

クリスティン・ペリン

ミステリ作家の卵であるアニーは、大叔母の住むキャッスルノール村に招かれた。大叔母は16歳のときに占い師から告げられた、いつかおまえは殺されるという予言を信じつづけており、大邸宅に住む奇妙な老婦人として知られている。屋敷を訪れると、大叔母は図書室で死んでいた。両手には血の痕があり、床には茎の長い白薔薇が落ちていた。予言が的中して自分が殺されてしまったときのために、大叔母は約60年をかけて親族や村人たちを調査していた。その膨大な調査記録を手がかりに、アニーは犯人探しに挑む。新鋭が贈る犯人当てミステリの大傑作！

登場人物

アナベル（アニー）・アダムズ……ミステリ作家志望の二十五歳
フランシス（フラニー）・アダムズ……アニーの大叔母
ラザフォード（フォード）・ローレンス・
グレイヴズダウン……フランシスの夫。故人
エミリー（エム）・スパロウ……フランシスの友人。行方不明者
ローラ・アダムズ……アニーの母。画家
ジェニー……アニーの友人
ウォルター（ウォルト）・ゴードン……弁護士
オリヴァー・ゴードン……ウォルターの孫。
土地開発会社社員
サクソン・グレイヴズダウン……フランシスの義理の甥。検死医
エルヴァ・グレイヴズダウン……サクソンの妻
アーチー・フォイル……庭師
ベス・タカガ・フォイル……アーチーの孫娘。デリの経営者

ミユキ・タカガ・フォイル……ベスの妻。獣医師
マグダ（マグズ）……}救急隊員
ジョー・リロイ……}
ローズ（ロージー）・リロイ……ジョーの母。フランシスの友人
ホテルのオーナー
ビル・リロイ……ジョーの父。故人
ローワン・クレイン……キャッスルノール警察署の刑事
レジー・クレイン……ローワンの父。タクシー運転手
テディ・クレイン……ローワンの祖父
サマンサ……キャッスルノール警察署の受付係
エシー・オウス……診療所の医師
ジョン・オクスリー……教区牧師
ピーター……フランシスの兄
タンジー……ピーターの妻

白《しろ》薔薇《ばら》殺人事件

クリスティン・ペリン
上条ひろみ 訳

創元推理文庫

HOW TO SOLVE YOUR OWN MURDER

by

Kristen Perrin

This edition is published by TOKYO SOGENSHA Co., Ltd.
Japanese translation rights arranged with The Bent Agency
through Japan UNI Agency, Inc., Tokyo

白《しろ》薔薇《ばら》殺人事件

トムに

キャッスルノール・カントリーフェア　一九六五年

「おまえの未来には乾いた骨がある」マダム・ピオニー・レーンは、フランシス・アダムズの今後の人生を決定することになる予言をものうげに語りはじめる。

フランシスは黙って目のまえの女性を見つめているが、友人ふたりはこの芝居がかった状況にくすくす笑っている。テントを装飾するけばけばしいビーズのカーテンから、ピオニー・レーンの薄汚いシルクのターバンにいたるまで、すべてがいかにもハリウッド映画のまがいものじみている。ピオニー・レーン自身二十歳以上ということはなさそうだし、ガラガラ声で年齢をごまかそうとしているが、その試みはあまりうまくいっていない。何もかもあまりにお粗末なので、彼女の言うことを真《ま》に受ける者はだれもいないはずだ。フランシス以外は。

フランシスはまるで福音であるかのようにすべてのことばを受け入れる。新たな予言が告げられるたびに、表情がわずかにこわばる。沸騰《ふっとう》寸前で蒸気が出ているものの、吹きこぼれずにいる熱湯のように。

少女たちは薄暗い占い師のテントをあとにするが、フランシスは八月のまぶしい太陽に瞬《まばた》きもしない。おろした長い髪は赤金色に輝いている。リンゴ飴《あめ》売りの男にじろじろ見られても気づかない。暗い予言を告げられたばかりの彼女は、ほとんど何も感じられずにいる。

エミリーはフランシスの左腕を取り、ローズが右腕を取って、三人の少女たちはデイジーの花鎖のようにつながって、アンティークや安物のアクセサリーを売る屋台を縫《ぬ》って歩く。ソーセージを売る肉屋には目もくれないが、太陽の熱で暖まった銀のネックレスを見るために足を止める。フランシスの気をそらすための作戦だったが、エミリーは鳥のチャームがついた細いチェーンのネックレスを買う。縁起がいいわ、と彼女は言う。彼女の姓はスパロウ（スズメの意）だから。

ローズがすかさずその意見に同意する。

「フランシス、今にも死にそうな顔をしてるわよ」ローズはそう言って、フランシスを元気づけようと肘《ひじ》で小突くが、フランシスのけわしい表情は消えるどころかますます深くなる。

「全部ただのでたらめよ、でしょ？　未来はだれにもわからないんだから」

エミリーは長いブロンドの髪をリボンで束ね、鳥のネックレスをつける。ネックレスが日光に輝く――それを受けて背後の猟具の屋台でナイフの刃が小さく光る。エミリーはフランシスがぎょっとしてネックレスを見つめているのに気づく。

「何よ？」エミリーは尋ねる。声は無邪気でも顔つきはそうではない。

「鳥」フランシスは目を細くして言う。「占い師が言ってた。鳥がわたしを裏切るって」

「それなら申し分のない解決策があるわ」エミリーが言う。彼女は人ごみのなかに駆け込み、数分後に戻ってくる。その手のひらでさらに二本の銀の鳥ネックレスがきらめく。「あなたとローズに」にやにや笑いながら言う。「こうすればどの鳥が裏切るかわからないでしょ。裏切るのはあなた自身かもしれない」彼女は笑う。それはエミリー自身のように大胆であけっぴろげな笑いだ。

フランシスは途方に暮れ、理解を求めてローズを見やるが、ローズも笑っている。「うん、わたしもいい考えだと思う。運命を手玉にとるのよ！」ローズは実演してみせるようにわたされたネックレスをつける。

フランシスはためらい、結局スカートのポケットにネックレスを入れる。「考えてみる」「もう、元気出してよ、フランシス」エミリーが言う。「いつまでもそんなふうにむっつりしてると、わたしがあなたを殺すことになるわよ」また笑いだしそうに目尻にしわを寄せ、エミリーはふたたびふたりと腕をからめる。

「ふたりともこの不気味な状況を無視するのはやめてくれない？」フランシスは立ち止まり、ふたりの友人に遅れをとる。シンプルな綿のスカートで手のひらの汗をぬぐって腕を組む。スカートの片方のポケットから長方形の手帳がのぞき、占い師の言うことをひとことももらさずに必死で書き取っていた指はインクで汚れている。

ローズは大股で二歩戻ってフランシスの肩に腕をまわす。短く切りそろえた黒髪がフランシスの頬に触れるほど近い。「あなたはからかわれただけよ」

「でも、殺人よ、ローズ！　無視するわけにはいかないわ！」

エミリーはあきれて目をむく。「もう、フランシスったら！　気に・しな・いの」シャキシャキとリンゴをかじるようにことばを発する。ローズの白雪姫っぽいルックスと、エミリーの輝くブロンドから、不意にフランシスは自分たちがおとぎ話の登場人物であるかのように感じる。おとぎ話では、魔法使いが運命を告げたら耳を傾けるものだ。

エミリーとローズはまた両側からフランシスの腕を取り、フェア会場を練り歩く。綿を詰め込まれたかのように、あたりはさっきより静かだ。太陽はまだぎらぎら輝き、急ごしらえのテントではビールが樽《たる》から流れ出ている。空気は焦げたタフィーでべたつき、かすかに煙のにおいがするが、フランシスの足取りは重く決意に満ちたものになっている。彼女は小声で何度も予言を繰り返す。記憶に焼きつくまで。

おまえの未来には乾いた骨がある。おまえのゆるやかな終焉《しゅうえん》は、クイーンを片手のひらににぎったとたんにはじまる。鳥に気をつけるがいい、なぜならおまえを裏切るから。そしてそこからは決して引き返せない。だが、娘たちが正義の鍵となる。正しい娘を見つけ、彼女を手放すな。すべての印《しるし》はおまえが殺されることを示している。

笑えるほどありえない予言だ。だが、これらのことばはフランシスの心に種をまき、小さいけれど有毒な根がすでに彼女のなかに広がっている。

三人の少女たちは午後を精一杯楽しみ、すぐに笑いは自然なものになる。ジョークやゴシップや友情を彩るささいな話題が少しずつ戻ってくる。十六歳にとって、感情の浮き沈みは呼吸をするように自然なことで、この三人はたいていの者より深く呼吸する。

だが、彼女たちにとって不吉なことがあるとすれば、それは三という数字だ。なぜなら一年のうちに、友人たちは三人ではなくなるからだ。ひとりの少女が消える。そしてそれはフランシス・アダムズではない。

地元の刑事は未解決のファイルを手にすることになる。証拠は通常よりもずっと短い行方不明者の報告書にホチキスで留められたビニールの小袋だけだ。そこには小さな鳥がついた銀のネックレスがはいっている。

第１章

湿気が多くて泳げそうなほど空気が重い、よくある夏の夕方だ。地下鉄ピカデリー線の旅を終えてホームに降りると、アールズ・コート駅の汚さでさえ気分を晴らしてくれる。階段を三階ぶんのぼって地上に出るころには息切れし、バックパックをあさって水のボトルを探す。見つかったのは、今朝詰めて今では香りの抜けたコーヒーがはいっているサーモスの水筒だけ。

都会のガゼルのようなスーツ姿の細身の男たちに追い越されながら、コーヒーの澱《おり》を飲みくだす。予想どおりひどい味だが、カフェインが必要だ。携帯電話が着信を知らせる。ポケットから取り出し、メールをチェックしたいのをがまんして画面に表示された人物からの電話に出る。

「ジェニー」たまりにたまったいらだちが声に出てしまう。「お願いだから向かってる途中だと言って。応援なしにママの地下室と向き合うのは無理。先週あそこを掃除したときはクモが何匹もいたんだから。巨大なやつが」

「もう着いてるよ、アニー。でもあんたが来るまで家のまえの階段で待ってる。あんたのママがどの壁を壊すつもりか話すのを聞きながら、家じゅう引きずりまわされたい気分じゃないから」

「ナイス判断。だいたいあの家の壁を壊すのは許されていないと思うよ。わたしたちのものでもないんだから」

「理由としては充分だね。あんたのママはもうすぐテートでやる展覧会に向けて暴力的な作品でも作ってるんじゃないの」

顔をしかめる。母は画家だ――しかも、かなり有名な成功した画家。あるいはそうだった。仕事に対する興味が干上がるまでは。運悪く、このキャリアスランプは、これまでの仕事で得た大金が尽きると同時にやってきたので、わたしは生まれてからほぼずっと不法占拠者ぎりぎりの質素な暮らしをしてきた。ボヘミアンで芸術家っぽいからだ。「まあ、ママが仕事をしてくれるなら、わたしもしょっちゅうからっぽの受信トレイをたしかめずにすむわけだから、何をやらされても文句は言わないけど。わたしのバックパックはペンキの色見本と爆発しそうな欲求不満でいっぱいだよ。ともかく、あの地下室に立ち向かう準備はできてる。クモがいなければね。やつらはあんたにまかせる」

「わあ、クモの軍隊が持てるのね」ジェニーが甘い声を出す。「ずっとほしかったんだ」そして、つぎに言うことを慎重に考えているかのように一瞬黙る。「どうしてからっぽの受信トレイが気になるの？　また原稿を送ったの？」ジェニーは九歳のときからの親友だ。先月わたしは低賃金の会社から解雇され、彼女は愚痴《ぐち》を聞いてくれる人とやる気を起こさせるライフコーチのどちらもこなせる人に昇格した。そして、今度のことは夢だったミステリ作家になるための機会だととらえるよう主張した。ロンドンの中心に寝室が八部屋ある家を所有する母親がいて、半端仕事をやる代わりにただでそこに住まわせてもらえる作家の卵はそんなにいないのだから。

実家に戻らなければならない二十五歳としてはありがたい状況だが、それには母親の気分と折り合いをつけるという重荷もついてくる。せっかく家を出ることで首尾よく逃げることができたのに、一歩後退したような気分だ。だが、チェルシーの家ではワンフロアまるまる使わせてもらえるし、建物の壊れ具合はちょっとロマンティックだ。子ども時代の寝室にはクリスタルがいくつかなくなってほこりをかぶったシャンデリアがあるし、その幽霊じみた明かりが戸棚で見つけたアンティークのタイプライターを照らしている。実際にそれで執筆をするわけではなく、雰囲気にひたるためにときどきキーをたたいてみるだけだが。タータンチェックのプラスティックケースと一九六〇年代っぽい雰囲気が気に入っているのだ。

「最新の原稿をいくつかの著作権エージェントに送りはじめたの」わたしは言う。ジェニーの返事がないので唇《くちびる》をかむ。「最初の何社かに送ってからまだ一週間しかたってないけど」うなじの汗をぬぐう。わたれるところで足早に通りを横切りながら、アールズ・コート・ロードを歩く。バックパックは一トンもの重さだが、図書館でセールをやっていて、抵抗できなかったのだ。アガサ・クリスティの紙の本を七冊買ったのはリサーチのためとして正当化できるし。「でも、実際あれはひどい作品だと思いはじめてる」

「ひどくなんかないよ」

「ううん、ひどいの。実際に人に読んでもらうために送るまで気づけなかった」

「でも、あの作品にはすごく自信を持ってたじゃない！」ジェニーが言う。わたしは彼女の声に変化を感じ取る。チアリーダー・モードにはいろうとしているのだ。

そうならないうちにあわてて言う。「そうだけど、今になってわかったの。よちよち歩きの子があんたに近づいてくるとするよ。子どもの母親はにこにこしながらそれを見て、あんたも自分と同じようにかわいいと感じているんだと思うよね？　でも子どもが鼻水をたらして、服が食べこぼしで汚れていたら？」

「おえって思う」

「わたしはその母親で、だれもが自分と同じように感じるだろうと思って、鼻水たれの子を世界に送り出しちゃったんだよ」

「じゃあ顔を拭《ふ》いてやりなよ。きれいになってからみんなに紹介すればいいでしょ」

「うん、そのために推敲があるんだよね」

電話の向こうでジェニーが息をのむのがわかる。「アニー、あんたまさか推敲もしないで原稿を著作権エージェントに送ったの？」ジェニーはいつまでも大笑いしている。つられそうになる笑いだ。わたしもがまんできず、大笑いしながらトレガンター・ロードにはいる。

「すごく興奮してたんだもの！」わたしは息を切らして言う。「だって、やり遂げたんだよ？　大量のことばを書いて、最後に〝完〟と書いたんだよ」

「そうね。あんたを誇りに思うわ。でも、エージェントに送るまえにわたしには読ませてくれてもよかったんじゃない？」

「なんですって？　だめよ！」

「わたしに読ませられないのに、どうして知らない人には送るのよ？」

「もう切るわよ、そろそろ着くから」わたしは小走りに通りの突き当たりに向かう。そこではジェニーが階段に座ってわたしを待っている。

母の家は豪華なテラスハウスが並ぶ通りの奥に、ハロウィンの扮装でガーデンパーティに出席しているかのように哀れに建っている。わたしが手を振ると、ジェニーはしゃれたスカートからほこりを払い、長い黒髪をかき上げる。彼女のファッションセンスは非の打ちどころがない。わたしはボリューミーなサマーワンピースをなでつけ、この醜悪《しゅうあく》なものを買ったのはまちがいだっただろうかと思う。どういうわけか、わたしは自分をヴィクトリア朝の幽霊のように見せるワンピースに惹かれてしまうようなのだ。青白い肌とブロンドの巻き毛のせいでよけいにそう見えるので、あきらめて受け入れるべきなのだろうが。

母と同様、ジェニーとわたしはロンドン芸術大学セントラル・セント・マーチンズ校でアートを学んだ。ジェニーは赤ちゃんのころ両親とともに香港からロンドンにやってきた。彼女の両親はわたしがこれまで会ったなかでもっとも愛すべき人たちだ。母に話したことはないが、父親やきょうだいのいる安定した家庭環境を渇望していたわたしは、放課後家に帰らずに、テニスのレッスンなどでジェニーがいないときでもまっすぐジェニーの家に行くことがあった。彼女の両親はわたしを座らせて宿題をさせてくれ、わたしは本物の家庭料理のにおいに鼻をうごめかせながら家族みんなとおしゃべりをしたものだ。

卒業後ジェニーは懸命に努力したおかげで早くも夢の仕事をしている。ロイヤル・アルバート・ホールの空間デザインの仕事を断って、〈ハロッズ〉のウィンドウディスプレー製作チームの一員になったのだ。彼女はその仕事をとても気に入っており、数々の傑作を生み出している。とくにクリスマスの時期には。

「さあ」彼女はわたしと腕を組んで言う。「あんたのママの地下室で何が待ってるか見てみようよ」

わたしたちは一瞬家を見上げる。大きな石の階段の先には玄関扉があり、その上にふた組の汚れた出窓がある。大昔、扉は緑色だったようだが、長い年月のあいだにペンキがはがれ落ち、木材は少しゆがんでいる。でもわたしはそれが気に入っている。かつては壮麗だった四階建ての白壁造りの建物がその上にそびえ、古いベルベットのカーテンがまだ窓を覆っている。

「こんなことにつきあってくれてありがとう」わたしは言う。何に対してありがとうなのかもわからない。ここはわたしが育った家なのだから。母とふたり暮らしではあったが、ここはいつも幸せな場所だった。電話一本でジェニーが来てくれたことに感謝しているのだろう。〝ねえ、わたしと古い地下室を掃除したくない？〟という電話だったにもかかわらず。

「いいのよ」ジェニーが返す。「たいへんなところは先週もう終わらせたんでしょ？」

「げっ、思い出させないでよ。箱やらトランクが大量にあったんだから。おまけにわたしがたのんだ運送業者はまるでカウボーイみたいなやつらで、なんでもかんでもトラックに投げ込むの。何度かガラスの割れる音が聞こえた気がする。でも、送り状の点線の上にサインして、全部大叔母のフランシスが住んでるドーセットの気味悪い大邸宅に送っちゃった。いきなり自分の古いがらくたを送りつけられて、彼女があんまり怒らないといいけど。でも、ママがどうしても地下室をアトリエにしたいって言うから」

「フランシス大叔母さんがこの家の正式な所有者なんでしょ？」

「そうだよ」

「どうしてわたしは何も聞いたことがないの？　会ったこともないんだよ？」ジェニーの声はあけっぴろげだが、言い方に小さな棘《とげ》がある。わたしが重要なことを彼女に隠してきたかのような。

「怒らないでよ。わたしだって会ったことないんだから。きっとロンドンも遠出も嫌いなんだよ。それに、すごく裕福だから、この家のことをわざわざ調べたりしない。むしろ毎週ママにお金を送ってるみたいよ。なんかばかげてるし古くさいでしょ、親から毎週お小遣いをもらうみたいで。でも、ママはそれを受け取らないほど誇り高くないから。どうしてフランシス叔母さんはお金を送ってくるのってママに訊いたことがあるの。そしたら肩をすくめてスルーされた」

「ふうん」とジェニーは言う。聞き流すわけにはいかないらしく、新情報についてじっくり考えているのがわかる。「恐ろしいことを言うようだけど、大叔母さんが死んだらどうするの？　大叔母さんの子どもたちに追い出されるんじゃないの？」

「ううん、ママが全部相続することになってる」わたしはジェニーの反応を覚悟する。この種の事実は十六年来の親友ならおそらくすでに知っているべきことだから。でも隠していたわけじゃない。正直一度も話題にならなかったのだ。フランシス大叔母はあまりにも遠い人なので、はなからこの家はわたしたちのものだという気がしている。彼女の古い持ち物を仕分けしなければならなくなるまで、彼女の存在すら忘れていたのだから。

だがジェニーは低く口笛を吹く。「一族のお金かぁ」と言ってぐるりと目をむく。「そういうのってうそっぱちだと思ってた。映画のなかにしかないんだろうなって」

建てつけの悪い玄関扉を押し開ける――もちろん施錠はしていない。母は絶対に鍵をかけない。泥棒がトレガンター・ロードの家で盗みをするならうちは標的にならない、と言って。むき出しのレンガの廊下にさっと目をやると、接着材の半分がまだらになって残っている。母の言うとおりだ――ここの何層ものはがれた壁紙をひと目見たら、どんな泥棒でも盗む価値のあるものはないと思うだろう。でもそれはまちがいだ。母のアート作品はひと財産ほどの価値があるのだから。まだ家じゅうにある初期の作品は、思い入れがありすぎるからと、母は決して売らないのだが。

「ここよ！」家のずっと奥にあるキッチンから母の声が響いてくる。わたしたちは広いふたつの部屋を爪先立ちで通りすぎる。たいていの人は居間として使うだろうが、母はここをアトリエとして使っている。巨大なカンバスが壁に立てかけられ、床じゅうに絵の具が飛び散っている。母は何年もまえに床に汚れよけのシートを敷くのをやめた。ひと組の出窓から差し込む光は黄ばんでカビ臭く、ガラスは少なくとも二十五年のあいだ街の汚れと闘ってきている。母が窓拭きをしたことはわたしが覚えているかぎり一度もないが、わたしはこの状態の光にすっかり慣れているので、もし窓が拭かれていたら容赦ない陽差しがあまりにもまぶしすぎると感じただろう――よく晴れた夏の日にサングラスをはずしたときのように。

母はアッシュカラーの髪を頭のてっぺんで束ねて緑色のバンダナでまとめ、赤ワインがわずかに残ったグラスを持っている。テーブルには赤ワインで満たされたグラスが二脚置かれている。母は大きなレンジのまえをうろついて、タマネギを炒めている。彼女ができる唯一の調理法だ。オーブンに何かがはいっているが、おそらく出来合いのもので、これからそれにタマネギのソテーをのせるのだろう。

「テーブルの上にあなた宛ての郵便物があるわよ」振り向かずに母が言う。

「こんにちは、ローラ」ジェニーが母に言う。そのからかうような口調に、母はいくぶんしおらしく振り向いて、ジェニーの頰にすばやくキスする。

そのままわたしにも挨拶するのかと思ったら、代わりに持っていた空《から》に近いグラスをよこし、テーブルから赤ワインのはいったグラスをひとつ取る。

鼻の奥にガス臭さを感じるが、母が先回りして言う。「ちょっとまえにオーブンの火が消えちゃって」フライパンの裏のリングを擦《こす》って長いマッチに火をつけ、オーブンのつまみをひねってオフにすると、オーブンの扉をこじ開ける。オーブンはひどく古いので、なかに顔を突っ込んで実際に火をつけて点火しなければならないのだ。その過程で死ぬ危険もあるというのに。買い換えようと言っても無駄なのはわかっている。長年のあいだに何度も話し合ったことだから。母はレトロでかっこいいと思っているのだ。だがわたしはこれを見るたびに必死でシルヴィア・プラス（アメリカの詩人、作家。オーブンの中に頭を入れ、一酸化炭素中毒で死亡）のことを考えまいとする。

わたしは荷物を置いてその横にある硬材の椅子に座り込み、テーブルからわたし宛ての厚手の封筒を取り上げる。一瞬胸がどきどきする。最近いくつかの小説コンテストに応募したからだ。もちろん、結果が郵便で送られていたのは何年もまえのことで、今はすべてオンラインだ。自分の書いたものがだれかに認められるかもしれないという期待のせいで、脳が誤作動している。スーパーマーケットの自社ブランドのものと思われるテーブルワインをひと息に飲み干す。すでに頭痛がするような味だ。

封筒のしっかりした折り返しを開いて、レターヘッドのある紙に印刷された手紙を引っ張り出す。

ミス・アナベル・アダムズ

貴女の大叔母さまにあたられますミズ・フランシス・アダムズとの会合のため、〈ゴードン、オーウェンズ、マトロック有限責任会社〉のオフィスにお運びいただきたく、お願い申し上げます。ミズ・アダムズは、ご自分の地所と資産の唯一の相続人となられることの責任について、貴女と話し合いたいとのことです。

わたしは固まった。「ねえ、これってフランシス大叔母さんの弁護士からだよ。手紙の宛名をまちがえたみたい、ローラじゃなきゃいけないのに。相続のことだって」

ジェニーが肩越しに乗り出して、手紙をざっと読む。「でも大叔母って書いてあるよ」彼女はその部分を指して言う。

「えっ、まさか」母がきつい声で言う。「まちがいじゃないでしょ」

テーブルまで来て、わたしの手から手紙を奪い取る。タマネギから焦げたカラメルのにおいがしてくるまで眺めたあと、ってコンロに戻る。そして、全体に火がつくまえに、鉄製のフライパンをコンロからおろす。テーブルの上に手紙を放

ジェニーはタイプ打ちされた手紙にもう一度目を通しながら、残りの内容を小声で読む。

「お運びいただきたく……ってこれ、会合の案内だよね。二日後、ドーセットのどこかにあるキャッスルノールとかいうところで。なんてこと」彼女はささやき声で言う。「のどかな田舎の村の疎遠になってる親戚のおばさん？　謎めいた相続？　これは芸術を模倣《もほう》した人生の深刻なケースだね」

「これは絶対ママのことだよ。きっとフランシス大叔母さんは極端に迷信深くて、そういうことのせいで気が変わって、ママを相続からはずすことにしたんじゃないかな。だって」わたしはゆっくりと付け加える。「フランシス大叔母さんについて聞いた話だと、そういうことをしそうな人みたいだから」わたしはジェニーの興味津々な顔つきを見て、フランシス大叔母の奇妙な経歴について踏み込んだ説明をするべきだと判断する。「一族に伝わる話なの。

ほんとに話したことなかったっけ？」ジェニーは首を振り、テーブルに残ったグラスの赤ワインをひと口飲む。わたしは母を見やる。「フランシス大叔母さんの話、ママがする？　それともわたし？」

母はオーブンに戻ってまた扉と格闘し、なんだかわからないものがはいったアルミのトレーを引き出す。鉄のフライパンを取って焦げたタマネギをこそげ、その上にのせると、半端な銀器を入れてあるカゴからフォークを三本つかみ、それを妙な角度で料理に突き刺して、わたしたちのまえに置く。そして、椅子に座り込み、もうひと口ワインを飲んでから、わたしに向かって小さく首を振る。

「わかった」と言って、わたしは精一杯語り部っぽい声を出そうとする。ジェニーがワインボトルを取って、わたしのグラスを満たす。「一九六五年、フランシス大叔母が十六歳のときのこと。彼女は親友ふたりと村のお祭りに行き、占い師に未来を占ってもらった。フランシス大叔母の運勢はこんな感じ――おまえは殺され、乾いた骨の山になる」

「うーん、期待しちゃう。いいじゃない」ジェニーが言う。「でもアニー、ミステリ小説を書こうとしてるんだから――それと、これは愛があるから言うんだけど――語り口を勉強したほうがいいよ」

母はまた手紙を手にして、犯罪か何かの証拠であるかのようにじっくりと見る。「あれは運勢とはちがう」彼女は静かに言う。「内容はこうよ。〝おまえの未来には乾いた骨がある。おまえのゆるやかな終焉は、クイーンを片手のひらににぎったとたんにはじまる。鳥に気をつけるがいい、なぜならおまえを裏切るから。そしてそこからは決して引き返せない。だが、娘たちが正義の鍵となる。正しい娘を見つけ、彼女を手放すな。すべての印《しるし》はおまえが殺されることを示している〟」

〈テスコ〉の冷凍ポテトグラタンと思われるものの分厚いクリーム層に、わたしはフォークを突き刺す。「そうそれ。とにかく、フランシス大叔母はそれからずっと、予言が現実になると確信してるの」

「それって……悲劇なのか、ただの気にしすぎなのかよくわからないね」ジェニーは言う。母のほうを見る。「アニーはほんとにその人に会ったことないの？」

母はため息をついてタマネギをつまむ。「たぶんフランシスはお屋敷に住んで元気にやってる」

「待って、つまり、田舎に土地を持つ叔母さんがいるのに、無視してるの？」

母は手を振ってジェニーのコメントを払いのける。「みんなフランシスを無視してる。彼女は頭がおかしいの。あまりにもおかしいから地元の伝説になってる——田舎の大邸宅と莫大な資産を持つ変わり者の老婦人で、関わりのある人はだれでも自分を殺す犯人になるかもしれないから、その人たちの悪いうわさを集めてるって」

「まちがえてますよってこの弁護士に電話するつもり？」わたしは尋ねる。

母は目のあいだをつまみ、わたしに手紙を差し出す。「まちがいじゃないと思う。あなたとドーセットに行きたいところだけど、その日が問題」

わたしはもう一度手紙を見る。「テートでのママの展覧会の初日だ」わたしはゆっくりと言う。「ママが来られないようにしたってこと?」

「フランシスは頭がおかしいかもしれないけど、とても計算高いの。それに、ふざけるのが好きなのよ」

「わかった」わたしは言う。母のテートでの展覧会が見られないのは残念だが、この会合はわたしたちの生活に関わりがあるようだ。テートのオープニングがうまくいくことを願うしかない。つぎの仕事につながるように。「でも、どうしてわたしなの?」

母は長々と息を吐いてから口を開く。「彼女は例の予言に人生を左右されていて、長いことわたしがただひとりの相続人だった――〝だが、娘たちが正義の鍵となる〟の一文のせいでね。親族のなかで娘はわたしだけで、わたしの父はフランシスの兄だったから」

「そのあとはたしか〝正しい娘を見つけ、彼女を手放すな〟」

母はうなずく。「叔母はわたしがもう正しい娘ではないと判断したみたいね」

第2章

キャッスルノール・ファイル　一九六六年九月十日

わたしが目にしたことがこの先問題になるかもしれないから、ここにすべてを書いておく。今はささいなことに思える細部がとんでもなく重要になるかもしれないし、そうならないかもしれない。だからつねにすべてを考え合わせ、しっかり記録しようと思う。

わたしが予言にこだわりすぎているとローズはまだ思っている。でも彼女はわたしがどうしてこれほど強く予言を信じているのか知らない。

だれかがわたしを脅迫していたからだ、占い師に会うまえから。**おまえの骨を箱に入れてやる**と書かれた紙切れがスカートのポケットにはいっていた。その脅《おど》しのことを思うとぞっとするが、その紙切れは持ち歩いている。そこから何かわかることがあるかもしれないから。なんにしろすでに動きだしている不運を止める助けになるかもしれない手がかりが。

そこにあの予言だ――おまえの未来には乾いた骨がある。二度も骨ということばに出会うなんて――偶然であるはずがない。さらに二週間まえ、エミリーが消えた。あの予言を聞いてからちょうど一年後に。

警察に事情聴取されたが、わたしの言ったことはちゃんと信じてもらえなかったようだ。みんながエミリーを探すことに躍起になっているので、注目を集めたいのではないかとまで言われた。

だからそれ以上は話してやらなかった。その場ですぐに、自分でなんとかすることに決めた。警察にだけはこの一年のことを知られたくないから。

第3章

三駅乗っただけで車両はほとんど無人になり――街が通りすぎていくまえに、通勤客たちはすべていなくなる。二時間もすると、緑色のパッチワークのように広がるドーセットの丘《ノール》が見えてきて、お腹の底から興奮がわきあがる。持ってきたノートの一冊を出して、風景をことばで描写しようとする。この列車はキャッスルノール行きではないので、サンドビューという町から一時間に一本しかないバスに乗らなければならない。

ようやく列車がよろめきながら終点に着き、クラシックな屋根なしの二階建てバスに乗り換える――海岸に観光客を運ぶために設計されたタイプのバスだ。わたしは小さい子どものように上階の最前列に座り、バスは点在する辺鄙《へんぴ》な村々をがたごとと通りすぎたあと、ようやくキャッスルノールに近づく。そのころには、遠く離れた海のほのかな香りとともに、くらくらするような肥《こ》やしのにおいをたっぷり四十分は吸い込んでいるが、木洩《こも》れ陽と田舎道のおかげで攻撃的というより魅力的なにおいに感じられる。

キャッスルノールの村はビスケットの缶に描かれた絵のようだ――何本もの小道と石を積み上げただけの塀、ノルマン民族が築いた城の、崩れかけた廃墟のぎざぎざの輪郭の先には、高い丘がそびえている。斜面には草を食《は》む羊までいて、城をめぐる道を走るとときどきメーという鳴き声が聞こえる。
ゴードン氏との約束までまだ数分あるので、村を見てまわろうと石畳の目抜き通りに向かう。バックパックを背負い直しながら、もっと本を持ってくればよかったと思う。でなければ四冊目のノートを——真っ赤な革装丁のやつを。

とても小さな村で、ひとつ角を曲がるだけですべてを目にすることができる。一方の奥に城の廃墟がそびえ、丘のふもとには〈死んだ魔女〉亭という名の古めかしいパブがある。幽霊が出そうでこの村にぴったりだ。スレートの屋根は縁《へり》が古びて今にも崩れそうに傾斜し、分厚い壁の漆喰《しっくい》は日に焼けてはがれている。だが、村のほかの部分は非の打ちどころがない——映画のセットではないかと思えるほどに。まだ午前十時なのに昔ながらの菓子店はすでに観光客でにぎわい、パブに隣接したヴィクトリア朝風の鉄道の駅は通りのかなりの場所を占めている。停まっている汽車が蒸気をあげ、唯一の行き先である海辺の隣町に向かう家族連れが、切符を買うために並んでいる。

目抜き通りの反対の先には、こぢんまりした美しい石造りの建物があり、通りと〈死んだ魔女〉亭を見下ろしている。明るい赤色の看板に金色の文字で〝クラムウェルのデリ〟と書かれ、目抜き通りの反対側にある〈死んだ魔女〉亭とは対照的な陽気さだ。デリの近くには〈キャッスル・ハウス・ホテル〉がある。ブティック・ホテル（独創性のあるテーマやサービスが売りの小規模なホテル）らしく、清潔で洗練されており、料金はとんでもなく高そうだ。

目抜き通りに並ぶテラスハウスの一階にある〈ゴードン、オーウェンズ、マトロック有限責任会社〉のドアをようやく開ける。なかはオープンスペースで、かつて小さな居間だった部屋に四台のデスクを詰め込んでいるにもかかわらず、驚くほど明るい。バンカーズランプの緑色の光が、入り口ドアのガラスから射し込む陽射しに対抗している。一角にある大きなデスクに丸顔の男性がいるが、それ以外のデスクに人の姿はない。

「すみません」わたしは言う。「ミスター・ゴードンにお会いしたいのですが」

男性は顔を上げ、わたしを見て何度も瞬きする。腕時計をたしかめ、また顔を上げる。

「私がウォルター・ゴードンです。アナベル・アダムズさん？」

「はい、そうです。アニーと呼んでください」

「よくおいでくださいました」彼はわたしと握手するために立ち上がるが、デスクの向こうからは出てこない。「よく言われるでしょうが、ローラさんにそっくりですね」

わたしは弱々しく笑う。あまりにもしょっちゅう言われるので聞き飽きているのだ。だが、母はこの近くで育ったのだと思い出す。キャッスルノールには若いころの母を知る人たちがいるということだ。小さいころここに連れてきてもらっていればよかったのだが、母は両親とあまりうまくいっていなかったし、わたしたちにはロンドンがあればいいといつも言っていた。

「今フランシスから電話があって」ゴードン氏は言った。「この会合はグレイヴズダウン・ホールに場所を移しておこなわれることになりました。彼女の車に問題が起こりましてね。みなさんの到着を待って、いっしょに目的地に向かいましょう」

わたしはデスクをはさんで彼の向かいにあった椅子に勝手に座る。彼は自分が無礼にも椅子を勧めなかったことに気づくがもう遅い。わたしはこの手のことを気にしないが、ゴードン氏は明らかに頭が古い——着ているのはしわの寄ったスーツだが、わざわざポケットチーフまでしている。彼は隣のデスクを見やって、秘書とお茶がどうとかつぶやく。「〝みなさん〟とおっしゃいましたよね。どなたを待つことになるのかうかがってもいいですか？　わたしはてっきりあなたとフランシス大叔母だけに会うことになると思っていたんですけど」

「ああ」彼は少々あわてた様子で、デスクの上の書類を入れ替えはじめる。業務のように見せようとしているが、うろたえているのがわかる。「フランシスは、その……将来ご自分の地所をどうするかについて、かなり独創的な変更をしましてね。そのため、サクソンとエルヴァ・グレイヴズダウンに会うことになります。彼らは遅刻してくるでしょう——いつもそうですから」

サクソンとエルヴァ・グレイヴズダウンというのはだれなのかと訊くべきか、突然財産を残してくれることになった大叔母のことを何も知らないのがばれないように、口を閉じているべきか迷う。グレイヴズダウン・ホールがフランシスの家なら、その人たちは大叔母の亡き夫の親族だろう。

「私の孫のオリヴァーがもう戻ってくるころなのですが」ゴードン氏はつづける。「彼も会合に参加します。ああ、うわさをすれば」

座ったまま振り向くと、ドアのガラス越しに人影が見える。ドアの向こうで取っ手と格闘している。テイクアウトのコーヒーカップを満載した厚紙製のトレーを危なっかしく持っているからだ。ゴードン氏は手を貸そうと跳ねるように立ち上がり、ドアが開いて、遅い朝の光がいきなり金色の筋となってわたしに降りかかる。オリヴァー・ゴードンがようやく敷居をまたいではいってくる。雑誌のモデルのような美形だ。〝いかにもそれらしい服装〟でキメすぎではあるが。淡いブルーのシャツは明らかに目の色に合わせたもので、ネクタイをせずに襟《えり》の第一ボタンをはずしている。グレーのスーツのズボンを穿《は》き、レザーのノートパソコン用バッグを肩からかけている。

彼の片手には数人分のコーヒーがのった厚紙製のトレーが、もう片方の手には凝《こ》ったデザインのケーキの箱がある。箱の上で〈キャッスル・ハウス・ホテル〉の文字が金色にきらめく。

「アニーさん、これが孫のオリヴァーです」と言うゴードン氏の声は、すべての祖父母に特有の誇らしさを帯びている。「オリヴァー、こちらはローラさんのお嬢さんのアニー・アダムズさんだ」

「ア《A》ニー・ア《A》ダムズ」オリヴァーはゆっくりと繰り返し、片方の口角をわずかに上げる。わたしの名前を口にしながら首を傾げ、サンディブロンドの髪がわずかに額《ひたい》にかかる。それが彼の癖らしく、わたしは即座に反応しないことに決める。「いい名前だ」彼は言う。「漫画に出てくる名前みたいで」

「なんですって?」

「ほら、ロ《L》イス・レ《L》インとか、ペ《P》ッパー・ポ《P》ッツみたいな（前者は『スーパーマン』、後者は『アイアンマン』に登場するキャラクター）」彼はふさがっている手をかすかに上げた。わたしに向かって帽子を傾けるように。コーヒーのトレーごとではあるが。

「はじめまして」わたしは言う。思わず笑みを浮かべてしまう。魅力的な見た目から秘められたオタク要素がにじみ出ているのが気に入る。やがて彼はわれに返り、また実務的な仮面をつける。「フランシスはまだ来てないの？」彼はゴードン氏に訊く。「コーヒーとケーキを持ってかっこよく登場したかったのに。彼女はそういうのをよろこびそうだから」

ゴードン氏は片方の眉《まゆ》を上げる。「おまえの考えか？　それともローズの？」

もっと自然な笑みがオリヴァーの顔をよぎる。「ああそうだよ、ローズさ。〈キャッスル・ハウス・ホテル〉のまえでぼくを待ち伏せて、これを押しつけてきたんだ。自分もまぜてほしいと思っていることを、フランシスに思い出させるための、彼女なりの方法なんだと思うよ」

「仲間はずれにされて怒っているなら、どうしてケーキを無料で提供するんですか？」わたしは言う。「普通は反対のことをするような気がしますけど」

ゴードン氏が愛想笑いをする。「そうですね。でも、ローズは過剰に親切にすることで注目してもらおうとするタイプの人なんですよ」彼はポケットチーフをなでつけるが、さらにくしゃくしゃにしているだけだ。「まあ、フランシスはいつでもローズと話せますから。そのケーキは持っていくことになりますね、フランシスは村に来られないので。彼女の古いロールス・ロイスのエンジンが動かなくなったんです」

　そのとき、優雅な女性がすべるようにドアに近づく。

「かんべんしてくれ」オリヴァーがつぶやく。「今日エルヴァを相手にしなきゃならないなんて聞いてないよ」

　女性はわたしたちの頭の少し上あたりを見ながらのんびりと部屋にはいってくる。ここに来た目的がわたしたちではないかのように。銀髪をきっちりとポニーテールに結っている。五十代半ばと見たが、キャッスルノールにボトックスを打ってもらえるところがあるのだろうかと思わせるような、年齢を超越した顔をしている。服装はクリーム色のブレザーとスラックスのセットアップ。ジェニーがここにいたら、シャネルなのかディオールなのかわかっただろう。

「ウォルター」彼女はゴードン氏の名前を高らかに口にし、そのひと言でたちまちその場を支配する。

　ゴードン氏はデスクから立ち上がり、また忙しく書類を入れ替える。やるべきでないことをやっているところを見つかってしまったかのように。「やあ、エルヴァ。ここにいるローラの隣の椅子にどうぞ」

「アニーです」わたしは訂正した。女性は興味を覚えたらしく、鳥のように顎《あご》の先をわたしに向ける。

「ああ、そうでした。申し訳ありません、アニー」彼は言う。

「そう」エルヴァは腕を組み、妙に満足げな表情で口を閉じると、一歩わたしに近づく。「あなたがローラの娘？　ありがちね。悪い知らせを聞くのに自分で来ないで娘をよこすなんて」

「悪い知らせ？」わたしは訊き返す。何かの罠にはまり込もうとしている気分だが、彼女がなんの話をしているのか知りたい。「わかっているのは、フランシス大叔母がわたしを呼び寄せ《セント・フォー》たということだけです」古めかしいことばが口をついて出る。まるでみんなが呼び寄せ《セント・フォー》られるジェイン・オースティンの小説の登場人物のように。

彼女が向きを変えてふたたびゴードン氏を見ると、わたしの肩からわずかに力が抜ける。わたしを直撃していたエアコンの冷風が、部屋全体に向かったかのように。「そう。フランシスは遺言を変更したの。ローラを除外するためにね。数日まえに彼女から直接聞いたわ」

エルヴァがいかにもなんでもないことのように言う。ほとんどそっけないほどに。ライオンが腹を満たすための恐ろしい大虐殺を退屈なモノローグで伝える、ネイチャー・ドキュメンタリー番組のナレーターのようだ。「彼女は事情を説明するために来るの？　十二時半にサウサンプトンで重要なランチがあるから、一日じゅうここにいるわけにはいかないのよ。それに、ローラの娘はここにいる必要ないでしょ、ローラが遺言から除外されているなら」

わたしは驚いて鼻を鳴らし、ゴードン氏があわてて言う。「エルヴァ、たのみますよ！　フランシスはここにいさえしないんだ、憶測はやめてください。会えばすぐにすべて説明してくれますから。サクソンはどこですか？」

「サンドビュー病院で検死解剖をやらされているわ。終わってから車を飛ばせばフェリーに間に合うでしょう。彼なしで進めてほしいそうよ。くわしいことはあとでわたしが伝えます」

「フランシスは気に入らないかもしれません」ゴードン氏がまた椅子に座り込んで言う。

エルヴァの反応を待つ緊張の一瞬があり、彼女は見下すような傲慢《ごうまん》な顔つきになる。理由はどうあれ、この世のエルヴァたちはわたしに脅威を感じない傾向がある。こういう状況のときは明らかにそれが優位に働く。

わたしはぱっと笑顔になって言う。「ごめんなさい、フランシス大叔母とどういうご関係か聞いていなかったわ。いとこか何かですか?」

「夫のサクソンはフランシスの甥《おい》よ」エルヴァは気取って言う。

フランシス大叔母にほかに親族がいたとは母から聞いたことがない。遺言に書かれているのが母の名前だけだったからだろう。そのことについて訊こうとすると、ゴードン氏がわたしのほうに身を寄せる。

「サクソンはフランシスの夫の甥です」彼はわたしに言う。「ロード・グレイヴズダウンは両親を失ったサクソンを引き取ったんです。フランシスと結婚後、サクソンは寄宿学校にはいりました。フランシスは彼を何年も経済的に支えていたんですよ、ローラに対してと同じように……」彼は横目でエルヴァを見る。彼女はゴードン氏の横の壁紙をじっと見ている。彼が出している音は意味のない雑音で、その原因を突き止めようとしているかのように。

「ですが、とくに親しくしているわけではありません」と彼は結ぶ。

「ローラのことだけど」だれも話していなかったかのように、エルヴァはつづける。「ありがたいことにフランシスはようやくわかってくれたのね。チェルシーの家は昔からグレイヴズダウン家のものだったし、これからもそうあるべきよ。それに、先週あそこに行ってみたら、ローラが勝手にフランシスの古いトランクを運び出していたわ。あの家はフランシスのものよ。彼女はあなたたちを立ち退《の》かせるつもりなのよ」

不安で胃がよじれる。「わたしです」わたしはゆっくりと言う。「グレイヴズダウン・ホールにトランクを送ったのは。フランシスがサインしたはずの送り状にはわたしの名前が書かれていました。待って――それで彼女は急にわたしに興味を持ったの？　でも、どうしてそれでわたしを彼女の資産の唯一の相続人に指名することになるの？」理解できずに頭が混乱する。

でも、エルヴァの言うとおりだとしたら？　チェルシーからあのトランク類を送ったことで、そろそろ長年の管理人を家から追い出す潮時だとフランシス大叔母が思ったのだとしたら？

エルヴァは何か言いたくてたまらないように見える。サクソンが遺産を相続するのはわかっているとはったりを言うつもりなのだ。母がフランシス大叔母の遺言からはずされたと聞いて推測したのだろう。

「そういったことはフランシスに会えばわかります」ゴードン氏が答える。新たな疲れの層に覆われた彼は、最初の印象より年上のようだ。おそらく七十代で、定年後も働いているのだろう。

「またわからなくなってきました」わたしは言う。

「これはフランシス大叔母が新しい遺言の中身をみんなに直接告げるための会合なんですか？　それって……普通のことなんですか？」

「フランシスはやりたいことをやる人です」ゴードン氏が言う。そして、深いため息をつく。「一九六五年以来、あの忌まわしい占いに一喜一憂しているってことよね！」エルヴァがきつい口調で言う。「とんだばあさんだわ！」わたしは目をわずかに見開き、彼女に釘付けになる。エルヴァは自制心を失っている。お高くとまった人が冷静でいられなくなるのを見るのは実におもしろい。「知ってた？　フランシスは場所を変更しないかぎりわたしたちの結婚式の費用を払わないと言ったのよ。〈クイーン・ヴィクトリア・カントリークラブ〉に決めていたのに、フランシスったら聞かないんだから！　そこのロゴにヴィクトリア女王の絵が使われているのが問題で、ナプキンのエンボス加工や、ワイングラスのエッチングにもすべてそのロゴが使われているから、夜じゅう〝クイーンを片手のひらににぎ〟ることになるって！　手のひらサイズのクイーンになりうるものすべてを問答無用で拒絶するのよ！」エルヴァの〝問答無用〟の言い方にわたしは少したじろぐ。これからわたしたち全員が厳しく批判されるかのようだ。

エルヴァは不意に向きを変えてオリヴァーを見る。彼がそこに立っていることにようやく気づいたとでもいうように。「どうしてあなたの孫がここにいるの、ウォルター？　これはグレイヴズダウン家の問題よ」

ゴードン氏はポケットチーフを取り出して額をぬぐう。「思い出していただけますか、エルヴァ、フランシスはサクソンとアニーとオリヴァーの出席を求めていて、あなたの出席は求めていません」

「オリヴァー?」エルヴァはショックを隠そうともしない。「彼女がゴードン家に何か残すつもりなら、どうしてあなたじゃないの? チェルシーの家とグレイヴズダウンの地所はサクソンとわたしのものだけど、感傷的ながらくたはあなたに残されるんでしょう、ウォルター。それならわかるわ」

ゴードン氏は目のあいだをつまむ。「エルヴァ、お願いですからフランシスの最新の遺言と声明を推測するのはやめてもらえますか? 何度も申し上げているように――」

オリヴァーが車の鍵を掲げながらわたしに向かってうなずく。「ぼくが車に乗せていくよ。ひと足先に行こう。荷物は気にしなくていい」わたしが部屋の隅に置いた革の旅行鞄《かばん》を見て彼は言う。「会合のあとでここに取りに戻ってくればいいから」

わたしたちは火事から逃げるようにオフィスをあとにする。残った人たちに〝またあとで〟とつぶやくこともせずに。

第4章

キャッスルノール・ファイル 一九六六年九月十五日

警察はディンバー川を浚《さら》っている。隣の郡からグレイヴズダウンの地所を通って村に流れていく川だ。

村に流れてくるころには底が見えるほど浅くなっているので、集中して探すのは深い部分だけだ。いちばん深い部分はグレイヴズダウンの地所内にあり、わたしもそのことを考えずにはいられない。

実際、すべてはそこからはじまったからだ。夜、地所に忍び込むというのはエミリーのアイディアだった——そんなふうに彼女は向こう見ずなのだ。

ピーターが来ていて母と言い合いをしているので、少しのあいだこの日記を隠さなければならない。彼が結婚したタンジーという女性にがまんできる人なんていないけど、赤ちゃんが来た今となっては後戻りはできない。ふたりはとても赤ちゃんをほしがっていた。もう悩みがなくなったのだから、彼女もいい人になるかもしれない。

十七歳で叔母さんになるなんて変だけど、十歳上の兄がいれば不思議なことじゃない。これは認めなきゃならないけど、ちっちゃなローラはとてもかわいい。生後一カ月で、わたしが見るとかわいらしく喉を鳴らす。でも母親似なのが残念。

第５章

無表情なオリヴァーと車まで歩く。エルヴァに会ったことで頭のなかが散らかった部屋のようなので、彼のシャープな顎のラインに意識を集中させながら、それを言えばまた漫画の話題になるかもしれないようなことを考える。

彼がリモコンキーを押すと、ぴかぴかのＢＭＷのライトが点滅する。車は通りに平行に停められているが、路肩を越えて歩道を完全にふさいでいる。彼の車をよけるために通りに出なければならない人たちから何度かにらまれるが、彼はそれに気づきもしなければ気にする様子もない。

気まずい沈黙のなか、オリヴァーはエンジンをかけて車を出す。夏の風を顔に受けるために彼が窓をおろし、わたしの感じていた緊張は吹き飛ばされる。車が緑豊かな田舎道にはいると、窓から身を乗り出して、頭上に葉を茂らせた緑のトンネルのなかで呼吸したくなるが、がまんする。ゴールデンレトリーバーではないのだから。

「ロンドンでは何をしてるの？」オリヴァーが尋ねる。車がカーブを曲がるたびに不安になるが、彼は道をよく知っているらしく、運転は自信に満ちている。

わたしは口ごもる。〝ああ、わたし作家なの〟と言わなければならないところだから。仕事を訊かれたらそう言うべきだとジェニーは主張する。今わたしがやっていることは厳密に言えばそれなのだから。お金をもらっていないだけ。認知もされていないけど。からっぽの受信トレイがまた思い出され、唇をかむ。

「求職中」とわたしは言う。うそというわけではない。「いい機会だからクリエイティブなことをやってみようかと思って」また沈黙に迎えられ、〝クリエイティブなこと〟の実態について深掘りされないように、急いで雑談に戻る。「あなたは？　キャッスルノールに住んでるの？　だって、地元の人みたいに道をよく知ってるから」わたしは笑顔で言うが、それを聞いて彼はわずかに目を細くする。

「いや、まさか。ぼくもロンドンだよ。〈ジェソップ・フィールズ〉で働いてる」その名前を知っていて当然とばかりに彼は間《ま》をとるが、わたしはピンとこなくて反応できない。似たような会社名を思い浮かべて、彼がどんな業界にいるのか推測してみる。〈ジェソップ・フィールズ〉は〈ゴールドマン・サックス〉とか〈プライスウォーターハウスクーパース〉に似た響きだから……「金融？」

彼は鼻を鳴らす。ゲームはわたしの負けらしい。漫画本好きなら心が通じるかと思ったのに。オリヴァーは魅力的かもしれないが、すでにわたしはむかつくやつだと感じている。

「土地開発だよ」ようやくそう言うと、オリヴァーは上り坂に備えて器用にギアを変え、車一台しか通れなそうな山道を進む。「〈ジェソップ・フィールズ〉はロンドンでいちばん大きな土地開発会社だ。でも全国規模で事業を展開している。実際は世界じゅうだな」そよ風が彼の髪をわずかに乱し、サンディブロンドの波が妙な角度に持ち上がったあと落ち着く。わたしは笑いたいのをこらえる。

彼はキャッスルノールに住んでいると思われて気を悪くしたようだが、その理由がわからないので、もっと探ることにする。「でも、ミスター・ゴードンはあなたのおじいさんなんでしょ？　ということはここで育ったの？　それとも、おじいさんの家で愉《たの》しい夏をすごした？」

彼はそそくさとその話題から離れ、キャッスルノールとのつながりを、恵まれた生い立ちの詳細でごまかす。「まあね、でもぼくは寄宿学校にいた期間が長いから。ハロウ校だよ、サクソン・グレイヴズダウンと同じ」と誇らしげに宣言する。「それからケンブリッジに進み、そのままロンドンに出て、〈ジェソップ・フィールズ〉で働きはじめた。だから正直ここで育ったとは言えないな。ほかの場所で何年もすごしてきたから」

ずっとロンドンにいた自分の子ども時代に思いを馳せる。わたしと母は週末になると地下鉄の駅をピンボールマシンの銀の球のようにあちこち行き来してすごした。田舎で育った人たちはなんらかの根っこがあるものとずっと思っていたが、キャッスルノールとのつながりはないというオリヴァーの話を聞いていると、根っこがあるのはわたしのほうだという気がする。そのおかげでなんとなく気分がやわらぐ。母とすごした危なっかしい子ども時代は、型破りなものだったかもしれないが、少なくとも幸せだった。だが、チェルシーの家での生活に思いが及ぶとまた不安になってくる——エルヴァがわたしの知らないことを知っていたら？　その考えに喉が詰まり、ごくりとつばをのみ込む。

「じゃあキャッスルノールの思い出は何もないの？」信じられないという思いを声ににじませながらわたしは尋ねる。「子どものころお城の廃墟を走りまわったり、お弁当を持って蒸気機関車に乗ったりしなかったの？」

オリヴァーは肩をすくめるだけだ。

「それってなんか悲しい」わたしは言う。

「小さな村の出身じゃないからさ。キャッスルノールはのどかな場所に見えるかもしれないけど、ここに住むのはすごく退屈だよ。ぼくならどこかほかの場所のほうがいい」

「退屈するのは退屈な人たちだけよ」わたしは言い返す。母のお気に入りのことばのひとつだ。「でも心配しないで、あなたが退屈な子ども時代をすごしたんだとしても、わたしならもっとましなのを作り出せるから」そこまで言うと、ひらめきを求めて景色をじっと見たあと、本格的に彼をからかうことにする。「あそこの丘で、あなたは八歳のとき自転車から落ちて手首を折った。そしてあそこにある学校は」――遠くの建物を指差す――「八年生のディスコのあと、ママが迎えにくるのを待ちながらファーストキスをした場所」

「あれはぼくが通《かよ》った学校じゃない」オリヴァーはぶっきらぼうに言う。「さっきも言ったけど、寄宿学校に行ったから」いらだっているが、こういう彼のほうがいい。少なくとも彼のいらだちは本物だ。

「そしてあそこは」――わたしは家族連れがキャンプをしているテントでいっぱいの野原を

指差す――「ケンブリッジの初年度を終えて帰省した夏に童貞を失った場所。ちょっと遅いほうだけど気にすることないわ。漫画本のせいで、現実世界に出るのが何年か遅れたのよね」

「もう終わった？」オリヴァーがとげとげしく言う。

わたしは満面の笑みを浮かべ、頭をのけぞらせる。「これぐらいにしておいてあげる」わたしは目を閉じ、赤金色のまぶたの裏越しに光の斑点《はんてん》を見つめる。

十五分後にようやく車は小道を離れ、堂々たる門をくぐる。白い砂利が敷かれたドライブウェイはくっきりとした筋《すじ》となって広々とした芝生を二分しており、あまりにも長いのでフランシス大叔母の屋敷はまだ見えない。

ゆるやかなカーブのあと、ようやく屋敷——グレイヴズダウン・ホール——がダークグリーンのイトスギのベールと剪定《せんてい》された生垣の連なりの向こうに見えてくる。壮麗な砂岩作りの建物だが、八月の明るい陽射しのなかにあってもなんだかどんよりしている。陽射しを受けてきらめく三階までの窓には、優美なダイヤ形の格子模様がはいっている。屋敷は後方にもかなり広がっているのがわかる——広大で奥行きを感じさせるファサードだ。庭師がひとりドライブウェイの片側で作業中で、どこまでもつづく生垣を波のような形に刈り込んでいる。趣味はいいがどこか不気味でもある。わたしたちは大きな円形の車寄せのまえに車を停める。そこにはヴィンテージのロールス・ロイスが一台停まっていて、作業していた人が急にどこかに呼ばれていったかのように、ボンネットを開けてエンジンをあらわにしている。

オリヴァーとともに背の高いオークの正面扉のまえに立ち、その凝った彫り模様に手をすべらせる。蔓草《つるくさ》やキイチゴや複雑な渦巻《うずま》きが一体となった模様は、迷路に迷い込んだような気分にさせる。ひっそりと暮らす大叔母に二十五年もたってから呼び出され、とうとう会うのかと思うと緊張する。だが、それは興奮をともなう緊張だ。すごくうまくいったと思う就職面接の結果を待つときのような。

真鍮《しんちゅう》のドアベルを押すと、屋敷の奥深くから複雑なパターンのチャイムの音が響いてくる。だが、そのあとは静寂がつづくばかりなので、オリヴァーが重い鋳鉄製《ちゅうてつせい》のドアノッカーを試す。朗々とした音が三回、かなり大きく響き、銃声のように聞こえる。それでもだれも応答しそうにないと、オリヴァーは両方の扉の取っ手に手をかける。鍵がかかっている。

「庭師さんに訊いてみたら?」わたしの声は思ったより震えている。屋敷の雰囲気のせいで不安になっているのだ。「彼なら鍵を持っているんじゃない?」

オリヴァーはわたしに向かって眉を上げてみせる。なんともかっこいい表情で腹立たしい。

「おーい、アーチー!」彼はわたしから目を離さずに呼びかける。口角がくいっと上がってずるそうな笑顔になる。もちろんオリヴァーは庭師のことを知っている。彼はここで育ったのだ。あきれてぐるりと目をまわしたくなるが、じっとこちらを見つめるオリヴァーの視線からは逃れられそうにない。「アーチーが梯子《はしご》から降りるのを手伝いにいったほうがよさそうだ」にやにや笑いを浮かべながら彼は静かに言う。「彼は膝《ひざ》が悪いんだ。十八年まえ、ブランコから落ちたぼくをディンバー川から引き上げるときに脱臼《だっきゅう》したから」

うそかどうかはわからないが、これが車中からのオリヴァーのスパーリングのつづきなのはわかっている。

背後では庭師はまだ生垣を刈り込んでおり、錆《さ》びた剪定ばさみが枝葉を切る鈍い音だけが、わたしたちのにらめっこのBGMだ。わたしが先に目をそらす。

たしかに庭師はグラグラする木の梯子を登るには高齢すぎるようで、見ていると思わず顎に力がはいってしまう。庭師は振り向いて目の上に庇《ひさし》を作り、何度か目をしばたたいてから自分を呼んだのがオリヴァーだと気づく。

「オリヴァー・ゴードン」彼はゆっくりと言う。「もう戻ってきたのか?」

わたしはオリヴァーを見る。「戻ってきた?」

「ああ、さっきここに来ていたんだ」彼はさりげなく言う。

「どうして?」わたしは率直に尋ねる。

彼はわたしを見て目をぱちくりさせる。「それの何が問題なんだ? 聞いたところによると、きみはフランシスに会ったこともないそうじゃないか。急に彼女の秘書気取りか?」

わたしはそう言われて引き下がるが、すぐに屈した自分に怒りを覚える。「わたしがここにいるのは興味があるから。彼女に会いたいから。どうしてさっきここにいたのかと訊いたのは――」

「きみが穿鑿《せんさく》好きだから」彼がわたしのじゃまをする。

わたしは顔をしかめる。「興味があっただけよ」

庭師のアーチーは生垣からはみ出た枝を切る作業に戻っており、オリヴァーがわたしをじろじろ見るあいだ、剪定ばさみのパチンという音がだんだん大きくなるように感じられる。ようやくオリヴァーは言う。「フランシスは地所のことで質問があると言って、ぼくを朝食に招いたんだ。それで、地所に関するこれまでのいくつかの計画について話し合った」

それ以上質問する時間はない。片手に持った長い剪定ばさみのせいでバランスをとるのに苦労しながら、アーチーが梯子を降りはじめているからだ。オリヴァーは両手をポケットに入れており、わたしが咳払いをすると、ようやくしぶしぶそこから手を出して、アーチーに手を貸しにいく。アーチーは膝が悪いわけではないのだろう。

「ところで、こちらはどなたかな?」アーチーは砂利の上に降り立ち、小さな布で額をぬぐいはじめる。擦《す》り切れたオーバーオールとワークブーツから、長年屋外ですごしたせいで革のようになった顔に刻まれた深いしわにいたるまで、子ども向けの本に出てくるような老庭師だ。ぼろぼろのキャンバス地のハンチング帽から銀髪の束がわずかにのぞき、首筋を汗が伝う。

「アニー・アダムズです」わたしは言う。握手する彼の手はひび割れた大地のように乾いている。

「アーチー・フォイルだ。はじめまして」

「ここの庭師はあなたひとり?」生垣と芝生を見わたしてわたしは訊く。「かなりたいへんそうですけど」

アーチーは微笑《ほほえ》み、目のしわがさらに深くなる。「本物の庭師は私だけだ。だが、フランシスに好きなことをさせてもらっているというのが実情だな。彼女は週に一度、乗用芝刈り機やリーフブロワーを使う、プロの造園チームに来てもらっている。私がやるのは繊細な作業で、趣味みたいなものだな。彼女にまかされているんだ。最近は農場の仕事にほとんどの時間をとられているから、生垣の剪定作業をするのは余分な時間ができたときだけだが」

波を描きながらつづく生垣に目を走らせる。わたしの身長の二倍は高さがあり、イトスギの並木まで、少なくとも百ヤードほどドライブウェイに沿ってつづいている。「見事ですね」わたしは言う。本心だ。全体に緑色の波がうねっているように見え、多くの芸術作品を見てきたわたしには、これが最高のものだと言う資格があるだろう。この庭師は植物の彫刻家だ。

「ありがとう。これは私のプライドであり、よろこびなんだ。私が生きているかぎり、この生垣に手を触れることができるのは私だけだ。死んだあとは、この下に埋めてほしいとフランシスにたのんであるから、これを変えようとするやつがいたら取り憑《つ》いてやるよ」冴えないジョークにかすかな笑みを見せるが、オリヴァーを見ると不意に笑うのをやめる。

わたしの脳が反応する。ここでは水面下で何かが進行している。オリヴァー、土地開発業者、フランシスとの朝食、地所の計画。「農場と言いました？」突然高まった緊張感を鎮《しず》めようとして、わたしは尋ねる。

「ああ、フォイル農場だ」アーチーは屋敷の脇のほうにあるレンガ塀で囲まれた庭を指差す。「あの整形式庭園の半マイルほど向こうに、私の畑と家と、それに付随するものがある。そこがまあ、フォイル農場だったところだ。グレイヴズダウンの地所にのみ込まれるまえはな。だが、孫娘の商売にはいいらしい。あの子が売っているチーズやジャムやいろいろなもののラベルに、グレイヴズダウンと書けるから。村でデリをやっているんだ。〈クラムウェルズ〉という名前だ」

タイヤが砂利の上を横すべりする音で、わたしたちの会話は断ち切られる。エルヴァ・グレイヴズダウンがすごいスピードでドライブウェイのカーブを曲がる。彼女はわたしたちを無視して、屋敷のできるだけ近くに車を停める。ゴードン氏の控えめなルノーがあとから重重しくやってくる。エルヴァのタイヤがあげる砂埃のなかを進んでおり、もし車に咳ができるなら、哀れなルノーは咳き込んでいただろう。

「アーチー」オリヴァーがのんびりと言う。「ぼくたちを屋敷のなかに入れることはできる?」

「無理だな」彼は淡々と言う。「鍵がない」

わたしたちはエルヴァとゴードン氏が先ほどのわたしたちと同じ工程を繰り返すのを眺める――ベルを鳴らし、ノッカーを試し、またベルを鳴らす。相変わらずだれも現れない。

「心配すべき?」わたしは尋ねる。「フランシスは会合を設定しながら忘れてしまうような人なの?」

「電話中なんじゃないかな」オリヴァーが推測する。

「あるいはトイレに行ってるとか」わたしは言ってみる。オリヴァーがイライラした視線を向けてくるが、わたしは肩をすくめる。「玄関に出てこない理由としてはまっとうでしょ」

さらに五分がたち、エルヴァは明らかにいらだちはじめる。アーチーのほうを見ると、心配そうな顔つきで様子をうかがっている。

「ウォルトが鍵を持っているようだ」アーチーが興味深げに言う。

見ると、ゴードン氏がドアを開けているので、オリヴァーとわたしは急いでふたりを追う。ドライブウェイを走り抜けて薄暗い玄関ホールに飛び込むまえに、わたしはアーチーにうなずき、もう一度手を振る。そのあいだずっと彼はわたしたちをじっと見ている。重い玄関扉が閉まって、ようやく彼の執拗《しつよう》な視線が断ち切られる。

ドライブウェイの真っ白な砂利の上にいたあとなので、屋敷のなかは暗く感じられ、タイル張りの玄関にわたしたちの足音が響く。どこもかしこも家具用艶《つや》出し剤と古い敷物のにおいがする。

「フランシス？」ゴードン氏が呼びかける声は、疲れていてあまり通らない。

「フランシス、わたしよ、エルヴァよ」歌うようなエルヴァの声は、強烈な鋭さがあってはるかに遠くまで響く。玄関ホールに反響してわたしの肌の下にまで潜り込む。わたしは身震いし、ゴードン氏のあとから戸口を抜け、巨大な長方形の部屋にはいる。古い――とても古い部屋で、大きな石造りの暖炉が部屋の両隅にひとつずつあり、床には木やタイルではなく古い板石が敷き詰められている。アーチ形の天井に黒っぽい梁《はり》、ぴかぴかの長テーブルとハイバックチェアがあって、大昔の宴会用広間のようだ。吟遊詩人が歌を披露し、人々が優雅に雉肉《きじ》やタルトを食する様子が目に浮かぶが、そこにはぞっとするような灰色の部分もある。フランシス大叔母もそう感じたようだ――高窓は花柄のカーテンで覆われ、それに合わせた布張りの肘掛け椅子が、両方の暖炉を囲むように並べられていて、いくぶん友好的なムードが感じられる。天井からは巨大なシャンデリアが下がり、下向きの剣のような何百個ものクリスタルが煌《きら》めいている。

広い部屋のあちこちにフラワーアレンジメントがあり、そのうち七つは一列に置かれている。妙だなと思っていると、〝教会に届けること〟と書かれたラベルに気づく。テーブルのまんなかのひときわ目を惹くアレンジメントは、少なくとも四フィートはありそうだ。「きれいだわ」わたしは言う。「フランシス大叔母さんは結婚式か何かのために屋敷を貸し出しているんですか？」

「いいえ」ゴードン氏が何気なく言う。「フランシスのいちばんの趣味はフラワーアレンジメントなんです。とても熱心な素人花道家で、毎朝アーチーに庭の新鮮な花を届けさせています。でもこれは結婚式のためのものかもしれません、フランシスはフラワーアレンジメントをすべて教会に持っていくので」

「ワオ」わたしは言う。ほんとうにすばらしいアレンジメントだ。

部屋の奥にあるドアを抜けて図書室にはいる。思っていたより居心地のいい部屋で、壁に黒っぽい革表紙の本が並んでいる。正方形の大きな窓からたっぷりと射し込む光は、おもてにたれている藤の葉のせいで緑色だ。

奇妙な緊張感がただようなか、ほかの人たちのあとから部屋の奥に進む。部屋のまんなかにある大きな木のデスクの上に乱雑に散らばった薔薇《ばら》の束を見て、ゴードン氏が顔をしかめるのがわかる。ほかの場所にある整然と活けられた花瓶の花と比べて場ちがいに見える。わたしたちはみんな無意識にそっと歩いている。いずれにしろ緑色の柄《がら》入りのカーペットの上で足音は立たないが。

「フランシス?」ゴードン氏がもう一度呼びかける。部屋の静けさは耐えがたいほどだ。

そのときわたしたちは目にする。すぐに全員の目がそこに集まる――デスクのうしろからのぞいている床の上の手に。その手は青白い。手のひらを伝ってカーペットの上にしたたる血をのぞけば。

第6章

キャッスルノール・ファイル　一九六六年九月二十一日

わたしたちがそこに行った最初の夜は、まだ日が暮れるのが早い三月で、何カ月も退屈のあまり死んでしまいそうな月日をすごしたあとのことだった。だが、エミリーはすでにグレイヴズダウンの地所に下見に行って、庭の荒れ果てた区域に、お酒を飲んだり煙草を吸ったりして楽しむのにうってつけの場所を見つけていた。だから当然彼女は得意満面で、わたしたちを先導してキイチゴの茂みを迂回し、フェンスの傷んだ部分をくぐり抜けた。

わたしの手をにぎるジョンの手は温かく、その目は月明かりのなかずっとわたしを見ていた。彼の砂色の髪とそばかすは均一な光のなかで色が抜け、ハンサムな輪郭が際立っていた。ウォルト・ゴードンはずっと先にいて、片手に開いているビールを持ち、ときどきもう片方の手をエミリーの腰にまわしていた。彼は片方の耳に二本のジョイントをはさみ、気だるげでえらそうな独特な歩き方をした。エミリーはさかんに彼に身を寄せては耳元で何かささやき、その声は低くて性急だった。エミリーのことだから、おそらく外聞をはばかるようなことを話していたのだろう。

しんがりを歩くローズはその最初の夜、ひどく静かだった。冬のあいだ彼女にはたくさんのボーイフレンドがいたが、いつも使い古された理由で退《しりぞ》けた。アーチー・フォイルは息がくさいし、積極的すぎる。それに、里親の家で暮らしていて、ちょっと危険な一面がある。もっとも、ウォルトはマリファナのおもな供給元であるアーチーを気に入っていた。あとはテディ・クレインがいたが、ひどいニキビ面だとローズは言っていた。

「レディ・グレイヴズダウンがどうやって死んだか知ってる?」エミリーがいつもの芝居がかった言い方で訊いた。「それにしても変な名前」彼女は耳に心地よい声で笑った。「あの一族は昔から呪われてるのよ」エムの声が低くハスキーになった——恐ろしい話か下品なジョークを披露するつもりなのだ。

エミリーは長い髪をおろし、額《ひたい》の生え際から後ろに流して一粒真珠のヘアコームで留めていた。真珠のコームはわたしのだし、その髪型もわたしのトレードマークなのでいらいらしていた。彼女は一月から——いや、もっとまえから——ややわざとらしくわたしのまねをしていた。最初はわたしを褒めることからはじまった。「あなたのそのコットンスカートすごくすてき! わたしに貸してくれない?」や「ラベンダーのハンドクリームを使ってるの、あなたとおそろいにしたくて」などと魅力的な笑みを浮かべながら言うのだ。だが、エミリーのことは生まれたときからずっと知っているし、彼女の笑みは決して単純ではない。彼女のやることにはすべて意味があった。

「どっちのレディ・グレイヴズダウン?」ローズが訊いた。「何年かまえの自動車事故で家族のほとんどが亡くなったんでしょう?」

「亡くなったのは三人だけよ」三人の命には意味がないかのようにエミリーは手を振った。三年まえ、ロード・グレイヴズダウンの長男は、父親と妻を乗せたスポーツカーを運転していた。そして、敷地の近くのヘアピンカーブをすごいスピードで曲がろうとして横転し、全員即死した。なぜ彼がそんなスピードでカーブを曲がろうとしたのかについてのうわさはたくさんあった。アルコールのせいだというものから激しい口論をしていたせいだというものまで、さまざまな説が飛び交った。もっとも幅を利かせていたのは、もっとも悲劇的な説だった——長男がわざと車を横転させたというのだ。父親と妻が男女関係にあったために。

真相はだれにもわからないだろうが、グレイヴズダウン兄弟の弟であるラザフォードは、二十歳という若さで突然グレイヴズダウン家の称号と地所を受け継ぐことになっただけでなく、七歳の甥《おい》サクソンの後見もしなければならなくなった。そこでラザフォードは自分がすべきだと思ったことをした。結婚したのだ、それも急いで。だが、それは長くはつづかなかった。

「いちばん最近のレディ・グレイヴズダウンのことを言ってるなら」ローズが言った。「死んでないわよ」冷たい空気のなかでローズの息は白い雲になる。「彼女は出ていったの。最近ではめずらしくないわ。よくある話よ。だれかと出会って好きになった。そういうこと」

「そのあとが問題なのよ」エミリーは言った。「まえにここに来たとき、証拠を見つけたの。見たい?」

「見たい」ジョンが言った。おどけてわたしの手をにぎる彼の手は脈打ち、わたしは歩きながら彼に身を寄せた。彼はアフターシェーブローションとペパーミントのにおいがした——その夜わたしと親密になるつもりだということを意味するにおいだ。わたしは彼の手をにぎり返し、闇のなかで微笑《ほほえ》んだ。ジョンは倒木を乗り越えるのに手を貸してくれた。先を行くウォルトはエミリーが通れるように木の枝を押さえていた。完璧なタイミングで放した枝がローズの顔を打った。

「ウォルト！」わたしは金切り声をあげたが、彼らはすでに先に進んでいた。立ち止まってローズが襟《えり》から松葉を取り除くのに手を貸し、わたしたちが通れるようにジョンが枝を押さえた。

「あいつめ」ローズは髪をなでつけながらつぶやいた。いつもならウォルトを怒鳴りつけるのに、今夜は疲れているようだった。彼女が気の毒になった。わたしとエムがキャッスルノールにふたりしかいないまともな男子をつかまえてしまったからだ。ジョンが身を寄せてわたしの耳のすぐ下にキスした。ローズの顔は影になって見えなかったのでわたしはほっとした。だが、闇のなかでも彼女に見られているのが感じられた。

エミリーとウォルトに追いついた。エミリーの幽霊話に興味のあるふりをすれば、ローズをからかうのをやめてくれるかもしれない。

「いちばん新しいレディ・グレイヴズダウンは——ラザフォードの奥さんは——夫を捨てて出ていったと村じゅうの人が知ってるわ」わたしは言った。「そうじゃないというどんな証拠があるの？」

　ジョンは探偵を演じるという考えに顔を輝かせた。「村じゅうの人が知っているのは」彼は言った。「ラザフォードからその話を聞いた人はだれもいないってこと。彼はキャッスルノールの人たちとはつきあわないからね。カントリー・ハウスに住んで、出かけるのはロンドンのパーティだけという金持ちのひとりだから」

「そのとおりよ」ローズが静かに言った。「チェルシーの高級住宅街に豪華な家まであるんだから」

　エミリーはローズのほうを向いた。「どうしてそれを知ってるの？」

「アーチー・フォイルから聞いた」ローズは言った。そして、肩をいからせて、質問したければしてみろとエミリーを挑発した。テニスの試合のようで、見ているのは愉《たの》しかった。

「彼はグレイヴズダウンの敷地内に住んでいたから。農場に」

「ああ、忘れてた」エミリーはにやりと笑った。「ローズの不良少年アーチーはゴシップならなんでも知ってるのよね。じゃあ、奥さんに何があったかは話してくれた？」

「出ていったとだけ」ローズはそっけなく言った。

「そう、彼女はたしかに出ていったわ……」エミリーは劇的な効果をねらって間《ま》をとった。

「騒々しいこの世をあとにして」ウォルトが薄っぺらいジョークに笑い、ここぞとばかりに彼女にからみついた。首筋にキスされてエミリーはうめき、ウォルトのビールに手を伸ばしてごくごくとふた口飲んだ。わたしたちの背後でローズが煙草に火をつけた。ライターに火がつくと、オレンジの光が一瞬見えた。

「彼女は刺し殺されたの」エミリーがまじめな声で言ったので、わたしたちは動きを止め、さらに注意を向けた。「持ち手にルビーがついたアンティークのナイフで。わたし、見たのよ。敷地内に隠してあった。遺体はディンバー川に捨てられたの」

「とてもドラマチックね、エム」わたしは首を振りながら言った。左のほうの森のなかで小枝が折れる音が響き、わたしは神経質な笑い声をあげた。

ジョンがローズから煙草をもらい、彼女のライターにふたたび火が灯ると、わたしは悲鳴をあげた。

ライターの一瞬の光が、暗闇のなかに顔を浮かび上がらせた。子どもの顔だ。少年がじっとこちらを見つめていた。ジョンがもう一度ライターをつけて、小さな炎をかざすと、顔は消えていた。

ウォルトは心配そうに振り返った。ローズも明らかにぎょっとして、わたしのそばに来て腕をつかんだ。だがエミリーの反応は妙だった。ジョンもだ。そのときおかしいと思ってもいいはずだったが、アドレナリンが体じゅうをめぐっていたので、手がかりに気づいたのはあとになって思い返したときだった。すでにわかっていたはずなのに。

エミリーは驚いていなかった。ジョンは怒った顔をしていた。

「どこにいるの、不気味な坊や?」エミリーは叫んだ。「出ておいで、出ておいで、どこにいるのか知らないけど!」

ジョンはわたしの手を離し、少しまえに顔がのぞいていたところに向かった。森のなかにさらに分け入り、小枝を踏む音が暗闇を強調するように響いた。

「おい、放せよ！」甲高《かんだか》い声がした。十歳になるやならずの少年を引きずりながら、木々のあいだからジョンが現れた。少年の腕を荒っぽくつかんでいるのは妙だった。その少年がだれなのか今やはっきりとわかっていたからだ。わたしたち全員がわかっていた。サクソン・グレイヴズダウンを迷い猫のように引きずりまわすべきではない。村で彼の叔父を直接知る人は少ないかもしれないが、称号を持つ裕福な一族だということはだれもが知っている。初対面であろうとなかろうと、そういうものには力がある。

「ジョン」わたしは言った。「なんてことするの？　放してあげて」

サクソンはわたしに気づき、計算するような目つきで見つめてきた。彼の目はジョンからエミリーに向かってまた戻り、青白い顔が期待のようなものでゆがんだ。ジョンは少年を放し、わたしのもとに戻ってきて、守るようにわたしの肩に腕をまわした。

サクソンはひどい汚れをぬぐい去るように、ジョンにつかまれていた腕をはたいた。

「いけないのぞき屋ね」エミリーがサクソンに聞こえるようにささやいた。

サクソンはひるむことなくにやりと笑った。「ぼくはここに住んでるんだから、やりたいことをやる。おまえたちはみんな不法侵入者だ。叔父さんに言いつけようかな？」彼はわたしとジョンに二歩ほど近づいた。「そうしよう。あんたの名前は知ってるから」彼はエミリーを見たあと、ほかの者たちを順に見た。「全員の名前を知ってる」

「うそよ」ローズが言い返した。

サクソンはジョンをよけてわたしのすぐ横に立った。わたしは彼の様子を探ろうとしたが、うまくいかなかった。彼の立ち居振る舞いは奇妙だった。十歳の少年の体に閉じ込められた大人のようだった。

「あなたなんか怖くないわ、サクソン」わたしは冷静に言った。「それに、敷地に侵入したことを叔父さんに話されてもかまわない。これはわたしたちの選択で、あなたとは関係ないから」

「それは」なめらかなバリトンの声がした。「すがすがしい言い分だ」やがて、森の奥から、舞台の袖で出番を待っていた俳優のように、ラザフォード・グレイヴズダウンが現れた。

第7章

ゴードン氏は取り乱した様子でデスクのうしろに向かうが、彼がフランシス大叔母のまえにひざまずくあいだ、残りのわたしたちは離れたままでいる。彼女は糸を切られた操り人形のように横たわり、目は開いたまま虚空を見つめている。わたしは小刻みに呼吸をして、こみあげるパニックを押さえ込もうとする。ほかの人たちが動くのを感じるが、視界の境界はぼやけている。この部屋のなかのものすべてに焦点が合っていない。目のまえの遺体をのぞいて。

手についている血——両手についているのがわかる——のほかは、怪我をしていないように見える。だが両手はひどいものだ。切り傷ではなく、穴があいている。不吉な星座のように、血をたたえた小さな穴が手のひらに散っている。

呼吸が速くなり、わたしは必死に落ち着こうとする。フランシスの遺体から目を離し、その横の散らかった床を見る。両手の近くには茎の長い白薔薇《しろばら》が数本ある。倒れるときにつかんだのだろう。棘《とげ》のある茎を強くにぎってしまうほどのひどいけいれんを想像し、胸が詰まる。

わたしは血が得意ではない。針や、あらゆる怪我、ときには病院や手術室の全体の雰囲気のせいで気を失うことがある。

そしてこれは明らかに軽い怪我ではない。吐き気とめまいが同時に押し寄せ、わたしは窓際の椅子のほうに向かいはじめる。

「ああ、なんてこと」エルヴァが声を殺して言う。「ほんとうに殺されたんだわ。だれかがほんとうに彼女を殺したのよ。これだけの年月がたったあとで、予言が的中したのよ」彼女は笑い声をあげるが、すぐにぞっとしたように口を覆う。わたしは彼女が涙ぐみ、両手が少し震えているのに気づく。

ゴードン氏はフランシスに覆いかぶさるようにして、恐る恐る脈を取ろうとし、肩を揺するが、取り返しのつかないことのまえでは無意味な試みにすぎない。大叔母を助けようにも、今やだれにもできることがないのは明らかだ。

熱い汗がうなじを伝うのがわかり、わたしは窓辺の椅子に座って、背後の窓を開けるためにレバーに手を伸ばす。空気。空気が必要だ。

エルヴァは気を取り直して、冷静に携帯で電話をかけはじめる。オリヴァーは遺体に背を向け、両手をポケットに入れて歩きまわっている。深く息をしながらじっと考え込んでいるので、わたしが呼びかけても声は届かないだろう。

ゴードン氏が顔を上げてわたしを見る。その目は小さな子どものように大きく見開かれている。

「どうやら……」と言いかけて彼は口をつぐむ。

「彼女は亡くなっているんですね？」わたしはかすれた声でささやく。

エルヴァがわたしのまえで向きを変え、わたしはその隙に目を閉じて何度か深呼吸をする。部屋には彼しかいないかのように、彼女はゴードン氏に向かって言う。「救急車を呼んだわ。十五分で来るそうよ」

「警察には電話しましたか？」まだ呼吸をコントロールしようとしながらわたしは訊く。手のひらに汗をかきはじめているのがわかり、すぐにフランシス大叔母の両手の小さな穴を思い出す——こういうパニック状態のときは何をすればいいのだろう？　まわりにある青いものを数える？　五つのにおいをかぎ分ける？　そんなのばかげている。感じられるのは銅のような血のにおいだけだから。おかしな話だ、今わたしがかいでいるのは、室内にあるほかのアレンジメントのうるさいほどの花の香りに混じった薔薇の香りだけなのに。床の上の遺体を見なくてすむように、わたしはそれに集中する。

「いいえ、救急車を呼んだだけ」エルヴァは言う。声の震えは消えているが、張り詰めた様子で、わたしにはその理由がわからない。

「どうしてですか？」わたしは息を詰まらせる。落ち着こうとしてまだ花を見ており、それには効果がある。オフホワイトとピーチ色の薔薇に黄色とオレンジ色のラナンキュラスが交ざっているのに気づく。深呼吸をしてエルヴァに向き直る。「彼女は殺されたと言ったのはあなたじゃありませんでした？」

エルヴァは哀れみの目でわたしを見る。まるでわたしが幼い子どもであるかのように。

「あれは過剰反応よ。ショック状態だったの。でも彼女を見れば、心臓発作かなんらかの卒中なのは明らかよ。血が出ているのは、けいれんを起こして倒れるまえに薔薇を強くにぎったせいよ」

「それは警察が決めることです」わたしは目を細くして言う。もしこれがわたしの書いている小説なら、警察を呼ばないというエルヴァの判断は疑わしい行動とされるだろう。

「あなたたちはどうだか知らないけど」彼女はわたしを無視して言う。「わたしはずっとここで死んだ人を見下ろしていたくないの」彼女はゴードン氏に鋭い視線を向ける。「用があるなら、わたしは隣の部屋にいるから」と言って、図書室の隅にある小さなドアに向かう。上階のギャラリーにつづく鉄製の階段のうしろに入念に隠されているので、わたしが気づかなかったドアだ。

オリヴァーは顔を上げると、何も言わずに彼女のあとからドアの向こうに行く。わたしはどうするのが正しいのかわからず、ゴードン氏に向き直る。「わたしたち……ここにいるべきですよね?」わたしは訊く。まだ頭がくらくらして、蝶《ちょう》が羽ばたくような声になる。

ゴードン氏は両手を膝《ひざ》に当てて立ち上がる。長いことしゃがんでいたせいで立ち上がるのがきついのだ。彼は悲しげに首を振る。「その必要はないでしょう。フランシスを助けることはできません。それに、エルヴァから目を離さないようにしないと。可能ならばですが」

わたしはどういう意味かと尋ねようとするが、彼はわたしがことばを発するまえにドアの向こうに急ぐ。わたしは耐えきれず――薔薇の散らばった床に倒れているフランシス大叔母に目を戻す。アレンジメントの半分近くの薔薇がデスクの上にばらまかれたままで、残りは中央の花瓶のなかだ。

ようやく彼女に背を向ける。エルヴァの言うとおりだ。わたしも遺体といっしょにここに座っていたくない。立ち上がり、急いで図書室の隅にある目立たないドアに向かう。ドアの向こうは、自身の殺人の予言という、フランシス大叔母の強迫観念に捧げられた部屋だとわかる。

小さな部屋のなかは不吉な空気が色濃く、フランシスが長年集めた理論やパラノイアを詰め込んで折りたたんだかのようだ。窓はないが、だれかが明かりをつけたせいで薄暗くはない。弱々しい蛍光灯の光はちかちかしてブーンと音を立てているので、わたしはロウソクと長いマッチのはいった箱を見つけ、ロウソクの芯に火をつける。だが、ロウソクに火をつけても雰囲気が悪くなっただけだ──部屋全体に悲しみが染み込んでいる。

ようやく奥の壁をじっくり見ると、その感覚はさらに強まる。

わたしは小さく口笛を吹く。フランシス大叔母は自分自身の殺人に関してまとめたボードまで作っていたからだ。床から天井までのボードで、まんなかに彼女の写真と名前がある。そこから色つきのひもが伸びて壁じゅうに貼られた古い写真に向かい、その隙間は付箋紙《ふせんし》やノートのページや新聞の切り抜きでほぼ埋め尽くされている。

「これはちょっとやりすぎよ」エルヴァは殺人ボードを見てつぶやく。先ほど年齢を感じさせなかった顔に突然あざけるようなしわが寄り、彼女は手を伸ばしてボードから付箋紙をひとつ引きはがす。書いてあることに目を通し、ばかにしたように丸める。

たまらなくいやな気分だ。まぶたの裏に星が見えるほど強く目に手のひらを押しつける。

わたしは殺人事件が起きるミステリが大好きだ。だが、大叔母の死体を発見した直後に、この部屋で自分が殺されることについての彼女の強迫観念を目の当たりにすると……これは作り話ではない、殺人はパズルなどではないと強く感じる。利己的で取り返しのつかない、複雑な行為だ。

「アニー、大丈夫か?」オリヴァーに肘《ひじ》を引っ張られ、わたしは悪循環から抜け出す。ゴードン氏はわたしをちらりと見たあと、殺人ボードに目を戻す。

「ええ」わたしは言うが、声が震えている。「今はこの部屋にいたくないの。でも、外にも出たくない。ほかに行けるところはある?」

「わたしたちはいっしょにいるべきだ」ゴードン氏が言う。「厨房に行くのがいいかもしれない。あそこならもっと……」

「わたしはここにいるわ」またボードから付箋紙をはがしながらエルヴァが言う。「ここにはうそばっかり書いてあるから、整理しなくちゃ」

「それにさわらないで!」わたしは言う。有無を言わさない口調で。頭が少しはっきりしてきて、ボードを台無しにするエルヴァに腹が立つ。彼女が丸めた付箋紙を捨てたのだろうと床を見るが、そこには何もない。わたしは咳払いをして彼女を疑わしげに見る。「彼女がほんとうに殺されたんだとしたら? 壁に貼られているものが証拠だとしたら?」

エルヴァはためらったあと、結局また紙切れを壁からはがす。

「こう考えたらどうかな、エルヴァ」オリヴァーが冷静に言う。「フランシスのメモに触《さわ》ると、うしろ暗いことがあるように見えますよ」

エルヴァは腕を組んで、わたしたちに反抗的な目を向ける。「そうね」彼女は言う。「それでもわたしはここにいるわ。ここにはあなたの写真もあるわよ」と言って、ゴードン氏を長いこと見つめる。

ゴードン氏は不安になるどころか興味を惹かれたようで、殺人ボードに近づいてまじまじと見る。オリヴァーは別の壁面を示す。そこにも写真とひもがちんまりと配置されている。「これは十代のころのあなただ」彼はゴードン氏に言う。「この写真、どこかで見たことがあるな」

わたしはオリヴァーのいるほうにゆっくり歩いていきながら、部屋のほかの部分を観察する。どの棚にも本が詰め込まれていて、フランシス大叔母自身の殺人に関するコレクションも含まれているようだ。植物の百科事典の隣に化学の教科書があり、大量の実録犯罪本もある。心理学、パズル、毒物、武器の本が、わたしには理解できない順番で並んでいる。

背の高いティファニースタイルのランプの下に、使い古された革の肘掛け椅子があるが、本棚のほうを向いてはいない――椅子の向かいにあるのは、写真と新聞記事と手書きのメモと警察の報告書を色つきのひもでつなげて作り上げた小さなコラージュだ。この系統だったカオスの中央には、漂白した藁《わら》のような色の髪をしたひとりの少女の古い写真があり、その下の紙切れに名前が几帳面につづられている。

エミリー・スパロウ　最後に目撃されたのは一九六六年八月二十一日。

これはもうひとつの殺人ボードだ。

オリヴァーがさっき言った写真を壁からはずしてわたしに差し出す。写真の下のほうに〝ウォルター・ゴードン　一九六五年十月〟と書かれている。今よりもほっそりしてにこやかで、ビートルズのメンバーにちょっと似ている長い茶色の髪に、どうかと思うほどぴったりしたハイネックのセーターを着ている。思わず笑みがこぼれる。

ゴードン氏が近づいてきてその写真を見るが、ほんの一瞬だけだ。すぐに腕時計に目を移し、それで救急車を追跡できるかのように凝視する。部屋の壁面以外のものを見ていたいだけなのは明らかだ。

エルヴァは今、ファイルキャビネットの引き出しを引っ張っている。どうやらすべてに鍵がかかっているらしい。わたしのなかで満足の火が灯る。エルヴァがフランシス大叔母の秘密から締め出されていると思うといい気味だ。

「エミリー・スパロウというのはだれですか？」わたしはゴードン氏に訊く。

ゴードン氏は一瞬黙り込む。そのあいだエルヴァは嫌悪感に顔をゆがめながらあたりを見まわしている。オリヴァーは興味を惹かれたふりをしながらも、携帯電話のチェックをやめない。

「フランシスの友だちだ」ゴードン氏は軽く咳をしてからつづける。「私の友人でもあった。私たちが十七歳のときに行方不明になった」

エミリーの写真のすぐ下に、古い写真がもう一枚ある。三人の少女が腕を組んで立っている写真。左側のブロンドの少女がエミリーだとわかる。エミリーのほっそりした体形とブロンドの髪は、その隣の若いフランシスとは対照的だ。フランシスはとても目立つ少女で、ウェーブした枯葉色の髪は腰まであり、きらきらの金のコームで留めている。顔には軽くそばかすが散り、高い頬骨のせいで堂々として見える。たいていのティーンエイジャーはニキビがあって野暮《やぼ》ったいものだが、この三人は容姿に恵まれていた。この写真からわかるのは、この少女たちが学校の女王で、どこに行っても注目されていただろうということだ。

反対側でフランシスと腕を組んでいる、目鼻立ちのはっきりした黒っぽいボブヘアの少女はだれなのだろう。ティーンエイジャーというより一九六〇年代の秘書を思わせる服装で決めているが、ほかのふたりと同年代のようだ。写真には〝エミリー・スパロウ、フランシス・アダムズ、ローズ・フォレスター、一九六五年〟と記されている。

その下には部屋じゅうを覆っているのと同じ筆跡でこう書かれている。

おまえの未来には乾いた骨がある。
おまえのゆるやかな終焉《しゆうえん》は、
クイーンを片手のひらににぎったとたんにはじまる。
鳥に気をつけるがいい、なぜならおまえを裏切るから。
そしてそこからは決して引き返せない。
だが、娘たちが正義の鍵となる。
正しい娘を見つけ、彼女を手放すな。
すべての印《しるし》はおまえが殺されることを示している。

Your future contains dry bones. Your slow demise begins right when you hold the queen in the palm of one hand. Beware the bird, for it will betray you. And from that, there's no coming back. But daughters are the key to justice, find the right one and keep her close.
All signs point toward your murder.

「あの有名な予言ね」わたしは言う。「どうしてフランシスはこれが実現すると確信していたのかしら」

壁に書かれたことばを指でたどる。そのとき、いくつかの文章の横に書き込みがあるのに気づく。「チェックマークがついてる。チェックリストみたいに」

オリヴァーは腕を組んで壁を見ている。「たぶん彼女が実現したと思った箇所だろう」

「〝おまえのゆるやかな終焉は、クイーンを片手のひらににぎったとたんにはじまる。鳥に気をつけるがいい、なぜならおまえを裏切るから〟の部分にチェックがついてる。〝娘たち〟と〝殺される〟のところはクエスチョンマーク。でもここを見て――〝おまえの未来には乾いた骨がある〟の部分。これはもっと最近にチェックマークをつけたみたい。ほかのところは色褪《いろあ》せてるけど、ここは太いシャーピーの油性マーカーで書き込んだばかりよ。実現したと確信したのね、それも最近になって。これが意味するのはどういう骨なのかしら？」

脳がただちに予言の解読をはじめる。片手のひらでにぎれるのはどんなクイーンだろう？すぐに思い浮かぶのは硬貨だ――どの硬貨にも女王の横顔が描かれている。でもそれではありきたりすぎる。

図書室にチェスボードがあったと思うが、それほど予言を信じていたなら、どうしてフランシス大叔母はそんなものを持っていたのだろう？　わたしなら、手のひらサイズのクイーンをそばに置きたくはない。

鳥に気をつけるがいい、なぜならおまえを裏切るから。写真の説明書きに目が行く。エミリーの姓はスパロウだ。どんな裏切りがあったのか知りたいが、フランシス大叔母に尋ねることはできないのでわからない。小さいほうの殺人ボードのまえに立っているゴードン氏に目をやる。こわごわ指を伸ばしてエミリーの写真に触れている。

どんな裏切りだったのか、フランシス大叔母に尋ねることはもうできないが、ゴードン氏なら知っているかもしれない。だが、重要なのはその内容ではない。わたしの見たところ、重要なのは予言が実現したと彼女が思ったことだけだ。そのなかでもっとも最近のものは、おまえの未来には乾いた骨がある。

そして、彼女は自然死なのか、殺されたのか、どちらなのかということ。

家のなかのどこかから、「すみません」と呼ぶ声がかすかに聞こえ、わたしのもの思いは断ち切られる。エルヴァが「ここよ！」と答える。重い足取りでしぶしぶ図書室に戻ると、ふたりの救急隊員がちょうどドアからはいってくる。暗い紫色に染めた髪の根元にブロンドがのぞいている六十代に見える女性と、母と同年代ぐらいの背の高い男性だ。彼のほうが少し若いかもしれない。四十代後半だろうか？　やせていて、黒っぽい巻き毛には白髪ひとつなく、顔には屋外で長時間すごすことで生じる風焼けが見られる。

「マグダ、ジョー、来てくれてありがとう。フランシスなんだが」ゴードン氏がそう言って、フランシス大叔母が倒れている場所にふたりを案内する。

また遺体を見たわたしは限界を超えてしまい、脚がふらふらしはじめる。外に出なければ倒れてしまうだろう。

ジョーという名の救急隊員は、数カ所の脈を調べる。「たしかに亡くなっていますね」彼は静かに言う。「われわれに電話する際、警察にも連絡しましたか？」

ゴードン氏は眉間《みけん》にしわを寄せて首を振る。「電話をしたのはエルヴァで、どういうわけか、彼女は救急車しか呼ばなかった。それを知ったのは、あなたがたがこちらに向かっているときだ。みんな動転していたので、病死だろうという彼女の指摘は正しいような気がした——フランシスの両手の血をのぞけば。それも薔薇の棘で怪我をしたように見えたし、犯罪の可能性はないだろうと判断した。まちがっていたのかね？」ゴードン氏は打ちひしがれたように見える。「警察を呼んだほうがよかったのか？」

「死亡を確認したら、警察に電話することになります」ジョーが言う。「そういう手順なんです。でも、おれには自然死のように見えますね。もちろん、検死をすれば正確にわかりますし、サクソンがすぐにやってくれるでしょう」

わたしはごくりとつばを飲む。サクソン？ フランシスの甥は検死医なの？ そういえば、彼は検死解剖で手が離せないようなことを、さっきエルヴァが言っていたような気がする。両手の感覚がなくなりはじめる。外の空気を吸わなければ。

背後でわたしが手を伸ばして窓枠につかまるのに気づいたジョーが、わたしの肘をつかんで外に連れていってくれる。わたしは大きな玄関扉のまえの石段に座り込んで、膝のあいだに頭を入れ、落ち着いてゆっくりと息をする。一分ほどかかってようやくめまいがおさまる。「必要なら水を持ってくるよ」彼は言う。彼は両手を膝に置いてわたしの横に座り、あざやかな緑の芝生を眺めている。アーチー・フォイルは生垣の剪定《せんてい》をやめており、どこにも姿が見えない。

「もう大丈夫です」わたしは言う。「でも、ありがとう」

「ここにいるといい。おれはなかに行って、マグダを手伝わないと。きみが大丈夫なら」

わたしはうなずき、彼は家にはいる。

十五分ほどして、ふたりの制服警官が到着するが、わたしが石段に座ってぼんやりと見ているうちに、彼らは屋敷にはいってすばやく出ていく。やがて、オリヴァーとゴードン氏が出てきたので、わたしもいっしょに屋敷のまえの石段に立つ。わが道を行くエルヴァは、布をかぶせられたストレッチャーが玄関から運び出されるまで出てこない。みんなはそのまま見送るが、エルヴァは葬儀の行列がもうはじまっているかのようについていく。

「殺人じゃないのはたしかなんですか？」わたしは通りかかった救急隊員に弱々しく尋ねる。

「殺されたようには見えませんね」ジョーは言う。「どなたか彼女の近親者をご存じですか？　われわれが知らせますよ」

「それは当然サクソンよ」エルヴァが言う。

ゴードン氏が何か言うまえに、紫色の髪の救急隊員――マグダ――が口をはさむ。「ほんとなの、エルヴァ？　フランシスがローラを相続人に選んだことは、村じゅうの人が知ってるし、ここ何年も変わってないと思うけど」ふたりの女性は冷ややかににらみ合うが、ゴードン氏が咳払いをすると、マグダはぱっと視線を上げる。

「マグダ、ローラに電話するまえに、ここにいる彼女の娘さんのアニーが、フランシスのことを伝えるべきだと思うんだが、どうかな？」

「わたし、えっと……」わたしの声は使わなかったせいでサンドペーパーでこすったようになっている。それほど長時間黙っていたわけでもないのに。

ジョーは救急車の運転席側のドアを開けて立ったまま、初めて見るかのようにわたしを見ている。「きみがローラの娘？」彼が尋ねる。そして、予想外に長い間《ま》のあとでつづける。

「もちろん、そうだよな」彼は自分の問いに自分で答える。「あらためて見ると、ローラの面影がある。それに髪――その巻き毛が決定的証拠だ」彼は微笑むが、少し悲しそうだ。

「よく言われます」

「会えてうれしいよ。おれはジョー・リロイだ」彼はわたしに近づいて手を差し出すが、握手は少し弱々しい。握手しながら、わたしも名前を言うべきだろうか、彼はもう知っているようだが、と考える。「ローラのことは昔ちょっと知っていた」少し間があってから、彼はまじめな顔でわたしを見て言う。「大叔母さんのことはお気の毒だった」彼は運転席に乗り込むと、無線受信機を引きおろして何か言うが、わたしには聞き取れない。

「あなたもショックだったでしょう」マグダが言う。「村に戻って何か食べるといいわ。それか、ゆっくりするだけでもね。それにはあのホテルがもってこいよ。ジョーの母親のローズがオーナーなの。彼女、きっとあなたに会いたがるわよ。ローズはフランシスの大親友だったから」

写真を思い出す。腕を組んでいた三人の――フランシス大叔母とエミリー・スパロウとローズの写真を。今や三人のうち、ローズだけになってしまった。

ジョーがわたしたちに注意を戻す。その表情は少しつらそうだ。「たのむ」彼は言う。「あそこに行くなら、母にはフランシスのことをまだ言わないでもらえるかな。おれが伝えるほうがいいと思う」

「わかりました」わたしは言う。

ゴードン氏はズボンのポケットのなかで鍵をじゃらじゃらさせる。「私はオフィスに戻らないと」彼は静かに言う。「アニー、しばらくキャッスルノールに滞在する予定ですか?」

わたしは大きく息を吸い込んで、目のまえに広がる庭を視界に収める。エルヴァはすでに車に乗り込んでエンジンをかけており、ここではないところならどこへでも行く準備ができているように見える。オリヴァーは離れたところで電話をしており、恐ろしい経験をしたばかりだというのに驚くほど陽気そうに見える。

「ええ」わたしはようやく心を決めて答える。今や相続の問題とは関係なく、ここでやるべきことがあると、抵抗できないほど強く感じる。フランシス大叔母の殺人ボードを見てから、彼女がほんとうはどんな人だったのか、どうしてこれほどの強迫観念を持つにいたったのかを知りたくてたまらない。「部屋が空《あ》いているかどうか、ホテルに問い合わせてみます」

「マグダ」ジョーが救急車のエンジンをかけながら呼びかける。「もう行かないと」

「そうね」と言って、マグダは助手席に乗り込み、ジョーにうなずく。「会えてよかったわ、アニー。フランシスのことは残念だったわね」青いライトを無音で点滅させながら、救急車は砂利敷きのドライブウェイを戻っていく。

オリヴァーは通話をつづけたまま自分の車に乗り込み、わたしを村まで乗せていく必要があるか確認しようともしない。胃のなかで怒りが泡立つ。彼の用事がなんなのか知りたい。どうやら彼の身に何か起こっているようだ。それがなんであれ、電話の相手はその関係者だろう。ゴードン氏とわたしは、エルヴァの車が救急車のあとからドライブウェイを進み、最後にオリヴァーが去っていくのを見送る。

「あの、送ってもらえます?」

ゴードン氏は目尻にしわを寄せて微笑む。「もちろん。そのまえに屋敷を施錠しないと」

わたしたちは立ち止まって彫り模様のある木の扉を見る。彼はポケットに手を入れて鍵を探すが、そこにはない。「少し待ってもらえるかな、アニー」彼は言う。「屋敷のなかのどこかに置いてきたらしい」

「探すのを手伝います」わたしは言う。理由はわからないが、ひとりで外にいて、アーチー・フォイルの生垣を眺めていたくない。今や敷地全体が脅威に感じられる。

わたしたちは長い玄関ホールを抜け、足音の響く石敷きのダイニングルームを抜け、図書室にはいる。部屋のまんなかにある大きなデスクの上にはまだ花が散らばっているが、それ以外はやけに整然としていて、さっきまで死んだ女性が床に倒れていたとはとても思えない。

ゴードン氏が小さなつづき部屋のなかに姿を消し、わたしは念のため図書室のなかを見わたす。デスクの端のほうに小さな緑色の革表紙のノートが置いてあり、開いてみると、小部屋の壁で見たものと同じ細いくねくねした筆跡に気づく。ウォルト・ゴードンはずっと先にいて、片手に開いているビールを持ち、ときどきもう片方の手をエミリーの腰にまわしていた……という部分が目にはいる。

日記だ。最初のページの日付は一九六六年九月十日。わたしは一瞬考えてから、心を決めてそれをバックパックに入れる。わたしがフランシス大叔母の相続人だとすれば、厳密には盗むことにはならない。それでも、わずかな部分を読んだだけで、この日記がわたしの知らない事情を教えてくれるかもしれないとわかる。

デスクの上に散らばったアレンジメントの残骸《ざんがい》がふたたびわたしの意識をとらえる。フランシス大叔母がそのへんで摘んできたのだろうか、野生の花やレースのようなカウパセリが、茎の長い白薔薇に交じっていて、その様子はとても美しいとはいえない。

窓のそばにあるほかのアレンジメントは、田舎暮らしの雑誌から抜け出てきたかのような仕上がりだ。全体的に統一感があり、色もマツの木立越しの日没を思わせ、完璧にバランスがとれている。

デスクの上のアレンジメントからこぼれた植物を一輪、ぼんやりと手に取る。床の上にあった茎の長い白薔薇をだれか拾い上げたらしく、こぼれてデスクの上に散らばった野生の花の上に置かれている。

奇妙な活け方のアレンジメントだ。おそらくそのせいでひどい違和感を覚えるのだろう。

この花瓶のアレンジメントにはクローバーまで使われているし、明るいオレンジ色の野生のポピーは蛍光色の風船のようだ。半数が花瓶の脇にぐんにゃりとたれ、とくに丈夫な茎を持たないクローバーは、好き勝手な方向にかたまって、ほかの花たちを道連れにしている。そのなかで白薔薇だけが挑戦的にそそり立ち、窓から射し込む光にその棘を輝かせている。

近づいて見ると、白薔薇の棘がひどく獰猛《どうもう》に見返してくるので、ようやく何が変なのかわかる。最初にこのアレンジメントを見たときからずっと気になっていた理由が。

ゴードン氏が小さなドアから出てきて鍵をじゃらじゃらさせているのが聞こえるが、わたしは顔を上げない。

「この薔薇にはおかしなところがあります」わたしは言う。

「どういう意味かね？」彼は薔薇を一輪取ろうと手を伸ばす。

「だめ！」わたしは身を乗り出して、彼が触れるまえに手首をつかむ。

「どうした？」

「この薔薇についてる……これって……針ですよね？」わたしは自分のものではないように聞こえる声で言う。「棘から何か金属が飛び出しています。すべての棘から」

ゴードン氏は規則的に呼吸しながらかがみ込み、吐く息に悪態が混ざる。突然触手が生えてきたかのようにアレンジメントを凝視する。「これは……ああ、たしかにそうだ。どうしてこんなことができたのかわからないが、針が出ている」彼はわずかに残った髪を手でなでつける。

わたしはひどく慎重に茎の長い薔薇を一本手にする。光にかざすと、小さな鋭い金属が棘の先からきれいに並んで顔を出していて、いかに丁寧に棘のひとつひとつに埋め込まれているかがわかる。わたしはごくりとつばをのみ込む。こうなったらなんとしてでも刑事に来てもらわなければ。

第8章

ローワン・クレイン刑事は、キャッスルノール警察署の小さなオフィスの奥のほうに座って、コーヒーをちびちび飲みながら、窓の外を眺めている。ゴードン氏はわたしに彼の名前とどこで見つかるかを教えると、そそくさと弁護士事務所に帰っていった。

午後の早い時間で、警察署にはものうげな空気がただよっている。やや短気な受付係をのぞけば、ここにいるのはこの刑事ひとりだけだ。まだこちらに気づいていないようなので、わたしはすばやく彼を吟味《ぎんみ》する。年齢は三十代初め、黒っぽい髪はともすればだらしなく見えてしまう無造作なスタイルだが、きちんと手入れされた頬ひげでバランスが取れている。そのせいでおしゃれでありながらたくましく見えるが、全体としては午前中に充分仕事をしたのでもう帰りたがっている人という印象を受ける。

彼が向きを変えてわたしに気づき、今度はこちらがじっくり査定されることになる。ほんの一秒ほどだが、明かしたくないことまで詳細に知られてしまいそうな目つきだ。刑事の目は濃い茶色で、まつ毛が驚くほど濃くて長く、その視線はわたしの乱れたブロンドのおだんごからペンで汚れた指、そしてその指がつかんでいるビニール袋まで、すばやく見て取り、最後にそこから飛び出している針が埋め込まれた薔薇に行き着く。

彼の態度に批判的なところはないが、ここにいる理由を話す機会もないうちから、証拠として目録に載せられているように感じる。両手のひらがかゆくなり、無意識のうちにジーンズで手をぬぐう。

「どうしました?」彼は尋ねる。朗々とした声で、にじみ出るその威風にわたしは本能的に好意を持つ。やがて、しっかりと警戒心のスイッチがはいる。こういう人に会うといつも(最近は静かな生活をしているのでそんな機会はめったにない。古典文学の登場人物を別にすれば)気をつけることにしている。たまたま遺伝的に人を安心させる声をしているからといって、その声に安心していいとはかぎらないからだ。

「クレイン刑事?」わたしは訊く。彼の名前はデスクの上の小さな長方形のプレートに書かれていたが。

「そうです」ビニール袋を持ち替えると、彼の目がまたわたしの手に向かう。

「アニー・アダムズといいます。大叔母が亡くなって、妙なものを見つけたので見てもらうべきだと思ってここに来ました」

彼のデスクの向かいにある椅子がひとりでに動いたように見え、やがて彼が足でわたしのほうに押したのだと気づく。「最初から話してもらったほうがいいでしょう。大叔母さんの名前は? いつ亡くなったんですか?」

わたしはバックパックをおろし、椅子の端に座る。例の座り心地の悪いプラスティックの椅子だ。「わたしたちが二時間ほどまえに見つけたばかり?」時間が奇妙な円を描いているように感じられて、つい疑問形になる。「救急隊員が大叔母を運んでいったけど、警察官もふたり来ました」

彼は少し考え込んだあと、ペンを取ってぼんやりと目のまえの紙束をたたく。「うちの署にはありませんでしたが」彼はゆっくりと言う。「おそらく救急隊員がリトル・ディンバーの警察に知らせたのでしょう。近くにいて呼び出しのかかっていない警官に」彼はペンのキャップをはずして何かを書くが、表情からは何もうかがえない。

「救急隊員は大叔母の死に疑わしいところはないと言っていました。それに……」もう少し明確に説明しようとするが、あまりうまくいかない。「つまり、フランシス大叔母はかなり高齢でした。フランシス・アダムズ、それがわたしの大叔母の名前です」

「ああ、なんてことだ」彼はかすかにのけぞった。「ほんとうに残念です。フランシスのことは好きでしたよ。何かあるたびに電話してくる傾向がありましたけどね。興味深い人でした」

「〝興味深い〟か、まあそうとも言えるわね」受付係がドアのそばの自分のデスクから大声で言った。

「やめないか、サマンサ」刑事は冷静に言う。「フランシスは亡くなったばかりなんだぞ。それに、親戚の方がここにいるんだ。敬意を払ってくれ」

サマンサは椅子をくるっと回して――例のキャスターがついたオフィス用の椅子だ――まえに何フィートか移動するが、立ち上がらない。グレーのパーマヘアを完璧にセットした彼女は、フランシス大叔母よりたいして若くは見えない。

「敬意ですって？　フランシスがわたしたちに敬意を払った？　あの人はハロウィンでいたずらをする子どもたちよりも警察の時間と人員を無駄にしたのよ」

「サマンサ」今度のクレインの声には警告の響きがあるが、サマンサは気にするタイプではないようだ。

「フランシスが電話してきて、銃口を向けられていると言ったのを覚えてる？　彼女の庭師が木を妙な形に剪定して、その影がライフルを持った男に見えるというだけだったのよ？　影よ、ローワン。巡査の半数がグレイヴズダウンでその影に対処しているあいだに、中心街で車が一台盗まれたんだから」

「サマンサ――」クレイン刑事は顔をしかめるが、サマンサはまだつづける。

「いいえ、言わせてもらいます！　彼女の迷惑な強迫観念のせいでこの村がどれだけ被害を受けてきたか、親戚の人も知るべきよ！　あなたもわたしと同じ意見のはずでしょ、クレイン刑事、そのせいで彼女からひどい扱いを受けたんだから」

「フランシス大叔母は刑事さんを困らせていたんですか？」わたしは驚いて目をぱちくりさせる。「でも、彼女が殺されることをどれだけ恐れていたか考えてみてください。あなたにそばにいてほしかったのよ」

「彼女は鳥の名前に反感を持っていた」サマンサがきつい口調で言う。「そのせいでクレイン（ツルの意）家の人間にひどくつらくあたったの」

「ああ、なるほど」わたしはつぶやく。予言を思い出したのだ。鳥に気をつけるがいい、なぜならおまえを裏切るから。

クレイン刑事は片手で顎《あご》をさすり、サマンサに自分の気持ちを話そうとするかのように間《ま》をとる。だが、そうはせずに事務的な表情を浮かべて彼女に背を向ける。

サマンサは肩をすくめ、椅子をすべらせて自分のデスクに戻る。

「何があったのか話してもらえますか？　そこにいた人たち全員の名前も。わたしたちが彼女を見つけたと言いましたよね」

わたしは今朝《けさ》のことをくわしく正確に話す。物語のように話すことで、さらに自分がそれから離れているように感じられる。わたしは別の人間で、別のアニーが大叔母の屋敷の床で大叔母の死体を発見するところを、窓から見ているように。

わたしは花の説明を途中でやめ、もう針を見たくないので、ビニール袋のなかの寄せ集めを刑事にわたす。そのあいだも手のひらはずきずきしている。とっさにフランシス大叔母の予言を思い出す——片手のひらにものをつかむことが終焉につながるということばが頭に浮かぶ——その先を考えるまえに、あることに思い当たる。

「うわ、まずい！」小声で言う。薔薇に触れたという記憶はない。いや、触れていないのはわかっている。すごく気をつけていたから。

そうよね？

だが、手を見ると、小さな水ぶくれが手のひらから二本の指にまで広がっている。何かに触れたのはたしかなようだ。もう一度悪態をつく。今度はさらに確信を持って。

クレイン刑事が心配そうに眉根《まゆね》を寄せて顔を近づける。

「ひどいな」あまりにも静かにつぶやくので、ほとんどひとり言のように聞こえる。

わたしは急いで言えずにいたことを伝える。「その薔薇には針が仕込まれているんです！ 大叔母は亡くなったとき、それをにぎっていました。そのせいで手のひらが穴だらけだったんです！ それでわたしはここに来たんです！」

クレイン刑事はうんざりするほど冷静に引き出しに手を伸ばし、手術用手袋を出して医者がするようにぱちんと装着する。半分は事件現場にいるような、半分は緊急救命室にいる患者のような気分だ。彼はそっとわたしの手首をつかみ、手のひらを自分のほうに向けて調べる。もう片方の手で恐る恐るビニール袋から花束を取り出し、手術用手袋をもう一枚使って指でつまむ。デスクの上に花を置き、わたしの手に向き直る。

「わたしの言ったことを聞いてました？」わたしは声高に言う。サマンサのデスクチェアのキャスターがきしり、警察署から走って逃げたくなる。彼女は騒ぎを起こしたわたしを非難しようとしているのだろう。以前ここに来ていた頭のおかしい大叔母に対してと同じように。そのせいでよけいにわたしの心は決まる。おおごとにしてやろうじゃないの。「フランシス大叔母は死んだとき」わたしは叫ぶ。「大量に針を仕込まれた薔薇をつかんでいました。それにわたしも触れてしまったみたいなんです！ どうしてだれもすぐに救急車を呼んでくれないんですか？」

「なぜなら私はこの花束のなかのある植物を知っているからだ。きみの手の発疹《ほっしん》についても」クレインは冷静に言う。

「ええ、薔薇とカウパセリなんてだれでも知ってるわ」わたしは言い返す。

クレイン刑事は親指と人差し指でわたしの手首をそっとつまんだまま、注意深くわたしを見る。またうつむき、デスクランプの光の下で手のひらの向きを変える。

「これはカウパセリじゃない」植物の残骸のほうに顎をしゃくって彼は言う。「皮膚《ひふ》に炎症を起こさせる草花で、毎年夏になるとキャッスルノールではこれが蔓延《まんえん》するんだ。とりあえず、医者のところに連れていこう。症状が治まる抗ヒスタミンのクリームか何かをもらいに」

「それならこれはいったいなんなの？」わたしはまだ冷静になれないが、彼はかなり自信があるようなので、わたしは肩の力が抜けていくのを感じる。

彼はもう一度わたしを値踏みするように見る。顔色の悪さに気づくはずだ。手のひらを上にしてデスクの上に置いているので、両手がかすかに震えていることにも。「気にすることはない」彼は上の空で言う。

「フランシス大叔母にも影響はなかったと？」わたしは冷たく言う。だれかが情報を隠しているときはそうとわかるので、うろたえはしない。不安ではあるが、この感覚を記憶にとどめる。もっとはっきりと考える助けになるからだ。

彼は何も言わない。ただデスクランプを消して、椅子から立ち上がる。

「フランシス大叔母は自分が殺されると確信していた。そして彼女はデスクの上のこれ、といっしょに死んでいるのが見つかったのよ？」ことばがこぼれ落ちる。たった今針でいっぱいの花束と皮膚に炎症を起こさせる草花をわたしたのに、彼があまりそれを重く見ないことに、激しいいらだちを感じる。「この花束について調べるつもりはあるの？」クレイン刑事はサマンサに軽くうなずいてドアを通り抜け、わたしを従えて警察署を出ようとしている。

「素人探偵の家系なのか？」彼はぶつぶつ言う。「最後に大叔母さんと話したのはいつ？」とわたしの問いに答えずに尋ねる。

実際には一度も大叔母と話したことがないのを認めたくない。「フランシス大叔母と話し合いをするためにロンドンから来たの。ウォルター・ゴードンは彼女の家に行く少しまえに電話で話してる――たぶん彼が最後に大叔母と話した人よ」

クレインは何も言わない。眉間にしわを寄せてうなずくだけだ。わたしは手のひらを見まいとするが、どうしても見てしまう。少しふらふらしてきた気がする。

クレインはわたしの肘を取ってやさしく導きながら、キャッスルノールのくねくねした小路を進む。砂岩造りの建物は午後の陽射しのせいで明るいが、わたしは話すのに忙しすぎてあまり注意を払えない。

わたしが触れたものがなんであれ、クレインはそれについてすべてを教えてくれないにもかかわらず、わたしを不安な気分にさせない。それどころかその反対だ。わたしの説に静かに耳を傾け、ときどきわざと反対意見を言ったりする。

「フランシス大叔母の作ったアレンジメントを見たわ。すばらしかった。プロが作った結婚式用の花みたいだった」

「実際そうなんだ、彼女はキャッスルノールの多くの結婚式のために花を活けていた。それに教会には毎週アレンジメントを届けていた」クレインは言う。

「ええ。ミスター・ゴードンから聞いた」わたしは言う。「教会に届けるアレンジメントが並んでいるのも見たし。でも、あの薔薇のアレンジメントは乱雑だった。そのへんから摘んできたばかりみたいに。彼女がばらして活けられるように、だれかが送ってきたんじゃないかと思う」

「そして彼女は花を活けているあいだに死んだ」彼はぼんやりと言う。「アレンジメントはだれかからフランシスに送られたものだと思うんだね。でも、彼女が用意したものだとしたら？　だれかに送るために」

わたしはあわてて言う。「そんな不吉なものを結婚式に送る人がいると思う？　それか教会に？」

「わからない。だれかが彼女を怒らせたのかもしれない。フランシスは寛容な人じゃなかったからね」彼が付け加える。

その情報は重要な気がするので、あとで考えるためにとっておくことにする。

「教会とどんな諍《いさか》いが？」わたしは訊く。

「教区牧師と過去に何かあったらしい」クレインは言う。言わずにはいられなかったが、言うべきではなかったと後悔しているかのように顔をしかめて。

「過去に？　それって――」

「今言ったことは忘れてくれ、アニー。もう診療所に着くよ」

「その過去が最近になって彼女に取り憑《つ》いたんだとは思わない？」

「やめろと言ったはずだ、アニー。大昔のことなんだから」彼の声にはやや熱がこもっており、彼に命令されたことで、わたしはますますそれを無視したくなる。

「大昔？　たとえば……一九六五年みたいな大昔？　大叔母が予言をされたころのこと？」今や頭のなかの車輪が激しく回転している。「それとも一カ月くらいまえ？　花についての口論がエスカレートして、それで……」フランシス大叔母と教区牧師の口論が乾いた骨と何か関係があり、あの部分をチェックで消す理由になったのではと考えてみるが、何も思い浮かばない。

「一九六五年みたいな大昔だ。私には当時のフランシスを知っている家族がいる。だからどういう話になるかわかっていて、この件は放っておいてほしいと丁寧にお願いしているんだ」彼は少しのあいだ立ち止まり、とても厳しい目でわたしを見るので、わたしは思わず少しあとずさる。「それと、きみが何か考えつくまえに言っておくけど――きみはきっとそういうタイプだろう――気の毒な教区牧師のことは放っておいてくれ。ジョンはもうたいへんな目に遭ってきたから」

興味深い、と思う。そして、この花のミステリを解くつもりなら、考慮すべき新しい名前が手にはいる。ジョン。

目をそらすと、明るい緑色に塗られた目立たない戸口のまえに到着していることに気づく。それはテラスハウスのドアで、かなり古そうな石造りの建物は、城がまだまるまるあったころに建てられたにちがいない。クレイン刑事は指の節でドアをたたき、ノックの音までがプロっぽく響く。ドアの横の看板に〝エシー・オウスの診療所〟と記されている。

白衣を着た女性が戸口に現れる。「エシー」クレイン刑事が申し訳なさそうに言う。「飛び入りの患者を見てもらう時間はあるかな?」

医者はかすかにいやそうな顔をするが、まともな医療のプロなら最悪の日でもひねり出せる同情のまなざしをわたしに向ける。「たぶんね」と言って、彼女はわたしを招き入れる。「普通火曜日には患者を診《み》ないのよ。書類仕事の日だから。でも、今日はばたばたしてたの、突然急ぎの検死解剖がはいったりして」彼女はクレインを鋭く見る。村の情報を知る者同士のあいだにビリビリと火花が散る。わたしは目を見開く。どうして地元の総合医が急ぎの検死解剖をするの? フランシス大叔母さんだなんてことはないわよね? それはどう考えても早すぎるわよね?

「たのむよ、エシー」クレインは言う。「彼女を緊急救命室に連れていく面倒は避けたいんだ。簡単に診てくれないか?」今はわたしの両手はずきずき痛み、発疹がさらに広がっている。

「わかったわ」彼女は言う。ドアを広く開けて、わたしたちを診察室に入れる。「さて、どうして急にお医者さんが必要になったの?」オウス医師の声はやさしいが揺るぎない。突然口のなかが乾く。診療所の蛍光灯の明かりのせいで頭がますますくらくらし、両手の痛みとパニックの高まりが響き合う。

クレインが慎重に花束を取り出し、遠くでビニール袋のカサカサという音が聞こえる。オウス医師はそれをつついたあと、クレインに低い声で何か言う。

彼が朗々とした声で〝ドクニンジン〟と言うのが聞こえるが、頭にはいっていかない。気が遠くなり、普通ではない奇妙な感じがしたあと、骨がとけたようになり、腕が伸びてきてわたしを椅子に座らせる。

〝ドクニンジン〟ということばがふたたび聞こえたあと、何もかもが暗くなる。

第9章

キャッスルノール・ファイル　一九六六年九月二十一日

「きみたちはここで何をしているのかと尋ねてもいいが」ラザフォードはわたしたちをひとりずつ見ながら言った。彼はまだウォルトのビールを手にしているエミリーを、煙草を持っているローズを、ジョンに肩を抱かれているわたしを見た――わたしたちを見透かすことができるかのように。「予想はついている」彼は個人的なジョークでも考えているかのように、口をゆがめて軽く笑みを浮かべた。

彼は思ったより若かったが、村のゴシップによれば、まだ二十三歳のはずだった。肩幅が広く、わたしたちのだれよりもはるかに背が高かった。目ははっきりとは見えなかったが、顎のラインに手ごわそうな切れ込みがあり、殴り合いになったら、驚くほど大量のパンチを食らっても勝利を手にしそうだった。どうしてこんなに早く結婚したのか不思議だったが、なんといってもハンサムでお金持ちだし、そのふたつがあれば結婚相手を見つけることはむずかしくない。それに、彼は一族のものになって二十年にしかならない称号と甥を抱えている。わたしならそんな立場でひとりでいたくない。

エミリーは胸を張り、ビールを隠そうともしなかったが、根拠のない自信だとわかった。彼女は意味ありげにわたしを見てから、ロード・グレイヴズダウンに視線を向けた。彼の目をのぞき込み、かすかに首を振るのが確認できた。妙な態度だと思った。内輪のジョークを言おうとして、わたしがそのジョークのオチであるかのような。

彼の視線は長いことエミリーにとどまった。「それで、きみはだれだっけ？」と彼は尋ねた。

エミリーは小さく驚きの声をあげたが、それを隠して一歩まえに出ると微笑んだ。「エミリーです、サー。これはウォルト。そしてローズ、ジョン、ジョンのガールフレンド」彼女はわたしたちを順番に指し示し、〝ジョンのガールフレンド〟としか言われなかったわたしはむっとした。

「なるほど。夜遅くにうちの敷地で何をしている？」

エミリーは咳払いをした。たちまち完璧な演技がはじまった。「ほんとうに申し訳ありません。でもどうしてこうなったかわかりますよね？　わたしたちの愉しみが無害なことを、村の人たちはわかってくれないんです」彼女は少しのあいだ目を伏せたあと、視線を上げ、まっすぐロード・グレイヴズダウンを見た。さらに二歩ウォルトから遠ざかり、歩きながら頭を傾けて髪が一方の肩に流れるようにし、不安そうな顔つきでひと筋《すじ》の髪を耳のうしろにかけた。エミリーは不安を覚えたりしないが、不安なふりをして困難から逃れるのがとてもうまい。わたしが見たところ、うその涙を流して、教会に行きますと約束するまであと一、二分というところだった。

彼は手のひらをかざして彼女を止めた。エムはさらに顔をくしゃくしゃにしたが、彼女の観客は興味を失っていた。

「敷地の東側の森林区域とギリシャ寺院の廃墟だけにしてくれ。散らかしたままにするなよ」彼は言った。片方の口角が上がるのがわかった。わたしたちのあいだにそれほどちがいはないのかもしれない。最近彼も友人たちとここに来てパーティをしたのだろうか？　そうでなければ、すぐにここから出ていけと命じなかった理由がわからない。もしかしたら、彼が手に入れることのできなかった過去を、わたしたちが象徴しているからかもしれない。

「整形式庭園と、どこであろうと屋敷付近の開けた場所には近づくな。それと、農家の廃屋《はいおく》にはどんな理由があろうと近づいてはいけない。ひとつには、水車は壊れていてとても危険だから。もうディンバー川から遺体を引き上げるのはごめんだ」彼は向きを変えてわたしをじっと見た。ジョンが肩をいからせるのがわかった。「サクソンは歩きまわる癖《くせ》がある」彼は甥に厳しい視線を向けた。「今度この子を見かけたら、屋敷まで連れてきてほしい。きみ――名前は？」

わたしは咳払いをしてから、小さな声でなんとか「フランシス」と言った。

「フランシス」彼は繰り返した。わたしにやさしく微笑みかけ、さっきわたしが彼の甥を悪魔の子呼ばわりしなかったので、感謝しているのだという印象を受けた。彼が木々のあいだから現れる直前にラザフォードの妻の話をしていたことを思い出して頬が赤くなった。わたしの立っている場所は月の光に明るく照らされているので、赤面しているのが彼にも見えただろう。

彼の表情が変わり、その微笑みは横柄《おうへい》になった――自分がどれほどの権力を持っているか、それをどのように使うべきか、知っている者の微笑みだ。彼はわたしに向かって指を曲げ、近くに来るようにと合図した。わたしはますますジョンに身を寄せたくなった。不意に何もかもが罠のように感じられたが、とにかくロード・グレイヴズダウンに近づいた。

「フランシス」今度はもっと静かに彼は言った。「謎は好きかい？」

わたしは質問のばかばかしさに困惑し、憤《いきどお》りで思わず小さく鼻を鳴らしてしまった。彼は倒れた柱のまえで屋敷を守るスフィンクスか何かで、わたしに価値があるか試しているのだろうか？　ここが廃墟なら、貴族たちによって庭に建てられたすべてのギリシャ寺院と同様――偽物だ。このやりとり全体に違和感を覚えた。

鼓動が速まり、不意に大胆な気分になる。「いいえ」わたしは言った。「謎は好きではありません。神話をのぞけば、謎は人々が偽りの賢さを広めるための言い訳にすぎません」

彼は笑い声をあげ、愉しそうに頭をのけぞらした。ふたたびわたしを見たとき、そこにはたしかに賞賛の色があった。

「気に入った」彼は言った。

エミリーが背後でばかにしたように笑った。自分の芝居がわたしの反抗ほどロード・グレイヴズダウンに受けなかったので、おもしろくなかったのだろう。あるいは、彼が急にわたしに目を向けたので、嫉妬していただけかもしれない。

長い間《ま》のあと、何か言わなければならないのに気づいた。彼がわたしを褒めてくれたのか、ただ思ったことを言っただけなのかわからなかったが、わたしは言った。「ありがとうございます、ミスター……ええと、サー。それと、わたしたちを追い払ったり、怒ったりしないでくれて、ありがとうございます」と急いで付け加えた。

彼の笑みが広がり、まっすぐな白い歯が月光に輝いた。「フォードと呼んでくれ」彼があまりにもじっとわたしを見るので、一瞬ルビーのナイフとディンバー川にまつわるエミリーの話を信じそうになった。見つめられただけで、もう逃げられないと思った。

エミリーがわたしたちのあいだにはいってきて、彼の意識がそれた。「心配しないでください、フォード」彼女は何年もまえからの友だちのように、彼の名前をやすやすと呼んだ。わたしはこの夜のあとまた会うことがあっても、彼をサーと呼ぶつもりだった。「少し野蛮に見えたかもしれませんが」つけたときと同じくらいあっさりと不安の仮面を捨てて、エミリーはつづけた。「わたしたちはとても礼儀正しいんです」

フォードは返答しなかった。思案するようにうなずいただけだった。「行くぞ、サクソン」ようやく彼は言った。

サクソンがエミリーの横を通りすぎざま、ひそひそ声ですばやく何かささやくのが聞こえた。「気をつけなよ。ぼくたちは野蛮なものが好きだから」そして彼はにやりと笑うと、叔父のあとから裸の木のあいだを歩いていった。

永遠とも思えるほど長いあいだ、だれも動かなかった。ようやくエミリーの笑いが全方向にはじけ、いつのまにか張っていた氷を割った。

「なんて不気味な家族なの！」彼女は言った。

ローズはあちこちうかがいながら小道の先に向かい、ようやく少し落ち着いた様子で戻ってきた。

「まちがいなくいなくなったか？」ウォルトが訊いた。

「いなくなった」ローズが答えた。グレイヴズダウン家の人たちと遭遇してから、いくらか本来の彼女らしくなっていた。みんなで小さな冒険をしたせいで、少し気分が上がったかのように。

わたしもより生き生きした気分になったのはたしかだ。危機一髪の脱出とミステリとフリーパスが一度にもたらされたようなものだったから。

ほかのみんなが今起こったことについてささやき交わしているあいだに、ジョンがバックパックの片方のストラップを少し持ち上げ、わたしに向かって微笑んだ。そしてわたしの手を取り、サクソンとその叔父が向かったのと反対の方角に、木々のあいだの細い土の小道を進んだ。

「それで、そのギリシャ寺院の廃墟というのはどこなの？」わたしは背後から声をかけた。

ジョンはたしかな足取りで先に進み、わたしの手を引いて暗闇のなかを導いた。

エミリーが鼻を鳴らして笑うのが聞こえた。彼女は言った。「小道を右に行って、ジョン！」だが、ジョンはすでにそちらに向かっていた。

ようやく空き地に着いた。月の光があまりに明るくて、秘密の建造物を建てるためになぜここが選ばれたのかわかった。森が四方から空き地を囲んで、マツとシラカバの覆いを作っていたが、上を向けば巨大な空と星が見えた。晴れた夜で、北斗七星が見えていた。

「頭をからっぽにしろよ《ゲット・ユア・ヘッド・アウト・オブ・ザ・スカイ》、フランシス」ウォルトがからかった。「息抜きをしようぜ」彼がもう一本ビールを開ける音が聞こえ、見るとエミリーとウォルトはギリシャ神殿の倒れた柱に座っていた。

あたり一面が見せかけの廃墟だった——造園家によって入念に石材が置かれ、実際はただの座る場所でしかないのに神秘的に感じられるようにしているのだ。「それで、みんな何がしたい？」ウォルトが問いかけた。彼のジョイントのにおいが鼻を刺した。

エミリーはジョイントをひと吸いして目を細くした。「そんなの決まってるでしょ。あなたとわたしはジョイントを吸う、ローズはすねる、ジョンとフランシスはふたりでこっそり消えてセックスする」

「おい、ムードぶちこわしだろ、エム！」ウォルトが彼女を肘で小突いて笑った。

ジョンはほんの少し顎をこわばらせたが、言い返さなかった。こんなふうにすべてを下品にしてしまうのはエミリーらしかった。言わないでおくべきことを言って、それらを白日のもとにさらし、すべてをジョークのようにすることで、みんなをしらけさせるのだ。だが、わたしの恋愛を茶番にさせるつもりはなかった。

わたしはまたジョンの手をにぎる手に力を込め、胸を張った。そして、できるかぎり気取って言った。「わたしたちがこれから何をするにしても、少なくともあなたたち負け犬とすごして時間を無駄にしたりしないわ」最高に痛烈な返答というわけではなかったが、わたしにはこれが精一杯だった。

だが、エミリーはわたしが宣戦布告でもしたように体をこわばらせた。彼女の顔に邪悪な笑みが広がった。

「大丈夫よ、フランシス」エミリーはおだやかに、ほとんどささやくように言った。「仲間うちの最後のバージンでいるのはつらいものね。でも、ジョンは経験豊富だから、何も心配いらないわよ」

「あいつの言うことなんて聞くんじゃない、フラニー」ジョンがささやいた。「あんなやつほっといてもう行こう」

わたしはジョンにゆっくりと長いキスをして、エミリーの言ったことなど気にしていないと伝えようとした。そして彼は別の小道を通って暗闇のなかにわたしを連れていった。

ジョンが先になって無言のまま一、二分歩いた。彼のバックパックはブランケットとワインボトルでふくらんでいた。彼がそれを詰めてきたのをわたしは知っていた。エミリーにはこの計画のことを話していなかったし、ジョンも話していないはずだが、明らかに様子がおかしかったのだろう。ふたりとも両親と暮らしているので自宅に行くわけにはいかず、どちらも車を持っていなかった。だからみんなといっしょにウォルトの車でここまで来て、一マイル先に車を停めたあと歩き、エミリーが見つけたフェンスの抜け穴からこっそりはいったのだ。

頭ではロマンティックに思えたが、枯れ枝を踏んで森のなかを歩きながら、棘のあるキイチゴや濡れた落ち葉がない場所を探すうちに、そんなロマンティックなものではなく、目的のための手段でしかないような気がしてきた。わたしは小声で悪態をついた。これこそまさにエミリーがわたしに考えさせようとしていることなのだ。

「エミリーのことがほんとに嫌いになってきたよ」まるでわたしの考えを読んだかのようにジョンが言った。

「わたしも」どちらもそれ以上はエミリーについて話さなかったが、意見が合ってなんだかうれしかった。

ようやく巨大なマツの木の下に落ち着けそうな場所を見つけた。地面は積もった葉でやわらかく、枝が低い場所に伸びていてわたしたちを隠してくれそうな場所が。木の下にもぐりこむやいなや、食いしばった歯がゆるむのがわかった。この場所なら人目につかず、安全だった。完璧だ。

ジョンも同じように感じたらしく、わたしに微笑みかけてキスした。そして、バックパックから取り出したブランケットを敷いた。ワインボトルのコルクを抜き――中身は半分しかなかったので、家の戸棚から持ってきたのだろう――ごくごくと飲んでから、わたしに差し出した。

口に入れた量が多すぎて顎から赤ワインが滴《したた》り、わたしは笑った。彼はワインのしずくを指でぬぐい、ボトルを脇に置いた。二度目のキスは真剣で、ふたりの動きはさらに切羽詰まったものになった。エミリーに言われたことを考えまいとしながらも、わたしのブラウスのボタンをはずすジョンの手が自信に満ちていることや、いつのまにか自分のベルトをはずしていたことに気づかずにいられない。手間取っているのはわたしだけで、わたしはジョンにふさわしくないのではないか、緊張しているせいで未熟に見えてしまい、ふたりとも愉しめないのではないかと思うと恥ずかしくなり、エミリーをあらためて憎んだ。

わたしをこんな気持ちにさせた彼女が恨《うら》めしかった――ようやくゴールラインが見えてきたのに、想像していたようなおだやかなよろこびはなかった。とにかく早くこれを済ませて節目を越えたかった。

ジョンのキスが首からボタンをはずしたブラウスのなかにおりていき、わたしはようやくリラックスしはじめた。すぐ横に伸びるマツの枝に目をやり、ふたりを包む大地の香りを感じ、エミリーはこれに触れることはできないのだと思った。目を閉じてようやくよろこびのため息をもらし、ジョンの髪に指をからめた。だが、枝のあいだにひと筋の淡い光が走り、ぱっちり目を開けることになった。

「もう」わたしは言った。「ジョン、あの子」

ジョンが顔を上げ、わたしはさまざまな感情――怒り、恥、落胆、渇望――のなかブラウスのまえを閉じた。

ジョンはまだわたしに覆いかぶさっていたが、ベルトをはずしている以外はきちんと服を着たままだった。わたしは急いでブラウスのボタンをはめたが、何をしていたかは明らかだ。サクソンは動いておらず、それがこの場面をますます不気味なものにした。どうして走って逃げないのだろう？　彼は枝のあいだからわたしたちを見つめるばかりで、わたしがウールのコートを着てもその顔は無表情だった。

ジョンが向きを変え、怒りにまかせたすばやい動作でベルトを締めた。いつも冷静な態度の彼が感情的になりはじめているのがわかった。突然肩をいからせ、歯を食いしばり、サクソンを追いかけていきそうな勢いで立ち上がった。

「行って、サクソン」怒りと不安の入り混じった声でわたしは叫んだ。不気味だろうとそうでなかろうと、彼はまだ幼い少年なのだ。

それで魔法が解けたらしく、サクソンはわたしたちに背を向けて走りだしたが、ジョンは走って追いかけた。わたしはあとを追うためにあわてて立ち上がったが、ブランケットに足を取られて倒れ、ボトルに残っていたワインがこぼれた。

手のひらにキイチゴの棘を残しながらすぐに立ち上がると、前方の木々のあいだからサクソンの悲鳴が聞こえた。

ジョンとわたしが横たわっていた場所から十フィートも進むと、木立がいきなり途切れ、敷地内の広々とした芝生に出た。こんなに近いところに開けた場所があったとは知らなかったし、ジョンとの親密な行為が人目にさらされていたかもしれないと思うと体が震えた。その瞬間グレイヴズダウンの敷地のすべてを嫌悪した。二度と見たいとは思えない、ひねくれた、誘惑に満ちた場所に思えた。自分の体を抱きしめ、ウールのコートのなかに首をうずめて消えてしまいたかった。だが、サクソンの泣き声が聞こえたので先を急いだ。すると、芝生の上に横たわったサクソンを、ジョンが見下ろしていた。

「何をしたの?」わたしはジョンに向かって叫び、彼の背後に走り寄った。

ジョンは振り向いて両手を上げた。「何もしてないよ、フラニー、ほんとうだよ! ただ言って聞かせようとしたら、こいつが転んだんだ!」

サクソンを見ると、今は膝を抱えており、頬の涙が月の光に照らされていた。ズボンの片方の膝が破れ、擦《す》り傷ができている。立たせようと手を差し出すと、彼はわたしの手を取った。彼にそれほど同情しているわけではなかった――なんとも奇妙な少年だったから――が、膝を擦りむいて泣いている姿を見ていると、この子はもっとましなことをしてすごすべきなのではないかと思った。夏の太陽のもと、友だちと木に登って膝を擦りむくべきなのだ。とらえどころのない叔父の敷地の森をこそこそ歩きまわるのではなく。

こんなに幼くして両親と祖父を自動車事故で亡くすというのは、どんなにか恐ろしいことだったにちがいない。彼が村のゴシップを耳にしていなければいいがと思った。

「さあ」わたしは彼に言った。「お屋敷まで送るわ」

サクソンは洟《はな》をすすり、わたしの腕をつかんだ。「あいつとは行きたくない」彼は目を細くしてジョンを見ながら言った。「ぼくを押し倒したんだ」

「うそだ、自分でもわかっているくせに!」ジョンが激しく言い返した。わたしはジョンのことばを信じたが、正直彼とサクソンのあいだのレフェリーになりたい気分ではなかった。疲れていたし、こういったすべてのこと――ジョンとすごす時間を失ったこと、エミリーと彼女の意地悪なことば、ローズが最近何かに悩まされていることまで――のせいで感情が高ぶり、今にもあちこちからこぼれ出てきそうだった。

わたしはため息をついた。「わかったわ」とサクソンに言った。「ジョン、わたしはサクソンを送ったらみんなのところに戻るから」

ジョンはわたしの肘をつかんでサクソンから引き離した。「だめだ、フランシス」サクソンに聞かれないように身を寄せて、耳元で低い声でささやく。「ロード・グレイヴズダウンがどんなふうにきみを見ていたと思う？　なんだかいやな予感がする。おれは気に入らないな」

わたしはささやき返した。「家まで送るだけよ。なかにははいらない」

ジョンは心配そうにしていたかと思うと、また怒りだした。「うしろからついていく」ジョンのことがわからなくなった。一瞬にしろ、ほんとうにサクソンを押し倒したのではないかと思うほどに。

怒りが燃え上がり、この奇妙な夜がついにわたしに一線を越えさせた。わたしはジョンを見た――じっくりと見た――すると、今夜奇妙な振る舞いをしているのはグレイヴズダウン家の人たちだけではないことに気づいた。「そういうことはやめて」落ち着いた声のままわたしは言った。

「フランシス、おれは――」

わたしは彼をにらみつけて黙らせた。「何か隠してるでしょ」わたしは言った。「さっきエミリーが言ったこと……」

「真《ま》に受けるな！ あいつがどういうやつか知ってるだろう」彼は一歩近づいてそっとわたしの手を取った。サクソンが近くの木の下でわたしたちを見ていたが、輝く目からはすっかり涙が消えていた。そのせいで、今はクジャクの群れに石を投げるようなタイプの少年に見えた。

一瞬目を閉じ、ゆっくりと息を吐いた。気にしすぎなのかもしれない。いつもそれが問題になった。なんといっても、占い師を信じてしまう人間なのだ。ジョンの言うとおりだった。エミリーはやすやすとわたしをからかうことができた。わたしがそれを許してしまうから。

「過保護すぎたならごめん」ジョンは言った。「でも、きみがあいつらのどちらか――叔父かその甥とふたりきりになると思うと、すごく心配なんだ」

わたしは彼にすばやくキスして言った。「大丈夫よ。だから……わたしが自分の面倒は自分でみられると信じて、ほかのみんなと待っていてくれない？ サクソンに何があったのか知らないけど、わたしは疲れてるし、彼を無事に家に送り届けたいだけなの」

ジョンは片手で首のうしろをさすりながらためらっている。

「ジョン」彼がこちらを見ないので、わたしは言った。「あなたはわたしの父親じゃないのよ！」

ようやく彼はうなずいた。「寺院の廃墟でほかのみんなと待ってる」

「ありがとう」

わたしは小道を歩いてサクソンが立っている場所に行った。「さっさとすませてしまいましょう」わたしはサクソンに言った。「寒いし、正直うちに帰りたいの」

わたしたちはかなり長いこと黙って歩いた――サクソン・グレイヴズダウンは沈黙を心地よく感じさせるタイプの人間ではない。ジョンと体を重ねたひとときの罪悪感もあったし、のぞかれていたことへの怒りもあった。

「他人をこそこそのぞくものじゃないわ」サクソンと芝生の上を歩きながら、わたしはとうとう言った。「それに、何を見たにしろ、子どもには――」

「ふん、鳥と蜂（性教育のこと）のことなら全部知ってるよ。でも、あれはあなたのためにしたんだ。ぼくを気味の悪いやつだと思ってるだろうけど、あなたのボーイフレンドはもっと悪いやつだよ」

「なんですって?」わたしは興奮して言った。

「ぼくと屋敷に行くのは安全じゃないって言われたんでしょ。でもほんとは、あなたがぼくと話すのがいやなんだ」

「ばかばかしい」わたしは言った。屋敷に近づいたので、裏口に向かった。ドアの両側にはステンドグラスの窓があり、明るい光がもれていた。

サクソンは肩をすくめた。「信じたくないなら別にいいけど。ぼくは助けようとしてるだけだよ」彼はドアの取っ手をまわし、肩越しにこちらを見た。「はいってよ、フォード叔父さんがあなたと話したがってる」

第10章

気がつくと、クレインはいなくなっており、オウス医師が冷たい水のはいった紙コップを差し出している。

「はい、少しよくなってきたみたいね」彼女の声はやさしく、わずかに西アフリカのアクセントがある。おそらく四十代半ば。あたりを見まわすと、彼女の診療所は清潔そのもので、温かみを感じさせるさりげない心地よさがある。雑誌は新しそうだし、一冊取ったら一冊置いていくシステムの本棚があり、なかなかいい本が並んでいる。子ども用のおもちゃの箱の上には水槽があり、金魚が上からの照明を受けて銅色に輝いている。わたしはフィルターからしたたる水に意識を集中させ、不意に襲ってきた疲労感を振り払う。

「あの」わたしは弱々しい声で言う。「刑事さんがドクニンジンと言ってたような気がするんですけど」

「心配いらないわ」オウス医師は言う。「あなたはドクニンジンの束に触れたみたいね――調べてもらうためにローワンのところに持ってきた花束のなかにあった。でも、彼が言ったとおりよ。ドクニンジンに触れると皮膚が炎症を起こすけど、発疹はすぐに収まる」

安堵が体じゅうをめぐり、わたしはゆっくりとうなずく。四肢から力が抜けてしまったように感じる。パニック発作につきものの症状だ――発作のあとはひどく消耗してしまう。いいセラピストを探すべきかもしれない。

オウス医師は何かのクリームのチューブを手にして、わたしの手のひらに塗り込んでいる。わたしがそれを見て唇《くちびる》をかむと、彼女は説明する。「ヒドロコルチゾンのクリームよ」

「ドクニンジンは毒性が強いと思ってました」わたしは言う。「ほら、ソクラテスはそれで死んでるし」

「食べたり飲んだりすればね」オウス医師は言う。「あるいは、なんらかの方法で血管にはいれば。でも、あなたは大丈夫。触れただけだから。夏には驚くほどよくある症例なのよ。ドクニンジンはそれほど一般的な植物ではないけど、このあたりでは大量に自生しているから」オウス医師はそこまで言ったあと、付け加える。「ところで、このたびはご愁傷《しゅうしょう》さまでした」そして、わたしの手の甲《こう》をそっとたたく。

「ありがとうございます」わたしは言う。個人的にはフランシス大叔母を知らないので、欺《あざむ》いているような気がしてしまう。額にしわが寄るほどオウス医師に心配してもらう価値はわたしにはない。だが、キャッスルノールにいた短い時間で大叔母についてわかったことがひとつあるとしたら、殺されて無念だろうということだ。そうでない人がいるだろうか？　だが、彼女はこの避けられない事態そのものにありえないほど集中していたので、あらためてその謎解きをするのだと思うと、彼女のために正義を果たしているような気がする。

「ドクニンジンは血管にはいらないと命取りにはならない」わたしはつぶやく。「針に毒がついていなくても、だれかがフランシス大叔母の手を傷つけるために花に針を仕込んで、ドクニンジンが血管にはいったのだとしたら？　でも……彼女はドクニンジンとカウパセリのちがいがわからなかったのかしら？」

「たぶんわからなかったでしょうね」オウス医師は考えながら言う。「彼女は花を活けるだけだから。花を育てたり摘んだりはしていなかった。たしか、庭師が定期的に新鮮な切り花を届けていたはずよ。グレイヴズダウンの敷地には野生の花なんか生えてないと思う。カウパセリもドクニンジンも」

わたしは少しのあいだ黙って考える。オウス医師はフランシス大叔母のフラワーアレンジメントについてかなりくわしいようだ。もしかしてこれは〝だれもがなんでも知っている結束の固いコミュニティ〟案件なのだろうか？　だが、彼女にはお見通しで、わたしが質問を発するよりもまえにわたしの考えに気づく。

「フランシスはわたしの父の葬儀のとき、葬儀用の花を活けてくれたの」彼女は言う。「とても思いやりのある人で、彼女とアレンジメントの話をしていたら、わずかなあいだだけど悲しみを忘れられたわ」オウス医師はため息をつく。「村の人たちの多くが、フランシスは一風変わった人だったとあなたに話すでしょう……たしかにそういうところもあった。わたしには彼女を嫌うもっともな理由があったわ。殺人の筋書きを思いついては何度もパニックになって電話してきたから」

「それが大叔母の習慣になっていたみたいです。警察署のサマンサという女性が言ってました」わたしは付け加える。

「わたしたちみたいな、こう言ってよければ、殺人と隣り合わせの職業の人間は、フランシスからたびたび電話をもらっていた。わたしや、警察署の人たち、あとはマグダとジョー、彼らは救急隊員で――」

「知ってます、ふたりには会いました、大叔母が……」わたしの声が小さくなる。

オウス医師はうなずく。「おもしろいのは、結果的にフランシスが地元や家庭の毒物に関するわたしの知識を広げてくれたこと。あら、そんなふうに見ないで」彼女はわたしに向かって恥ずかしそうに微笑んだ。「変に聞こえるのはわかるけど、フランシスはだれかにもらった有毒なものを摂取したかもしれないと心配してよく電話してきた。彼女の要望で、鉛中毒、漂白剤や肥料や殺虫剤による中毒など、毒を摂取した兆候はないか調べることで、多くの時間をすごしてきたわ。一度なんか、ワインに手指消毒剤がはいっていると思ったみたいだけど、コルクくさい古いヴィンテージワインというだけだった。あるとき、食べ物に小さなリチウム電池を入れられたとフランシスが思い込んで、ついにわたしも堪忍袋の緒が切れそうになった。でも、それを飲み込んだ場合に起こる症状がないか調べ、病院に連れていき、レントゲンを撮ったところ、ただの胸焼けだとわかった。たぶんストレスのせいね」

「それはいらいらしますね」わたしは言う。

「ええ、でもわたしは、いつもこういう態度をとる人だからといって、患者を追い返したりしない。それに、結局はこの出来事がわたしの姪《めい》の命を救ったの。その翌日、わたしは妹の家にいて、一歳の姪が急にひどく具合が悪くなった。姪がリチウム電池を飲み込んだと考える理由はなかったけど、電池は飲み込むとすぐに症状が現れる。急がないと命に関わる。たぶんまだフランシスの不安が頭のなかにあったんでしょう、でなければ直感ね。とにかく、急いで姪を救急病院に連れていって、命を救うことができたのは、わたしが電池を飲み込んでいないか調べてほしいと言い張ったせいなの。そして、実際に飲み込んでいたことがわかった。わたしは迷信なんて信じないけど、あの日何かピンときたの。フランシスがどんなに怖がっているか理解した。どんなに友だちが少ないかも。わたしにできるのは、たとえ村のほかの人たちが陰口をたたいても、彼女を信じつづけることくらいだった」

「ワオ」思わず声がもれる。疲労感がいくらか消えていく。「姪御さんは災難だったけど、回復してよかったですね」

オウス医師は背筋を伸ばす。あちこちに飛んでいた考えを、そろそろ整理しようとするかのように。

「その花のことが気になるのはわかるわ」彼女は言う。「でもね、これに関してはローワンとわたしを信用して。死んだときはわたしが検死解剖をするということで、フランシスと話はついていたの。死亡が確認されたらすぐにおこなうと」

「それは妙な取り決めですね」わたしはゆっくりと言う。「でも、あなたの話からすると、彼女はあなたを信用していた。多くの人たちを信用していなかったのに」

「妙に聞こえるのはわかってる」医師は認めた。「でも……」それ以上言いたくないのか、声が小さくなる。

「大叔母が遺言を大幅に変更するつもりでいたときに、今度のことが起こったんです。わたしは犯罪がからんでいると思います」わたしは言う。オウス医師を信じたいし、フランシス大叔母が彼女を信じていたと知ったおかげで、思い切った考えが生まれる。大叔母が彼女を信用していたというのはオウス医師のことばだが。それでも、フランシスの話をする医師の何かが、うそではないと告げている。

「たしかなのは、自分の遺体を絶対に検死医のところに送るなと言われたこと。利益相反だと彼女は言った。そしてわたしはその点について彼女と合意した」

「サクソンは検死医です」わたしは言った。「そうですよね？」

「そうよ」彼女はわたしを見ずに静かに言う。オウス医師はクリームを塗り終え、座ったまま背筋を伸ばす。ガーゼと医療用テープを取り、手のひらの水ぶくれを覆う。

「検死解剖の結果はいつ出るんですか？」

「たいてい数日かかる」彼女は長い間《ま》のあとで言う。「病院の検査室でいくつかやらなきゃならないことがあるから。ここには特定の検査をおこなえる設備がないの。でも、検査室の応援がなくても、明日には結果が出ると思う。訊かれるまえに言っておくと、わかったことについて話し合うのは許されていないの。報告書を作成するまではね。もし犯罪の兆候が見られたら」彼女はわたしを意味ありげに見る。「報告書を直接クレイン刑事にわたす」

「わたしにも最新情報を教えてもらえませんか？　彼女の近親者として」

「あなたは近親者のリストに載っていなかったと思うわよ、アニー。彼女が個人情報を更新していなければ。調べてみるわね」彼女はわたしが肩を落とすのを見て下唇をかむ。「でも、すぐにミスター・ゴードンが電話をくれると思う。あるいは、あなたのお母さんが。あなたの一族の状況についてはよく知らないけど」

わたしが答えるまえにドアが開き、風のようにはいってきたのは救急隊員のマグダだ。

「こんにちは、ドクター・オウス。今朝の診察のあとまた訊きたいことができちゃって。お知恵を拝借できる?」

「ええ、どうぞはいって」オウス医師は言う。「アニー、あなたはすっかりよくなるわ。一日か二日で発疹が消えなかったらまた来てちょうだい。チューブに書いてある指示にしたがって、クリームを塗りつづけるようにしてね」オウス医師はクリームのチューブを取り、小さな白い紙袋に入れてわたしに差し出す。

「ありがとう」わたしは言う。マグダがわたしに小さく手を振り、わたしはオウス医師に向き直る。「火曜日は患者を診ないのかと思ってました。クレイン刑事がドアをノックしたとき、火曜日は書類仕事の日だと言ってましたよね」

「ああ」彼女はマグダを見たあと、またわたしに視線を戻す。「医療のプロのために例外を設けてるの」彼女はすばやく言う。笑顔が変わる。目のまわりを奇妙にこわばらせた笑顔に。

他人の個人的な医療の問題に強引に介入することなく言えることはもう何もないので、わたしはドアに向かう。オウス医師がマグダを診療所の奥にある処置室のひとつに案内し、ドアが閉まる音と、低い話し声が聞こえる。くぐもった笑い声のあと、騒々しい会話がつづく。

待合室の奥の小さな受付デスクに、開いたままの予約帳が置いてあって、つい目が行く。オウス医師の今日のスケジュールを見ると、予約がはいっていないわけではない。マグダが二度予約している。一度は今朝の九時半で、十一時四十五分にもう一度。それだけでもわけがわからない。そんなにすぐにつぎの予約をする人がいるだろうか？　さらに奇妙なことに、十一時四十五分といえば、マグダがフランシス大叔母の遺体を乗せた救急車で屋敷を出発したころだ。わたしたちのもともとの会合は十時半に弁護士事務所で予定されていて、大叔母の遺体を見つけたのが十一時ごろ。マグダがその予約に間に合うためには、遺体を回収したあとまっすぐここに来なければならない。

オウス医師が大叔母の遺体をここに運ぶように指示したのだろうか？　でもそれなら、どうしてマグダの名前が予約帳にあるの？　それほど予約が詰まっているわけではないのに？　予約帳にはほかにもさらにわたしの注意を引くものがある。九時四十五分にフランシス・アダムズが予約しているのだ。

もちろん、車のトラブルのせいで来られなかった可能性はある。だが、彼女が診療所から戻り、会合のためにまた村に向かおうとしたときに車が動かなくなったと考えることもできる。これほど忙しいフランシスのスケジュールのどこにオリヴァーとの朝食がはいるというのだろう？　何かがおかしい。

オウス医師のことは好きだし信じたい。でも、わたしはポケットから携帯電話を出して、予約帳の写真を撮る。メモアプリを開いて、オウス医師との会話のあとで持った疑問を含め、タイミングについて考えたことを急いで打ち込む。

亡くなる直前にフランシス大叔母に会っている人が四人いた。オリヴァーは地所の問題で屋敷に行っており、アーチー・フォイルがそれを裏付けている。ゴードン氏によると、アーチーは毎朝花を活けるフランシスのために庭の花を切って届けている。そして大叔母が予約のとおり現れたのだとしたら、マグダとオウス医師も彼女に会っている。

このなかにフランシス大叔母を殺す理由がある人がいるのかどうか判断できるほど、これらの人びとについて（それを言うなら大叔母についても）あまりよく知らないという事実を脇におくと、花に関する重要なことに気づく。

殺人者は大叔母が死ぬ日にそこにいる必要はない。それがドクニンジンと針のアレンジメントの画期的なところだ。遠く離れた安全なところに行っているあいだに送りつけることができるのだから。いつ彼女に届いてもおかしくないし、彼女がアレンジメントの醜《みにく》さに心を乱されてばらばらにし、活け直すまで何時間も何日もかかるかもしれない。

この方法だとアレンジメントの出所をたどるのは不可能だ。フランシス自身もだれから送られてきたのか知らなかったのかもしれない。

それでも。「彼女はそれを捨てなかった」わたしは声に出して言う。「花を活けるのが上手な人があんなひどい代物《しろもの》をとっておく唯一の理由は、それをくれたのが大切な人だからよ。その人が立ち寄って、花が活けられていないことに気づくかもしれないと思ったんだわ」

ということは、匿名の相手はありえない。キャッスルノールのだれか、フランシスに近しいだれかだ。彼女が実際に針のついた薔薇を引き抜いたという事実からすると、彼女をよく知る人物。フランシス大叔母をほんとうによく知る人でなければ、そんな計画はうまくいくはずがない。

処置室のドアノブが回される音がして、わたしは急いで玄関扉から外に出ると、処置室のドアが開くのと同時にカチリと音がするようタイミングを計って扉を閉める。うまくいったかどうかわからないので、できるだけ早くキャッスルノールの裏小路の迷路にまぎれ込み、教会の鐘が鳴るなか、転がるようになんとか目抜き通りに戻る。

第11章

キャッスルノール・ファイル　一九六六年九月二十一日

わたしはドアのまえでためらった。サクソンを安全に屋敷に送り届けたのだから、礼儀正しくさよならを言おうと息を吸った。だが、家政婦がドア口に現れて、抗議する間もなく、屋敷のなかに巧みに引き入れられた。彼女の存在のおかげで、サクソンのあとから招かれてもいない奇妙な屋敷にはいる気分が少しましになった。屋敷のなかはどこもかしこも明かりが灯されていて暖かかったので、わたしはほんのちょっとだけリラックスできた。

屋敷は広大で、廊下を歩くと足音が響き、すべてがぴかぴかに磨かれて輝いていた。わたしは広いダイニングルームのきらめくシャンデリアの下で少し歩調を緩めたが、サクソンは膝《ひざ》を擦《す》りむいたことも忘れて、わたしのまえを跳ねるように歩いた。口を開けて眺めているところを見つかりたくないので、遅れをとるまいとした。

サクソンに連れられて図書室にはいると、彼の叔父が膝に本を置いて革の肘掛《ひじか》け椅子に座っていた。片足を膝に乗せ、こぶしの上に顎《あご》を乗せている。本がとてつもなくつまらなくて、それでも読まなければならないかのように。彼はさらに若く見え、そのせいでわたしは不意をつかれた。

わたしを見ると彼は顔を輝かせ、さっきわたしをじろじろ見て落ち着かない気分にさせたときとはまったくちがう表情を見せたので、初めて会ったときはこっちがびくびくしていただけなのだろうかと思った。おそらく野外の暗さや不法侵入が見つかったことによる動揺のせいだったのだろう――あのときは現実に思えなくて不安になった。

「やあ、フランシス！」彼は立ち上がって、わたしがカクテルパーティか何かの賓客《ひんきゃく》であるかのように挨拶した。「サクソンを送ってきてくれてありがとう。親切に感謝するよ。座らないか？　お茶を持ってこさせよう」

すぐにはことばが出ず、断る理由も思いつけなかった。友だちのところに戻りますと言うだけでよかったのに、彼はすでに家政婦を呼んでいた。サクソンは部屋の隅の小さなテーブルにつき、チェスボードの上で駒を動かしはじめた。少なくともロード・グレイヴズダウンとふたりきりではない。暖炉で燃える炎がすべてのものにオレンジ色の光を投げかけ、場面全体が家庭的に思えてきた。

不作法なことはしたくなかったので、わたしは言った。「ありがとうございます、ロード・グレイヴズダウン。いただきます」

彼はわたしがコートを脱ぐのに手を貸し、脱いだコートは家政婦が持っていった。

「フォードと呼んでくれ」彼は言った。

彼の隣ではなく、サクソンの向かいの肘掛け椅子を勧められた。「チェスできる？」サクソンが駒から顔を上げずに訊いた。

「できないの」わたしは言った。フォードはわたしのそばを離れたかと思うと、すぐに小さな木の椅子を持って戻ってきた。廊下か厨房から持ってきたものらしい。彼がひどく無頓着な様子なので、ファーストネームで考えるのが一気に簡単になった。彼はわたしとサクソンのあいだの小さなテーブルの横に、椅子の背を抱くようにして座った。それが彼をダンスパーティで会った少年のように見せた。テディ・クレインでもありえたし、アーチー・フォイルでもありえた。あるいは別れてもときどきローズにまつわりつく、軽いつきあいのボーイフレンドのひとりか。火明かりのなかに彼の横顔が見えた。黒髪を十年まえにみんながやっていたようにうしろに流す昔風の髪型にしている。父を思わせる髪型のはずだが、フォードはちがった。きれいにひげを剃《そ》り、考えながらさすっているせいで、鋭い顎のラインが少しやわらかに見えた。彼はチェスボードをじっと見ていた。

三人で小さなチェス用テーブルを囲んでいると——奇妙な状況だ、ほんの一時間まえにはこの広大で不気味な敷地を嫌い、もう二度と来るまいと誓ったのだから——悪い夢から抜け出したような、想像上のものを怖がっていた自分の愚かさを見せられたような気分になった。そして、サクソンやフォードといっしょにいることに心地よさを感じた。ふたりは小さな家族であり、ひとときとはいえわたしを仲間に入れることにしてくれたのだと思えた。

フォードは手を伸ばして駒を動かした——ナイトだと思うが、よくわからない。このときわたしはルールを知らなかった——そして、体を起こし、サクソンが考えるのを眺めた。サクソンがようやく自分の駒を動かし、期待するように叔父を見た。フォードがチェスボードに目を据えたまま、静かな声でまたわたしに話しかけた。

「これは私の意見にすぎないが」フォードは言った。「あの友人たちにきみはもったいない」

わたしは答えようと口を開けたが、彼がそんなことを言ったのにひどく驚いたせいで、しばらくことばが出てこなかった。謎は好きかという、あの森のなかでの奇妙な質問を思い出し、またわたしをからかおうとしているのだろうかと思った。それで、領主とお茶を飲んでいる場にふさわしい礼儀正しい返答ではなく、最初に頭に浮かんだことを口にした。「どうしてそう思うんですか？」チェスボードから目を離さないようにしながらわたしは訊いた。

「あなたはわたしのことをほとんど知らない。仲間内でいちばんの悪《わる》かもしれませんよ」ちらりと彼のほうを見ると、彼はわたしを見ていた。

フォードの顔にあけっぴろげな笑みが広がった。「たしかに」彼は言った。チェスボードに目を戻し、別の駒を動かす。「でもなぜか、きみは彼らとまったくちがうとわかるんだ」

わたしは答えないことにした。すると、フォードはわたしに身を寄せてささやいた。「ここはきみが、あなたは彼らのことも知らないじゃないですか、と言うところだよ」

わたしのなかで反抗心がつのるのがわかった。フォードがわたしのことをあまりにも把握しているからだ。わたしはなぜかそれが気に入った。

「今度来るときは、まえもって台本をもらっておいたほうがいいかもしれませんね。そうすれば、自分のセリフを全部覚えてこられるから」わたしはようやく彼と目を合わせてにっこり微笑《ほほえ》んだ。

フォードの胸の奥から笑い声が響き、村の少年たちと比べることはもうできなくなった。図書室のなかを見まわすと、彼がまったく別世界の人間だということがわかった。彼の世界にあるのは思いつきで買う高価な芸術品や、ロンドン社交界のパーティだった。シェイクスピアの稀覯本《きこうぼん》や、わたしが本で読んだことしかない場所への旅だった。自信が少しぐらついた。そんな人がどうしてわたしなんかに興味を持つというのだろう？

やがてひどく矛盾した気持ちになった。心から彼に興味を持ってもらいたかったから。なんとしてでもそうしてもらいたかった。

わたしを貶《おとし》めるばかげた呪文から目を背けなければ。そう思ってサクソンを見ると、その表情のおかげで目が覚めた。少年は冷たい表情で、わたしと叔父を交互に見ていた。

「ぼくたちはあなたの友だち連中が好きじゃない」サクソンは言った。「いつ会っても好きになれない」

「どういうこと？　いつ会っても？　待って」わたしはゆっくりと言った。「以前エミリーがここに来たときに会ったの？」言ってしまってから、エミリーが地所をかぎまわっていたと密告してしまったことに気づいた。でも、そんなことはどうでもいい。彼らの反応も。

フォードがようやくわたしを見た。その顔にはやさしげなところがあった。哀れみはそれほどなく、わたしが何か無邪気で愛らしいことを言ったかのような顔だ。不意にまた自分は年下なのだと感じた。「彼らはみんな、何週間もまえからここに来ているよ」

「何週間も?」わたしは興奮して訊き返した。そして、壁の何百冊もの本のなかに答えがあるかのように、図書室のなかを見まわした。わたしたちの横に銀のトレーが置かれ、湯気の立つ紅茶のカップがあるのに気づいた。「みんな今までここに来たことがないようなふりをしていた。エミリーは来たことがあると言ったけど、ほかのみんなは……どうしてそんなばかげたうそをつくの?」

フォードは何も言わなかったが、考えているわたしを見つめるその目はきらめいていた。これ以上彼をおもしろがらせたくなかった。もてあそばれるのはいやだった。

「あなたは……」さっきわたしたちが森のなかで彼と〝会った〟場面を再生した。「どうして知らないふりをしたの? わたしだけに謎は好きかと尋ねたのはなぜ? あなたにとってすべてはゲームにすぎないの?」怒りがつのっていくのがわかったが、わたしはそれを抑えようともしなかった。

フォードはわたしの爆発に反応しなかったが、話題を変えもしなかった。ぼんやりとチェスの駒をつまみ、親指と人差し指のあいだで転がした。「私は愉《たの》しいゲームが好きでね」ようやく彼は言った。「きみの友人のエミリーにレッスンをする機会があったから、それを利用した」

「彼女にレッスンを? なぜ? どんなレッスン?」

グループの全員がここに来ていた可能性があるのはいつだろうと考えているうちに、この数週間にエミリーがした言い訳の数々がよみがえってきた。幼いいとこの面倒をみなければならないと言ったり、ローズの気分がすぐれないのだと言った日々のことが。ウォルトとジョンがまた両親ともめていて、夜に出かけられないのだと言ったこともあった。言い訳はいつもエミリーから伝えられ、わたしはいつもそれを信じた。あれはどこまでがうそだったのだろう？　だがそれ以上に、なぜ？　どうしてわたしをのけ者にしたの？　わたしが何をしたの？

心配させないように急いでみんなのもとに戻るつもりだったが、彼らの裏切りを知ったわたしは自分の意思でここにとどまることにした。わたしはおおむね反抗的な人間ではないが、グレイヴズダウン・ホールに足を踏み入れてからは、考え方が反抗的になってきたようだ。不意にわたしは友人たちのいないところでいくつかの選択をしたくなった。たとえそれがまちがいだとわかったとしても。

サクソンがチェスボードの上で駒を動かすと、フォードは肩をすくめた。「彼らは仲間はずれにされたときみに思わせたくなくて、うそをついたのかもしれない」彼はどうでもいい様子で言った。

「エミリーにレッスンしたことについての質問に答えていないわ。だいたいどうしてエミリーだったの？」対エミリーの攻防でポーンに甘んじたくはなかった。彼女がここを訪れていたのだとしたら、この魅力的な億万長者に対してどんな野望を持っていたかは明らかだ。訊きたいのはエミリーが何をしようとしたかではなく、それが成功したかどうかだった。

彼の叔父は興味を失っていたかもしれないが、サクソンはその反対だった。座ったまま飛び跳ねそうになりながら、耳寄りなゴシップを広めたくてたまらない人のような顔をしていた。そういうところもまた十歳なのに奇妙に大人をまねていて、その年齢不詳さが不気味だった。

「あなたの友だちのエミリーは、何度かフォード叔父さんの機嫌を損ねたんだ」サクソンは言った。「叔父さんが新しい奥さんを探してるといいなと思ったみたい」彼はぐるりと目をまわして鼻を鳴らし、そうするとようやく年相応に見えた。だが、叔父ににらまれるとすぐにやめた。

サクソンは妙な話し方をした。叔父といっしょにいる彼を見ていたら、ようやくその理由がわかった。叔父が唯一の仲間で、両親を失うというたいへんな悲劇を経験しているのだから、サクソンが大人のミニチュア版のような話し方をするのも無理はない。

「ほんとうはそんなに悪い人たちじゃないんです」わたしはようやく言った。ゲームをするのが好きな変わった領主が相手だと、友人たちの味方をするほうが少しは安全な気がした。わたしを仲間はずれにするというのは、いかにもエミリーが考えそうな計画なので、あとでとっちめればいい。最近ローズの様子がおかしい理由も説明がついた。彼女はとても正義感が強いので、こういったことのせいで神経をとがらせていたのだ。「エミリーとウォルトはときどきちょっと問題を起こすし」わたしはつづけた。「気が合わなくなってきてるのはたしかだけど、ローズとジョンはほんとにいい人たちよ。生まれたときから知ってるし」

「そうだろうね」フォードは言った。今や心底退屈しているようだった。愚かなことだが、わたしはエミリーに嫉妬させるために利用されたことに怒りを覚え、ここにいればいるほど、これから何が起こるのかがはっきりわかってきた。その点、ふたりはお似合いだった、エミリーとフォードは。なぜだかわからないが、このところエミリーはわたしを脅威と見なしていた——そして、この何カ月かはわたしのまねばかりして、服を借りては返してくれなかった。わたしをおだてているわけではない。ある種のゲームだった。そうしてみると、彼女とフォードはお互いにふさわしい相手だった。わたしはゲームが得意だったことはない。

帰ろうかと思ったが、わたしの友人たちに言いたいことがなんであれ、わたしをここにとどめ、つきあわせることでフォードは目的を果たしていた。それに、戻ってジョンのぎこちなさやほかの者たちとのあいだの妙な空気に直面することを思うと……わたしはゲームがうまくないかもしれないが、手を出してみてもいいかもしれない。「じゃあ、そろそろチェスを教えて」とわたしは言っていた。

どうやらこれは正しいセリフだったらしい。フォードが一瞬サクソンに目で合図すると、サクソンは微笑みを返して駒を片づけ、ボードをリセットした。

「さあ」フォードはそう言うと、目に親しげな笑みをたたえながら、わたしにチェスの駒を差し出した。「きみが手にしているのはクイーンだ」わたしの頭に王冠でも被せたように、彼はにやりと笑った。

わたしは片手にチェスの駒を持ったまま、ぼんやりと傍《かたわ》らのトレーからティーカップを取った。お茶はまだ熱くていい香りがし、カップは繊細なボーンチャイナだった。

手のひらの上にあるクイーンを見て、背筋を氷がすべりおりた。占い師のことばが一気によみがえる――おまえのゆるやかな終焉《しゅうえん》は、クイーンを片手のひらににぎったとたんにはじまる。だが、ここで動揺するわけにはいかない。フォードがこれほど熱心に見ているまえでは。

頭を働かせて、最近手にしたかもしれないさまざまなタイプのクイーンを思い浮かべた。どこにでもある小さなクイーンなら予言の効力はないのでは？　硬貨はどこにでもあるし、つい先週兄とトランプをしなかった？　そのときクイーンの札がまわってきたはずだ。鳥のネックレスを買ったとき、エミリーが言っていたように。ありふれたことにしてしまえばささいなことに思える。

深呼吸をしながら、もう大丈夫だと感じた。だが、わたしの世界が変わりはじめたのは、今思えばこの瞬間だった。予言のひとつが当てはまってしまった。

「ルールと基本を教えるまえに」フォードはつづけた。「チェスについて理解してもらいたいことがある。チェスは哲学だと考えたがる人がいるが、あながちまちがいではない。人生の象徴と見ることもできるし、戦争と比べられることはさらに多い。それだけではなく、チェスにはもっとデリケートな面があると私は思うのだが、それについてはまた今度にしよう。チェスを人生経験になぞらえた古い格言や言い回しは多いが、そのなかでも飛び抜けていると思うものはひとつしかない。私はいつもそこに立ち返るんだ」

「それはどんなもの？」肩の力がゆるむのを感じながら、わたしは尋ねた。

彼は手を伸ばして、わたしの指先からそっとクイーンを取った。耳元でまた予言が聞こえたが、今度は安堵を感じた。フォードはクイーンを取り返すことでわたしを救ってくれたのだ。彼を見て、胸の奥で何かが動くのを感じた。彼はクイーンを掲げ、話しながらわたしたちの目が合うようにした。

「私がいちばん好きなチェスの格言はとてもシンプルだ。〝計画なしにプレイしてもいいが、おそらく負ける〟」彼は笑みを浮かべながらクイーンをボード上のわたしの陣地に置いた。

「計画はあるのかい、フランシス？」サクソンが訊いた。

「計画が必要だとは思ってなかったわ」わたしは言った。もうチェスの話題ではないのだと感じた。

「とにかく」フォードが言った。彼は椅子の背に両手を置いて肩の力を抜いた。「私たちは出会えて幸運だ」

「運は関係ないと思うけど」わたしは言った。

彼はそれとはわからないほどに顎を上げてみせた。わたしの勝ちだというように。

第12章

〈キャッスル・ハウス・ホテル〉にチェックインしようとしていると、ゴードン氏が駆け込んでくる。おかげで彼のオフィスに荷物を置いてきたことを思い出す。

「ああ、アニー、つかまってよかった」彼はまたくしゃくしゃのポケットチーフを出して額《ひたい》をぬぐう。神経が高ぶったときの癖《くせ》のようだ。「フランシスの最後の希望は、遺言が読まれるまえの晩、あなたにグレイヴズダウン・ホールに泊まってもらうというものでした。遺言は明日の朝読まれます。よかったら、あなたを屋敷に送るためのタクシーを外に待たせていますが」

「あの……」ゴードン氏のあとからタクシーがアイドリングしている目抜き通りに出ながら、わたしは咳払いをする。「子どもっぽく聞こえるかもしれませんが、フランシス大叔母があんなことになった直後に、あの大きな屋敷にひとりで泊まるのはちょっと……」

「よくわかります」ゴードン氏は言う。「ですが、フランシスの遺言にはサクソンとオリヴァーも含まれますので、ふたりも滞在することになります。エルヴァはすでに来ているでしょう、サクソンには自分も含まれると解釈していますし……まあ、彼女にはもうお会いになっているのでおわかりですね。どうか気をつけてください」彼に意味ありげな目つきで見られ、わたしはうなずく。

「では、私はまだ仕事がありますので」彼はわたしをタクシーに乗せて言う。「明日の朝またお会いしましょう」

後部座席の横にバックパックを投げると、タクシーが走りはじめる。わずかな必需品だけをバッグに入れて身軽に旅ができればいいのだが、わたしのバックパックは、ノート、小説、付箋紙《ふせんし》、メモ帳、明らかに多すぎるペン、くたびれたノートパソコン、小説の書き方についての未読本数冊ではちきれそうだ。

最小限の着替えの服と洗面用具を詰めたわたしの革の旅行鞄《かばん》が、すでに車のなかにある。チェルシーの家の地下室で見つけた鞄で、RLGのイニシャルがついていることに、タクシーのなかで初めて気づく。大叔母の夫の名前はなんだったっけ？　これも〝正しい娘〟なら知っていて当然のことだ。やはり自分は不適格なのだと思えてきて、肩を落とす。わたしはここにいる資格はないような気がする。厳密に言えば親族だが、わたしには理解できない理由でフランシス大叔母に選ばれたのだから。

慣れ親しんだ世界が懐かしくなって、よく考えもせずに母に電話している。二回の呼び出し音のあと母が出ると同時に、テート美術館の展覧会の夜だということを思い出す。こんな大事な夜に母をわずらわすべきではないのに。正直なところ、母が電話に出たことに驚くが、温かな波動が送られてきたことにも驚く。母もおなじみの声を聞きたかったのかもしれない。今はフランシス大叔母が亡くなったことを伝えるときではないだろう。

「アニー、ハイ」母の声には、よく知らない場所になじもうとしてがんばりすぎているときに特有の、やけのような明るさがある。母とわたしの関係には浮き沈みがあるかもしれないが、この口調を聞くときほど息が合っていると感じることはない。

「ハイ、ママ。じゃましてごめんね、今日がオープニングだって今思い出した。おめでとう！」こちらもやけのように明るい声が出てしまい、母につられているように感じる。「そっちはどんな様子？」

電話の向こうに騒がしい話し声が聞こえ、シャンパングラスを合わせる不規則な音が混じる。展示室にいる母を思い浮かべる。壁の照明がローラ・アダムズの作風――母自身と同じく、最初はぐちゃぐちゃに見えるが、見ているうちに幾重もの層が現れる――の新作のキャンバスを注意深く照らしている。主題はいつも朽《く》ち果てた都市空間で、母はそれが自然界によって再生されるさまを生き生きと描く。

「すごくうまくいってる」母は言う。「知ってる批評家もたくさん来てるし、みんな絵を褒めてくれてる。展示作品はもう売約済だし」

「わあ、ママ、すごいじゃない！」わたしは言う。この興奮は本物だ。知られることが母にとってどんなに意味があるかわたしは知っている。なんといっても、九〇年代の全盛期以降、ひどい閑散期がつづいているのだから。フランシス大叔母の遺産をあてにしていたとはいえ、初期の作品が売れたことによる収入が父とともに消えたため、つねに財政難だった。「忙しいところごめんね」わたしは付け加える。

「いいのよ、あなたの声が聞きたかったから。そっちはどう？　フランシス叔母さんは相変わらず怒ってる？」

「ええと」わたしはフランシス大叔母の死を伝えずにすむ方法を考えようとするが、母はなぜか沈黙の裏にある重さに気づく。

「アニー？　何も問題はないの？」

「まだ話すつもりはなかったんだけど、電話したときは、今日がテートの初日だってことをほんとに忘れてて」わたしはゆっくりと言う。

母はため息をつくが、怒ってはいない。「わたしを動揺させるんじゃないかと心配しなくていいわ、アニー。悪い知らせはいつ聞いても悪い知らせだから」

母には見えないのに、わたしは唇《くちびる》をかんでうなずく。「実は、フランシス大叔母さんが亡くなったのよ、ママ。ほんとに残念だけど」

間《ま》があく。「わたし、キャッスルノールに行かなきゃならないのかしら？」動揺しているのだとしても、母は上手に隠している。母はいつもそれができるし、今夜もローラ・アダムズの最高の姿を世界に見せつづけるだろうということをわたしは知っている。でも、母の展覧会のオープニングナイトに、フランシス大叔母の幽霊を届けるメッセンジャーになったわたしはひどい気分だ。

「今はその必要はないと思う」わたしは言う。「心配しないで、全部こっちで手配するから。もし来てもらう必要があれば知らせる」そう言いながら心のなかで顔をしかめる。母もわたしもそれがうそだとわかっているからだ。母に何かしてほしいとき、わたしはたいていほかの人にたのむ。あるいは自分でなんとかする。母は母なりにすばらしい人だが、いつもそうだというわけではない。このことばのほんとうの意味は「ママが必要になったら、ジェニーに電話する」ということだ。

「わかった」母が言う。また間が生まれる。今度はぎこちない間が。「アニー、ひとつお願いしていい？」

「うん、いいけど」

「フランシス叔母さんはすごく詳細な調査ファイルを持っていたの。図書室のつづき部屋にあると思う。それをひとつ手に入れてもらえる？　とにかく……他の人の手にわたらないようにすることが重要なのよ」

考えが先走りして、わたしは興奮した口調になる。「う……うん、わかった。どのファイルが必要なの？」

電話の向こうからまたため息が聞こえてくる。今度は疲れた声だ。「サム・アーリントン」

父の名だ。

まだ頭の上でゆるいおだんごに結っていたことを忘れて手で髪をかき上げると、ヘアゴムが切れて髪が四方八方に散らばる。フランシス大叔母が父についてまるまる一冊のファイルを所持していたことに、何か感じるべきなのだろうが、すべての意識は、そもそもファイルがそこにあると母が知っていたことに向いている。そしておそらく、そこに何が書かれているのか知っていることに。突然母がもうそれほど気心の知れた相手とは思えなくなる。

「アニー？　聞いてる？」

「うん」わたしは言う。「聞いてるよ。そのファイルを手に入れる」

「ありがとう」母はほっとしているようだ。「それを読むか読まないかはあなたにまかせる」

これにはいらっとする。どっちにしろわたしにまかされているからだ。このキャッスルノールにいて、フランシス大叔母の人生を引っかき回しているのはわたしだからだ。そして今度は母の人生も。

「もう展覧会に戻って」母のプロとしての生活において重要な夜に、大叔母の死を母に伝えてしまったことを思い出し、わたしは言う。いつものように、母が残したさまざまな感情をしまい込む。持ち帰ってあとで対処するために。

「ええ、もう切るわね」

「フランシス大叔母さんのこと、残念に思ってる。このタイミングだったことも」

わたしたちは電話を切る。そのとき、タクシー運転手がルームミラーでずっとわたしを見ていることに気づく。

「ラザフォード・ローレンス・グレイヴズダウン」ミラーのなかでわたしと目が合うと、運転手は言う。

「は？」

「きみの鞄のイニシャル」彼は付け加える。「行き先がグレイヴズダウン・ホールだから、そうじゃないかと思って。先祖伝来のもの？」

「え、ええ」わたしはしばしタクシー運転手を観察する。運転手がみんな匿名《とくめい》で、大勢いるというロンドンの人間の考え方で旅をしてきたからだ。だが、ここはキャッスルノールで、自分はたった今母とひどく個人的な会話をしていた。地元のパブで嬉々としてうわさを広めるかもしれない人間が聞いているところで。

後部座席から運転手はそれほどよく見えないが、年齢は母ぐらいで、短く刈った髪はすっかり灰色になっている。肩幅が広く、煙草のにおいをぷんぷんさせている。

タクシーが円形のドライブウェイにはいり、グレイヴズダウン・ホールのまえに停まる。料金を払ってタクシーを降りると、運転手が窓をおろしたのでわたしは運転席に近づく。彼が建物をまともににらんでいて、わたしは一歩あとずさる。

だが、彼はわたしを見ると、愛想のいい表情に戻る。「きみはローラの娘さんだね？」

「はい」わたしは言う。警戒しつつも無礼な振る舞いはできない。

彼はにっこり笑う。「知り合いだったんだよ。おれとローラは、昔ね。十代のころ」彼はまた屋敷をにらむ。「フランシスは厄介者だった。こうなったのも当然だよ。死人の悪口は言いたくないが、彼女の死でローラが落ち込むんじゃないかと心配する必要はないよ。愛なんてもともとなかったんだから」

驚きのあまりあんぐりと口が開く。この男は母との会話をすっかり盗み聞きしていたばかりか、母の元彼なの？　そして今度は嬉々としてわたしの問題に立ち入ろうとしている？

いったい何様のつもりなのよ？

彼は話しつづけ、わたしは目をぱちくりさせながらその場に立ち尽くす。「きみはローラによく似ている」彼は微笑む。「レジー・クレインからよろしくと彼女に伝えてくれ」

「クレインって言いました？ ローワン・クレイン刑事と同じ？」

レジーはうなずく。「息子だ。あいつにはもう会っただろう」

「ええ」わたしはそっけなく言う。「会いました」堅実な刑事とこの穿鑿《せんさく》好きなタクシー運転手は結びつかないが、見た目も態度も親子でまったくちがうのはよくあることなのだろう。

タクシーがゆっくりとドライブウェイを戻っていくころになって、警察署の受付係のサマンサが言ったことをようやく思い出す。

クレイン家の人間にひどくつらくあたったの。

フランシスはどんなふうにつらくあたったのだろう。彼らが彼女の死を望むほどひどかったのだろうか。

第13章

「こんにちは」大きな玄関扉を押し開け、そっと声をかける。「エルヴァ?」

いちばん近いドア口からアーチー・フォイルが顔を出し、わたしは驚く。「村に行ってるよ」愉しげと言ってもいい様子で彼は言う。

わたしは彼をじっと見る。「あなたは鍵を持っていませんでしたよね」

「ああ。でも孫娘のベスが持っていた。厨房にいるよ。私は農場から採れたての野菜を運ぶように言われてね。あの子がときどきフランシスのために料理をしていたことは話したかな? ほんとうなら火曜日には来ないんだが、この状況だから……」ことばを濁《にご》し、少し考え込む。わたしに初めて気づいたかのように、黒っぽい目に焦点が戻る。「明日の朝遺言が読まれるとウォルトから聞いて、ベスはきみたちのためにおいしいブランチを用意することにしたんだ。フランシスならそう望んだだろうから」

「そうですか」ゆっくりと発したことばは、思ったより疑っているように聞こえる。ポーカーフェイスを保たなくては。フランシス大叔母にあの花を持ってきたのはアーチーの可能性が高い。その理由は彼が庭師で、毎朝彼女に切りたての花を届けていたからというだけなので、少し短絡的すぎるが。

そのとき、あることに思いいたる――アーチーは図書室につづく部屋のドア口から出てきた。今朝遺体を見つけたわたしたちが重要な証拠となる繊維や髪の毛を踏みつけてしまったのはたしかだが、フランシス大叔母の死に関わった人物にはそれ以上に現場を汚染したい理由があったはずだ。図書室が調べられず、だれでもはいっていける状態だったのではと思うと不安になる。「アーチー、警察はここにいた？」

「ああ、ひとチーム来ていた。刑事も――テディ・クレインの孫息子だ――いて、ほかの警官たちが鑑識の作業をしていた。警察が帰ってから図書室ははいれないようになっているし、ひとつしかない鍵はウォルトが持っている。でも、もう図書室は見ただろう。もしよかったら、屋敷のほかの場所を案内しよう」

「それは別のときにでも」わたしはそう言って、弱々しく彼に微笑みかける。「ひとりでぶらぶらして、部屋を見つけます。落ち着いたらベスに挨拶に行きますね」

「お好きなように」アーチーは言う。そして、口笛を吹きながら、厨房があるらしい屋敷の奥に消える。

わたしは旅行鞄を廊下に置き、バックパックを背負ったまま広いダイニングルームを抜けて、図書室のドアに向かう。侵入するつもりはないが、アーチーがその方角から来たかのように顔を出したのが気にかかる。

取っ手を試すと、そもそも鍵がかかっていない。ドアは簡単に開き、警察のテープも貼られていなければ、犯罪現場につき立ち入りを禁ずると示すものもない。アーチーが勘ちがいしたか、うそをついていたのだ。

一歩はいると、なかはきちんとしていて、かすかなマツの香りがする。部屋の奥のつづき部屋のドアはわずかに開いており、図書室ははいれないようになっている、とアーチーがわざわざ説明したことをわたしはまた思い出す。奥のつづき部屋にもだれもいなくて、先ほどと何も変わっていないように見える。

フランシス大叔母のファイルキャビネットは、不機嫌なティーンエイジャーの集団のように一方の壁側にそびえている。わたしは腕の毛が逆立つのを感じながらそれに近づく。壁に書かれている予言を見るまいとするが、〝手のひら〟と〝手〟ということばが目にはいって、包帯の下でわたしの手のひらがずきずきし、そのつながりに不気味さを感じる。

金属製のファイルキャビネットは全部で十個ある。どれも一九八〇年代ごろからここにあるように見えるが、そう思うのはわたしだけかもしれない。ひとつには、昔ながらのアボカドグリーンに塗られているからだが、よく使い込まれているせいで、引き出しの縁《ふち》の部分のペンキは欠けているだけでなく、すりへってその下の銀色の部分が見えている。

どのキャビネットにもよくあるラベルプリンターの黒い書体で番号が振られている。いちばん左のいちばん上の引き出しがわずかに開いていて、金属製の鍵穴から鍵束がぶら下がっている。二本の大きな合鍵もそこから下がっていて、おそらくこれが屋敷の鍵と敷地内のほかの建物の鍵だろう。だが、リングでつながったこの小さな鍵の集団に指をすべらせて、わたしは首を傾げる。鍵が立てるウィンドチャイムのような音。どこかで聞いたことがある。

しかも鍵にはファイルキャビネットに合わせて番号が振ってある。先刻エルヴァとオリヴァーとゴードン氏といっしょにここで救急車を待っていたとき、この鍵束はなかった。もしあればあのあと警察が見つけているはずだ。どうしてここにあるのだろう。興味深い。

その引き出しからはじめる。鍵が開いているし、おそらくファイルはアルファベット順になっているはずなので、父の名前――サム・アーリントン――はそこにあるだろう。だが、あるのは大量のほかの名前だ。どういう順番なのかわからないので、いらいらしながらも、知っている名前はないかとファイルを見ていく。

ようやく自分の名前を見つける。薄いファイルで、セントラル・セント・マーチンズ校の卒業式のときのわたしと母の写真と、重要だと思う人がいるとは思えない書類がいくつか。古い成績表や、昔リンクトイン（ビジネス特化型ＳＮＳ）に投稿した履歴書、そして、フランシスに地下室のトランクを送るのに使った運送業者の送り状のコピーまである。下のほうには曲線的なわたしのサインもちゃんとある。大叔母はどうしてこんなどうでもいいもののコピーを取っておいたのだろう。

ほかの家族のファイルはここにはない。母のものもなければ、祖父ピーターと祖母タンジーのものもない。あとは知らない名前ばかりだ。ようやくわたしはすべてのファイルの前方に分厚い分類カードがあるのに気づく。カードの上部に書かれているのは〝秘密未確定〟の文字だ。

急いでつぎの引き出しを開けると、さらに驚くような見出しが書かれた分類カードがいくつか見つかる。最初のカードは〝放火（Arson）〟。そして驚くべきことに、そのうしろには三つのファイルがある。幸い、知っている名前はひとつもない。つぎの見出しは〝暴行（Assault）〟で（これのあとには不安になるほどの数のファイルがある）、そのつぎは〝破産（Bankruptcy）〟とつづく。

大叔母のシステムはたしかにアルファベット順だ。秘密の項目がアルファベット順なのだ。胃がよじれ、引き出しを開けるたびに気分が悪くなる。不謹慎な行為で友だちやご近所さんを減らしていたフランシス大叔母に怒りを感じるべきなのか、このような不信の海で泳ぎながら一生をすごした彼女を気の毒に思うべきなのかわからない。

ようやく〝I〟まで来たところで父の名前を見つける。サム・アーリントンのファイルは〝不貞（Infidelity）〟のすぐうしろにある。慎重にそのファイルを抜き出すと、中編小説ほどの厚みがある。その引き出しにはいっているファイルはすべて〝不貞〟のカテゴリーで、このファイルに関わったすべての傷ついた心を思うと、口のなかにいやな味が広がる。フランシス大叔母はここにある秘密のどれかを暴露したことがあるのだろうか？　それとも、未知の敵を見つけるためにただ調べていただけ？　わたしは両親の結婚がどのように終わったのか知らない。わたしは生まれてもいなかったので、関係ないと思っていた。それに母は一度も話してくれなかった、つまりはそういうこと。父も夫もなしでわたしたちは生きてきたのだ。

引き出しの奥のほうにクレインの名前があるのに気づき、目をしばたたいてわれに返る。

反射的に手を伸ばしてそのファイルも引き出す。分厚い――父のファイルよりさらにページ数が多い。どのクレインのことか知るために開きはしないが、あの刑事ではありませんようにと願っていることに驚く。

彼に会ったとき結婚指輪には気づかなかったし、不貞の罪を犯しているとしてもそれは彼の問題だ。フランシス大叔母が自分の問題にしなかったのならだが。グレイヴズダウンというファイルもあるが、わたしの手はすでにいっぱいだ。これはサクソンの、あるいはエルヴァのだろうか？　それともフランシス自身の夫の？

エルヴァのことと、彼女が執拗《しつよう》にフランシス大叔母の殺人ボードから付箋紙をはがしていたことを思い出し、膝をついてクレインとアーリントンのファイルを床に置く。グレイヴズダウンのファイルを引っ張り出して、すばやく開き、ぱらぱらめくる。内容は多い――が、どれもわたしの知らないほかのグレイヴズダウンのことのようだ。サクソンのことも、エルヴァのことも、ラザフォードのことも書かれていない。だが、なかにまた別のファイルがはさまれている。ハリソン・グレイヴズダウンという名の人物と、エッタ・グレイヴズダウンという別の名前、三人目はオリヴィア。グレイヴズダウン一族はとくに貞節というわけではないようだ。

グレイヴズダウンのファイルを戻して引き出しを閉める。この不貞について自分がどれくらい知りたいのかだれにもじゃまされない場所で考えるために、そろそろ部屋を探すべきだ。階上《うえ》に行くと、ほかの者たちはすでに自分の部屋を確保していることに気づく――わたしが最初にのぞいた部屋の四柱式ベッドに、エルヴァのブランドものの白いブレザーのハンガーがかかっている。わたしらしくないが、ブレザーめがけてダッシュする。村の半数の人の秘密を掘り出すのに時間をかけたからだろうか、エルヴァのポケットの中身を探ることも恥ずかしいとは思わない。

わたしの指は、彼女がフランシスの殺人ボードからはがした付箋紙だけでなく、別の折りたたんだ紙も探り当てる。全部自分のポケットに突っ込み、急いで部屋から出て静かにドアを閉める。

その隣の部屋もとても広いベッドルームで、薔薇園《ばらえん》が見わたせ、ベッドの上にはオリヴァーの空《から》のノートパソコン用バッグが投げ出されている。だが、もうかぎ回る気にはなれない。それに、ちょっと間抜けなことをのぞけば、オリヴァーは比較的無害な気がするので、彼の持ち物はそのままにしておく。スキャンダラスなグレイヴズダウン一族に比べると、実際彼はかなり退屈に見える。

磨いた木の床のまんなかに敷かれたふかふかの赤いカーペットのおかげで足音を立てずに廊下の先へと進む。ようやく大きな窓のある小さな部屋を見つけ、壁に寄せて置かれた鉄枠のベッドの上にバックパックを放る。窓の周囲にはステンドグラスの縁があり、差し込む残照が陽気な形を床に投影している。

この部屋はだれが使っていたのだろう。他の部屋よりずっとせまいし、ベッドは他の部屋で見た優雅な四柱式ベッドと比べると質素だ。床はシンプルな白塗りのフローリングで、中央にこぎれいなラグが敷いてある。ひょっとして家政婦か、その他の使用人の部屋だろうか？

ベッドに座って脚を組み、目のまえのファイルを開こうとしたとき、部屋の奥のクロゼットのそばに、わたしの旅行鞄がきちんと置かれていることにようやく気づく。一瞬驚いて目をしばたたく。おそらくアーチーが気を利かせてくれたのだろうが、それでもやや引っかかる行為だ。まちがいなく部屋はほかにもたくさんあるのに、どうしてわたしがここを選ぶとわかったのだろう？　それとも彼はこう言いたかったのだろうか。おまえにはせまい使用人部屋がお似合いだ。この家はおまえのものではないのだから。

脳が少し疲れてきたようだ。ひどく空腹だということも影響しているだろう。列車に乗ってから一日じゅう何も食べていない。正直、今まで気づかなかったが、突然胃そのものが消化されてしまいそうなほどの空腹を覚えている。

フランシス大叔母の緑色の日記（これもキャッスルノールの秘密を知るための読み物だ）と、持参したノートの束のあいだにファイルをぴったりとはさんで、バックパックにしまう。そしてそれをベッドの下に隠す。だれかがかぎ回ろうとしたとき最初に探す場所なのはわかっているが、すべてを見えるところに置きっ放しにするわけにはいかない。

階下に向かうと、厨房はすぐに見つかる。アーチーの口笛が聞こえ、低い声での会話が聞こえる。明日のブランチは朝用意すればいいのに、どうしてベスは今ここで料理をしているのだろう。だが、パンを焼こうと思ったら、前夜からやることがたくさんあるのをわたしは知っている。

厨房は広大で、光にあふれている。ロンドン中心部のたいていのフラット全体よりもゆうに広い。奥の壁側に大型コンロのアーガがあり、そのまえには巨大なアイランドテーブルがあって、天板は分厚い木材だ。反対側の奥にはあまりに大きくてわたしがなかにはいれそうな暖炉があり、二脚の肘掛け椅子が石の炉床のまえに置かれている。一方の椅子の肘掛けに紫色のカーディガンがかけてあるのに気づいたとき、アイランドテーブルにいる女性が振り向いてわたしを見る。

ベス・フォイルはわたしより十歳ほど年上のようで、黒っぽい巻き毛に、型にはまらない美しさのある顔をしている。鷲鼻《わしばな》はとてつもなく高く、その特徴を隠すよりむしろ目立たせることを選んだせいで、〝きれい〟から〝目立つ〟までさまざまな印象を受ける。全身一九三〇年代風の装いで、赤い口紅と濃い青のお茶会用ワンピースは、オーブン仕事をするのにもっともふさわしい服装に見える。太めのヒールのオックスフォード・シューズでさえ場ちがいには見えない。ワンピースの上につけたエプロンは、一九五〇年代のものか、それ風に手作りしたのだろう。彼女は粉に覆われたアイランドテーブルで慎重に生地をこねていたが、わたしを見ると手を止める。

「あら！」片手を顔の横でひらひら振り、その動作までがヴィンテージで、その時代に合っているように見える。彼女がイングリッド・バーグマンで、ハンフリー・ボガートに別れを告げようとしているかのように。「あなたはローラの……アニーね？」

「あ、はい、そうです」わたしは中途半端に手を振るが、彼女は正式な握手をしようと、手についた生地をエプロンで拭《ふ》きながらアイランドをまわってくる。

「ベスよ」

今たしかにアーチーの口笛が聞こえたはずなのに、彼の姿はない。たぶんベスも口笛で同じ音を出せるのだろう。

「お会いできてうれしいです」わたしの胃がやかましく鳴り、すぐに本題にはいることにした。「あなたが明日のブランチを用意するとアーチーから聞いてます。ところで、今軽く食べられるものはありますか？　お行儀が悪いのはわかってるけど、すごくお腹がすいちゃって」

「もちろんあるわよ！」ベスは言う。「でも、もっといいものを出してあげる。スープは好き？　祖父のランチ用にミネストローネとパリパリのロールパンを作ったんだけど、ほとんど食べてもらえなかったのよ」彼女はすでに巨大な冷蔵庫に向かい、鋳鉄《ちゅうてつ》の鍋——高価なル・クルーゼのもの——を取り出して、それをアーガのいくつもあるユニットのひとつに入れる。アーガは新品のようで、チェリーレッドのエナメルがベスの口紅と完璧にマッチしている。

「ありがとう」わたしは言う。アーガのそばに行き、ぴかぴかのクロームの取っ手をうっとりと眺める。

「すてきでしょ？」彼女が訊く。「古いのを取り替えることになったとき、フランシスがわたしに選ばせてくれたの」フランシス大叔母の名前が出るとベスの顔はくもったが、ひたすら感情を抑えているようで、ほんとうはどう感じているのか読み取るのはむずかしい。前世紀へのこだわりを体現してはいるが、すべてが演技のエルヴァとはちがうような気がする。彼女をどう解釈すればいいのか、正直よくわからない。

「お気の毒でした」わたしは言う。「大叔母と親しかったんですよね。今日はどんなにかつらかったでしょう」

ベスは涙ぐみながら微笑んだ。「気持ちを整理するためにずっと料理してた。そうすると落ち着くの」彼女は言う。「でも、お気遣いありがとう」

ようやく彼女はオーブンから温めたスープを取り出して、ボウルによそい、わたしのまえに置いてくれる。わたしはそれをかき込む。すばらしくおいしい。ボウルが空《から》になりかけると、わたしはだれも座っていない肘掛け椅子に目をやる。

わたしの視線を追って、肘掛けの紫色のカーディガンに気づいたベスは、ため息をつく。「フランシスのよ」彼女は言う。「片づける気になれなくて」また涙があふれ、顔をそむける。忙しくオーブンから何か取り出し、わたしに向き直ると、やや明るすぎる表情を浮かべている。

グレイヴズダウンの敷地にあるという農場について、アーチーが言っていたことを思い出し、フランシス大叔母の死で彼らの未来は変わるのだろうかと思う。少しのあいだ頭のなかで検討してみて、農場のことを尋ねても失礼ではないだろうと判断する。彼女の家族のことを考えてくれる人がいるとわかればよろこぶかもしれない。

「ベス、ちょっと思ったんですけど」わたしは言う。「フランシス大叔母が亡くなって、お宅の農場はどうなるんですか？」

ベスはまたエプロンで両手を拭き、額にしわを寄せる。「そうね、だれが相続するかによると思うわ」彼女は何気ない調子で言うが、明らかに無理をしている。「たしかに、フランシスが農場をわたしたちに残すことにしてくれていたらよかったのにと思うけど、ミスター・ゴードンからもう知らされているの、わたしたちは遺言に含まれていないって」

「残念ですね」わたしは言う。本心だ。フランシス大叔母が農場をフォイル家のために残さないのは不公平に思える。ここの敷地は充分に広い。農場まで必要だろうか？　この話にはまだ裏がありそうだ。

ベスは小さくうなずき、わたしに感謝の笑みを向ける。「すべてうまく運ぶことを願うしかないわ」彼女はまたカウンターに小麦粉を振り、新たに大きなボール状の生地をこねはじめる。

わたしは小賢《こざか》しくも、明日彼女がブランチを出すほんとうの目的は――近くにいて自分の将来に目を光らせるためではないかと勘ぐっている。わたしが彼女の立場ならそうするだろう。

そのとき、だれかに見られていることに気づく。

厨房の裏の、階段を何段かおりたところにオープンタイプの大きな温室がある。これほど大きいと温室とは言わないのかもしれない――見たところかなり奥行きがありそうだが、生い茂った植物のせいで見通すことはできない。サンルームかオランジェリーとでも呼ぶべきだろう。黄昏《たそがれ》の薄明かりがシダやヤシの木のあいだからしたたり、あらゆるものにシロップのような光を投げかけている。屋敷のなかで心から探検してみたいと思う初めての場所だ（それ以外だと図書室もそうだが、あそこに関しては今は複雑な気分）。事実、そうしていただろう、厨房にいちばん近いガラス窓にだれかの顔が押しつけられていなかったなら。

「弱々しい感じの女性がこっちを見てます」わたしはゆっくりとベスに言う。「なかに入れてあげるべきかしら？」

ベスは目を見開き、その顔を見て、またため息をもらす。今度は悲しいというよりいらいらしたため息だ。「ローズよ」そして、ガラス越しでも聞こえるように大きな声で言う。「紅茶でもいかが？」

ローズ。あの写真が頭のなかによみがえる――フランシス大叔母、消えた少女エミリー・スパロウ、そして三人目の少女ローズ・フォレスター。彼女は救急隊員のジョーの母親ということなので、結婚してローズ・リロイになったのだろう。ローズは〈キャッスル・ハウス・ホテル〉のオーナーだ。

顔が窓から消え、植物のジャングルのどこかからガラスドアが開く音が聞こえる。温室から庭に出る裏口だろう。片手にピンクのハイビスカスの花を一輪持ち、もう片方の手にくしゃくしゃのハンカチを持って、シダのなかからローズが現れる。

彼女は老いただけで、写真のままだ。髪型は今も特徴的なボブで、ブラウスとブレザーまでが一九六〇年代のポリエステルで作ったように見える。髪は白髪交じりになっているが、くっきりとした顔立ちに合っている。頬骨が昔より目立ち、それが茶色の目をさらに大きく見せている。ローズを見ていると、エミリーとフランシス大叔母はまだ七十代なのだということを思い出す。実際、七十歳はそれほど年寄りというわけではない。

だが、わたしを認めた瞬間、ローズの顔つきが変わる。怒りに顔をしかめ、つぎに警戒する。ハンカチを持った手で小さな円を描きはじめ、やがて無人の肘掛け椅子のほうを見て、悲しみの表情に落ち着く。

「ローズ、こっちに来て座って」ベスがやさしく言う。ローズを肘掛け椅子のひとつに導いたあと、シンクに行って彼女のためにグラスに水を入れてくる。

ローズは目を閉じ、鼻から深く息をして、広い部屋を満たしはじめている焼きたてのパンのにおいを吸い込む。ようやく彼女ははっきりと言う。「あなたがアナベルね。会えてうれしいわ。さっきはごめんなさい、一瞬あなたを見て驚いてしまって。でも、あなたが来るのは知ってたのよ。フランシスから聞いてたから」

「わたしもお会いできてうれしいです。フランシス大叔母がわたしのことを話していたんですか？　そんなこと思いも――」わたしのことばは、ローズが洟《はな》をすする音にさえぎられる。

「ごめんなさいね」ローズは目元をぬぐって言う。「なんだか自分じゃないみたい。わかるでしょう、フランシスを失ったことで……」声が割れ、片手が突然顔のまえに飛ぶ。隠れ場所から驚いて飛び立つ小鳥のように。彼女は洟をすすり、そうすれば涙をためておけるかのように目のあいだをつまむ。

「おつらいでしょう」わたしは言う。「フランシス大叔母のお友だちだったんですよね」

「親友だった」彼女は強い口調で言う。わたしは口調の変化に驚くが、悲しみというのはおかしなものだ。怒りへと一気に変わることもある。わたしは急に自分をひどく幼く感じる。

「ローズ」ベスがやさしく言う。「わたしたちに何かできることはある?」

「わたしはただ……見たかったの――」ローズは声を詰まらせるがなんとか回復する。「フランシスが亡くなったとジョーから聞いたとき、罪悪感でいっぱいになったわ! だれひとり彼女を信じなかったんだもの」彼女の声は怒りに震える。「彼女は正しかった! 長い年月のあいだずっと。殺されると言っていたのはほんとうだった」

「たしかなことはだれにもわかっていないのよ」ベスが言う。

今はわたしの考察を披露するときではないだろう。この気の毒な女性は親友の死を知ったばかりなのだ。おそらくこの村のだれかが、フランシスが知っていたにちがいないだれかが、彼女を殺したのだと告げるのは、あまりにも残酷だ。

「でも、すぐにわかるわ」ローズは静かに言う。「わたしはフランシスを信じてる。彼女は六十年近くもこれに備えていたのよ。警察はこんなことをした人物を見つけてくれるわよね?」彼女はベスからわたしへと目を移し、またベスを見る。「フランシスには正義を求める価値があるわ――彼女を殺した犯人に罪を償《つぐな》わせなくちゃ!」

「刑事さんたちが調べています」わたしは言う。「彼女のために正しいことをしてくれますよ」実際は確信がないが、そう言うのが正しいことに思える。ローズは少し落ち着き、うなずきながら洟をかむ。

「アニー」ベスがローズの頭越しに言う。「祖父を探して、ローズを村まで送ってくれるかどうか訊いてくれる？　庭にいるはずよ、ガラス越しに見えるから」

ローズは目を細くする。「わたしは老いぼれじゃないわ、ここにだって自分の車で来たんだから！」とかみつくように言う。

「それでも」ベスは言う。「おじいちゃんに送ってもらいたいの。あなたはとても動揺してるし、事故はこういうときに起こるものだから」

「アーチー・フォイルとはもう充分車に乗ったわよ」ローズがぶつぶつ言う。

ベスに視線でうながされ、わたしはうなずくとアーチーを探しにいく。

彼は薔薇の剪定《せんてい》をしている――散らばっているのは真紅の薔薇だ。彼を連れて厨房に戻ると、ローズはさっきよりも落ち着いている。手で髪をなでつけ、ハンカチは消えている。

「やあ、ロージー」アーチーが言う。「パブまで送ってくれないか？　今日の仕事は終わったから」

「いいけど」ローズは言う。立ち上がって肘掛け椅子から紫色のカーディガンを取り、ぎゅっとにぎってから肩に羽織る。

アーチーは彼女をダンスフロアに導こうとするように腕を差し出す。わたしはシダのあいだを歩いていくふたりを見送る。

第14章

バックパックに詰めたファイルに目を通しながら夜をすごすつもりでいたが、ベスの温かいスープをごちそうになって小さな部屋に戻ると、一日の疲れが出て目を開けていられなくなる。

翌朝オリヴァーのノックで目覚め、フランシス大叔母の遺言を読むので、十分後に階下に来いと言われる。

急いで人前に出られるように支度するが、替えのワンピースは一着しかなく、今回のような場にはふさわしくないように思える。とはいえ、そうでなければ昨日着た服をまた着るしかなく、そっちのほうがまずい。少なくともワンピースは、ジェニーが〈ハロッズ〉で散財したもののお下がりで、ブランドものだ。上半身はぴったりしていて、スカートはフレアなので、いつもはボリュームたっぷりの生地に隠している体の線が、はるかにあらわになっている感覚がある。また髪を頭の上でまとめ、壁の全身鏡に映してチェックする。

うれしい驚きだ。たぶん昨日母に似ていると言われつづけたからだろうが、このワンピースを着るとスマートで優雅に見え、別人になったような気がする。深呼吸をすると、ネイビーのシルクを整えるようになで、部屋を出て階段をおりる。

遺言が読まれるのだと思うと、ゴードン氏に図書室に案内されながらもすべてが厳粛に感じられる。室内は息が詰まりそうだが、昨日ここにいたときとは微妙に変化している。花は片づけられ、窓際のすてきなアレンジメントもなくなっていて、閉塞感がわずかに緩和されている。早朝の光が窓から射し込み、芝生は露《つゆ》に濡れている。すぐに陽射しに焼かれて乾いていくだろう。部屋の片側の壁側に置かれた長テーブルに、ベスが用意したブランチが並んでいるのに気づくが、だれも手をつけていないのが少し残念だ。椅子が並べられていて、ゴードン氏は図書室のまんなかにある大きな木のデスクの向こう側に座り、残りのわたしたち——まだ姿を現していないサクソン以外——は彼と向かい合って座る。すべてがやたらと堅苦しく、まさにお金持ちの遺言が読まれるシーンそのものだ。

エルヴァ・グレイヴズダウンは左端に座り、夫のために隣の席を空けている。わたしはその隣の空いている椅子に、オリヴァーはいちばん右の椅子に座る。彼の携帯電話からはひっきりなしに着信音がしており、そのたびに彼はわたしに背を向けて確認する。そのやつれた表情から、上司か束縛したがるガールフレンドからだろうと推測する。

興味深い追加人員のひとりはクレイン刑事だが、彼はわたしたちといっしょに座っているわけではない。わたしは彼を見てうれしいと思った自分に気づいて驚く。彼のおかげでみんな少し落ち着き、安心感を覚えているようだ。彼は何やら重要そうなファイルを脇にはさんで、窓枠のひとつに寄りかかり、わたしたちを静かに観察している。わたしが座ると、彼は小さくうなずくが、それ以上の交流は避けている。彼の持っているファイルにオウス医師の検死解剖の結果がはいっていることに全財産を賭けてもいい。何が書かれているのか知りたくてたまらない。

ゴードン氏は咳払いをして、指差すように腕時計を確認してから、意味ありげにエルヴァを見る。「滞在中の家でおこなわれる集まりなのに、どうしてサクソンが遅刻するのか理解に苦しみますね。エルヴァ、五分以内に来なければ、屋敷じゅうの部屋を捜索して彼をここに引きずってきますよ」

エルヴァはひどく怒っているように見える。舞台用の照明とオーケストラがほしくなるような反応だ。彼女には自然に見えるところがどこにもない。つねにひとり舞台を演じているような人だ。「ばか言わないでよ、ウォルト。ここはサクソンの実家なのよ。あの人はここで育ったの。あなたには思いやりってものがないの？　ご先祖さまたちとのふれあいに時間を取っているのかもしれないじゃない」

「わかってますよ、エルヴァ」ゴードン氏は静かに言う。「でも、私にサクソンを隠れている場所から引きずり出した経験があるのを忘れているようですね。その場の状況を探ってからこれ見よがしに登場するという子どものころの習慣から、彼が脱していないとしても私は驚きませんよ」

好奇心が刺激されるが、だれもくわしく説明しないので、尋ねるのは気がひける。

エルヴァは話題を変えようとする。「どうしてオリヴァーがここにいるの？」彼女は尋ねる。

それについてはわたしも考えていた。フランシス大叔母が遺言のなかで彼に言及していることは知っているが、その理由は謎のままだ。わたしには気まずすぎる質問をエルヴァがしてくれたことをひそかによろこぶ。

「すぐにわかりますよ、遺言が読まれれば」ゴードン氏が言う。

部屋の向こうからじっと見ているクレイン刑事の視線を感じる。図書室のドアがバタンと音を立て、刑事以外の全員がびくっとする。そして、それが合図であるかのように、たっぷりとしたグレーの髪の男性が大股《おおまた》で図書室にはいってくる。「すまない、みんな」彼はそこにいる人たちに温かな笑みを投げかけて言う。

「サクソン、ようやく来たか」ゴードン氏が言う。

サクソンはほっそりした体型によく似合う、高級な仕立てのグレーのスーツを着ている。身長はおそらく六フィートに少し足りないくらいで、エルヴァの絶え間ない演技よりも本物の自信を感じさせる。がっしりした顎に目は緑色で、早くも頭のなかで〝銀狐〟と言うジェニーの声が聞こえる。彼はわたしがじっと見ているのに気づき、一歩あとずさる。

「きみはローラじゃないな」彼は率直に言う。だが、笑みは残したままで、わたしが母に似ているとは口にしない。

「ええ」わたしは言う。座ったまま軽く背筋を伸ばし、数分まえにこのワンピースを着て鏡を見たときの感情を呼び起こす。「ちがいます」

「サクソン、こちらはアナベル・アダムズ。アニーだ。ローラの娘さんだ」ゴードン氏が言う。「今や彼女も仲間だ。この――」そう言って目のまえの書類を見下ろし、顔全体がたれ下がるほど顔をしかめる。「騒動の」最後のことばはひとり言のように発するが、遺言に対する彼の思いはかなり明確なようだ。

サクソンが歩いてきて、わたしの隣の空いている椅子に座る。わたしのほうに身を寄せて言う。「会えてうれしいよ、アニー。今度のことがすべて正しく円滑に進むことを願うよ、気の毒なウォルトがストレスで倒れないようにね。それと、エルヴァが昨日きみを歓迎しないような態度を見せたと思うが、どうか彼女を許してやってくれ。きみがローラに似ているのでいやな気分になったのだろう」

サクソンに会ったときどんな印象を受けると思っていたのかはわからないが、これではなかった。おそらくエルヴァのような人だろうと思っていた。でなければ、忙しかったり重要人物すぎて、遅れてやってきてもわたしの存在にも気づかないような人だろうと。だが、サクソンはわたしの隣におとなしく座り、実にまともな雰囲気を醸《かも》し出し、この状況をわたしがいかに気まずく感じているかも理解している。なんとも心地よい驚きだ。

「ありがとうございます」わたしは言う。

母がエルヴァを動揺させるような何をしたのか気になるが、これまでエルヴァを見てきて思うのは、ふたりは同じようなところもあるが中身はまったくちがうということだ。母はおそらくゲーム感覚で彼女を動揺させたのだろう。そう思うと誇らしくて愛情の波を感じる。

「さて、それでは、みなさんのために単刀直入に申し上げます」ゴードン氏は読書用眼鏡をかけ、目のまえに書類の束を掲げる。「フランシスは地所を分割しません。全部まとめて相続人に残します。これにはチェルシーの家と農場とそれに付随する土地、そしてこの地所そのものと周囲の土地が含まれます。四千万ポンドの預金もです」

全員が無言のままなので、ゴードン氏はつづける。「サクソン、オリヴァー、アニー――最近ローラから書き換えられました――が相続人の候補ですが、ここから話は複雑になります。これを説明するのにいちばんいい方法は、フランシスの手紙をそのまま読むことでしょう」

親愛なるサクソン、アナベル、オリヴァー

こういうことは普通の方法でしたかったわ、本当に。オリヴァーには少し待ってもらって、まずはサクソンとアナベルに向けて書きます。わたしの命が殺人によって終わることはずっとまえからわかっていました。したがって、わたしの土地と、口座にある預金も含めてすべてを――見事にわたしの殺人の謎を解明した人に残します。

わたしは深く信じていることのせいで、この村で何十年ものあいだ不当な扱いを受けてきました。自分たちが隠している秘密と、それを見つけ出すわたしの技術のせいで、だれもがひどく不安になり、わたしを変わり者扱いして評判を落とそうと躍起になっています。キャッスルノールには何か正しくないことがあると、わたしはずっとわかっていました。通りの割れ目に、教会の壁に、わたし自身の家にも秘密が詰まり、わたしたちを芯から腐らせていると。これらの秘密がかならず命取りになると、わたしはずっと知っていました。なんといっても、それは昔からあったのですから。

この世でのわたしの最後の仕事は、あなたたちふたりをわたしの信奉者にし、願わくはその過程で、村じゅうの人を信奉者にすることです。

あなたたちのうちの優れたほうが、わたしの運命ではなく、財産を相続できますように――

ぽかんと口を開けたまま、フランシスのことばを理解しようと努める。殺人の謎を解明する。またもや厄介な運命の手を感じる。フランシス大叔母の遺体を発見して以来、それこそわたしがやろうとしていることだからだ。やらずにはいられないことだからだ。わたしは自分がフランシス大叔母の予言の一部のような気がしている。自分が正しい娘かもしれないという気がしている。

ここでエルヴァががまんできずに声をあげる。「どういうこと？　そんなことが彼女にできるの？　それにわたしたちが従うとでも？」

クレイン刑事は手にしたファイルを見下ろしており、エルヴァが言ったことを聞いているのかどうかわからない。

ゴードン氏はまた咳払いをする。「エルヴァ、〝わたしたち〟ではない。これに関わるのはサクソンとアニーだ。オリヴァーと刑事もここにいるが、最後まで読ませてもらえればそれについてもわかる」

もちろんルールはあります。あなたたちが何もせずにぶらぶらして、正義がなされないままわたしの死体が地面の下で腐っていくのは困ります。一週間さしあげます。もし一週間がすぎても、殺人の謎を解き明かせなかったら、わたしは地所のすべてを若き不動産開発業者オリヴァー・ゴードンと、彼の雇い主である〈ジェソップ・フィールズ〉の手にゆだね、売却します。地所がショッピングモールになろうが採石場になろうがかまいません。あなたたちがしくじれば、村じゅうが何代にもわたって影響を受けることになるでしょう。売却金と財産の残りはすべて国庫に――

がまんできない――今度はわたしがさえぎる番だ。「でも、農場はどうなるんですか、ベスと彼女のおじいさんと彼らのビジネスは？」

ゴードン氏はまじまじとわたしを見る。自分の利益以外のことを考えている人間がいると感激しているのか、それともこの遺言の爆弾が衝撃波となって村を襲うことになるのをわたしが思い出させたせいでげんなりしているのか、その様子からはわからない。彼は返事をせずに先を読み進める。

でも、望みのものを得るために、急いでまちがった結論に飛びついてもらいたくもありません。そこで、発見したことはクレイン刑事に検証してもらうようにしてください。それから逮捕なり前向きな結論なりに進むのです。それが妥当かどうか、最後にウォルトが判断します。もしどちらかがなんらかの理由で実刑判決を受けた場合、彼はその人を失格にする権利も持っています――

「つまり、私たちは殺し合うこともできるってわけだ。逃げ切れるのであれば」サクソンが冷淡に言う。「なんとも優雅だな、フランシスは」サクソンはまたわたしのほうに身を寄せて付け加える。「心配いらないよ、アニー、きみを殺すつもりはないから」

「それはありがたいわ、サクソン」わたしは返す。「わたしもあなたを殺すつもりはありません」そしてわたしたちはふたりとも微笑む。初めて会ってから十分にしかならない人との会話としてはあまりにも奇妙だからだ。

「実際」ウォルトが言う。「この追加項目はよく考えられている。これによってきみたちはお互いに目を光らせなければならない。フランシスは自分の地所が無価値な人間の手にわたるのを望まなかっただろうから」彼は手紙をまた顔のまえに掲げ、つづきを読む。

ここでは自然死といった不測の事態について言及するつもりはありません。殺人はかならず実現すると確信しているからです。もちろん、だれがわたしを殺そうとしているかうすうす感づいていたら、あらかじめ警察に通報していたでしょう（クレイン刑事が実証してくれます――何度かそうしようとしたので）。だれがわたしを殺すことになるのか、何年も明らかにしようとしてきましたが、まだ起こっていない犯罪を明らかにするのはむずかしいことなので、その役をあなたたちに委ねなければならないのです。

わたしは計画的にこのゲームに勝とうとしましたが、どうやら負けてしまったようです。そこで、わたし抜きでつづけてもらえるように計画を立て直しました。

健闘を祈ります。

フランシス

わたしたちは圧倒され、数分にも思えるあいだ黙って座っている。やがて、わたしが沈黙を破る。

「いっしょに謎を解いたらどうなるんですか？」

「あるいは、どちらかがやったんだとしたら？」サクソンが訊く。

クレイン刑事がサクソンを見て、かすかに片方の口角を上げる。「なぜです？　自白するつもりですか？」

「純粋に学究的側面から訊いたんだよ」サクソンは答える。「フランシスがどこまで考え抜いていたのか知りたい。実に見事な計画だから」サクソンはひどくおもしろがっているようだ。これがただの興味深いゲームにすぎないかのように。

このあいだじゅうずっと携帯電話をタップしていたオリヴァーが、ぱっと顔を上げて言う。「ぼくはこの殺人の解明を手伝うつもりはありませんよ。ぼくがここにいるのは保険のためなんですから……」彼の顔つきは牛乳を凝固《ぎょうこ》させるほどで、わたしは彼が激怒していることに突然気づく。「愛すべきフランシスは、ぼくの仕事を墓のなかからでも遊べるおもちゃだと思っていたんですから、事態が紛糾《ふんきゅう》して、眠っているあいだに殺されるのはごめんです」

エルヴァをちらりと見る。「でも、フランシスの死亡時刻からすると、ぼくたちは全員シロということになりますね。彼女が殺されたとき、ぼくたちは全員キャッスルノールの同じオフィスにいたんですから。サクソン以外は、ですけど」

「それはあんまり関係ないと思う」わたしは言う。「あの花はいつ彼女の手にわたったとしてもおかしくない。犯人が逃げる時間はたっぷりあったはず」

クレイン刑事が寄りかかっていた窓枠をそっと押して体を起こす。「死因は花ではなかった」

「えっ……どういうこと？」どうしてドクニンジンが血管にはいっても死にいたらないのかわからず、わたしは何度かまばたきをする。

「じゃあ、彼女はまちがっていた？　殺されたんじゃなかったのか？」サクソンが訊く。

「そうは言っていない」とだけクレインは言う。彼はエルヴァとサクソンをじっくりと観察して、彼らの反応を見る。サクソンは刑事に査定されているのに気づいて見返す。エルヴァは気づいていないようだ。

「彼女が死んだとき、わたしたちはみんなミスター・ゴードンのオフィスにいたわ」エルヴァが答える。「フランシスから会合の場所を変更すると電話があったんじゃなかった？　つまり、わたしたちがあそこにいたとき、彼女は生きていたってことよ。サクソンは病院からこっちに向かっていた――フェリーに乗っていたはず」

「切符がある。見せる必要があるなら」サクソンは冷静に言う。

「だれも部屋のなかの象《エレファント》の話をしないんですね（elephant in the roomは重要だと全員がわかっているのにあえて触れようとしない問題のこと）」オリヴァーが口をはさむ。かみつくような口調は驚くほどきつい。

「どの象のこと？」わたしは思わず訊く。この部屋のなかには複数の象がいる気がするからだ。

　オリヴァーはわたしを無視し、刑事のほうを向いて言う。「死因はなんだったんですか、クレイン刑事？　それとも、教えるつもりはないんですか？　検死報告書を持っているようですが」

「ああ、その象ね」わたしが言う。

クレイン刑事は動かない。じっとオリヴァーを見てかすかに微笑む。

「いいでしょう」オリヴァーは言う。「でも、彼女がほんとうに自己責任で亡くなったとしたらどうなるんです？」

「彼女がわたしたちにこの大騒ぎをさせるために自殺したと思うの？」エルヴァが言う。それが事実かもしれないと思っているかのように。批判したくはないが、エルヴァ・グレイヴズダウンはとくに賢いわけではなさそうだ。

「そうじゃなくて、心臓発作だったとしたらという意味です。あるいは、糖尿病性機能障害とか、なんでもいいですけど！ その場合はどうなるんですか？」

クレイン刑事はようやくまえに出る。ゴードン氏が座っているところまで歩いてきて、デスクにファイルを置く。「たしかに彼女は心臓発作を起こした」彼はゆっくりと言う。

オリヴァーはうめき、また携帯電話を探してポケットに手を入れる。

「だが、自然なものではない」クレイン刑事はファイルを開いて言う。「フランシスは正しかった。彼女は殺されたんだ」

第15章

キャッスルノール・ファイル　一九六六年九月二十三日

ジョンはよそよそしくなり、グレイヴズダウンの地所についてや、みんながわたし抜きであそこで何をしていたのかという質問を避けていた。サクソンの警告がまだ悪臭のようにただよっていた。ぼくを気味の悪いやつだと思ってるだろうけど、あなたのボーイフレンドはもっと悪いやつだよ。

でも、質問をかわすたびに、ジョンはわたしにやさしくなった。わざわざロンドンから香水やわたしの好きな本を取り寄せた。木にわたしたちのイニシャルを彫り、愛していると言った。そしてゆっくりと、一週間ほどもかけて、わたしたちのあいだの氷は溶けていった。そしてありがたいことに、グレイヴズダウンの地所の森は世界一ロマンティックな場所ではないとジョンもわかってくれた。わたしたちの初めての場所としてさまざまな候補もあげてくれた。暗くなってから城の廃墟に忍び込むとか、ひと晩ウォルトの車を借りるとか。でも、フォードとサクソンとともにすごして以来、わたしは友人たちに対して少し違和感を覚えていた。

グレイヴズダウンの地所こそわたしたちがすごすことのできるもっとも心躍る場所だと、エミリーはまだ言っていた。その確信は、ある晩午後七時に村の緑地で大騒ぎして、警察に追い出されたことによってさらに強くなった。いつものように、大騒ぎの元凶はウォルトだった。キンクスの〈ユー・リアリー・ガット・ミー〉を歌いながら木におしっこをかけ、歌が終わるまでおしっこをしつづけると宣言したのだ。ウォルトはいつもそんなことをしていた——ほんとうに子どもなのだ。

ローズはテディ・クレインのもとに戻った。彼のニキビはそのうち治るし、そうしたらすごいハンサムになるだろうとわたしが請け合ったあとで。うそをついたわけではない。ニキビの下の彼はすてきな顔をしていた。黒髪で男らしい顔立ちをしているし、落ち着きがあって包容力を感じさせた。ローズは長い目で見ないことがあるのだ。

エミリーとジョンとテディが追加のビールを買いにいき、ウォルトの歌が警察の注意を引く直前に、ようやくローズにわたしの矛盾する気持ちを話す機会がめぐってきた。わたしたちが地所に侵入してから二週間がたっており、あれからわたしはあのときのことを頭のなかで再生しつづけていた。気をつけるべきなのもわかっていた。友人たちはわたしをだましていて、わたしは笑い物になりたくなかったから。でも、不信感や怒りを持ちつづけることに疲れてもいた。

わたしはローズと腕を組んでピクニックブランケットに座っていた。貸したウールのコートをエミリーが返そうとしないので、セーターを二枚着ていた。

エミリーがわたしのコートを着ると、なぜかもともと彼女のものだったように見えた。笑いながらウォルトと話しているエミリーを少しのあいだ眺めた。コートは彼女が着たほうが似合っていた――二列に並んだ金のボタンも、ベルカットのラインも、どっちみちわたしには最先端すぎた。ただ、あのボタンのことを思うと胸が痛んだ。そもそもそれがあのコートを選んだ理由だった。とてもユニークで――跳ねる牡鹿《おじか》が描かれており、そんな凝《こ》ったコートは今まで見たことがなかった。

「たいへん、あなた凍えてるじゃない、フラニー」ローズがそう言って、わたしの組んでいないほうの腕をさすって温めた。

「それほどじゃないわ」とわたしは言ったが、まだ四月の初めだし真っ暗だったので、たしかに寒かった。

「いいかげんコートを返してもらいたいわよね」ローズが言った。「エムったらずっと借りっぱなしじゃない」

「別に気にしてない。エムはそういう子なのよ、知ってるでしょ。それに、あの子に何か貸したらもう返ってこないってわかってるから」

「気づいてないの？　それだけじゃないわ。エムがあなたのまねをする様子、度を越してる。あなたは親切すぎるし、なんでも大目に見るけど……あの子はすごく計算高いのよ」

一瞬、この二週間のすべての感情がこみ上げた。でも、わたしは疲れてしまって首を振った。「考えすぎよ」と言いながらも、ローズの言ったことについて考えた。それはわたしが本能的に感じていることであり、エミリーがわたしを敵だとみなしていることが、心に暗い影を落とした。彼女が計算高いことはみんなが知っている。わたしがわからないのは、彼女の計算高さがなぜわたしに向いたかということだった。普通ならいつだって男の子に向けられるのに。

「フランシス、あのね……」ローズは髪に手をすべらせて唇をかんだ。一瞬、何か話したそうに見えたが、やがて目を落として黙り込んだ。

ジョンとテディが酒屋のまえで煙草を吸っているのが見え、わたしはちょうどいい機会なので言った。「ローズ、わたし抜きでグレイヴズダウンの地所に侵入していたこと、どうしてだれも教えてくれなかったの？」

ローズはわたしに棘《とげ》を刺されたかのように顔をしかめたが、それでも顔を上げなかった。

「ごめんね、フランシス。エムのせいなの。彼女がどんなだか知ってるでしょ。わたしたちがあそこに行ったことをあなたに話すなと脅《おど》されたの」

「そう」わたしはきつい口調で言った。「それならそもそもどうしてあなたも行ったの？」

ローズは両手を見つめたあと、顔を上げてわたしを見た。「わたしが行ったのは最初のときだけよ。あとになってから知ったの。エミリーがうそをついていたって。あなたは具合が悪くてうちにいるって彼女は言ったのよ。そのあとわたしは行ってない、ほんとうよ」

「わかった」わたしはゆっくりと言った。「でもまだあなたが言っていないことがあると思う。フォードはまえにエミリーに会ったことがあるって言ってたし、あなたたちとはつきあうなと彼はわたしに警告しようとしたの。最初の訪問のとき、いったい何があったの？」

ローズはエミリーたちがビールを買っている酒屋のほうを見た。「ジョンとウォルトとわ
「ジョンとウォルトとわたしはいつもと変わらなかった。でもエムはしばらく姿を消していて、帰るころになってやっと戻ってきたの。ウォルトはすごく怒って、エムと口論になった。彼女がどこに行っていたか明らかだったから」

「彼女は屋敷に行っていたのね」わたしは言った。予想していたことだったのに、それを知ってなぜ意気消沈したのかわからない。わたしはあそこでおしゃべりをしながらお茶を飲んで一時間すごしただけだ。だが、エミリーがそれよりまえにあそこにいたのだとはっきりわかると、口のなかにいやな味が広がった。サクソンのことばが心の表面に浮かび上がった。あなたの友だちのエミリーは、何度かフォード叔父さんの機嫌を損ねたんだ。叔父さんが新しい奥さんを探してるといいなと思ったみたい。

ほかのみんなが芝地を抜けてわたしたちのほうに歩いてきた。わたしのウールのコートを着たエミリーをじっと見た。体を揺すって笑いながらウォルトの腕につかまっている。ブロンドの髪が暗闇を切り裂き、ウォルトは彼女を流れ星であるかのように、生涯に数回しか出会えない夜空の光の筋であるかのように見ていた。

ウォルトは髪を切ったので、今ではジョンとそっくりだった――ジョンはつい何週間かまえにモップのようだった髪を切って短くしていた。妙だった。ウォルトは自分の髪が気に入っていたからだ。いやそうな顔の老婦人から小声で「ごろつき」と言われるのが好きだった

し、ビーチで女の子たちに呼び止められ、ジョージ・ハリソンに似ていると言われるのが気に入っていた。ファッションは変化するということだろうか。ファッションについてわたしは門外漢だった。

安易な結論だった。最後に知るのはいつもわたしだからだ。どうしてウォルトは急にジョンのまねをするようになったのだろうと自問するべきだった。

「ねえ、肝試しをしない？」エミリーが近づいてくると、わたしの隣に座って言った。（わたしの）コートのポケットに手を入れ、何かを取り出す。夜の暗さのせいで、奇妙な曲線を描くくすんだ金属ということしかわからない。

テディが悪態をつき、ローズはわたしの腕をつかんでエミリーからさらに引き離した。

「いったいどうしたのよ、エム！」わたしは金切り声をあげた。彼女の手のひらにはリボルバーがのっていた。罪のない様子で、芝居の小道具のような顔をして。「どこでそれを手に入れたの？」

「それに理由は？」テディが付け加えた。ローズは座ったまま無言で怯えていた。

「パパのキャビネットの鍵を見つけたのよ」エミリーは言った。そして、笑いをこらえたせいで鼻を鳴らすような音を発した。「手に入れるのはむずかしくなかったわ。理由のほうは」ここで目を細くしてテディを見た――興ざめな人ね、と言わんばかりに。「別にいいでしょ。さてと。ロシアン・ルーレットはしたことある？」

ウォルトが騒々しくキンクスを歌いながら木におしっこをかけはじめたのがこのときで、

これがありがたいことにご近所の注意を惹きつけ、警察を呼んだぞと怒鳴られた。

エミリーは世の中がいやになったようなため息をつき、そんな大げさな、とわたしは思った。キャッスルノールで反逆者のように振る舞っても、彼女がわたしたちより大人に見えるわけではなかった。

「また今度ね」彼女は不満そうに言うと、リボルバーをポケットにしまった。「熊手を持った人に追いかけられないうちにみんな車に乗って」

エミリーはウォルトのいるほうに戻っていった。彼女が背を向けた瞬間、ローズは自分のコートの襟《えり》の内側に手を入れた。

「あの子、やりすぎよ」ローズは言った。鳥のネックレスの細いチェーンが、闇に消える弱弱しい叫びのようにきらりと光るのが見え、彼女はネックレスをはずすために首のうしろに手をまわした。

ようやくネックレスがはずれると、芝生の上に投げ捨てた。「あなたのも捨てたほうがいいわよ、フランシス」ローズは言った。

そうしようかとも考えた。だがエミリーとローズとわたしには歴史がある――それは、あまりにも長いあいだわたしたちをくっつけてきた糊《のり》だ。たしかに糊は薄くなってきたが、永遠になくなることはないのだとローズに思い出させなければと思う。

「エミリーのことならわかってるでしょ、ローズ。考えてみて――彼女がこういう振る舞いをするときは――」

ローズが口をはさんだ。「これまでこんな振る舞いをしたことはなかったわ」

「そうだけど、それに近いことはあったでしょ。それにローズ、あなたはその理由もわかってる。今度もおそらく同じよ」

エミリーの母親、フィオナ・スパロウはいつも完璧な女性だ。美しくて古風で、エミリーにとてつもなく期待している。父親は地元の議員で、夫婦はカリスマ性があり、村のだれもが彼らに一目置かれたいと思っている。

エミリーの姉はまだ十五歳のときにロンドンに逃げ、以来家族のあいだでその名前があがることはない。エミリーはひとりっ子のように扱われているが、姉で失敗しているフィオナはますますエミリーの成功に執着するようになった。フィオナの管理は徹底的で、エミリーが身につけるものをすべて選び、生きた人形のように娘を着飾らせている。

わたしは暗闇越しにエミリーを見て、彼女がまだフィオナ・スパロウ好みのハイヒールと、最近では店でもなかなか売っていない後部にシームのはいったストッキングをはいているのに気づいた。

わたしはサブリナパンツをはいており、ちょっと大胆だったかなと感じていた。ギンガムチェックの生地――がらくた市で買ったレインコートの裏地――を見つけて、雑誌の写真を見て作ったものだ。母が手伝ってくれて、母娘で笑いながらコートを切り裂き、オードリー・ヘップバーン風の細身のシガレットパンツを作ったのだった。

エミリーは不意にわたしのほうを見た。わたしの考えを読んだかのようで、なんとなく不気味だった。

十歳のころ、急に思い立ってエミリーの家に寄ったことを思い返した。当時ローズとエミリーとわたしの友情はシンプルでおおらかだった。夏にはディンバー川の上にロープでブランコを作り、八月はブラックベリーをお腹いっぱい食べた。野ウサギが生垣から飛び出してきてわたしたちとしゃべると信じ、懐かせることができると思っていた。そして、エミリーはいつも最高におもしろいゲームを思いついた。いちばん独創的なものを。

エミリーの人生からすべての皮をはがしてほんとうの姿を明らかにしたのは、見方によってはわたしだったのだと思う。そのことで彼女はわたしを責めているのだろうか。

あの日、玄関のドアはわずかに開いていて、暑苦しい部屋のなかにかすかな風を感じた。エミリーはフィニッシングスクールでするように、頭に本をのせてバランスを取っていた。そして、フィオナに満足してもらえるほど静かにティーカップを置くのに失敗した。部屋の奥からフィオナの怒った声が聞こえた。「こんな単純なこともできないのに、あなたを愛してくれる人をどうやってつかまえられるの？　あなたは一生、永遠にキャッスルノールに閉じ込められることになるのよ。たしかにあなたはきれいよ、エミリー、口を開けば泣き言を言うことで台無しにしなければね。でも、あなたが持っている通貨はきれいということだけ、ほかはすべて平凡だわ。家族にとって恥ずかしい存在にならないように、ルックスを使うことを学ばなきゃだめよ」

カップがまた音を立て、エミリーの手がひどく震えていたせいで今度は欠けてしまった。

フィオナはテーブルからティーセットをすべて払いのけ、ティーセットは壁にぶつかってから割れて床に散らばった。エミリーは黙って座ったままそれを見つめていた。

「今日はこのあと自分の不器用さについて考えながら、これを接着材でくっつけていなさい」フィオナは言った。「育ちのいい殿方に優雅さに欠ける妻は必要ないの。フォイル家の男だってつかまえられやしないわ。グレイヴズダウン家なんてもってのほかよ、そんなお粗末なマナーじゃ」

エミリーは床に膝をついて、かけらを拾い集めはじめた。激しい怒りがわたしのほうまでただよってきて、わたしは体の両脇でこぶしをにぎりしめた。フィオナはわたしに背を向けていたが、エミリーの目はちらちらとわたしの立っている戸口を見ていた。傷ついて恥じているように見えたが、やがて怒りに満ちた決意がその顔に広がった。そして、ほとんどわからないぐらいに首を振った。フランシス、余計なことはしないで、と言うかのように。

だからわたしは何もしなかった。

でもそのあと、エミリーのゲームはもっと暗く、もっと強烈になった。急にではないがだんだんと。最初はある意味スリリングだった。十代のはじめはエミリーの考える最高に怖い話とともにすごし、ローズとわたしは幽霊を呼び出したり、偽物の黒魔術に手を出したりすることになった。村の人びとをスパイし、うわさ話に花を咲かせ、半分は自分たちが作った秘密を暴いた。でも、だれかを傷つけたことはなかったし、自分たちを傷つけたこともなかった。

「エミリーのやることすべてをフィオナのせいにすることはできないわ」ローズは言った。「ここにいてエミリーにそうさせたわけじゃないもの」

「そうかもしれないけど」わたしは言った。「ときどき思うの。エミリーはフィオナの手が届かないところで自分の人生を思い通りにしていると感じたくて、わたしたちをもてあそんでいるんじゃないかって。それか、そうやって知りすぎているわたしたちを罰しているのかも」

テディは黙ってそこに座っていた。実に如才なく、頭上に広がりつつある雲によってその場に釘付けになったふりをして。暗闇のなかでも嵐の境目が見えるだけの月明かりはあった。どこかに行けと怒鳴られて、わたしたちは緑地を横切った。まだ口に出していないエミリーに関する思いをただよわせたまま。

つま先がローズのネックレスに当たったのは運命だと感じ、慎重に芝生から拾い上げた。「鳥はあなたを裏切るのよ、フランシス」ネックレスを返そうとすると、ローズがやさしく言った。彼女が受け取るのをこばんだネックレスを、テディが手を伸ばして取った。

「予言を信じていないんじゃなかったの」わたしは言った。

「信じはじめてる」彼女は言った。そのとき、わたしは寒気を感じた。つらい思いをしているエミリーのそばにいたかったが、予言のせいでまわりにいるだれのことも何も信じられなくなってきていた。

鶴《クレイン》、雀《スパロウ》、チェスボードのクイーン、紙幣、トランプのカード――ひとりではこの予言に勝てないような気がしていた。だれかに助けてほしかった。このときのわたしはひどく、たまらなく孤独だった。

そして、フォードだ、と思った。フォードは計画の立て方を知っている。ゲームをして勝つ方法を知っている。それからは彼のことを考えずにはいられなくなった。

第16章

サクソンはデスクに歩み寄り、検死結果のファイルを取って、かまわないよね？というように眉《まゆ》を上げる。刑事はうなずき、サクソンはファイルを持ってわたしたちが座っている場所に戻る。今やわたしたちは全員がそこに書かれた結果を知る必要があり、サクソンはそれを解説できるだけの専門知識を持ち合わせている。

「どうしてこんなに早く検死解剖の結果が出たの？」わたしはクレインに訊く。

「隣郡の検死医が来て、ドクター・オウスを手伝ってくれたんだ。あそこの検査室はサンドビュー病院ほど残務を抱えていなかったのでね。検死解剖には四時間しかかからなかった。正式な報告書に時間がかかるのは、書類仕事と検査結果を待たなければならないせいなんだ。でも今回は、必要な人間全員の手があいていたので、すばやく進んだ」

「なるほど、そういうことね。それで、ドクニンジンではないなら、彼女に何があったの？あの花束……ドクター・オウスによると、ドクニンジンは血管にはいると命に関わるということだし、フランシス大叔母の両手は傷だらけだったけど」

ひとり言をつぶやいているサクソンから離れることにする。エルヴァはかたわらで夫をのぞき込んでいる。わたしは立ち上がり、クレインが戻っていった窓のそばに行く。すでにこのことは聞いていたとはっきりさせるためか、ゴードン氏はその場にとどまる。

「死因はドクニンジンではなかった。それは無関係だったようだ」クレインは言う。

「無関係？　花が死因じゃないとしても、危険なものだったのはたしかよ。関連があるでしょう」わたしは言う。

クレインはわずかに身を寄せ、わたしの肘《ひじ》にそっと触れる。そして冷静に言う。「それを今調べているんだよ、アニー。ぼくに仕事をさせてくれ」静かな威厳があって魅力的だ。わたしははたと気づく。これが彼の役割なのだ――なだめて落ち着かせることが。フランシス大叔母は、自分の殺人事件の解明のためにわたしたちを競わせることで、捜査のプロであるクレインに多大な迷惑をかけている。わたしたちはなんであれ彼が進めようとしている捜査に干渉することになり、何が起こるにしろ……彼がこれを無傷で切り抜けるのは困難だろう。

時間がかぎられているため、サクソンに負けまいと、わたしはすでに頭の体操をはじめている。ひとまず落ち着こう。手紙によれば何があったのかを考える時間は一週間あるが、最終的にサクソンかわたしのどちらかがこれを解くのだ。

わたしには勝たなければならないいくつもの理由がある。

わたしがこの殺人事件の謎を解けば、母はチェルシーの家を手に入れることができる。母がずっと幸せに暮らし、ひらめきをもらってきたあの家を。あの家を出ることになれば、今でさえ気まぐれな母の画家活動は打撃を受けるだろう。とくに成功を博した初期の作品はあそこで生み出されたのだから。それをエルヴァに奪われるのを見たら、母もわたしも傷つくだろう。

オリヴァーと〈ジェソップ・フィールズ〉がグレイヴズダウンの地所を破壊して、駐車場と映画館にしてしまうのも耐えられない。グレイヴズダウン・ホールは歴史的建造物に指定されているので残されるかもしれないが、まちがいなくホテル開発業者に売却されるだろう。当然ながら森林は宅地開発業者によって伐採される。多くの人がフラットを必要としているのはわかるが、それを建てるにはほかにもっといい場所があるはずだ。

でも、何よりもわたしはこのパズルを解きたい。それにわたしはこのためだけに呼ばれたのだ。すでにやめることができなくなっていることのために。必要とされているのだ、このわたしが。ミステリ作家志望のアニー・アダムズが。しかもわたしはここで何かが起きたと感じている。昨日フランシス大叔母に起こったことだけでなく、何十年もつづいている物語があることを。

オリヴァーののんびりした声がわたしのもの思いを切り裂く。「クレイン刑事が先に事件を解明したらどうなるんですか？」

サクソンがさっと顔を上げ、みんながゴードン氏を見る。「刑事さんが先に事件を解明したら、地所はオリヴァーの手で売却されます」ゴードン氏の表情はくもっている。彼の内部で雷雨をともなう嵐が吹き荒れ、必死でそれに耐えようとしているかのように。キャッスルノールは彼の故郷であり、わたしが見たところ、彼の孫息子はできるだけここに寄りつかないようにしているが、グレイヴズダウンの土地をフラット群やカーディーラーにするアイディアに、ゴードン氏が乗り気だとはとても思えない。

「では」オリヴァーはゆっくりと言う。「ぼくと刑事さんはチームということになりますね、でなければ――」

「私たちはチームではありません」クレインが間髪を容れずに口をはさむ。

オリヴァーは彼を無視する。「でなければ、ただここに座ってこのふたりが負けるのを待つんですか?」

このとき、サクソンとわたしはお互いを見る。彼が不安な気持ちでいるのがわかる。わたしたちの敵はお互いだけではないとようやく理解したのだ――オリヴァーとクレイン刑事もプロとして関わってくるのだと。オリヴァーはわたしたちに負けてもらわなければならないし、クレインはわたしたちに捜査を引っかき回されたくないだろう。サクソンとわたしがやるべきもっとも理にかなったことは、重要な発見や証拠を警察から隠すことだ。もう一度クレインを見ると、すでにわたしを見ている。彼がいつも五歩先を行っているような気がして不安になる。彼には警察組織の支援があるし、わたしの好みからしても魅力的すぎる。わたしが彼なら、わたしかサクソンのどちらかひとりを味方につけるだろうし、それがサクソンでないのはたしかだ。

変数が多すぎて途方に暮れる。ゴードン氏も完全に中立というわけではない。昨日手に入れたあの緑色の革表紙のノートが頭に浮かび、静かな時間を持てたらすぐに読もうと決める。決意で顎《あご》に力がはいるのがわかる。ノートが必要だ。これを書き留めておかなければ。ノートを何冊か持ってきてよかった。

肘にまたクレインの手を感じる。彼が身を寄せてきて言う。「大丈夫?」

「だれも怪我をしたわけじゃないわ。倒れたりしません」わたしは歯を食いしばって言う。

「確認したかっただけだよ」

オリヴァーが冷たく計算高い目でわたしたちを見ている。ふたりのあいだに立っていると、自分の弱い立場に気づかされる。アニー・アダムズ、昼はリストラされたばかりの元管理者アシスタント、夜は作家志望者。最悪のタイミングで気を失う傾向がある。現実から乖離《かいり》したモダンアーティストであるローラ・アダムズの娘。

サクソンが検死報告書を手に近づいてきて、わたしにファイルを押しつける。わたし同様、彼もこの場の力学を把握しようとしているようだが、その顔は見事なまでに無表情だ。

「やるじゃないか、フランシスも。もちろん私は気に入らないが、とてもよくできたゲームなのはたしかだ。フォード叔父も彼女を誇りに思っただろう」

見方によれば、わたしがこの殺人を解明できないとすると、二番目にいいのはサクソンが勝つことだろう。彼が勝ってもなんらかの取引をすることはできるし、わたしたちに家を残してもらえるかもしれない。わたしはまだできるかぎりのことをするつもりでいるが、あらゆる可能性とその結果について考えておく必要がある。最後に勝つのが土地開発会社というのはあってはならない結末だ。そしてここでも――フランシス大叔母の非凡な才能が光っている。

わたしたちが負けたとき何が起こるかを知れば、村じゅうの人たちがなんらかの情報をくれるはずだ。もちろん、殺人者をのぞいてだが。なんというずる賢さだろう。フランシス大叔母は、彼女を疑っていた人たちに、今度は信じろと言っているのだから。

わたしは手にしたファイルを見る。「ここには何が書かれているの？　彼女の死因？」わたしは低い声で彼に訊く。

クレインはわたしの手から何枚かのページを取る。問いかけるように見られ、昨日気を失ったせいでやさしくされているのだと思うと、わたしのなかでまた怒りが燃え上がる。「持てますから」わたしは彼をまっすぐに見て言う。

「彼女は毒殺された。だが、使われたのは、検出するのがほとんど不可能な毒だ。幸い、ドクター・オウスは徹底的に検査してくれたし、フランシスの主治医ということもあって、多くの医師が見落としがちなことに気づいた」

「検出するのがほとんど不可能というのはどんな毒？」

「ふだんなら毒ではないものだ。フランシスはドクター・オウスに各種のビタミン注射を打ってもらっていた。ビタミンB12が極度に不足していたんだ。数値があまりにも低いので錠剤では間に合わなかった。だが、ある種のビタミンとミネラルは過剰に摂取すると命に関わる」

「それがビタミンB12なの？」

「いや、鉄だ。それが心臓発作を引き起こした。彼女の血液中の鉄の数値は危険なほど高かったし、ドクター・オウスはフランシスの体に別の注射痕を見つけた。だれかが彼女に鉄剤を注射したらしい。だが、ここが紛《まぎ》らわしい部分なんだ。それだけの量の鉄剤を手に入れるのは簡単ではない。鉄剤用の注射器を常備している診療所もない」

「それなら犯人はどこから手に入れたの？」

クレインはまだわたしが開いたまま手にしているファイルに報告書を戻す。「今それを特定しようとしているところだ」

サクソンが急に出ていきたそうなそぶりを見せる。目顔でエルヴァを呼び、エルヴァは彼のそばに行く。夫婦で出ていくまえに、サクソンはわたしのほうを見る。

「アニー、きみに手を貸そう、公正に勝負するために」彼の笑みは本物に見えるが、最初に声をかけてきたときよりもやや硬さがある。

「どうして？」わたしは訊く。サクソンとわたしの力関係が今後どうなるかはわからない。遺産を勝ち取るために闘う敵になるのだろうか？　それとも、地所を分け合うと決め、それをオリヴァーと〈ジェソップ・フィールズ〉の魔の手から地所を守るための最善策とするチームメイト？

「きみはここでは新参だから、私のようにはこの村のことを知らない。それは不公平だと思ってね」彼の声は落ち着いていてビジネスライクだ。サクソンはこのゲームをまじめに受け止めているらしく、わたしたちがはっきりと敵対することになったのがわかる。だが少なくとも彼は公平という観点から申し出ている。エルヴァがそうするよりは信じられる。

サクソンはわたしの手のなかの検死報告書を軽くたたく。「クレインは正しいよ。それだけの量の鉄剤がはいる注射器を手元に置いている総合医はいない。だが、それが可能な人物がグレイヴズダウンの地所内にいる」

「なんですって?」わたしは驚いて目をしばたたく。サクソンがだれのことを言っているのかわからない。

「ベスの妻のミユキは大型家畜専門の獣医師で、アーチー・フォイルの農場で動物病院を開いている。検死報告書に記載されている数値によると、フランシスは馬一頭に与える量の鉄剤を注射されている」

第17章

キャッスルノール・ファイル　一九六六年九月二十六日

村の緑地から追い出された私たちは、全員ウォルトの車に重なるようにして乗り込み、運転席にはエミリーが座った。運転していたのが彼女ではなかったら、どこか別の場所に行っていたかもしれないが、彼女はまたわたしたちを、グレイヴズダウンの地所の境界の、あのフェンスが壊れている場所に連れていった。

「森のなかをうろつく許可をもらってるのに、どうしてフェンスから忍び込むの？　ばかげ《マラー》てるわ《キー》」わたしは訊いた。

「マラーキーだって」エミリーが歌うような声で嘲笑《あざわら》った。「おばあちゃんみたいな話し方」

「フランシスをからかうのはやめろよ、エム」ジョンが疲れた声で言った。わたしは彼の膝《ひざ》の上に座っていた。ウォルトの車の後部座席には三人しか座れないし、ローズとテディはまだよそよそしい段階で、どうするべきか様子を見ていたからだ。わたしはこの後部座席でローズがアーチー・フォイルに処女をあげたのを知っている。テディはそのうわさを聞いたのだろうか。エミリーなら最悪の瞬間に披露するような情報だ。どんな事態が生じるか見るためだけに。

ローズがテディを好きになろうとしているのがわかった。彼女はわたしにいつも言っていた。キャッスルノールでそれぞれルックスのいい男子を見つけて結婚し、同時に赤ちゃんを産もうと。エミリーはロンドンに行って何か派手なことをやるだろうし、キャッスルノールに残るわたしたちにとって、そのほうがずっと平和だろうと。

「森のなかをうろつきたいわけじゃないわ」エミリーは言った。「まえに話したでしょ、フォードが奥さんを殺した証拠があるって」彼女の笑みはチェシャ猫のようで、わたしはわたしだけがルールを知らない世界でよろけながらウサギ穴を落ちていくアリスになったような気がした。

「あなたは彼と仲がいいみたいじゃない、エム」わたしは言った。ローズに横目でにらまれた。「あなたがあの屋敷に行ったことがあるとしても驚かないわ」わたしは彼女が否定するか待った。ローズは身をこわばらせ、不安そうな顔つきになった。こうやってエミリーをからかうことで、わたしはローズの身を危険にさらしていたのだが、みんながわたし抜きでぶらついていると実際に教えてくれたのはフォードなのだ。機会があればエミリーにそのことを話すつもりだった。

エミリーの笑みは大きくなるばかりだった。「あなたの訪問はどうだったの、フランシス？　フォードはお茶を出してくれて、チェスを教えてくれた？　きみの友人たちはよくないと警告された？」

バケツ一杯の氷を浴びせかけられたような気分だった。あの屋敷ですごした時間について、くわしいことはみんなに話していなかった。フォードとサクソンと話して帰ったとだけ言っていた。

わたしはエミリーに言うことを考えようとしたが、まるで空気が不足しているかのように口を開けるばかりだった。わたしの手首をつかむジョンの手に力がこもり、何か悪いことをしている最中につかまってしまったかのような奇妙な感覚を覚えた。「それで、証拠というのはなんなの？」餌《えさ》に食いつくまいとしてわたしは訊いた。「フォードが最初の奥さんを殺した証拠というのは？　そもそも彼女の名前を知ってるの？」

「もちろん知ってるわ。オリヴィア・グレイヴズダウンよ。証拠は見せてあげるけど、農家の廃屋《はいおく》のなかにはいってからね。百聞は一見に如《し》かずよ」

ウォルトはいらだちのうめき声をあげ、エミリーの頭のうしろのヘッドレストに腕をまわした。「エム、たのむよ！　壊れかけた家なんてうろつかなくてもいいだろ！　外ですごすほうがずっと愉《たの》しいよ。それに、あそこには行くなとフォードに言われたじゃないか。死の罠みたいな言い方をしてたんだぞ」

「わたしたちに近づくなって、どうしてあんなにきつく言ったんだと思う？」エミリーが問いかけた。「彼があそこに何を隠してるか見たくないの？　きっと死んだ奥さんが……」

「あなたってほんとに大げさね、エム」ローズが言った。「でも、一度くらいあなたが道化役になるのを見てみたいわ。いいわ、行きましょう。ネズミとあなたのうそしかない、そのじめじめした古い建物に」

「へえ、ローズ、勇ましいことを言うようになったじゃない」エミリーが甲高《かんだか》い声をあげた。だがうれしそうだ。ローズが仲間にはいって、エミリーが望んでいたように役を演じたからだろうか。

ローズは答えなかった。だが、エミリーが車を停めてみんなが降りると、ローズとエミリーは無言で挑み合うように、一瞬お互いをにらみつけた。ローズが先に目をそらし、通り抜けるためにフェンスの穴を広げはじめた。

森のなかをゆっくり進むうちに雨が降りはじめ、農場の区域がはじまる地所の北側に向かって、芝地を走り抜けなければならなかった。農家は夜のなかの黒い点で、河岸のヒキガエルのようにうずくまっていた。

近づくと、朽《く》ちかけているわけではなく、不気味で静かなだけだったので驚いた。農家にしては広く、近くの採石場から運ばれたらしい白い石でできている。だが、すっかり苔《こけ》に覆われ、蔦《つた》が繁茂しているせいで、ほとんど緑色に見えた。ドアは施錠されておらず、家のなかは想像していたのとまったくちがった。エミリーは懐中電灯を取り出し、わたし以外の全員がコートから水滴を払った。わたしは濡れたセーター姿で震えながら、わたしのコートを着て心地好さそうなエミリーを見ていた。

それでも好奇心をそそられた――ここには割れた窓も腐った床板もない。手入れが行き届いているし……まったく危険そうではなかった。どうしてフォードはわたしたちをここに来させたくなかったのだろう？

「ここはだれかの家だよ、エミリー」足音を忍ばせてなかにはいりながら、ジョンがひそひそ声で言った。彼の言うとおりだ――家はからっぽではなかった。まともな家具、ランプ、時計――壁際の食器棚には皿まであった。ちょっと出かけただれかがすぐに戻ってきそうだった。

「ここにいるべきじゃないわ」ローズが言った。わたしも同じ気持ちだった――足を踏み入れた瞬間、全員が異和感を覚えた。エミリー以外の全員が。

「ちょっと待って」エミリーはそう言って、わたしたちを家の奥に導いた。鏡に映った懐中電灯が、妙な角度で光を投げかけた。エミリーに連れていかれた部屋は書斎だったが、なぜここが彼女の暗い想像力を刺激したかわかった。暴力的傾向のある人物が壁に戦いを挑んだかのように、徹底的に荒らされていたからだ。

割れた写真立てのガラスが床じゅうに散らばり、本は山積みにされ、そばにはばらばらになった椅子があった。壁紙までが幅広の縞《しま》模様となってはがされている。ナイフを使ったけんかの場面が目に浮かんだ――刺しそこねた刃物の跡が、暴力的な指紋のように永遠に壁に記されていた。

「ここで」エミリーは劇的に言った。「彼は奥さんを殺したのよ」

ローズは割れた写真立てから一枚の写真を拾い上げ、額《ひたい》にくっきりとしわを寄せて何が写っているのか見極めようとした。「ここはアーチーの家だわ」彼女は静かに言った。「それに、ここではだれも殺されていないわよ、エミリー。一家は追放になったたって、アーチーが話してくれた。でも、ここに住んでいたとは言わなかった、昔農場に住んでいたとしか。そのうちお父さんが出ていって、ここに住んでいって、アーチーは里親制度の世話になることになった」

「待てよ、だれのことを言ってるんだ？　ずる賢いアーチーか？」テディが訊いた。

「ええ、そうよ、ローズは不良とばかりつきあってたの。お気の毒にね、テディ」エミリーは甘い声で言った。「でも、一家が追放されたのは、アーチーのお父さんが酒飲みのギャンブラーで、フォードの奥さんと浮気してたからよ。フォードが自分で部屋をめちゃくちゃにしたと話してくれたわ。ふたりとも地所から追い出したあと、怒りを爆発させるのにちょうどいい場所だったんですって。でも、部屋をめちゃくちゃにしただけとは思わない……」エミリーは言った。

「何も知らないくせに」ローズが言った。「知らないところは全部作ってるでしょ」

「わたしが知らないですって？」彼女は精一杯罪のない顔をわたしたちに向けた。「フォードはわたしが好きなのよ。わたしにはなんでも話せるって言ってたわ」

ウォルトがひと荒れしそうな顔つきになった。

「外の空気を吸ってくる」ローズが言った。

「わたしも行く」わたしはそう言って、ドアに向かうローズに腕をからませた。

外はまだ雨が降っていたが、霧雨《きりさめ》にまで弱まっていた。「ローズ」わたしは慎重に言った。

「アーチー・フォイルのこと、ほんとに好きなの？」

「そうでもない」彼女はのろのろと言った。「好きは好きよ。でも、悲しい思いをしてきた人をかわいそうに思うような感じ。アーチーはほんとうにつらい思いをしてきたの。でもわたしは、ここで実際に何があったのかは知らない」

「ぼく知ってる」サクソンの声が闇を切り裂いた。

「サクソン！　もう、びっくりするじゃない！」わたしは金切り声で言った。「いきなり出てくるのがほんとに好きなんだから！」

「ごめん」と彼は言った。本心から言っているようだ。「でも、あなたたちはここにいちゃいけないんだよ。危険だからじゃないけど——叔父さんはうそをついたんだ——ここは叔父さんにとって個人的な場所だから。とにかく、叔父さんに気づかれるまえに帰ったほうがいいよ。あの人には不気味な才能があって、うちの敷地で起こることならなんでもわかっちゃうんだ」

「エミリーを引きずり出すわ」わたしは言った。「彼女が出れば残りの人たちも出てくるでしょう。ローズ、サクソンとここで待ってて。あとで彼を屋敷まで送りましょう」

サクソンはわたしたちをじっと見た。「なかにはいるまえに、ゲームをしようよ」

「サクソン、いいかげんにして！　ゲームをしてる時間はないの」わたしはきびしく言った。

「これをする時間ならあるよ。すごく簡単だから」サクソンは注意深く表情を消していた。

「秘密には秘密を、って言うんだ。やり方はこうだよ——ぼくが秘密をひとつ言ったら、あなたもひとつ言う」

「わたしたちに秘密なんかないわ」ローズが言った。

「彼女の言うとおりよ、でもあなたの秘密はわたしたちの五倍はあるでしょうね。いつもスパイしてるんだから」

サクソンはにやりと笑った。もちろんそれが本題だからだ。このあいだのわたしの訪問以来彼をかき立てているゴシップ――それを話すきっかけがほしいだけなのだ。

「いいわ、サクソン。ひとつ秘密を話してあげる」わたしは言った。「でも、あなたが先に話して」

「あなたの友だちのエミリーにはものすごく大きな秘密がある」彼はお腹が丸く突き出た身振りをして、言いたいことを強調した。「あなたのボーイフレンドと作った秘密が。まさにここの森で」

第18章

「もう一度おさらいさせて」ジェニーが言う。わたしは昨日のジーンズとTシャツをまた着て、小部屋のベッドに座っている。香水を再度スプレーしたが、すぐにそれではすまなくなって、入浴と新しい服が必要になるだろう。

自分が身をおくことになったこの奇妙な状況について説明するのに疲れてきてしまい、いらいらと鼻を鳴らしてこう言うにとどめる。「わたしはフランシス大叔母の殺人ゲームの参加者なの」

「うん、その部分はわかった。わからないのはアルファベット順の秘密の部分よ。どうして父親に関するファイルを開いてないのかってこと」

わたしはベッドの上の目のまえに置かれた二冊のファイルを見る。「正直に言うと」わたしはのろのろと話しはじめる。「クレインのファイルのほうに興味があるのよ。サム・アーリントンのファイルは最初の何ページか見たけど、知らない人みたいに感じるの。銀行の取引記録とか、税金関係の書類とか、母がわたしを妊娠しているときに父がした浮気を証明するものもあるみたいだけど、そういったものは全部母の物語という気がする。たぶんそのうち興味が持てるだろうけど、今はだれがフランシス大叔母を殺したかに集中したいのよ」

「オーケー、それはもっともだわ」とジェニーは返し、話題を変える。「あんたはミステリ小説のファンよね、どこからはじめる？　容疑者？　動機？　この方面でわたしに役に立つスキルがあれば、あんたのドクター・ワトスンになってあげたいけど、わたしにできることといえば、要望に応じて殺人現場のミニチュアを作ることぐらいだから」

「もしこれが密室殺人のシナリオならぜひお願いしたいわ」

「テレビを見ればわかるけど、小さな村での殺人発生率は異常なくらい高いのよ。わたしが必要になったらいつでも言って。将来きっと密室が出てくるから」

「これからは自分の将来についてのどんな予言も真剣に受け止めるよ」半分は本気だ。フランシス大叔母の予言にだんだん腹が立ってくる。「でも、テレビの探偵みたいに考えるのは、とっかかりとしては悪くないわ。たいていの犯罪番組やミステリドラマでは、被害者が死んだ直後に、捜査をする人が一般的な質問をする時間があるでしょ。それにはいくつかのバリエーションがあるの。〝彼女に敵はいましたか？〟そして、〝殺されるまえ、彼女の態度におかしなところはありませんでしたか？〟あとは〝生きている彼女に最後に会ったのはだれですか？〟」

「うーん、あとは〝だれが死体を見つけましたか？〟」ジェニーが興奮した声で言う。

「うん、いい質問ね。そこからはじめるとすると、見つけたのはエルヴァ、ミスター・ゴードン、オリヴァー、わたし。でも今は、薔薇《ばら》に仕込まれた毒ではなくて、鉄剤の注射で殺されたとわかっているから、そのなかのだれかが殺したとは考えにくい。でも、エルヴァもオリヴァーも遅れて来たし、死亡時刻を見ると……グレイヴズダウンの地所から村までは車で十五分だから、かなり無理はあるけど可能性はある」わたしはそこまで言うと、バックパックをかきまわしてノートとペンを探す。森のキノコの親しみやすいイラストがついたノートを取り出し、念のためにすべての名前を書き出して、ゴードン氏の名前を線で消してから、欄外に理由を記す。フラワーアレンジメントの何かがまだ気になっているので、反対側のページに〝答えの出ていない疑問点〟という見出しを書き、その下に〝花――だれが送った？　理由は？〟と書く。

「フランシス自身も自分の未来の殺人について調査してたんでしょ？」ジェニーが訊く。「彼女はだれを疑ってたの？」

　フランシス大叔母の殺人ボードを思い浮かべる。縦横に交差した色つきのひもと何枚もの写真を。彼女は村じゅうの人に自分を殺す理由があると思っていた。そもそもその疑惑と執《しっ》拗《よう》な調査が彼らにその理由を与えることになったかもしれないという事実には、まったく気づいていなかったようだ。

　オリヴァーを疑うさらなる理由を思いつく。地所に関する〈ジェソップ・フィールズ〉の計画を検討したという、フランシスとの朝食ミーティングのせいだ。

「殺人ボードをもう一度見る必要があるわ」わたしは言う。「すごく入り組んでたの。写真を撮っておかなくちゃ」

「まずはあんたのリストを作るのよ」ジェニーが提案する。「そうすれば彼女のパラノイア的バイアスの影響を受けずにすむ」

「言うは易《やす》しおこなうは難《かた》しね」わたしは言う。「彼女がパラノイアのせいで殺されたとするなら、いちばん有効なのは彼女の考え方を理解しようとすることだもの」

　心地よい沈黙のなか、容疑者の可能性があると思う人たちの名前を書き出してみる。ジョーに会ったときにローズの姓はわかっているし、ベスと妻のミユキについてもグーグルで検索したので職業の確認はとれている。リストの前半はつぎのとおりだ。

~~ウォルター・ゴードン~~
オリヴァー・ゴードン
エルヴァ・グレイヴズダウン

　そのあとのグループをジェニーのために読みあげる。「サクソン・グレイヴズダウン、アーチー・フォイル、ベス・タカガ・フォイル、ミユキ・タカガ・フォイル、ローワン・クレイン刑事、ローズ・リロイ」

「言うまでもないけど、ベスの妻が鉄剤を用意したのかもしれないと言ったのが銀狐サクソンなら、にわかには信じられないわね」ジェニーが言う。

「彼は公平にやるつもりだと言ったのよ」

「ふうん。ロンドンから来た会ったこともない親戚と公平にやるのは、まったく理にかなったことだものね。あんたの子ども時代の家を奪おうとしている人だけど」ジェニーがまじめくさって言う。

「わかったわよ、もう」わたしは折れる。「サクソンのことばをかならずしも真《ま》に受けるべきじゃないのは認める。でも、少なくとも彼が、サンドビュー病院での仕事を終えて、フェリーでここに向かっていたことはわかってる。所在を証明してほしいと刑事に言われて、切符を提出してたし」

ジェニーがうめく。「アンドリューとの経験から何も学ばなかったの？」

すぐに彼女の言いたいことがわかる。アンドリューはセント・マーティンズ校時代の元彼で、初年度わたしは彼にぞっこんだった。わたしに内緒でほかの女の子に会っていた彼の巧みなうそにようやく気づいたのは、彼が〝仕事〟に行くときに買う駐車パスが偽物だと気づいたときだった。つまり、彼は駐車料金を払っていたが、車を停めていたのはそこではなかったのだ。

「サクソンが切符を持っていたからといって」わたしはのろのろと言う。「それを使ったことにはならない」

「そのとおり」ジェニーが言う。

大学時代のアンドリューのいんちきを思い出したせいで、目のまえのファイルに意識が戻る。

「詐欺師といえば」わたしは言う。「フランシス大叔母さんが不倫を疑っていたのはどっちのクレインだと思う?」

「どうしてセクシー刑事を容疑者リストに入れたのか不思議だった」ジェニーは言う。

「彼を説明するのにその形容詞は使ってないけど」わたしは冷静に言う。

「知ってる。ちょっと色をつけてあげたの」

「もう、クレヨンはしまって」わたしは命じる。

ファイルを開くと書類の束がすべり出てくる。〈キャッスル・ハウス・ホテル〉の宿泊代の領収書から防犯カメラの写真まで、あらゆるものがある。すぐにレジー・クレインを見つける。タクシー運転手にして刑事の父親である彼は、夜遅くにぼやけたブロンドの女性と車に乗っている。写真ではふたりは口論しているように見えるが、レジーの顔に感情は表れていない。だれかと口論しているような激しさはない。

めくりつづけると、かなり古そうな書類が出てくる。母の写真に気づいて驚く——母が最初に成功したときの新聞の写真を切り抜いたものだ。何かのイベントのときの写真だが、母に寄り添っているのは、あのおぞましい九〇年代のファッション、三つボタンのスーツのジャケットを着たレジー・クレインだ。

母とレジーはとくに親しげではないが、十代のころつきあっていたようなことをレジーが言っていたのを思い出す。展覧会のほとぼりが冷めたころ、母に彼のことを訊いてみよう。

「もしもし? 聞いてる?」ジェニーの声が電話から聞こえてくる。

「ああ、ごめん」ファイルの初めに戻り、うっかり最初の数ページを見逃していたことに気づく。ページの上のほうに大文字で書かれた〝停止通告〟ということばがわたしに向かって叫んでいるように見える。「これは……怒《おど》りの手紙だわ。クレイン家から手を引かなければ法に訴えるとフランシス大叔母さんを脅してる」

「つまり、憤慨《ふんがい》したタクシー運転手が禁止命令を求め、それでも大叔母さんがやめないから自分の手で黙らせようとしたってこと？」

わたしは顔をしかめた。「この手紙の署名はレジーじゃない。ローワン・クレイン刑事なの」

「ふん。でも、フランシスの死を伝えたとき、刑事は心から悲しんでるように見えたって、あんたは言ったわよね。彼女が好きだったと言ったんでしょ？」ジェニーが尋ねる。

落胆のあまり額に小さなしわが寄るのがわかる。「この手紙の調子からすると、彼はうそをついていたみたいね」

ノートのクレイン刑事の名前の下に上の空で線を引くと、〝答えの出ていない疑問点〟の項目にまた目がいく。

「あの花」わたしは言う。「偶然なわけがない。あれを送りつけるのは恐ろしいことだし、明確な脅しよ」あの花が殺人となんらかの関係があるはずだという考えを捨てることができない。そして、もしわたしの直感が正しいなら、別の名前を容疑者リストに書き加えなければならない。

「牧師の名前はたしかジョンなんとかよね」わたしは考え込む。「容疑者リストに彼も加えるわ。フランシス大叔母さんは教会のために花を活けてるってミスター・ゴードンが言ってたし、クレインも彼女とジョンには昔何かあったようなことを言ってたから」ジェニーの背後で話し声が聞こえる。コーヒーブレイクが終わったのだろう。わたしは急いで〝ジョン(牧師)〟とリストに書く。

「仕事に戻らなきゃ」ジェニーが言う。「でも、定期的に報告してよ、いい？　わたし、真剣にドクター・ワトスン役を務めるつもりなんだから」

「了解」と言って、わたしは電話を切る。だが考えごとからは抜け出せない。〝ドクター〟というジェニーのことばで、容疑者リストに付け加える名前をいくつか思いついたのだ。オウス医師の診療所を訪ねたとき、予約帳を見たのを思い出す。フランシス大叔母の予約が鉛筆で書き込まれていたことから、診療所がにわかに疑わしくなる。オウス医師がフランシス大叔母を殺したいと思う理由は思いつけないが、フランシスのファイルをよく調べればわかるかもしれない。

わたしは付け加える――

ドクター・エシー・オウス
マグダ(救急隊員)
ジョー・リロイ(救急隊員)

ジョンの姓を知りたいと思い、携帯電話のブラウザを開いて検索をかける。教会のウェブサイトに写真があり、ジョン・オクスリーという名前が添えられている。教会の開いたドアのまえに立って、歓迎の笑みを浮かべている。細身で、いかにも聖職者らしい清潔感がある。写真の彼は聖書をさりげなく持ち、医師が白衣を着るように、プレスのきいたきれいなローブを身につけている。上品なワイヤーフレームの眼鏡ときちんと梳《と》かした白髪は、お気に入りの肘掛け椅子を持っていそうな印象を与える。

別のノートに、それぞれの人物について、物語の登場人物のように細かく書いていくことにする。ノートの束を持ち上げて、コルクのカバーがついた一冊に指をすべらせる。昨日くすねた緑色の日記がノートの束に交ざっていることに気づき、あまり期待しすぎないようにしながら慎重に引き出す。ウォルトの名前が出てくるのはわかっているが、あとは花の名前か星占いか、何が書いてあるのかわからない。

だが、そうではない。最初のページに見出しがある——キャッスルノール・ファイル　一九六六年九月十日。そして彼女はこう書いている。わたしが目にしたことがこの先問題になるかもしれないから、ここにすべてを書いておく。二ページも読まないうちに、わたしは日記の両端をにぎりしめ、くるくるとカールした十代の大叔母の筆跡と、そこに書かれた内容のとりこになっている。一時間後もまだ読んでいる。三分の一ほど読み進んだところで——エミリーは妊娠しているとサクソンが暴露したところで——携帯電話がまた鳴って現実に引き戻される。

そのころにはリストのある名前の下に何度も線が引かれている――ジョン・オクスリー。今は彼がもっとも動機の多い容疑者に思われる。

だが、まだ尋ねていない疑問がひとつある。なぜ今？　予言についての不安が現実のものになって以来、フランシスはずっと他人の事情に首を突っ込んできた。この六十年近くずっと。

いったい最近何があって、六十年越しの運命がついに決することになったのだろう？

第19章

キャッスルノール・ファイル　一九六六年九月二十六日

サクソンは妊婦の腹部をまねた身振りを繰り返した。まちがいなくわたしが理解するように。

思わず目が丸くなり、顎に力がはいったが、平静を装った。すべてまったくのうそかもしれない。だが、ローズはきまり悪そうにしながらも驚いてはいなかったので、わたしは背筋を伸ばして言った。「いいわ。たしかめてみましょう」

わたしはつかつかと農家の玄関をはいり、荒らされた書斎に戻った。そこではエミリーがばか話をして男子たちの注目を集めていた。「もう行きましょう」わたしは言った。「それと、わたしのコートを返して」わたしのうしろにいるサクソンとローズを見て、エミリーの顔がこわばった。心を乱されながら、あの最初の夜のジョンのことを思い返した――わたしがサクソンとふたりだけで歩くのをジョンがいやがったこと、ジョンの女性経験についてのエミリーの揶揄。彼女は自分との経験のことを言っていたのだろうか？　真実を知りたかった、それも今すぐ。

エミリーはわたしの目をまともに見て言った。「いやよ、返さない」

「わたしのコートを返して、エミリー」わたしはもう一度言った。その声はきつく、口調は激しかった。「寒いの」エミリーとわたしは見つめ合った。この会話がコートのことでないのはふたりともわかっていた。

「いいえ、寒くないでしょう」

わたしはまえに進み出て、自分でも気づかないうちに、ウールの生地をつかんでいた。ボタンが引っ張られてはずれ、エミリーはわたしの目のまえで悲鳴をあげた。思いつくかぎりのひどい名前でわたしを呼びながら、わたしの腕に爪を立てた。そのあいだほかの者たちは何も言わずに立ったまま、ただ見守っていた。コートはしゃれていたが安物だったので、二個のボタンがボタンホールから簡単にはずれた。ポケットのひとつに何か重いものがはいっていて、コートが開くとそれがわたしの脚に当たった。わたしはエミリーの腹部に目を走らせた。

「ほんとうなの？」わたしは金切り声をあげた。「あなた、妊娠してるの？　ジョンの子なの？」ほかの者たちは何歩かあとずさってわたしの背後に立った。

エミリーは胸を張った。お腹の小さなふくらみがさらに目立った。「すべてがばれるのも時間の問題よね」彼女は言った。その声はあまりにも冷静で、ほとんど気だるげにさえ聞こえた。

「どういうことだよ、エミリー！」ウォルトがわたしのうしろから進み出て、彼女に近づきながらわめいた。「〝女性特有の問題〟だとか言って、急におれを遠ざけたあの言い訳はなんだったんだよ?」

「あなたなら乗り越えられるわよ、ウォルト」エミリーは言った。その声は得意げだ。まるでこれは自分が立てたすばらしい計画で、わたしたちはたまたま関わることになったとでもいうように。わたしは鼻で荒い息をしながら彼女を見つめていた。

「つまり」わたしはうなるように言った。「ウォルトがあなたの首を絞めそうな様子をしているところを見ると、彼は自分が父親じゃないことを知っているのね」ドラムのビートのようにことばが飛び出し、怒りと裏切りのせいで喉が熱かった。ジョンを見ることはできなかった。見たくなかった。彼は無言のまま、縮んでいく影のようにわたしの背後にいた。彼が自分を弁護するために進み出ることも、わたしと話そうともしないことが、多くを語っていた。

「おれたちはもう何カ月もそういうことをしていなかった」ウォルトは混乱と恥ずかしさで顔をゆがめながら言った。「何か健康上の問題があって、体重が増えたり、気分が落ち込んだりするんだって言われて、おればばかみたいに信じた。おれに興味がなくなったのかと不安だったけど、また戻ってきてくれると信じてた」彼の目がうるみ、その表情は怒りと絶望のあいだを行き来しはじめた。どちらの感情も大きすぎて、同時には感じることができないかのように。「そうしたらおれを裏切っていたというわけか」ウォルトはわたしの肩のうしろに目を向けた。「おれの親友と!」彼は声を荒らげてジョンに向かっていったが、テデイ・クレインに止められ、戦意を失ったようだった。

「ほら」エミリーはわたしにコートを放った。「あなたのいまいましいコートを返してあげるわよ」

わたしはコートを受け取った。そして、自分のものを取り戻したという奇妙な衝動からそれを着た。先ほど重みを感じたポケットのなかに手を入れると、冷たい金属があった。何に触れているのか頭は理解できなかった。リボルバーを取り出すまでは。

すべてはあっというまに起こった。

ウォルトがエミリーに飛びかかった――愉しいことが好きで、いつも人を笑わせ、エミリーのあとをついてまわっていたウォルト。その彼がエミリーを殴った。ほんとうに殴ったのだ。気づくとわたしはふたりに向かって叫んでいた。そして、汗まみれの手で銃をきつくにぎりしめていた。

銃弾が壁に当たり、古い農家に新たな暴力の跡を残した。

ウォルトのこぶしを受けたエミリーは鼻から血を流していた。みんながわたしに話しかけていたが、わたしには聞こえなかった。ひどい耳鳴りがし、涙で視界がぼやけていた。

だからわたしは走った。ずっとあとになるまで、銃をどうするかは考えもしなかった。息ができないほど泣きじゃくり、汚れた顔と雨でずぶ濡れの髪で屋敷の玄関に立ち、フォードに迎えられた。

「はいりなさい」彼は言った。

わたしはフォードに何も話さなかった。そうしたくても、歯ががたがた鳴って話せなかっただろう。彼はわたしのコートを受け取って暖炉のまえに座らせ、家政婦が髪を乾かすためのタオルを持ってきた。

彼は辛抱強くいっしょに座り、わたしが落ち着くのを待った。ようやく落ち着いて謝罪を口にすると、今度は止まらなくなった。何もかも最悪だった！　いったいわたしはここで何をしているのだろう？

だが、フォードはわたしを情けない気分にさせなかった。彼は苦もなく会話を、わたしの友人たちとは関係ない気楽な話題へと導いた。アフガニスタンに旅したときに買ったというバックギャモンのセットを見せられ、わたしはその複雑な模様に引きつけられた。火明かりに照らされたアバロンシェルと白蝶貝《しろちょうがい》の美しい象嵌《ぞうがん》や、漆黒《しっこく》のオニキスに目を奪われた。

「アフガニスタン」上質な樹脂に指をすべらせながら、わたしはささやいた。「どんなところ？」

「美しい国だよ」彼は言った。「食べ物も、人も、すばらしい芸術もある。芸術は好きかい、フランシス？」

「あまりくわしくないの」わたしは認めた。「そういうことを訊いているなら。でも、新しいことを学ぶのは好き」そう言って彼に微笑《ほほえ》みかけた。それほど悲しそうな顔にならずにできたと思う。

不意に彼が顔を上げた。家政婦が戻ってきたのだ。そのかたわらにはびしょ濡れのローズがいて、目を赤くして腫れた顔のエミリーを従えていた。エムはしゃくりあげており、その苦悩は本物に見えた。鼻からはまだ血が流れていて、床にたれないように片方の腕を当てていた。

わたしは怒りのあまり腕に力をこめ、両手でクッションをつかんでにぎりしめた。フォードは急いで立ち上がった。表面的に起こっていることしか見ていないからだ——エミリーが血を流して泣いていて、ローズが途方に暮れている様子しか。彼はエミリーの顔のために肌ざわりのいいフランネルの布を持ってくるよう家政婦に命じ、ふたりを暖炉のそばに座らせた。そしてソファの自分の横にわたしを呼んだ。これほど彼のそばに座ったのは初めてだった。それぞれが両手を脇においても触れないほど充分なスペースがあったので、実際には近いとはいえなかったが、それでもすぐそばに彼を感じられた。ジョンのことで動揺し、彼とエミリーに腹を立て、惨《みじ》めな気分だったが、フォードのそばに座っていると、なぜか安心できた。そして、彼がみんなをこのように配置したことで、自分が選ばれたという妙な感覚があった。見わたすと、ローズとエミリーは映画でも見るようにわたしたちを見ていた。

「ほかのみんなは?」フォードが尋ねた。何気ない声だが、あの最初の夜に闇のなかで見た気がした威嚇《いかく》もいくらか戻っていた。だが、エミリーを見る目には笑いにごく近いものがあった。わたしは不安になった。

フォードとふたりきりだったあいだに、以前エミリーがグレイヴズダウン・ホールを訪問したときのことを尋ねればよかったと不意に思った。アフガニスタンについて話すのではなく。

「テディがウォルトの車を運転して村に戻りました。ウォルトを後部座席に、ジョンを助手席に乗せて」ローズが慎重に言った。「ふたりを送ったら、わたしたちを拾いに戻ってくるそうです。みんないっしょに帰るのはよくないんじゃないかって……またけんかになるかもしれないから」

「なるほど」フォードは言った。そして立ち上がった。その動作までが優雅で――シダの葉が開くようだった。「ちょっと失礼してサクソンの様子を見てくるよ――あの子が泥だらけのブーツで廊下を歩く音が聞こえたから。戻ったら、私が全員を車で村まで送るか、友だちが迎えにくるまで待つほうがいいか決めよう」

わたしたちは、フォードの靴が隣の部屋の石の床を踏む音が消えるまで待った。

「エミリー、いったいどういうこと？」とうとうわたしは怒鳴った。「わたしのものはなんでもほしがるのね」ソファから立ち上がり、きついことばを吐きながら、彼女のまえに行った。「ジョンはわたしを愛してる。ほんとうよ」わたしは吐き捨てるように言った。だが、小さな疑惑の声がずるずるとわたしの内部をすべっていった。ほんとうにそう？　さっき衝突が起きたとき、彼は何も言わなかった。

「それは知ってるわ」エミリーは静かに言った。

「それならなぜ？」わたしは言い返した。「なぜそんなことをするの？　どうかしちゃったわけ？　わたしのヘアコーム、わたしのコート……身につけるものではもう満足できなくなったの？　わたしのボーイフレンドまで奪わなくちゃならなかったの？」

エミリーは黙っていたが、ひるまずにわたしの目を見ていた。

「いいわ、ジョンをあげる」わたしは吐き捨てるように言った。「このあとはどうするつもり？　わたしがジョンと別れたら、わたしのまわりをかぎまわって、つぎの彼ができるのを待つの？」

ついにエミリーが口を開いた。にこやかな笑みを浮かべた顔をわたしの腹部に向けて。

「あのね、フラニー、逆なのよ」彼女はまえのめりになって声を落とした。「今回はわたしが先に最高の男を見つけたの。見てなさい、わたしは領主夫人になるんだから」彼女はにやりとし、そのせいでわたしがフォードに抱いていたすべての感情が渦《うず》を巻いてまた押し寄せてきた――それはちっぽけでばかげたものに感じられた。

「このふしだら女」わたしは怒りにまかせて言い返した。「一体全体その子の父親はだれなのよ？」

エミリーは何も言わなかったが、このあいだわたしがフォードとすごした夜について、彼女の言ったことがよみがえってきて、頭のなかで教会の鐘のように鳴り響いた。あのとき彼女はもうそのことをわたしに話していたのだ。

「どうやって村に帰るかは決まったかな？」ドア口から聞こえるフォードの声は静かだったが、無情な視線はまっすぐエミリーに向けられていた。

「もしよければあなたに送ってもらいたいわ、フォード」エミリーは言った。

「わたしはテディを待ちます」ローズは言った。彼女はやりとりのあいだじゅうめずらしく何も言わなかったが、そもそも何を言えばよかったのだろう？　これはわたしとエミリーの問題だった。いつもそうだったような気がする。単にヘアコームのことだったときでさえ。

「かまいませんか？　彼が戻ってきてみんなが帰ったあとだったらかわいそうだから。彼は力になろうとしているだけなのに」

「もちろんいいよ、ローズ」フォードは言った。「きみは思いやりがあるんだね。よかったら紅茶を飲んで、暖炉のそばで待っているといい。彼が来たら家政婦が呼びにきてくれるよ」フォードはわたしを見た。「フランシス、きみはローズと残るかい、それともエミリーと私といっしょに車に乗るかい？」

なんだかふたりの親友のうちどちらかを選べと言われているようだった。以前ならわたしが選ぶのはいつもローズだった。だが、そうはせずに、やめることのできないゲームを再開した。

「あなたとエミリーと行くわ」わたしは言った。「もっと言いたいことが出てくるかもしれないから」後半はローズに向けてつぶやいた。説明としてはやや弱いが、なんであれエミリーが計画したことを阻止したいという、この奇妙な衝動を正当化する必要があると感じたのだ。

わたしはフォードからウールのコートを受け取った。エミリーはコートを羽織るわたしをじろじろ見ていた。リボルバーはまだポケットのなかで、フォードは気づいたのだとしても、何も言わないことにしたようだ。

雨のなか外に出て、ドライブウェイに停められているしゃれたメルセデスまで歩いた。エミリーは自動的に助手席のドアの取っ手に手を伸ばしたが、フォードが先に取っ手をつかんだ。

「フランシスにまえに座ってもらう」彼は冷ややかに言った。わたしは驚いて目をしばたたいたが、雨が絶え間なく降っていたので、表情は見られなかったはずだ。

「お好きにどうぞ」エミリーはそう言うと、まだ小さいけれど、ぴったりしたセーターを着ているのではっきりとわかる丸い腹部を手でなでおろした。今夜はわざとこれを着てきたのだろう。このニュースをフォードに伝え、それがうそでないことを見せるときを待っていたのだ。この数週間というもの、彼女はテント形のワンピースばかり着て、ゆったりしたわたしのコートでお腹を隠していた。体型の変化をごまかすために。でも今夜はみんなに見せびらかすような服装をしてきていた。

エミリーがセーターに合わせたスカートのウェストがゴムなのはよく知っていた。わたしが貯金をはたいて買った贅沢《ぜいたく》なコーデュロイのスカートで、さらに自分で深いポケットを縫《ぬ》いつけたものだからだ。

彼女に貸したことすら思い出せなかった。いや、貸していないはずだ。

フォードが遠くの一点をじっと眺めるあいだ、エミリーは車の前方をまわって、一部だけが明らかにふくらんでいるやせた骨格を強調するかのように、ヘッドライトの光のなかに足を踏み入れた。

車内のわたしたちは無言だったが、バックミラーをちらりと見ると、エミリーは微笑んでいた。

第20章

携帯電話の画面にクレイン刑事の名前がぱっと現れ、わたしはしぶしぶフランシス大叔母の日記を置いた。

「もしもし?」

「アナベル。ローワン・クレインだ」

「どうも」彼のぎこちない電話マナーにわたしはひそかに微笑むが、フランシス大叔母宛ての停止通告書に彼の署名があったことを思い出す。「何かご用ですか?」ほんの少し冷ややかな声で訊く。

「グレイヴズダウンの地所にまた向かっている。怖がらせたくはないが、そこがどれくらい安全なのかよくわからない。滞在している部屋に鍵はかけられる?」

「どうして? 何かあったんですか?」

「十一時のフェリーの防犯カメラの映像をチェックした。サクソンのアリバイを確認するために」

「当ててみましょうか」アンドリューのごまかしをまた思い出して、わたしは言う。「彼はそのフェリーに乗っていなかった」

「ああ、そうだ。もっとずっと早い時間のフェリーに乗っていた。彼の車もフランシスが殺された時間帯にキャッスルノール地域の防犯カメラに映っていた」

「彼がうそをついていたのはわかってた」わたしは言う。

「なぜ？」クレインが訊く。

「うそつきを見つけるのは得意なの」そう言い放ち、クレインが罪の意識を感じるかもしれないと期待する。考えれば考えるほど、彼が残念がり、フランシスのことは好きだった、と言ったことと、法的に彼女を脅していたことは相容《あいい》れない。

「とにかく、今そっちに向かっている。サクソンに訊きたいことがあるんだが、たのむからきみはおとなしくしていてくれ、この相続問題のせいで何かしなければと思っているにしろ。彼には別の言い訳があるのかもしれない――サンドビューで検死解剖をしていたとエルヴァに言わなければならない別の理由がね。それで、殺人が起きたとき、手が離せなかったのかもしれない」

「たとえば浮気とか？」この小さな村にどれだけ不倫が横行しているのだろう？　疑わしいが、わたしが世間知らずなだけかもしれない。

「それはわからないが、ぼくが着くまで何もしないでほしい。ドアに鍵をかけて待っていてくれ、いいね？」

　今やサクソンがフランシス殺しの有力な容疑者なのはわかっているが、刑事にやることを指示されたくはない。それに、サクソンからわたしを傷つけそうな印象は受けなかった。一方で、わたしを怖がらせて調査をさせないようにするのは、クレインにとって都合のいい方法に思える――わたしに屋敷のなかをうろつかれたり、隠された疑わしいものを掘り当てられたくないだろうから。

「サクソンとは話しません、その必要がなければ」わたしは言う。このことばは守るつもりだ。まわりにいるだれもがあやしく思えるなかで、クレインは父親を守るために怒りの手紙を送った以外はどんなことにも関わっていないという小さな希望があるからだ。良心にやましいことはしたくない。彼にうそはつきたくない。今はまだ。

彼が電話を切ると、わたしはノートパソコンを片づけ、日記をバックパックにしまう。寝室をあとにして図書室に行き、フランシス大叔母のファイルがあるつづき部屋に向かう。

そこに着くと、すでに作業中のサクソンとエルヴァがいる。警戒心がうずく。大量のファイルが床じゅうに広げられ、なかの書類が散らばっていることから、もう手に入れられなくなってしまった情報もありそうだからだ。結婚披露宴のビュッフェに遅れて到着したような気分だ。残っている食べ物はしなびたサラダと乾いたポテトだけの。

わたしが来たことで空気に緊張が走るが、サクソンはわたしを見て礼儀正しく挨拶をする。エルヴァは完全にわたしを無視して、引き出しにすっぽり飲み込まれそうになりながらなかにはいっているものを探っている。

エルヴァと並んで肘で押しのけあいながらファイルを探す気になれず、部屋のほかの部分に注意を向ける。フランシス大叔母の心がどう動いたのか、だれをいちばん恐れていたのかを知りたい。緑色の日記のおかげで、十代のフランシスのことはわかってきた気がする。だが、歳を重ねた彼女となるとどうだろう？　あれほど鋭い自意識を持っていた十代の少女が、どうしてあんなパラノイア気味の女性になったのか？

おそらく発端は、親しいと思っていた人たち全員に裏切られたことだったのだろう。

死んだときのフランシスがどんな人だったかを知るために、まずは本棚を調べる。本棚はその人の心の窓のようなものだ。化学の本のあいだから、家族の集まりに現れた変わり者の親戚のように、占星術とタロットの本が顔を出している。小さな鳥の像がいたるところに飾られ、かなり古そうなタイプライターが、植物の百科事典と花の識別のための本の棚のまんなかにある。フラワーアレンジメントはフランシス大叔母の趣味だったかもしれないが、殺人は彼女の人生だったようだ。

ファイルキャビネットに戻ると、サクソンが小声で悪態をついているのが聞こえる。そのとき、クレインとアーリントンのファイルを取り出した際に見落としていたことに気づく。ある引き出し――そのひとつだけ――の前面に特別な錠前がついていることに。それは昔ながらのダイヤル錠で、サクソンはさまざまな数字の組み合わせを延々と試しており、ダイヤルを回すたびにいらだちをつのらせているようだ。

「バールを使うほうが早いな」彼は鼻を鳴らす。

わたしは錠に近づいて、ダイヤルを回してみる。「それのどこがおもしろいの？」

彼は目を細くしてわたしを見るが、にやりとするように片方の口角が上がる。「きみがこれをおもしろいと思うほどいかれているとはね」彼は言う。

わたしは小さな笑みを向ける。彼こそおもしろがって錠前の数字を解読するタイプのような気がするからだ。殺人と競争が関わっていなかったら、サクソンとわたしはいいチームになれただろうか。彼はフランシスの日記に書かれていた不気味な十歳の少年とはかけ離れているように見える。何が彼を、人を不安にさせる少年から自信に満ちた成功した男性へと変えたのだろう。フランシスの挑戦を知って、サクソンが言ったことも気になっている。やるじゃないか、フランシスも。フォード叔父も彼女を誇りに思っただろう。彼の最初の反応は、頭脳的なゲームを設定したフランシスを褒めることだった。おそらく彼は、強引に突き進むよりも、エレガントな解決法をよしとするだろう。

そこでわたしはつづける。「〝どこがおもしろいの？〟と言ったのは、〝近道をすれば何かを見落とすことになる〟からよ。その数字はフランシスにとってこの錠のコンビネーションに使うほど重要だった。つまり、人生のほかの局面でも意味のある数字だったのよ」わたしは壁に書かれた予言をちらりと見る。「彼女はなんであれでたらめな番号を使うような人物には思えない」

サクソンの顔にある考えがよぎり、彼はただちに錠にふたたび取り組む。ここではいちばん長くフランシスを知っている彼が有利だ。興味深いことに、彼はどの番号を試すつもりか、何が意味のある番号か教えてくれる。フランシスの誕生日、彼自身の誕生日、彼女の死んだ夫の誕生日、夫の命日（不気味だが、暗い強迫観念を持つフランシス大叔母ならないとはいえない）。そして、驚いたことに彼はわたしの母の誕生日まで覚えていてすらすらと口にし、それも試す。

どれもだめなので、わたしはローズの誕生日はいつかと訊く。エミリー・スパロウの誕生日も。「私が知っているわけないだろう」サクソンはとげとげしく言う。

ゴードン氏の声がドア口から聞こえてくる。静かで悲しげな声だ。「エミリーは一九四九年十二月一日生まれだ」部屋に沈黙が落ちるなか、サクソンはダイヤルを右に回して1に合わせ、左に回して12に合わせるが、ダイヤルが39までしかないので49に合わせることはできない。ゴードン氏はため息をつき、部屋から出ていく。

サクソンは別の引き出しに戻る。エルヴァがまだ掘りつづけているところに。わたしは小さな鍵のセットで別の引き出しを開けようとするが、エルヴァがあまりにも騒々しいので集中することができない。焦って大急ぎで探しているので、わたしには黒板を爪で引っ掻くような音に聞こえる。

サクソンは彼女のやり方につられているようで、ひたすら引き出しに集中しながら、自分の考えが知られるのもかまわずに、ぶつぶつとひとり言を言う。「フランシスは明らかに村のだれかに殺されたんだ。彼女が悪いうわさをかき集めていた相手に。自業自得だ。何にでも首を突っ込んでいたから。それでこんなわけのわからないことになっているんだ」

この家にはほかにも探検できる場所があるので、彼らの用事がすんだあとでまた来ることにする。わたしは携帯電話をつかみ、殺人ボードの写真を何枚か撮ってから、略奪をつづけるサクソンとエルヴァを残して出ていく。

ぶらりと厨房にはいってみるが、ベスの姿はない。ブランチを用意したあと、デリの開店準備のためにすぐに帰ったのだろう。やることがあまりにもたくさんある。農場を見てみたいし——一九六六年の銃声が頭のなかにこだましている——ベスの妻ミユキが経営する動物病院もチェックして、鉄剤について訊いてみたい。だが、屋敷のなかを歩きまわると、フランシス大叔母が十代のころに描写した場面が思い浮かんで仕方がない。

図書室を一周しながら、暖炉で炎が燃え盛り、窓の外では雨が降っている、暗い四月の夜を想像する。大きなデスクのすぐうしろにはひと組の棚があり、チェスボードに目が留まる。その隣には精巧な作りのバックギャモンのボードが、折りたたんでラッチを閉じた状態で置かれている。わたしはそれを棚から取り、デスクの上に置く。

そのうしろで写真を見つけ、取り出してじっくり眺める——フォードとフランシスとサクソンが明るい陽射しのなか、庭に立っている。下方に手書きの説明がある——パグマン・ガーデン、カブール。新婚旅行、一九六八年。フォードの写真を初めて見る。ハンサムだが、目立っているのはフランシスだ。殺人ボードにあった、エミリーとローズといっしょに写っている写真とは少し様子がちがう。そのときも美しかったが、この写真の彼女はさらに魅力的で、以前より自分に自信を持っているように見える。エミリーが消えた夏、彼女たちは十七歳だったので、この写真の彼女は二十歳ぐらいだろう。

目的もなく歩きまわるのは、歩くのと考えるのを同時にできて都合がいい。玄関ホールにたどり着くと、左側のダイニングルームを通って引き返す代わりに、あの印象的な温室をもう一度見ようと厨房に向かう。

厨房の先にもうひとつ居間がある。以前気づかなかったのは、そこに行くには長い廊下を通らなければならないからだろう。そこからは整形式庭園が望め、大きなフレンチドアからテラスに出られる。屋敷の裏側は急斜面の芝地に突き出ていて、ここからの庭の眺めは最高だ。わたしはガラスドアから広大な大地に目を走らせる。

日記というレンズを通して見ているので、刈り込まれたトピアリーや、庭の一角にある塀にからみつく薔薇はほとんど目にはいらない。水がちょろちょろ流れる大きな噴水と、遠くにある生垣でできた迷路にはかろうじて気づく。やがて、見たいと思っていたものに目が釘づけになる。

ここからはフランシスが書いていた目印が識別できる。土地の南側の境界に沿って鬱蒼《うっそう》とした木々の帯《おび》がある。その帯のどこかにフェンスが壊れているところがあったのだ。フランシス大叔母はここに立って、あの壊れたフェンスが自分の人生を変えたことに、思いを馳せたのだろうか。

木々の帯に目を走らせると、小さく円形に拓《ひら》けている場所がある。エミリーとウォルトがギリシャ神殿の廃墟に座ってジョイントを吸い、まだバージンだったフランシスをエミリーがからかう場面を思い描く。

エミリーの赤ちゃんはほんとうにフォードの子だったのだろうか。でも……彼と結婚したのはフランシスだ。フォードには甥《おい》がいたが、子どもはいなかった。彼が認知した子どもはいなかった、ということだろう。母とわたしがフランシスの遺言に含まれていたのは、母の父親がフランシスの兄だったからだ。グレイヴズダウン家と血縁関係はない。フランシスの結婚を介しての関係だけだ。この陽の当たる部屋に座って日記をもっと読みたくなるが、図書室から話し声が聞こえてくる。クレイン刑事がサクソンに質問するために到着したのだろう。

遠くに農場が見つかる。谷をかなりくだって、ディンバー川にかかる小さな石橋をわたったところにある。まるで絵葉書か、夢のなかに出てくる風景のようだ。水車がほんとうに回っている。川は枝分かれして一方は池に注いでいる。池は家をすっかり取り囲むほど大きく、そのため家が島のように見える。あの夜の家を想像してみる。ウォルト——ゴードン氏——がエミリーの顔を殴り、フランシスがパニックになって、コートのポケットで見つけたリボルバーを発砲した夜のあの家を。

エミリーの失踪はフランシス大叔母に起こったことと関係があるのだろうか？　それとも、わたしが引き寄せられずにはいられない、別のミステリなのか？　ただでさえ少ない時間を無駄にして、相続をふいにする価値はある？　フランシス大叔母が殺されてからまだ二日目なのに、すでにやるべきことはあまりにも多く、残りのわずかな日々ではすべてをこなせない気がしている。

ぶらぶらと戻って、広い厨房とつながった温室にはいる。一方のガラスの壁をジャスミンが伝い、鉢植えのオレンジの木が香っている。ここにはありとあらゆるハーブがあるようで、すべてが充分に水を与えられ、大切に世話をされている。

フランシスの死後はだれが水をやっているのだろう。ベスとアーチーはふたりとも屋敷に出入りしているので、もう一度アーチーと話して、いろいろ教えてもらおう。外に出られるのかもしれないと思い、温室の一方の白塗りの壁のなかに作られた、小さなドアを開けてみる。

ところが、そこは暗くてややにおう納戸で、屋敷内のあらゆる場所同様、用途の割には広い。一方の壁にはコートと長靴がならび、別の壁際には危なっかしく積まれたスーツケースやトランクが立てかけられているようだが、薄暗くてはっきりとは見えない。窓はないが、別のドアの汚れたステンドグラスから弱い光が射し込んでいる。フランシスの目でこの入り口を見る――彼女がグレイヴズダウン・ホールを初めて訪れた夜、サクソンに招き入れられた裏口にちがいない。

すぐに、チェルシーの家の地下室から送ったトランクのひとつに気づく。片側にクレヨンの落書きがあるからだ――殴り書きの青空の上で交差する二本のヤシの木。葉の緑色は古いトランクの黒革のなかにほとんど消えている。わたしが七歳ぐらいのときに描いたものだ。トランクはチェルシーを出発したときよりはるかにひどい形になっている。わたしがたのんだ運送業者のせいだろうが、ほとんどぺちゃんこになり、脇が裂けて黒いウールの古布がはみ出ている。壊れたトランクの上にテープで貼られているのは、運送会社の送り状だ。フランシス大叔母はこれをコピーして、わたしの薄いファイルにはさんだらしい。下のほうにあるわたしの名前とサインを見る。そして、その下にくるくるとカールした筆跡で書かれた大叔母のサインを。

頭のなかで何かがガラガラと音を立て、心臓が早鐘を打った。

だが、娘たちが正義の鍵となる。正しい娘を見つけ、彼女を手放すな。

わたしがこれらのトランクをフランシス大叔母に送ってから数日後、彼女は母が正しい娘ではないと判断した。それはこの送り状にわたしの名前が書かれていたから？

きらりと金色に光るものが目を惹く。それはトランクからはみ出した黒いウールのなかに埋もれている、跳ねる牡鹿《おじか》が描かれたボタンだ。その絵柄を見たわたしは、たちまちショックの波に襲われる。

不意に、中身を知りたくてたまらなくなる。

震える手で金属のラッチをはずしてトランクを開ける。

残りの金ボタンが現れ、跳ねる牡鹿が黒いウールの上を行進しているのを見て、警戒で鳥肌が立つ。そのあと、畳まれた黒いウールの生地の上の、干からびた手に目を落とす。

ようやく肺《はい》で呼吸できるようになり、胸から悲鳴が飛び出す。

第21章

叫びつづけていると、うしろから羽交《はが》い締めにされ、襲われたのだと思い込んで抵抗しかける。だがそれはクレイン刑事で、低くおだやかな声でわたしの耳元に話しかけている。わたしは向きを変えて彼の胸に顔をうずめ、今見たもののことを必死で考えまいとする。

彼が何を言っているのかは聞こえないが、〝大丈夫だ〟〝きみは安全だよ〟というようなことだろう。彼に背中をさすられて、息が詰まるほど泣きじゃくりながら、打ちのめされ、嫌悪感を覚える。ようやく彼から離れて向きを変え、トランクのほうを見る。サクソンが視界をさえぎっている。彼が片手にボールペンを持って、トランクのなかをつつきまわしているのが見える。

「女性、頭部に銃創」彼がだれにともなく言う。「分解具合から見て、かなり長いことここにあったようだ」

「当然でしょ！」わたしは叫ぶ。「これはエミリー・クソったれ・スパロウなんだから！」

「落ち着いて、アニー」サクソンは言う。そして、無表情のまま冷たくわたしを見る。ぞっとするような顔つきだ。わたしはクレイン刑事の胸のなかに一歩あとずさる。フランシスが描写した少年が突然戻ってくる——かぎ回って、攻撃に使うために人びとの情報を集める少年が。それも十歳にして。

サクソンはポケットからラテックスの手袋を取り出してはめる。トランクのなかに手を入れようとした彼を、クレイン刑事が手を伸ばして止める。「サクソン、ここからは警察の仕事だ」

「みんなつねにラテックスの手袋を持ち歩いているの？」わたしは甲高《かんだか》い声で言う。神経質で無意味な質問。そんな質問でもしていないと、吐いてしまいそうなのだ。

「どうせ私がこの遺体を検分することになるんだ」サクソンがそう言うと、急に部屋のなかが冷え込む。わたしは両腕をさすって震えまいとするが、あまり役に立たない。

クレイン刑事は心配そうに額《ひたい》にしわを寄せてわたしを見る。前回彼にこんなふうに見られたとき、わたしは気を失った。過呼吸のせいで感覚が失われていくのがわかる――聴覚も視覚も……胃がうねる。

クレインの肩に顔をうずめて、さらに深く呼吸をする。今は彼のアフターシェーブローションのにおいがわかるほど近くにいることに意識を向けるときではない。わたしに抱きつかれても彼が気にしていないらしいことにも。わたしは停止通告書をめぐる疑惑から都合よく目をそらす。それは未来のアニーが思い出せばいい問題だ。

サクソンはクレインを挑戦的に見て、トランクのなかに手を入れる。出てきたウールのコートはフランシス大叔母の描写とぴったり合う。彼女の日記が現実になったようだ。すべての詳細がここにあるのだから――金ボタンがコートから取れかかっているということから、サクソンがポケットから取り出したリボルバーまで。

「ふたりとも、ここから出てください」すぐにクレインが言う。サクソンは肩をすくめてリボルバーをトランクのなかに気だるく落とすと、のんびりと納戸から出ていく。わたしはつかんでいたクレインの袖をようやく放す。彼は安心させるようにわたしを見る。

「できるだけ早くきみのところに行く。でも今は仕事をさせてくれ」

わたしはうなずき、のろのろとドアに向かう。振り返ると彼は切迫した様子で電話している。

砂利敷きのドライブウェイに出て、屋敷からできるだけ距離をとろうとする。しばらくぐるぐる歩きまわったあと、ようやくドライブウェイから少し離れた芝生の上に落ち着く。何台かのパトカーと、救急車一台が到着するのを眺める。パトカーは死体を運ぶようにはできていないので、この二日で二度目になるグレイヴズダウンの地所からの死体搬送《はんそう》のために、マグダとジョーが呼ばれたのだろう。

頭をはっきりさせるため、屋敷の脇のほうにある薔薇《ばら》園まで歩くことにする。近くまで来ると口論が聞こえてきて、薔薇園にはいったところで足を止める。奥の黄色い蔓《つる》薔薇が咲き誇る蔓棚《パーゴラ》の向こうから、アーチー・フォイルのしわがれた怒鳴り声がしている。ときおりオリヴァーの早口の声がさしはさまれる。わたしはもっとはっきり聞きたくて何歩か近づく。

「絶対に許さないからな!」アーチーが怒鳴る。「ロンドンの気取ったクライアントと村を歩きまわって、調子のいい売り込みをする権利なんてあんたにはないんだ。くそったれのゴルフコースだと！　あの農家は何百年もまえからあって、第二級指定建造物なんだぞ！　取り壊されてたまるか」

心臓が胃まで落ち込んだが、エミリー・スパロウの死体以外の問題に意識を向けさせてくれることが少しうれしくもある。

「それができるんだよ」オリヴァーが激しく言い返す。「もう取り壊しの許可は取ってある。古い建物だから危険だという理由でね」紙がこすれる音がして、オリヴァーが言う。「ほら、これが地方計画庁承認ずみの許可証だ」

アーチーは一瞬静かになって考える。「だれかに金を払ったんだろう。いんちきに決まっている」彼は語気荒く言う。「うちの梁《はり》は腐ってなんかいないし、基礎も申し分ない！　だいたいだれも調べになんて来ていないぞ。明らかにでっち上げだ！　あんたとあんたの雇い主を詐欺で訴えるからな！」

「へえ、そうかい？」オリヴァーの声は自信と皮肉に満ちている。パーゴラの隙間からのぞくと、彼がアーチーに近づくのが見える。「やってみろよ、でも告訴状のインクも乾かないうちに、警察があんたの最近の活動に関する証拠を見つけてドアをたたくだろうね」

アーチーは不安そうな顔であとずさる。ごくりとつばをのんで、ほんの少し声を落とす。

「うそだ」

「うそじゃない。村の人たちはあんたの犯罪に目をつぶるかもしれないが、ぼくはあんたのやっていることを知っている」オリヴァーはアーチーをまぎれもない嫌悪の眼差しで見る。

アーチーがさらに声を落として申し立てをつづけているので、もっと近くに寄ろうとすると、だれかが背後からやってきて、わたしを小道に押し出しながらまえに出る。隠れていたのがばれるが、それは問題ではない。アーチーもオリヴァーも、ジョー・リロイが走ってきてオリヴァーのシャツをつかんだことにショックを受けていてそれどころではないからだ。ジョーの救急隊員の制服の胸で無線機がピーッと鳴るが、彼は無視する。「もしおれが救急救命士じゃなかったら、おまえのいまいましい鼻を折ってやるところだ」彼はうなるように言う。

オリヴァーはことばを失っているが、それも長くはつづかない。「いったいぼくにどんな恨みがあるんだよ？　ぼくがここを離れてからほとんど口をきいたこともないのに！」

「自分が何をやっているかわかっているのか？」ふたりの顔があまりにも近いので、ジョーは怒鳴りながらオリヴァーの顔につばを飛ばしている。「ホテルを買おうだなんて、どういう神経をしてるんだ？　母はあれに精魂を傾けているんだぞ！　フランシスが亡くなった今、あのホテルは母の心のよりどころなんだ！　それなのにおまえはホテルに出向いて、歳をとりすぎていて経営は無理だとか、ホテルを売って先に進むべきだという戯言《たわごと》を、母の頭に吹き込んだ」

「理にかなったことじゃないか、ジョー」オリヴァーは冷静に言う。「彼女にはホテルを売った金が手にはいるんだぜ？　老後は安泰だ！」

「母の面倒をみる人間ならいるし、金の問題じゃないのはわかっているだろう。それとも、あまりに長くキャッスルノールを離れていたから、人は金にしか興味がないと思っているのか？」

ジョーの無線機がまた鳴り、今度はマグダの声がはっきりと聞こえてくる。「もう彼を見つけて言いたいことを言った？　そろそろ行かなくちゃならないんだけど」

ジョーは鋭く息を吐いて、オリヴァーから離れる。いつのまにかアーチー・フォイルが塀で囲まれた庭から出ていく。もうたくさんだと思ったのだろう。「これで終わりと思うなよ」ジョーがきつい声で言う。彼は無線機をはずしてサイドのボタンを押す。「ああ、小ネズミを見つけたよ。カバーしてくれてありがとう、マグズ。すぐ行くよ」

ジョーは礼儀正しくわたしにうなずいて横をすり抜けると、庭から出ていく。残されたわたしは今日目撃した脅迫シーンの意味を理解しようと、口を開けてオリヴァーを見る。

「あなたには敵がたくさんいるみたいね」わたしはゆっくりと言う。

オリヴァーは肩をすくめ、シャツのつかまれた部分のしわを伸ばす。「この仕事にはつきものだ」彼は言う。「実は、ああいうことをぼくに言ってきたのはジョーが初めてじゃない。それに、ぼくが買い取ろうとしているホテルの引退間近のオーナーはローズが最初というわけでもない。最後には彼女も折れるだろうし、そうなれば〈ジェソップ・フィールズ〉はサウス・コースト支店のメインオフィスを持つことになる。近くにできるゴルフコースとカントリークラブは直接管理できるし、そこがこの地域で最初の支店になることはたしかだ」

わたしは目を細くする。「お上品だこと」嫌悪感もあらわに言う。「悲しんでいる女性を操って、親友の死を乗り越えられるかもしれないものをあきらめさせてまであなたの会社がやろうとしているのは、すてきなホテルを会社のオフィススペースにすることなのね。わたしはジョーの味方だと言わなければならないわ」

「ふん」オリヴァーは陰険に言う。「それならアニー・アダムズに取り入って時間を無駄にすることはないな」彼はわたしを追い越し、長い脚で砂利道を楽々と歩いていく。

えらそうな口をきくべきではなかったと気づくがもう遅い。ジョーの態度に驚き、オリヴァーに同情するふりをするべきだったのに。

どんな情報でアーチー・フォイルを脅迫していたのか、もう話してはくれないだろうから。

第22章

屋敷をまわって正面玄関に戻る。警察車両と救急車はまだドライブウェイに停まっており、エミリーの死体を発見したことによる恐怖がどっとよみがえる。砂利の上に座り込み、膝《ひざ》を抱える。膝に顎《あご》を乗せ、生垣のゆるやかにうねる奇妙なさざなみに焦点を合わせる。

背後で砂利を踏む決然とした足音が聞こえるが、わたしは振り向かない。屋敷に背を向けているべきだと本能が告げるからだが、それでも玄関からストレッチャーが出てくるのが周辺視野からわかる。トランクごとストレッチャーにのせて、ビニールシートで覆っている。残っているかもしれない法医学的証拠を保存するためだろう。

頭のなかであるフレーズがささやかれる。おまえの未来には乾いた骨がある。

「ああ、なんてこと」わたしはうめく。あの死体を送ったのはわたしだ。幸い、あとのほうは口に出していない。クレイン刑事が隣に座っているから。

「気分はどうだい、アニー?」彼は静かに尋ねる。

「そうね……ましになったかな?」わたしの声には陽気さがあり、ヒステリックな笑いにも、涙にも、その両方にも変わる恐れがある。

刑事は長いことわたしを見つめる。「トランクの死体のことを知っていたのか?」

わたしは頭を抱える。「どうしてそんなことを訊くの？」

「トランクについていた送り状にきみの名前が書いてあった」

クレイン刑事を見上げる。「いいえ、知らなかった。変に思われるのはわかってるけど、チェルシーの家の地下室の片づけを手伝ってくれと母に言われて、大急ぎでやったから、全部のトランクを見たわけじゃないの。すごくたくさんあったし、最初に見たいくつかには古い書類やがらくたしかはいっていなかったから、運送業者に全部持っていってくれとたのんだのよ」わたしはごくりとつばをのみ込み、すぐ近くに死体があるとは知らずに、長い年月あの地下室で遊んでいた子ども時代のことを考えまいとする。

「きみのお母さんはあのトランクに死体がはいっていることを知っていたのかな？　だれも変なにおいに気づかなかったのか？」

「もちろん知らないわよ！　あのトランクは何十年も地下室にあって、あの家に引っ越したのはわたしが生まれてからよ。エミリー・スパロウは一九六六年に行方不明になったんでしょう？　わたしたちが住むようになる何十年もまえからあそこにあったのよ！」今やすっかり息が上がり、信じられないという思いが体じゅうを駆けめぐる。殺人についての本を書こうとしていたあいだじゅう、地下室に本物の死体があったなんて。

「わかった、わかった。信じるよ」クレインはわたしのほうを向いていない。わたしの視線をたどって、砂利敷きのドライブウェイの先を、門の外を、畑と生垣のパッチワークが織りなす田舎の風景を見ている。右手にはアーチー・フォイルのビニールハウスがかろうじて見える。

クレインの態度がよそよそしくなり、言おうとしたけれど思い直したように、口を開けてはまた閉じている。ようやく彼が発したことばに、わたしは驚く。

「きみはクレイン家についてのフランシスのファイルを持っているね」彼は硬い声で言う。

わたしはゆっくりとうなずく。どうすればフランシス大叔母とクレイン家の問題の真相を探ることができるだろうと考えながら。だが、最大の問題は、わたしの大叔母が彼の父親にしたいやがらせで刑事が心を痛めていることであり、大叔母の死を知ったときの彼の反応が、停止通告書の怒りの文面とは矛盾していたことだ。

「うそをついていたの?」わたしはようやく尋ねる。「フランシス大叔母が亡くなったと聞いて残念だと言ったとき」

「いいや」その答えはすばやく力強い。だが、何かを考えながら長いため息をつく。「でも、どう見られるかはわかっている。彼女が亡くなれば、うちの家族にとって都合がいいことも。彼女がうちの家族の悩みの種だったことは否定しないよ」

わたしは黙って脚をくずし、あぐらをかいて座る。「彼女はあなたの両親を引き裂いた」わたしは慎重に言う。「そうなんでしょう?」

彼の顔がひきつる。微笑《ほほえ》もうとしているようにも見えてまぎらわしい。だが、わざとではないようだ。

「穿鑿《せんさく》しようとしてるわけじゃないのよ」わたしは言う。

「いや、している」彼はそっけなく言う。だが、怒っているようには見えないので、わたしはつづける。

「でもあの写真の日付、そして停止通告書……わからないのは、なぜ今？ということよ。他人の秘密を掘り返すことで人生をすごしてきたフランシス大叔母を、どうして突然殺すことにしたの？」

「うちの両親が最近離婚したことも知ったんだね。そして、その原因はフランシスだと考えた。そのせいで警察官が殺人を犯したのかもしれないと思っているのかい？」彼が眉《まゆ》を上げ、わたしの胃のなかで疑いがうごめきはじめる。だが、わたしは一歩も引かない。

「正直、職業として殺人事件の捜査をしている人間が、犯罪を犯して逃げおおせる方法をいちばん知っていると思う」

これに刑事はたしかに微笑む。その笑みはあけっぴろげで無邪気だ。「でもフランシスに関していえば、きみとサクソンにも動機がある」

「ええ、でもどちらも今まで殺人事件の捜査をしたことはない。サクソンは容疑者じゃないと言ってるわけじゃないけど、これまでのところ彼の動機を見つけるのに苦労している。フランシス大叔母が彼を相続人にしないと決めたのを、彼は長いあいだ知っていた。だから、彼女には生きていてもらいたかったはず。そうすれば彼女の心を変えさせることができるかもしれないから」

「フランシスの思惑を知って彼女を殺し、別の人間を罠にかけて、財産を手に入れるために自分が仕組んだ殺人の謎を解こうというのでなければ」クレインが言う。微笑みがからかいの色を帯び、本気で信じている説ではないことがわかる。

「それ、小説のプロットとしてはよさそう。実はわたし、作家の卵なの。つぎの作品で使わせてもらうかも」そこで間《ま》が生まれ、わたしはローワン・クレインと、父親を守るために彼がしたかもしれないことに意識を向ける。

「きみは頭がいいね、アニー」彼はゆっくりと言い、わたしを見る。「でも、フランシスのファイルに関して知っておいたほうがいいことがある。証人と話して、事実かどうかたしかめるべきだ」

わたしは眉を上げる。「これは非公式の捜査レッスンなの、それともあなたを容疑者扱いするのをやめさせようとしてる?」そのセリフが口から出たとたん、ほんとうに彼がフランシス大叔母を殺したとは思っていないことに気づく。だが、直感と理論をいっしょにしてはいけないことも知っている。もしジェニーがここにいたら、〝感じ〟《バイブス》で殺人事件は解明できないと言うだろう。

「両方かな」クレインは言う。「でも、あのファイルがきみの調査の主要な情報源なら、フランシスがまちがえることもあると知るのは重要なことだ」

額にしわが寄る。「でも、フランシスはあのファイルのなかに何も結論を書いていないわ。確かな証拠だけよ。通話記録、防犯カメラの写真。あなたが言ってるのはあの写真のこと?あなたのお父さんとわたしの母の……ていうか、何を言いたいの?」

「あの写真で両親が離婚することになったわけじゃない。フランシスはうちの両親の仲を引き裂いたわけじゃないよ。でもね、アニー、ぼくは三十三歳の男で、人は変わるものだし、つづかない結婚があるのも理解している」彼は片手で顎の線をたどる。これが彼の考えるときのしぐさだとわたしは学びつつある。彼はひとりで微笑み、先をつづける。「両親が離婚したのは、父がゲイだからだ。実際、父と母は今もとてもいい関係だよ。別れてからのほうがふたりとも幸せそうだ」

「でも……母といっしょに写ってるあの写真は……それならなぜ停止通告書を？」これがどうつながるのか必死で考えようとするが、うまくピースがはまらない。

「きみのお母さんだけが何年もまえから父の事情を知っていたんだ。ふたりは十代のころつきあっていたこともあるが、ずっと仲のいい友だちだった。今でもそうだよ、ぼくの知るかぎり」

「それならどうして母は彼のことをわたしに話してくれなかったの？」わたしは憤慨《ふんがい》して言う。少し悲しいが、母にわたしの知らない人生の一時期があったことに怒りを感じてもいる。どうして友情を隠すのだろう？　今度母と話すときの話題の長いリストにこれを追加しよう。

クレインは肩をすくめる。「停止通告書については、フランシスも父のことを知っているのだと思い、父の心の準備ができるまえに彼女が暴露するんじゃないかと心配だったからだ。でも、フランシスがほんとうに父の浮気相手はローラだと思っていたのを知って、彼女に事実を話したところ、いやがらせをやめてくれた。父は自分のやり方とタイミングで安全にカミングアウトした」

「フランシス大叔母がそんなことをしたと思う？　暴露なんて。あまりにも冷酷すぎる」

クレイン刑事はじっとわたしを見つめ、ようやく言う。「ああ、彼女はしなかっただろう。でもぼくはそれを恐れていたし、父を守りたかった。あの世代はこういうことを受け入れられない人も多い。うちの祖父がそのいい例だ。祖父のテディとフランシスはまだ友人だった。だから、彼女が何か言うんじゃないか、祖父がそれをどう取るかと心配だった」

わたしは顔をしかめる。「わかるわ」

「ありがとう」彼は言う。「とにかく、父にはぼくのサポートがあったし、村の父の友人たちはとてもいい人ばかりだった。ジョン・オクスリー――牧師だ――は父がとてもつらい思いをしているときに力になってくれた。それに母と、ローラがいた」

少しのあいだ黙って考える。刑事がくれた新しいレンズで見ると、フランシス大叔母のファイルはどう見えるだろう。最初からこれを念頭において調べるべきだった――動かぬ証拠でもまちがった結論に導くこともあると。

これと同じような説をわたしはいくつ立てただろう？　あまりにも薄っぺらで、どんな質問にも耐えられないような説を？　こんな調子で、フランシス大叔母を殺した犯人をいったいどうやって見つけられるだろう？　サクソンは村じゅうの人とフランシスの過去をすべて知っていて、プロらしく冷静な刑事は五歩も先を行っているというのに。

「ねえ」クレインはわたしの肩に肩をぶつける。「またあの顔をしているよ」

「どんな顔?」わたしは考えごとの沼から一瞬浮き上がり、目を細くして彼を見る。

「自虐的になって自分のやり方を疑う顔。そんな必要はないよ。ぼくを疑ったのは正しかった。あのファイルの中身のことを考えれば、やっていたかもしれないんだから」

「ちょっと待って——あのファイルの中身をどうして知ってるの? すべてのファイルを見たの?」

「停止通告書を送ったあと、フランシスが署に持ってきて見せてくれた。誤解は解けた。確認したければ、受付係のサマンサなら一言一句もらさず聞いていたはずだから、彼女が証明してくれる」

わたしは降参のしるしに両手をまえに出すが、顔がわずかににやけるのがわかる。「すべてのファイルを見たこと、教えてくれなかったわね」

「ああ」

ある予感が大きくなっていく。「あなたは、その、あれを証拠として提供させるつもりなの?」

「その必要があると思えば」彼ははっきり言う。「フランシスが執着していた未解決事件に関係がある死体が出てきたしね。あれがまちがいなくフランシスの失踪した友人エミリー・スパロウだとはまだ言えないが」

「でも、あの死体はチェルシーの家にあったのよ」わたしは言う。

「フランシスが所有する家だ」クレインが言い返す。

いきなり頭がオーバードライブモードにはいる。エミリーを殺したのはフランシスなの？　おまえの未来には乾いた骨がある。わたしがあのトランクを送ったあと、フランシス大叔母はわたしを相続人に含めるよう、遺言を変更した。トランクがあんな状態になっていたので、彼女はエミリーの死体を見つけてしまったのだろう。中身があふれそうになっていたから。だが、娘たちが正義の鍵となる。正しい娘を見つけ、彼女を手放すな。

「フランシスはエミリーを殺していないわ」わたしははっきりと言う。「エミリーの死体を見つけたとき、遺言を変更してわたしを相続人に含めることにした。わたしがうっかり彼女の戸口に動かぬ証拠を送りつけたからよ。彼女がそれを見つけたあと、六十年まえのミステリのピースが目のまえでぴたりとはまって、だれがエミリーを殺したかわかったんだと思う」クレインのまえで考えを口に出して言うのは、いい考えではないかもしれないと思い、わたしは口を閉じる。が、また口を開けて言う。「フランシス大叔母はエミリー・スパロウのことであなたに何か訊いていた？　最近ってことだけど？　というのも、まずまちがいなく、彼女は殺される直前にあの死体を見つけたと思うから」

「彼女はエミリーのことを一度も口にしなかった」彼は答える。「フランシスはエミリーを殺した人物と対面して、口封じのために殺されたと思うのかい？」

できるだけどっちつかずの顔つきを心がけるが、クレインが小さくうなずくのを見て、あまりうまくいっていないのだとわかる。いっそのこと、考えを隠すのではなく、彼の人脈を利用してみよう。彼よりも先に謎を解けると信じなければ。あるいは、彼が実際には気が進まなくても自分の村を救う手伝いをしてくれるかもしれないと。彼がわたしの思っているような人だといいのだけれど。あるいは、わたしが望むような人だと。

「フランシス大叔母を殺した犯人を見つけるために、だれがエミリー・スパロウを殺したのか知る必要がある」わたしは唇《くちびる》をかんで彼を見る。「エミリーの失踪について警察が持っている情報を教えてもらえる?」

クレインは笑う。「どうしてそんなことをしなくちゃならない?」

わたしは深く息を吸い込み、ローワン・クレインがその堅固な〝ぼくに仕事をさせてくれ〟的な外見の下で、少々乱暴なことをしてもかまわないと思っているのかどうか、見極めるためのボタンを押す心の準備をする。

バックパックに手を入れて、フランシス大叔母の日記を取り出す。

「あるリボルバーに関する証拠を持ってるの。それが発砲されたとき、テディ・クレインがその場にいたという証拠を」

オリヴァーだったら、気のあるそぶりをしてさっと日記を取り上げるだろう。サクソンなら自分は困惑したふりをして、エルヴァに日記を盗ませる方法を見つけるだろう。それは、わたしが目にするエルヴァがいつもしていることだ——彼女はなんであれ自分のものにしたければ、手を伸ばしてさっと取る。

だが、刑事はそのどちらでもない。彼はわたしをじっと見て、ようやく微笑む。「やるじゃないか。でも、その証拠をぼくに見せるつもりはないんだね」

「問題の事件について、あなたはもう知ってると思うけど？」自分がひどく賢くなったような気がしてそれを隠しきれない。そのせいで、突然恥ずかしげもなく弁護士のような話し方になる。

フランシスの日記に出てきた銃の事件のことが、エミリーの失踪人ファイルに書かれているというのは賭けだ。彼女が失踪したあと、友人すべての事情聴取をしただろうし、ローズとウォルトとフランシスは黙っていようと口裏を合わせたかもしれないが、正直者のテディ・クレインは、〝エミリーに敵がいたかどうか知っているか？〟と訊かれたら、すぐに白状したに決まっている。そして、人から情報を引き出すためのいい戦略は、いくつかの説を披露することだ。そうすれば人はたいてい、訂正したり裏付けたりせずにはいられなくなる。

「エミリーのファイルにあった」クレインが言う。

「やった」わたしは小声で言う。「つまりあなたはもうそのファイルを見たのね。中身の手がかりを知りたくてわたしがカマをかけたから……」

彼がまた微笑み、目尻にしわができる。「カマをかけられたせいじゃない。情報を共有することにしたんだ」黒っぽい髪に手をすべらせ、片側の髪を少し立たせる。「訊いたのがきみだったから」彼はそう言って、わたしに鋭い視線を向ける。

わたしは気づかないふりをする。正直、クレイン刑事がわたしを誘惑しているのかどうか、今すぐ判断する余裕がないからだ。彼はいつものわたしのタイプとはちがうが、ハンサムだ。目鼻立ちがくっきりしているので、歳をとっても変わらないタイプの顔をしている。

気づけばクレインはまだ話している。

「署の人間に急いで保管資料から掘り出してもらって、ファイルはそのままここに持ってきた。テディ——ぼくの祖父——はエミリーが失踪したあと事情聴取された。空き家になっていた農家での事件について話している。そこで口論の末エミリーはウォルター・ゴードンに顔を殴られ、発砲があったがだれにも当たらなかったと」

「だれが銃を撃ったか彼は警察に話したの？」

「フランシス・アダムズだと話している。そのあと彼女は重要参考人とされたが、ラザフォード・グレイヴズダウンがフランシスのために有能な弁護士を雇ったので、その期間は長くなかった」

「テディはエミリーが妊娠していたことを警察に話した？」

クレインの顔に驚きが走るが、一瞬で消える。「いや、その情報はファイルのどこにもない。ほんとうに彼女は妊娠していたのか？」

「フランシスはたしかだと思っていたみたい」手のなかの日記を見ながらわたしは言う。「全部読んだわけじゃないけど、エミリーが妊娠していることを利用してラザフォード・グレイヴズダウンを罠にかけようとしていると、フランシスは疑っていた」

「ああ、ラザフォード・グレイヴズダウンとエミリー・スパロウのあいだの性的関係のことはファイルでも言及されているが、彼は強く否定した。それに、当時彼はキャッスルノールでもっとも力のある人物だったから、エミリーの失踪がらみで事情聴取を受けたといっても、かなり――」彼は咳をした。何かへの感情を隠すためだろう。「――いいかげんだった」

「ロード・グレイヴズダウンとエミリーの性的関係のことはだれが警察に話したの？」

「ウォルター・ゴードンだ。でも、彼にはグレイヴズダウン家を捜査に引き込みたい理由があった。自分がエミリー失踪事件の第一容疑者だったから」

「ミスター・ゴードンはエミリーがつきあっていたほかの男性について何か言ってた？」

クレインはわたしを見て目をしばたたいた。「いいや。フランシスはほかにだれかいると言ってたのか？」

頭のなかの車輪が痛いほどの速さで回る。「ウォルトはフランシスをかばっていたのね」わたしはつぶやく。「エミリーが関係していたもうひとりの男性はジョン・オクスリー、当時のフランシスのボーイフレンドよ。ウォルトがエミリーとジョンのことを警察に言っていたら、フランシスが疑われはじめていたでしょうね」

「もし彼女がそうだったら？」クレインが静かに言う。

「そうって？　殺人者だったらってこと？　いいえ、フランシスがエミリーを殺したとは思わない。彼女のリサーチ・ルームにはもうひとつ小さい殺人ボードがあって、そのまんなかにはエミリーの写真があった。空いた時間に彼女の失踪の謎も解こうとしていたんだと思う」フランシスに会ったこともないのだと思うと、彼女の無実を信じる気持ちがわずかに揺らぐ。そこでわたしは刑事を見て尋ねる。「彼女は罪の意識のせいでゆがんだ性格になったように見えた？」

「たしかに、どこかゆがんではいた」彼は言う。わたしはネックレスを指に巻きつけながら不安になる。あの日記のせいで、わたしはフランシスに共感するようになっている。正直に言えば、彼女が好きだ。だが、彼女を知らないということもひどく気になっている。

それでも、彼女をかばうために別の方法を試みる。「でも、正直、友だちを殺したりするかしら？　たった十七歳で？」わたしはふたりのあいだに緑色の日記を掲げる。「これを読んだかぎりでは、フランシスは殺人者には思えない。彼女は繊細で聡明で――」

「家族に作家がふたりいるということかな。そんなに彼女に惚れ込んだなら」

「いた」わたしは悲しげに言う。「家族に作家がふたりいた」

クレインはゆっくりうなずく。わかってくれたようだ。彼はわたしの肩に手を置き、一瞬ぎゅっとつかんでから手を離す。知ることのなかった親戚を失って、わたしが悲しんでいるとわかってくれたのだろう。彼女の家に駆け込んで、質問攻めにあわせたいと思ってしまうような書き方で、十代のころの活躍を記録していた女性。日記のなかのフランシスは、友だちになりたいと思うような人物だ。そしてわたしは、彼女の物語がどんなふうに終わるのか知りたい。

今手にしている日記のなかの物語だけではない。彼女の物語のすべてが。

「刑事がひとりいてよかったわ」と言いながら、口角の片側を上げてにやりとする。「すべてを偏見なしに見てくれる人が必要だもの」

「偏見がないとは言っていない」彼は言う。立ち上がってジーンズの汚れを払う。「とにかく、悪魔の代弁者（議論のために故意に反対の立場をとる人）を務めるのはここまでだ。ぼくはまだ彼女が探り当てた秘密のせいで殺されたのだと思っている」

彼はわたしが立ち上がれるように手を差し出し、わたしはその手を取る。

「フランシスはぼくたちみんなを厄介な立場に追い込んだ」彼はつづける。「いちばん心配なのは、殺人まで犯した人物がいるということだ。おそらくはフランシスが知った情報を他人にもらすのを阻止するために。今ではサクソンときみがその秘密を探る作業を担っているから、きみたちはふたりともフランシスと同じ立場におかれる」

「殺されなければならない立場に」

「そのとおり」

「それならわたしたちはどうすればいいの？」

「推理合戦のあいだじゅう屋敷を監視するつもりだ。警察官がひとりはここにいる必要がある。殺人が起こっているわけだし、未解決事件の再捜査もあるからね」

「じゃあ、あなたはここに滞在するの？」

「同僚の刑事とシフトの調整をしなければならないだろうが、できるだけここにいるようにする」

わたしはうなずく。「それは安心だけど、ものものしい感じもするわね」

彼は笑い、思いがけない無防備さでわたしをはっとさせたかと思うと、すぐにまた顔を近づけてくる。わたしの気に入らないことを言おうとしているのだ。「その日記はわたしてもらわないと、アニー」

肺から空気が絞り出されるのがわかり、反射的に日記をにぎりしめる。「ど、どうして？」わたしはつかえながら言う。「ただの十代のころのとりとめのない記録よ。とてもこれが――」彼のきびしい視線のせいで先がつづけられない。

「コピーを取らせてもらったら、できるだけ早く返す」

わたしの落胆した表情を見て、彼はさらに言う。「こう考えたらどうかな――日記をコピーするほうが、すべてのファイルを運び出すより簡単だ。先に日記に目を通しておけば、どのファイルが必要かわかるかもしれないから、ここに来て全部を持っていかなくてすむ」

「でも、まだ全部読んでいないのよ！　あと……一時間くれない？　三十分でもいいんだけど？」なんとか司法を妨害しない方法を見つけようとするが、結局のところ、わたしにできることはそれほど多くない。

「ごめんよ、アニー。今必要なんだ」

「このことはあなたに話す必要だってなかったのに！」わたしは叫んだ。これでは全然フェアではない。

彼は日記に手を伸ばす。わたしは怒りで腹の虫が収まらず、今まで食べていたお菓子をあきらめなさいと言われた幼い子どものような気分だ。

「エミリー・スパロウ殺人事件は」わたしはやけくそのプランにしがみついて言う。「わたしたちが力を合わせれば、解決したときはすべてあなたの手柄になるんでしょう？　わたしに必要なのは、フランシス殺人事件を解決することだけなのよ」

彼は手を引っ込めて腕を組む。「ぼくがエミリーの事件を解決すれば、やはりぼくが解決することになっている直近の殺人事件から上司の気をそらすことができるというわけか？ それはうまい方法だな。きみは殺人犯をつかまえる時間ができて、遺産を手にすることができる」

「すてき、わたしの身になって考えてくれてすごくうれしい」

「絶対にノーだ」

「わたしの身になって考えてくれないってこと？ それとも、協力したくないってこと？」

彼は憤りで頬をふくらませたまま、わたしをじっと見る。「両方だ。ぼくは合理的な話をしているんだ。日記をコピーしたらオリジナルはきみに返す。そうすればぼくは持ち歩かなくてすむ」彼の目つきが鋭くなる。「それとも、このことを公《おおやけ》にしてもらいたいのか？」

「わかったわよ」ぶっきらぼうな声になるのもかまわずに言う。そして、すねて肩を落としながら、彼に日記をわたす。

「ありがとう」彼は言う。

わたしは屋敷に向かって歩きはじめる。「探るべき秘密はほかにもあるから」と彼に思い出させる。

彼は顔をしかめる。「ぼくはまたきみをトラブルから救い出すことになるのかな？」

わたしは彼に冷笑を返す。「自分でなんとかするわ、フランシスがそうしたように」

だが、今度はわたしが顔をしかめる番だ。もちろん、フランシスはトラブルから抜け出せなかったから。いちばん大事なときに。

第23章

だれかがわたしの部屋にいた。しかもそれを隠そうともしていない。毛布類は起き抜けのまま、枕はしわくちゃに丸まっていたはずだ。だが、部屋にはいると胃が傾く。ベッドがきちんと整えられている。

フランシス大叔母のパラノイアが少しわかってくる。殺人のことを考えはじめると、あらゆるところに殺人者の影を見てしまう。あらゆるものを脅《おど》しのように感じはじめる。わたしは長々と息を吐く。たぶんまだ会ったことのない清掃係がいるのだ。いや、ベスが清掃係も兼ねているのだろうか。あるいは、フランシス大叔母の殺人事件が解明されることに将来がかかっている、だれかほかの人か。

ベッドに近づき、ぱりっとした白いコットンの枕カバーに用心深く手をすべらせる。そして、枕をそっと持ち上げると、そこには小さな紙切れがある――黄色く変色した古い紙に文字がタイプ打ちされている。

この売女《ばいた》め、私のじゃまができると思うのか？　おまえはその完璧な美貌で、ほしいものを手に入れるのに慣れてしまっている。やめないつもりなら、いずれかならずその顔を台無しにしてやる。おまえの骨を箱に入れて、おまえの愛する者たちに送ってやる。
そのまえに、おまえがこれまで望んだすべてのものを手に入れてやる。

恐怖の波が押し寄せ、あたりを確認する。ベッドの下には旅行鞄《かばん》があり、小さなクロゼットにはわたしの服以外かかっていない。窓の取っ手も揺さぶってみるが、窓の下は急斜面だし、どちらにしろすべて施錠されている。

震える手でもう一度脅迫文を取り上げる。骨を箱に入れて送るというくだりで、すぐにぴんとくる。だが、この紙は明らかに古いものだし、フランシスの日記にまさにこの文章が出てきたのを思い出す。だれかがわたしを脅迫していたからだ、占い師に会うまえから。

〝おまえの骨を箱に入れてやる〟と書かれた紙切れがスカートのポケットにはいっていた。そして、脅迫文の最後の行について考える――そのまえに、おまえがこれまで望んだすべてのものを手に入れてやる。

エミリー。エミリーなら言いそうな気がするし、フランシスへの態度にも合致する。フランシスの日記を取り戻したい。だが、エミリーとジョンが寝ていたことを知ったあの夜、フランシスが日記に書いていたことははっきりと覚えている。フォードの図書室で彼女はエミリーに怒鳴った。わたしのものはなんでもほしがるのね……わたしのへアコーム、わたしのコート……身につけるものではもう満足できなくなったの？　わたしのボーイフレンドまで奪わなくちゃならなかったの？

少しのあいだ、わたしは占い師の力を信じる。この脅迫文を見つけたことで、フランシス大叔母の予言を相続したような気分になったからだ。クレイン刑事はまだ階下にいる。助けを求めて彼のところに行くべきだろうか。だが、最後の会話で競争心をむき出しにしてしまったせいでためらう。ミステリ小説では、殺人事件の調査をしている人物が脅迫を受けた場合、相手は身近な人間ということになる。あるいは、調査が少なくとも正しい方向に向かっているということに。

先ほどの不安がわずかに折りたたまれていき、激しい好奇心のために場所をあけるのがわかる。これはエミリーの失踪という謎の証拠の一部にちがいない。もしだれかがわたしを個人的に脅迫しているなら、もっと直接的にやるはずだし、わたしに関連した内容にするはずだ――わたしがここの人間ではないこととか、わたしに遺産を相続する権利はないといった。

これは一九六五年か一九六六年、エミリーが失踪したころのものなのだ。だれかがこれを置くことでわたしの力になろうとしているのだとしたら？　考えれば考えるほどその可能性はありそうに思えてくる。でも、だれがそんなことを？

何かあったときのために、あるいはわたしが発見した証拠をまたクレインに求められたときのために、携帯電話で脅迫文の写真を撮る。これはある種の〝証拠隠匿《いんとく》〟であり、あとで痛い目を見ることになるだろう。だが、この調査ではこれまで以上にルールを曲げる必要があるし、何事においても大胆さが求められるとわかっているので、今から慣れておくのもいいかもしれない。

脅迫文をもう一度読む。やっぱり不可解だ。これがフランシスに宛てたものなら、どうしてエミリーが殺されたのだろう？

今ではわたしの〝調査日誌〟になっているノートに脅迫文をはさみ、すべてをバックパックにしまう。陽射しは夏の夕暮れの金緑色の靄《もや》に移行しはじめ、死体を見つけたばかりにもかかわらず、お腹がすいてくる。つねに荷物を持ち歩いているので背中が痛いが、この部屋は明らかに安全ではないので、バックパックを背負って階下に向かう。

だが、まだ厨房には行かない。フランシス大叔母がフォイル家についてどんなファイルを残しているか見たいからだ。図書室のつづき部屋にはいると、当然のようにまたサクソンがいて、今回はエミリーの小さい殺人ボードを見ている。エルヴァとオリヴァーの姿はなく、クレイン刑事はまだ外でキャッスルノール警察の警官たちと話している。

「彼女を知っていたの？」わたしは静かに尋ねる。「エミリー・スパロウを？」

サクソンはわたしをじっと見る。実際悲しそうな顔つきで。先ほど彼女の死体が見つかったとき、彼がどれだけ横柄な態度をとっていたかを考えると妙だ。「ああ」彼は言う。「彼女は……ちょっとしたものだった。みんなそうだったがね、フランシスも含めて。今は三人のうちローズだけになってしまったと思うと悲しいよ。彼女たちはいつもいっしょだった。エミリーが失踪するまえは」

サクソンは知らない。エミリーの失踪まえに起きたドラマのすべてをわたしが知っていることを。エミリーが死ぬまえのことを。わたしはクレイン刑事の説を披露してみることにする。サクソンにはなんの得にもならないだろうが、情報を共有してくれるよう促せるかもしれない。

「クレインはフランシスがエミリーを殺したと思ってる」

サクソンはそれほど反応を示さないが、殺人ボードから目を離さずに眉を寄せる。

「どうして優秀な刑事がそんな考えを?」

「あのトランクがチェルシーの家の地下室にあったから」わたしは言う。「少なくとも二十五年か、もしかしたらそれ以上。わたしたちが引っ越したときにはもうあったから」

「クレインが真っ先にフランシスを疑ったとは驚くね。どうして私の叔父ではないんだ?エミリーは彼が死ぬ何年もまえにいなくなっているし、チェルシーの家は当時彼のものだった」

たしかにわたしもフォードがエミリーを殺したのかもしれないと思う。ここではサクソンのほうがわたしより明らかに有利だ——わたしはラザフォード・グレイヴズダウンのことを何も知らないが、サクソンは彼に育てられたのだから。クレイン刑事にたのんで、できるだけ早く日記を返してもらおう。フランシスはのちに結婚することになる男性とどんな関係だったのか知りたい。

だが、ラザフォード・グレイヴズダウンは何年もまえに死んでいる。もしフォードがエミリーを殺したなら、どうやってもフランシス殺害事件とは結びつかない。エミリーの妊娠について何を知っているのかとサクソンに訊くべきなのかもしれないが、緑色の日記はまだ半分までしか読んでいないし、手持ちのカードを見せるまえに、すべての情報を手に入れておきたい。

おまえの未来には乾いた骨がある。

だれかがわたしを脅迫していたからだ。

おまえの骨を箱に入れて、おまえの愛する者たちに送ってやる。

不安な気持ちで殺人ボードを見上げると、新たな考えが浮かぶ。もしかしたらあの脅迫文はエミリーに宛てたものだったのかもしれない。

棚のひとつに置かれた古いタイプライターに目をやる。

恐ろしい考えが浮かぶ。フランシスが脅迫文を持っていたのは自分で書いたからだとしたら? そのまえに、おまえがこれまで望んだすべてのものを手に入れてやる。フォードと結婚したのはフランシスだ。

サクソンが興味深そうにわたしを見ているのに気づく。「フランシスとエミリーは叔父をめぐってけんかをした」彼は言う。

ボードの中央に貼られたエミリーの写真に目をやると、これまでの思い込みが一掃され、新たなつながりが見えてくる。だれがエミリーと近しかったのか、遠かったのか、だれが彼女のせいでまちがってしまったのか。ウォルト、ジョン、ローズは脇役だ。ボードに近づいてアーチー・フォイル、サクソン、そしてわたしの祖父母ピーターとタンジーの写真を興味深く見る。ピーターとタンジーの名前がそこにあるのは意外だが、日記のまだ読んでいない箇所に何かがあるのだろう。

フォードの名前はボードに書かれてさえいないが、理論的にはエミリーを殺せたはずだ。日記によると、彼にはそうする理由があったかもしれない。エミリーが妊娠を盾に彼を脅迫したのだとしたら？　あるいは、結婚してもらおうと彼を罠にかけたのだとしたら？　フランシス大叔母が彼を容疑者にしなかったのには何か理由があるはずだ。でなければ、彼と恋に落ちたために、その罪に目をつぶったのか。

「大事なものが抜けてる」言ってから声に出していたことに気づく。

「それは何かな？」サクソンが尋ねるが、知っていそうな顔をしている。

わたしは小部屋を飛び出し、図書室を走り抜ける。玄関に着くと、クレイン刑事はまだそこで制服警官と話をしている。

「ちょっと話せる？」わたしは息を切らし気味に訊く。彼の顔に驚きがよぎるが、ほんの一瞬だ。「重要なことなの」わたしは付け加える。

「わかった」彼はそう言うと、制服警官に何かつぶやく。わたしは話を聞かれないところまで彼を連れていき、バックパックをおろしてジッパーを開く。そして、脅迫文が安全にはさんであるキノコのイラストのついた薄いノートを取り出す。

「もう一度日記を見る必要があるの」わたしは言う。

クレインは迷惑だということを隠そうともしない。わたしに向かってあきれたようにぐるりと目をまわす。「アニー、ぼくはまだ署にも帰ってないんだぞ。だが、提出された以上、これは証拠品だ。返すわけにはいかない」

「ちょっとだけ確認させてくれない？　あなたがここに立っているあいだでいいから」懇願《こんがん》するような声で言っても、彼は動じない。「代わりに別の証拠をあげるから」

彼は鼻を鳴らす。「だめだめ、そういうわけにはいかないんだよ。わかっているだろう、アニー。フランシスの死に、またはエミリー・スパロウの死に関係するものを見つけたら――死体がエミリーのものと決まったわけではないが、もし仮に――」

今度はわたしがぐるりと目をまわす番だ。「日記を取り返そうとしてるわけじゃないの。もう読んだページをちょっと見たいだけ。代わりに脅迫文を提出するわ。もう写真に撮ったから」

「脅迫文？」彼の態度がすっかり変わり、声には硬い棘《とげ》がある。

わたしはできるかぎりさりげなく、紙片を見つけた過程を説明する。

「アニー、この屋敷のなかでは安全に注意しろと言わなかったか？　これを見つけたら真っ先にぼくのところに来るべきだったのに」彼は怒った顔で言う。〝腹を立てながらも心配している〟ということを強調して両手を腰に当て、ブレザーの端が反り返る。日記のことでいらいらしていなかったら、きゅんとしていたところだ。

フランシス大叔母の殺人事件の謎を解く競争に勝てるよう、だれかが不器用にもわたしの力になろうとしているのではという説をたどたどしく伝えても、あまり彼をなだめることはできない。ようやくわたしはノートから紙片を取り出す。「はい」紙片を差し出して言う。「これをあげる。だからお願い、せめて今だけ日記を見せてくれない？」

彼はさっき制服警官が立っていた場所を振り返る。警官は左右どちらかに向かって屋敷の奥を巡回しにいったようだ。「わかった」彼はゆっくりと言う。ブレザーに手を入れ、胸の内ポケットから日記を取り出す。「でも、ここで見てくれ。ぼくがこの脅迫問題をどうするか考えているあいだに」

日記をわたされ、感謝のため息がもれる。すぐそばに立った彼にじろじろ見られているという事実を無視して、必要な箇所を探すのに集中する。

ファイルの引き出しの鍵を開けようとしていたとき、サクソンがわたしの母の誕生日をすらすら言ったことが急に思い出される。どうしてサクソンが母の誕生日を知っているのだろう？　グレイヴズダウンの地所には両親が近寄らせなかったと母は言っていたし、サクソンは寄宿学校で学生時代をすごしたはずなのに。

だが、サクソンのことを考えながらページをめくるうちに、ある箇所に行き当たる——情報を集めて抜け目なくそれを利用するスパイ——彼が知っていた理由はこれかもしれない。

日付を確認しながら、最初のほうまでページをめくる。ようやく、探していたものを見つける。

一九六六年九月十五日

ピーターが来ていて母と言い合いをしている……彼が結婚したタンジーという女性にがまんできる人なんていないけど、赤ちゃんが来た今となっては後戻りはできない……

これは認めなきゃならないけど、ちっちゃなローラはとてもかわいい。生後一カ月で、わたしが見るとかわいらしく喉を鳴らす。

フランシスは〝赤ちゃんが生まれた今となっては〟ではなく〝赤ちゃんが来た今となっては〟と書いている。さらに、二度目に読むと、〝でも母親似なのが残念〟という箇所がまったくちがった響きを帯びる。

「屋敷のなかに戻らないと。やることがたくさんあるの」わたしはまくしたてる。顔つきが感情を表す万華鏡のようにくるくる変わっているらしく、クレインの顔からあっというまにいらだちが消える。

「こうしよう」彼は冷静な声で言う。「車に乗って村の〈死んだ魔女〉亭に行こう。ぼくはファイルを持っていく。食事もできるから、きみはそこで落ち着いて日記の残りを読み、好きなだけメモをとればいい。きみが読んでいるあいだ、ぼくは大人しく仕事をしていると約束する。お互いに邪魔をせず、食事を終えたらぼくは日記を署に持ってかえる」

わたしはほんの一瞬考えただけで同意する。望んでいた以上の解決法だ。少なくともものすごくお腹がすいているのだから。

彼はわたしから日記を取り上げることなく、芝生のうえを数分ほど歩きまわりながらすばやく一本電話をかける。ようやく砂利敷きのドライブウェイに出て、わたしはあることに気づく。「ひょっとして、わたしをしばらく屋敷から遠ざけようとしてる？」

彼はため息をつく。「ブレイディ巡査がきみの枕の下にあった脅迫文のことでみんなに質問することになっている。だから、そう、そのためもある。でも、これはほんとうに特例で――」彼はほんの一瞬わたしを見てから、道路に目を戻す。「きみが適切な道具をすべて自由に使うとどんなことができるか知りたいんだ」

わたしはにっこりする。これは彼がわたしの側につくと認めたようなものだ。

第24章

キャッスルノール・ファイル　一九六六年九月三十日

エミリーがわたしの寝室の窓をたたいたのは、真夜中をとうにすぎたころだった。雨は止んでいたがまだ寒くて、彼女はぶかぶかのセーターを着てマッチ売りの少女のように身を縮めていた。「はいっていい？」

わたしは歯を食いしばって彼女を見下ろした。

「お願い、フラニー、どうしても話がしたいの。わたしが騒いで家じゅうの人を起こしたらいやでしょ？」

彼女ならやるだろう。それはわかっていた。それでわたしはサッシの窓を押し上げ、彼女は部屋にはいり込んだ。

「何が望みなの？」わたしは問い質《ただ》した。頭のなかは荒れ狂っていた。それを顔に表して見せてやりたかった。エミリーは、家のまえにある木に登って、わたしの部屋の窓敷居に乗ったのだ。窓敷居から突き落としてやりたいという意地悪な衝動を覚えた。ほんの一瞬の衝動ではあったが、そんなことを考えた自分がショックだった。なんとか自分を抑え、心に渦巻《うずま》

情を示さないのを見ると、彼女は一瞬口ごもった。

「わたしは最低よ」彼女は急いで言った。「それに気づいたの、フラニー。さっきあの家でわたしが言ったことだけど——ただ意地悪な気分だっただけで、何ひとつほんとうじゃないの。フォードはわたしに興味がない。わたしの考えを見抜いているんだと思う。それと、あなたが彼に腹を立てるまえに言っておくけど、わたしがほのめかしたことは全部うそよ。でも、ジョンとのことはほんとうで、この子は……」その話題を出してもわたしがまったく同情を示さないのを見ると、彼女は一瞬口ごもった。

わたしはそれに飛びついた。彼女のやり方で会話を進められたくなかった。エミリーはいつでもそうなので、そのたびにわたしはめまいがする。「どうしてなの?」わたしはきつい口調で訊いた。「どうしてあなたがジョンに惹かれたのか知りたいんだけど」

一瞬彼女は顔をしかめたあと、いつもの調子で言った。「ジョンにも責任があるのはわかってるでしょ。わたしひとりでできることじゃないんだから! 先に言い寄ってきたのはジョンよ。わたしのほうばかりじろじろ見て、近づいてきたのは彼のほうなんだから!」

この言い訳は予想していた。「今はジョンのことを訊いてるんじゃないの。彼とはあとで話すわ。今はあなたがなぜその選択をしたのか訊いてるの」わたしの声は鞭《むち》のように鋭く、彼女はわたしに切りつけられたように顔をしかめた。かなり満足のいく反応だった。

彼女は何度か口を開けたり閉じたりし、わたしは彼女の仮面がはがれ落ちるのを見守った。そこにはまだ何かあった。まだ話していないことが。わたしはジョンが彼女に迫ったわけではないことを知っていた——もしそうなら彼女はすぐにわたしに話していただろう。わたしを裏切ったジョンには腹が立って仕方がなかったが、彼が自分からそんなことをしないのはわかっていた。

「ほんとうのことを話して、エム」わたしはせかした。

ついにエミリーはため息をついた。すべての空気が体から吐き出されたかのようだった。彼女は髪の毛をひと筋《すじ》取ってかんだ。もう何年も目にしていなかったしぐさだ。彼女がだれも見ていないと思っていたとき、その癖《くせ》のせいで母親から平手打ちされるのを見たことがあった。

「ウォルトがわたしにぞっこんみたいに見えてたのは知ってる」彼女はゆっくりと話しだした。「でも、ほんとうは何週間もよそよそしかった。わたしたちがつきあっているのをうちのママが知って、彼を脅したのかもしれない。わたしが事実を否定しようとしてるだけなのかもしれないけど……」彼女は天井を見上げた。彼女が瞬《まばた》きをして涙をこらえているのを見てわたしは驚いた。「彼はわたしを愛してないのよ、フランシス。わたしから別れを切りだすのを待ってるんだと思う。冒険を計画しようとしたり、ふたりきりの時間をすごそうとしたけど、わたしは彼を退屈させてしまうの。彼はわたしに飽きたのよ、フランシス。このわたしに！　信じられる？」彼女はフィオナ・スパロウを思わせるやり方で自分の顔と髪を示した。

「うそよ」わたしは冷静に言った。「ウォルトはあの夜すごく怒っていた。あんな彼を初めて見たわ、エミリー。すごく暴力的だった。彼に殴られたのを忘れたの？」

「ウォルトは気に入らないだけなのよ。わたしが彼と寝なくなってから、ほかの人と寝るようになったのが」彼女はなんでもないことのように言った。自分とジョンがつきあっていたことを話題にするのが今や普通の会話であるかのように。わたしたちはベッドに座り、わたしはお尻の下で毛布をにぎりしめていた。

「わ、わたし、だれかに愛されたかったのよ、フランシス」エミリーはつかえながら言ったあと、ぽろぽろと涙を流した。「ジョンの愛し方――あなたを――愛する様子を見て、わたし……わたしもそうされたかった。ジョンがほしかったんじゃなくて、彼があなたを愛する、その愛し方が」彼女は震える息を吸い込み、嗚咽《おえつ》をもらした。わたしは驚いて何も言えず、彼女に言うつもりだったことを忘れた。彼女がこんなふうに泣くのを今まで見たことがなかった。

「頭にくるわ、フランシス！　どうしてわたしのまわりの人たちはみんな幸せな人生を生きていて、大切に愛してくれる親がいて、特別だとわかる関係を築けるの？　どうしてわたしには美貌とひねくれた性格と残忍さしかないの？」

わたしは唇をきつく閉じて、自分の気持ちを見極めようとした。自分がフィオナ・スパロウのような母親に育てられていたら、どんな振る舞いをしていたかわからない。だが、まだエミリーを許す気にはなれなかった。それに正直、なぜ彼女がわたしを必要としているのかわからなかった。

「どうしてここに来たの?」わたしはとうとう尋ねた。「あなたがごめんなさいと言うのをまだ一度も聞いていないけど」

「ああ、そうよ、ごめんなさい!」彼女はわたしの手をつかんだ。その顔は必死だった。「ほんとうに悪かったわ、フランシス! このことが知れたら、うちはたいへんなことになる。助けを求めてもいいと思えるのはあなただけなの。あなたにはひどい態度をとってきたけど、いっしょにたくさんのことを乗り越えてきたじゃない。そして今、わたしのお腹には罪のない赤ちゃんがいる。お願いよ。あなたはだれよりもわたしのことを知ってるでしょ」

そこで沈黙が流れた。いっしょにすごした年月の重みが、三人目の人物のように部屋に忍び込んできたからだ。

「ジョンはどうするの?」わたしはみじめな気分で言った。「考えたくもないことだけど──実際吐き気がするけど──あなたたち、結婚することもできるのよ。十七歳なんだから、結婚することは可能でしょう?」わたしは大きく息を吸った。まだ直面したくなかったが、ジョンとは別れなければならない。たとえエミリーが今後二度と彼と話をしなくても、あらゆる言い訳をして戻ってきてほしいと彼に懇願されても、わたしはまえに進まなければならなかった。だからといってしばらくのあいだ心の傷を抱えて苦しまないわけではないが、つらくても彼との過去から離れる最初の一歩を踏み出し、不確かな未来へと向かわなければならないのはわかっていた。

おまえの未来には……

祈りのことばのように頭のなかで予言の暗唱がはじまり、考えがぐらついた。

鳥はたしかにわたしを裏切った。占い師は正しかった。

「ジョンとは結婚したくない。それに母親にもなりたくない。今はまだ」彼女の表情の何かが不意に真剣味を帯びた。もうやけっぱちではなかった。

「どうすればわたしにあなたを助けられるかわからないんだけど、エム」裏をかかれるのではないかという不安が忍び寄って、わたしは不意に気が重くなった。もうすべて考えてあるのだ。エミリーは計画があってここに来たのだということがだんだんはっきりしてきた。うぶなわたしは、この訪問が許しを乞うためのものだと思った。チェスについてのフォードのことばを思い出した。計画なしにプレイしてもいいが、おそらく負ける。エミリーは計画人間だった。いつも計画していた。そしてわたしは負けるのではないかと不安だった。

「赤ちゃんをほしがっている人たちを見つける必要があるの。それと、赤ちゃんが生まれてその人たちにわたすまで隠れていられる場所が」

やっぱりそうだった。彼女の計画がいかに見事かを理解したとき、その重みに打ちのめされた。あまりにも完璧で怖くなるほどだった。おそらく何週間も考えていたのだろう。「ピーターとタンジーね」わたしはのろのろと言った。実際、その解決法に反論することはできなかった。兄夫婦は何度もロンドンに足を運び、里子斡旋《あっせん》業者と会っていたが、縁組はなかなかまとまらなかった。養子斡旋のための費用はどんどん上がっていて、ふたりが両親にさらなる資金援助をたのみに来たとき、エミリーもここにいた。ふたりは喉から手が出るほど子どもをほしがっていた。それは、彼らが決して授からないと思われているものだった。

「ふたりに話すことはできるけど、エム、あなたが本気じゃないなら期待させないで。急にあなたの気が変わって、兄が傷つくのを見たくないの」

「それはないわ、約束する。この子はいらないから」

わたしは深呼吸をひとつした。「じゃあ、赤ちゃんが生まれるまでどこに滞在するつもりなの？」

エミリーはいきなり抱きついてきてわたしを驚かせた。「そのことに関してもあなたに助けてもらえると思うの」彼女は言った。「今のところ、このことを知っているのはあなたとローズと男の子たちだけ。もちろんみんな秘密にしてくれると思う。ローズは移り気だから、テディはちょっと危ないけど」

「フォードとサクソンは？」わたしは付け加えた。

「それがわたしの第二の計画なの」エミリーは言った。「フォードはあなたのことが好きでしょ。だから、わたしのことを彼にたのんでくれないかと思って」

「グレイヴズダウンの地所に隠れるってこと？」

「そのとおり。完璧でしょ——部屋なら山ほどあるし、だれにも会わずにすむわ」

「フォードになんの得があるの？　どうして彼がそんなことをしてくれると思うの？」

「わたしたちで説得するのよ」彼女は言った。彼女の顔にはこびるような表情が浮かんでいた。わたしはそれが気に入らなかったので、別の提案をした。

「まずピーターとタンジーにたのむべきだと思う。ふたりならよろこんであなたを泊めてくれるわ」

エミリーはぐるりと目をまわした。「あのタンジーって女、大嫌いなのよね」彼女は言った。「それに、家は村のまんなかにある小さなコテージでしょ。わたしの頭がおかしくなるだけじゃなくて、あっという間にうちの両親がかぎつけるわ。そうに決まってる」

全体としてはまだ決まっていないこともあるが、最初の一歩は決まった。エミリーは両親にうそをついて、ロンドンの秘書養成学校に合格したと言うのだ。時代遅れの職業だが、エミリーの母親は自身が戦時中その手のコースをとっていたこともあり、それこそすべての女性がやるべきことだといまだに考えていた。またフィオナは、秘書になればエミリーにも成功したロンドンのビジネスマンにつながる道が拓《ひら》け、うまくやりさえすれば長く働くこともないだろうと信じていた。だから、そのうそはエミリーの母親が聞きたいと思っているものだった。

うそとはそういうものだ。それが気に入れば、信じるのはうんと簡単だ。

第25章

翌日は寝坊し、アーチー・フォイルが生垣を剪定《せんてい》する音で目覚める。窓に日光が照りつけており、昨夜閉店まえにキャッスルノールのオックスファム（貧困と不正を根絶するための持続的な支援・活動を九十カ国以上で展開している団体）の店でスカートとTシャツを見つけておいてよかったと思う。スカートは大きなポケットがついた厚手のコーデュロイ製で、夏の暑さには向かないが、目を引く深緑色で、そこで見つけたわたし好みのオーバーサイズTシャツに驚くほど合う。Tシャツは公式のものらしい――かなり色褪《いろあ》せていて、キンクスのロゴがついている。

昨日ローワン・クレインをパブのテーブルで待たせているあいだに、オックスファムの店に飛び込んだのだ。約束どおり、彼はわたしに日記を読ませてくれて、そのあいだ自分はこちらにほとんど注意を向けずに書類仕事に集中していた。パブの料理は驚くほどおいしくて、わたしたちはどちらも、店にいるあいだじゅう相方がいることを忘れていたのではないかと思う。何年ものあいだ、男性といっしょにこれほどリラックスできる時間をすごしたことはなかった。

途中でウォルター・ゴードンがパブにはいってきたが、わたしとクレインに小さくうなずいただけで、ひとりで隅にあるテーブルについた。座るとき顔をしかめ、ポケットから小さな薬瓶を取り出して何錠か飲んだ。酒は飲まずにずっと水道水とコーヒーだけ飲み、何も食べなかった。それならどうしてそこにいるのだろうと思ったが、おそらく人恋しくて、店の雰囲気が気に入っているだけなのだろう。

クレインとの夜で唯一マイナスだったのは、あまりにも大量のメモを取り、古い部分を再読するのに時間を使いすぎて、日記を最後まで読めなかったことだ。閉店時間だと告げられ、もう少し時間をくれとたのんだが、刑事は折れてくれなかった。日記はできるだけ早く返すと約束してくれたが、フランシス大叔母の締め切りが意識され、失われた時間がはがゆかった。

今朝窓の外を見ると、クレイン刑事の車がまだある。屋敷を警官に見張らせるというのは誇張ではなかったようだ。

ひとつまえに進むたびに、フランシス大叔母の人生における裏切りと殺人というこの奇妙な森のもつれがさらに明らかになるような気がする。

廊下の突き当たりに、かぎ爪脚のバスタブと高級なバスグッズが備わった大きなバスルームがあり、時間が押しているにもかかわらず、入浴を愉《たの》しまずにはいられない。湯気とラベンダーの香りをまとってバスルームを出る。髪は濡れたまま背中にたらす。夏の空気で自然乾燥させれば、それなりにスタイリッシュなゆるふわのウェーブヘアになるからだ。わたしの髪質はあの写真のエミリー・スパロウを思わせるが、その類似点についてはあまり深く考えず、髪はいつものおだんごに結わないことにした。

新鮮な空気がほしい。わたしの過去がいかに深くエミリーの過去とからみあっていたか、それをほのめかす事実との対面から気をそらせるものが。ぶらぶらと外に出て、明るさに激しく瞬きをする。洞窟のなかから無理やり出されたコウモリのような気分だ。昨夜はパブから戻ったあと、母と電話で、レジー・クレインやフランシス大叔母の遺言や、最後にはエミリー・スパロウについて深夜まで話した。

母はいつものようにほとんど感情を表さなかった。エミリー・スパロウがほんとうの母親かもしれないと告げたときの母の反応は、父のファイルのことを聞いたときのわたしの反応とまったく同じだった。エミリーは母にとって知らない女性にすぎなかった。

だが、わたしがエミリーの物語の一部を話し、わたしのまわりでおのずと解けていく謎について話しているうちに、母の受け答えの間《ま》が長くなり、声に感情が表れはじめるのがわかった。フランシス大叔母が母を里子に出す手伝いをしたと伝えたときは、話を中断させ、もう切らなければならないと言った。こうしたすべてに対処するために、母には母のやり方があるのだろう。

わたしは自分の家族の女性たちを孤独な柱だと考えるようになった。フランシス大叔母はキャッスルノールの屋敷でみんなの人生をファイルし、母はチェルシーの家にこもって自分の過去を塗りつぶした。そしてわたしは今、そのふたりのあいだをさまよって、自分がだれの物語を語り、だれの物語を生きることになるのか解明しようとしている。

ドライブウェイのロールス・ロイスを見ながらじっと考えているうちに、重要なことを一度にまとめてやってしまえるかもしれないと気づく。日記とエミリー・スパロウのことで頭がいっぱいで、フランシス大叔母殺害事件の調査をするのを忘れていた。サクソンの調査はかなり先を行っているはずで、まだ二日しかたっていないとはいえ、時間が刻々とすぎているのを感じる。大量の鉄剤がはいった注射器に近づけるのがだれなのか知る必要がある。花にどんな関係があるのかも探り出さなければならない。関係があるにちがいないからだ。さらに、アーチー・フォイルのこと、彼がオリヴァーに脅迫されるような何をしたのかも気になる。わたしは彼がそこで見つかるのを期待して庭にある小屋まで歩く。

「すみません」ドアから頭を入れてわたしは言う。「ミスター・フォイル?」

「やあ、また会ったね!」彼は笑顔を見せながら出てくる。

「ひょっとして、ドライブウェイにあるロールス・ロイスを運転したことはあります? 村まで送ってもらえないかと思ったんですけど」

アーチーは古い車を見やる。ものほしそうにも見える顔つきで。「ああ、フランシスのためにあの車を動かしている。というか、動かしていた」彼は下を向き、わたしは彼のことばがほんとうかどうか判断しようとする。そして、すぐにぞっとする。フランシスを知っていた人すべてを、人間ではなくうその集合体であるかのように見て、見透かそうとしている自分がいやになる。

考えをふたたび調査に向ける。「フランシス大叔母は村であの車を運転していたんですか?」わたしは訊く。

アーチーは笑う。「いや、そういうわけじゃない。ビル・リロイがいたからね――彼はこの屋敷の運転手だった」アーチーは気もそぞろに顔を上げる。「ビルはローズと結婚していた。知っていたかい？」

「いいえ、知りませんでした」

「それで、ビルが死んだあと、私が少し運転したり車の調子をみたりしていたんだが、実際はほとんどベスが運転していた」

「ベスがこの車を運転するんですか？」ヴィンテージのお茶会用ワンピースにピルボックスハット姿のベスを思い浮かべ、映画のセットのなかにいる人のように、フランシス大叔母を乗せて車を走らせる彼女を想像する。ベスの一九三〇年代の服装センスと、一九三〇年代の車を運転する技術とでは、どちらが先なのだろう。

アーチーは笑う。「そうさ！　あのばかげた靴はさすがに履かないが、あの車にとても興味があるようだったから、十年まえにフランシスに言われて私がこつを教えたんだよ」

「じゃあ、ベスはコックと運転手を掛け持ちしながら、自分のデリ経営もしているんですか？　ものすごい仕事量ですね」

「デリには従業員がいるからね。でも、あの子はよく働いているよ。それはそうと、ベスに運転が学べるなら、きみにもできるよ」

わたしはその発言に手を振る。「あの車は絶対に運転できないわ。でも、信任票を入れてくださってありがとう。ところで、もしよかったらいくつか質問があるんですけど」

彼は微笑む。「どうぞ」

「フランシス大叔母に会うためにみんなでここに来たとき、あの車のボンネットが開いていました。作業中だったんですか？」

「いいや、でも彼女がボンネットを開けたのは知っていた」彼は一瞬考え込むような顔をする。「そういえば、どうして彼女は私にたのまずに自分でエンジンをなんとかしようと思ったんだろう。午前中の早い時間、私はここで薔薇の剪定をしていたのに」

「別の車は持っていないんですか？」

「昔はメルセデスがあった。そのことでよくフォードをからかったよ。ほら、わかるだろう、フォードが——」アーチーは期待するようにわたしを見るが、わたしはぐるりと目をまわしたくなるジョークを最後まで言わせる。「メルセデスを運転するんだから。な？」

わたしはかすかに微笑んで、感じよくするために無理に笑い声をあげる。

「ああ、彼もそんな反応だったよ。とにかく、キャッスルノールの車の半分は私が整備したんだ」彼はひとりで笑い、一瞬もの思いに浸《ひた》る。アーチー・フォイルはひっきりなしにしゃべるが、相手が乗ってこないと話題を変えるタイプの人物だとわかってくる。「ウォルト・ゴードンに彼の古いステーションワゴンのことを訊いてみるといい。あれも昔私が何度か直したことがある。いろいろなことを見てきた車だ！」アーチーはまた笑い、わたしは少しあきれた顔をしそうになって唇をかむ。フランシス大叔母が日記に書いていた、ローズとアーチーがウォルトの車の後部座席でしたことを思い出したのだ。

「またあれを走らせることができると思いますか?」わたしは訊く。

「よろこんでやってみよう」と言って、彼は助手席側を通りすぎる。「バッテリーをチェックしたいところだが、自分で入れ直したから、そこが故障箇所じゃないのはわかっている」彼はドアの下側に沿ってはめられた長い金属片の上の木製の箱をこぶしでたたく。

「それ……その箱のなかにバッテリーがはいっているんですか?」

「いいや、ここは車が夢と希望をしまっておく場所だよ」彼は言う。今度は完全にまじめな顔のまま。

わたしは笑う。「今のは悪くなかったわ」

アーチーはにやりとする。わたしが車に関して完全に初心者だとわかって、明らかに愉しんでいる。だが、わたしはほんとうに学びたいのだ。フランシス大叔母が殺された日に車のトラブルに見舞われていたのを、見逃すことはできないから。

「運転席に座りなさい、私はエンジンに問題がないか見てくるから。いや、そっちじゃない」彼は運転席側に向かおうとするわたしを止める。「助手席側から乗るんだ」

理由を訊きたいが、アーチーはすでに車の前方にいて、エンジンを朝の空気にさらしている。やがてボンネットのなかに半ば消え、ガタガタと音を立て、悪態をつきながらエンジンを調べる。

彼は戻ってきて助手席に乗り込む。「ではじめよう」彼はさまざまなスイッチを示してエンジンのかけ方を教え、わたしはひとりでこの車を発進させる必要に迫られたらできるように、その順序を記憶しようとする。

車は反応せず、わたしはちょっとへこむ。「才能がないのかも」

「おかしいな」彼は言う。「念のために例のバッテリーをチェックしよう」

彼は先ほど指差した小さな箱のあたりに向かい、一分もせずに戻ってくる。「直したよ」彼は言う。「この車のバッテリーは取り外して充電する必要があるんだ。おそらく私が戻したとき、きちんと接続されていなかったんだろう」だが、彼の額のしわは深くなり、不思議そうな顔で顎をさする。「歳ということかな」と彼は言うが、納得していない様子だ。

アーチーはもう一度エンジンのかけ方を指示し、言われたとおりアクセルを少しだけ踏むと、今度はエンジンがかかる。わたしは小さく息を吐き出す。こういう大きな車の運転席にいると謎の全能感がある。

「じゃあ軽くドライブしてみよう」彼が言う。

「えっ、待って、わたしに運転させるつもりですか?」

「いいだろう? ベスにできるなら、きみにもできるさ!」アーチーは安心させるように微笑む。

「そう言われればそうかも」とはいえ、不安がじりじりと押し寄せてくる。それでもなんとか自分を奮い立たせる。これなら自分にもできるかもしれない。この車を自在に運転できたら気分がいいだろう。この村でわたしがやったことといえば、これまでのところ失神が少なくとも一回、パニックになったのが数回だ。だから歯を食いしばって、このばかでかい船のような車を運転することに最善を尽くそうと決める。「それで……わたしが知っておくべきことは何かありますか？」わたしはエンジンのうなりにかぶせて訊く。

「たしかに、この田舎道にはだいぶばかげた車だ。これはロールス・ロイス・ファントムⅡといって、フランシスの夫の父親のものだった。ぶつけるなよ。相当な価値があるし、法定相続動産になるものだから」

「もう、そんなこと言わないでよ」わたしはうめく。「カーブの先のあなたの農場に行きましょう、いいですか？」

アーチーの顔がくもる。「村のほうがいいんじゃないか」彼は言う。「私もいくつか必要なものがあるし」

わたしはしばらくクラッチとギアに苦労させられ、何度も悪態をつく。ジェニーのオートマチック車とはまったくちがう。免許を取ってから運転したことがあるのはジェニーの車だけだった。アーチーはそういったことすべてをおもしろがっているようだ。ようやくわたしはこの車のギアチェンジの原理を理解し、ゆっくりとドライブウェイを進む。広大な屋敷が背後で小さくなっていくと、安心毛布を奪われたようで、運転席に座っていてもちっぽけになったような気がする。だが、こつがわかってくると達成感を覚え、いつしか自分でも愉しんでいる。

「大叔母があなたから農場を取り返したと聞きました」わたしは言う。

「ああ、与え、そして奪う、それがフランシスだ」アーチーは言う。田舎の景色を眺めている彼の声が不意に棘を持つ。

「それはちょっと不可解ですよね」わたしは言う。カーブが近づき、〝フォイル農場〟と書かれた看板を見て、即断即決する。いきなり重いハンドルをぐいっと切り、農場内にある家屋へと車を進める。

「おい！　村はどうするんだ？」アーチーが言う。いらだっているが怒ってはいない。

「あなたの農場をどうしても見たいんです！」明るく熱心な声を保ちながらわたしは言う。農場を見たいのはたしかだが、いちばんの理由はアーチーがそこを避けているように見えたことだ。キャッスルノールの大型家畜専門獣医師だというベスの妻のミユキとも話したい。

だが、絵のような水車と鴨《かも》でいっぱいの小川のそばの農家のまえに車を停めると、そういったことすべてが急に頭から消える。考えるのは、そこに近づくなと警告されたティーンエイジャーのグループのことだ。口論、秘密の暴露、発砲された銃。そして、こじれた友情のせいで引き裂かれた借りっぱなしのコートと、その下に隠されたまだ生まれてもいない母。

「まあ、はいってくれ」アーチーの声がわたしのもの思いを切り裂く。疲れた声だ。「お茶でも淹れるよ」

家の片側を見ると、いも虫のようなビニールハウスが陽射しに焼かれている。いちばん手前のハウスの向こうに納屋があり、頑丈そうな長靴を履いた女性が、トレーラーから一頭の馬を連れてくるのが見える。

「いいですね」わたしは納屋を見ながら言う。「あれはあなたの義理のお孫さん？　ぜひお会いしたいわ」

彼はうなずくが、ミユキに向ける視線は警戒気味だ。「行って挨拶すればいい。お茶がほしければ脇のドアからはいってきてくれ。ビニールハウスのなかは通るんじゃないぞ——あそこのエコシステムは繊細だから」

わたしは手前のビニールハウスの横を通って納屋に向かうが、ビニールハウスのあいだで育てられているものを見て立ち止まる。

茎の長い白薔薇が茂みの連なりから突き出て、堂々と夏の陽射しを浴びている。その茎を見て、不吉さに寒気を覚える。あれはまちがいなく、針が仕込まれていたものと同じ品種の薔薇だ。だれがあの花をフランシス大叔母に送ったにしろ、この農場で育てられた花だったのだ。

恐る恐る茂みに足を踏み入れるわたしに、ミユキが気づいて小さく手を振る。わたしは必死で険しい表情をぬぐい去ろうとする。なんとか弱々しい笑みを浮かべ、手を振り返す。

「あなたがアニー・アダムズね」近づくわたしに彼女が言う。疑問文ではないが、それも当然だろう。彼女の家族とグレイヴズダウン家のつながりを考えれば、わたしがだれだか知っていても不思議はない。

「どうも」わたしは言う。「お会いできてよかった」彼女は自己紹介をしないが、お互いに知らないふりをするよりはいい。「ミユキさんですね?」

彼女ははうなずき、目のまえの栗毛の牡馬《ぼば》の背中に密な硬い毛のブラシをかける。

「あなたの患者さん?」わたしは訊く。どうやって鉄剤の注射の話を切り出せばいいかわからず、様子を見る。納屋に駆け込んで隅々まで調べたくてたまらないが、じっとこらえる。

だが、ドア口から見たところあやしいものは見当たらず、家畜用の房と大量の干し草と壁に掛けられた鞍があるだけだ。

ミユキは気まずそうなわたしを見て眉を上げるが、結局は答える。「いいえ、これはわたしの馬よ。ほとんどは訪問診療なの。あそこが診療所」そう言って納屋のドアのほうに顎をしゃくる。「必要なら手術もできる。設備はすべて最新式よ」わたしが見せてもらえないかとたのもうとすると、彼女に鋭い目で見られたので口を閉じる。

「あなたがここに来た理由はわかってる」彼女は言う。驚いたことにおもしろがっているようだ。「正直、どうしてこんなに時間がかかったのかしらと思ってる」

「なんですって？」

「クレイン刑事とサクソンは、遺言が読まれた日の午後には来たわよ。ちょっと遅れをとったわね、アニー」

自分の顔つきが変わるのがわかる。この情報でひどく驚いているところを見せるのではなく、困惑しているように見えればいいのだが。「ふたりは鉄剤の注射のことを訊きにきたんですね？」ややきびしい言い方になる——わたしは感情を隠すのがうまくない。

馬に鼻で促され、ミユキはブラッシングに戻る。「そうよ。なんて答えたか教えてあげましょうか。一週間ほどまえに泥棒にはいられたの。通報するのは少し遅くなったけど、被害届は警察に保管されているはず」

「どうしてすぐに通報しなかったんですか？」わたしは尋ねる。彼女はやけに積極的に教えてくれるが、深追いして踏み込みすぎるのはまずい。

彼女は顔をしかめる。「実を言うと、急いで出ていったから、ちゃんと鍵をかけなかったの。だからわたしのほうにも非があったわけ。訊かれるまえに言っておくけど、答えはイエスよ――馬用の医薬品がそっくり盗まれて、そのなかには鉄剤の注射器もあった。負傷した馬のためのものよ。ふだんよく使うものではない。でも、正直に言っていい？　そのときはケタミン（全身麻酔薬。依存性や幻覚などの副作用があり、乱用が問題視され麻薬指定された）が目的で盗みにはいられたんだと思った」

「犯人に心当たりは？」

「あったら今ごろ警察が逮捕してるわよ。でも、ここは田舎の診療所よ――セキュリティは万全ってわけじゃない。防犯カメラはないし、こんな村はずれに住んでいるからドアに鍵をかけることもめったにない。たぶん村に住んでいる人たちも同じだと思う」

肩が落ちるのがわかる。ミユキがうそをついているのでなければ、馬用の医薬品を入手できた人物をもとに殺人者を見つけるのはあまり期待できそうにない。だが、ひとつわかることがある――どうやらサクソンが言ったとおり、フランシス大叔母の死因となった鉄剤はこの診療所のものらしい。

薔薇の出所もここだ。だが、フォイル家はあまりあやしいとは思えない。もしそうなら、なぜ自分たちにすぐにつながる殺人の凶器をひとつならずふたつも採用したのか？

それでも、ここは何かおかしい気がする。先ほどのアーチーの表情を思い返してみる。彼は実際、ミユキを見ながら汗をかきはじめていた。わたしはミユキに礼を言って、アーチーを探しに家に戻ることにする。ビニールハウスのなかに足を踏み入れそうになって、はたと気づいた。彼のきびしい表情はミユキに向けられていたのではないのかもしれない。

そこでわたしはビニールハウスについての彼の指示を無視して、〝繊細なエコシステム〟のなかにまっすぐはいっていく。

そこには、何列にもわたってすばらしく元気そうなマリファナが植えられている。

アーチーは座って、わたしをどうしたものかと一分近く考えている。彼のまえでは紅茶が湯気をあげているが、口をつけられていない。彼はわたしがマリファナでいっぱいの温室から出てくるのを見た――キッチンの窓から家の反対側が見えると気づくべきだった。だからといってやめはしなかっただろうが。

だが、彼はそこに立って無表情にティーカップを拭《ふ》きながら、窓からわたしを見ていた。わたしたちはしばらく見つめ合い、やがて彼がわたしにはいれと身振りで示したのだった。

「なかなかやるじゃないか、アニー」と言って、彼はようやく紅茶をひと口飲む。「サクソンと私は契約を交わしている。あんたにも同じ申し入れをするのがフェアだと思う」

わたしはうめきそうになる。もちろん、アーチーがサクソンに協力しているからだ。サクソンはほとんど生まれたときから彼を知っている。友人同士のふたりを思い描くことはできないが、過去を共有しているのはわかる。

「オーケー」わたしは言う。「おもしろそうね。それは農場についての取り決め？　フランシス大叔母の遺言のことは聞いてると思うけど」

わたしがすぐに怒ることも、警察に電話することもないとわかって、アーチーはリラックスしたようだ。実際、わたしが彼のマリファナ・ビジネスを気にするとしたら、それがフランシス大叔母殺害につながったときだけだ。「聞いたよ。見てのとおり、私は少々副業をしている……そしてフランシスはそれをよく思っていなかった。いつだって法を守ることに熱心だったから。だが、無害なビジネスで、はじめてから二年になる」

「興味深いわ」わたしは言う。頭のなかで事実の目録を作りはじめる。「あなたの副業が違法な種類のものだから、フランシス大叔母は気に入らなかったのね？」

「単刀直入に言えば《アイ・キャン・プット・イット・ブラントリー》」彼はそこで膝をたたく。「ブラントリー！（bluntにはマリファナたばこという意味もある）これはいい！」

　マリファナについておじいちゃんジョークを言う人とお茶を飲む朝が来るなんて思ってもいなかった。

「言いたいことはわかるわ」わたしは言う。「フランシス大叔母はあの植物に対してなんのアクションも起こさなかったのね？」

「彼女は私に山ほど警告するのが好きだった。最後通牒《つうちょう》ってやつだ」彼はなんでもないことのように手を振る。「〈ジェソップ・フィールズ〉に農場の価値を査定させ、もし私がやめなかったらそこに建てることになるアパート群の計画書を見せることまでした。だがそれはただの威嚇《いかく》戦術だ。私はフランシスを知っている。チェスボード上の一手にすぎないんだ。彼女はわたしを動かして、事業をたたませたかっただけだ」

おそらくオリヴァーは〈ジェソップ・フィールズ〉がおこなった査定から、アーチーを脅迫する情報を得たのだろう。マリファナを吸うのは悪いことだが、吸ったところでアーチーが長期にわたって投獄されることはおそらくないだろう。だが、マリファナを育てて売るのは？　それはまったくちがってくる。

「それで、ビジネスはうまくいってるのね？」わたしは興味を惹かれて彼に向かって片方の眉を上げる。わたしに協力することこそが最良の策だとアーチーに思わせたい――もしわたしがフランシス大叔母の殺人事件を解明して地所を相続したら、事業をたたませはしないと。だが正直、どうすればいいのかわからない。そのときになったら決断しなければならないだろう。

「すべて話すよ。でも約束してほしい――警察はなしだ。あの刑事に事件を解決させたくないだろう？　私は事業をたたみたくないし、〈ジェソップ・フィールズ〉がここを開発する計画だと聞いて、村の人たちはすでにいきり立っている」

「あなたの副業のことで警察に行かないと約束する」わたしは慎重に言う。だからと言ってそこにつながる事実を伝えないというわけではないが、急いでそうするつもりはない。アーチーを説得して、これ以上違法な選択をするのを思いとどまらせることができればいいのだが。エミリー・スパロウのこと、一九六五年の彼の生活のことをアーチーに尋ねようとしたとき、救急車がライトを点滅させてけたたましく主要道路を村に向かうのが見える。奇妙な予感がわたしを襲う。救急車を追いかけるのはばかげている。おそらく老人が転んで腰を骨折しただけだろう。

だが、止める間《ま》もなく、質問が口からこぼれ出る。「村まで送ってもらえる、アーチー？調べたいことがあるの」

第26章

キャッスルノール・ファイル　一九六六年十月一日

ポケットのなかにはもう一通の脅迫文があり、それはまえよりさらに恐ろしいものだった。フォードには見せたくなかった――エミリーのことでは、彼はとても親切だった。ほんとうに理解し難《がた》い人だ。だれかに必要とされると、如才なく鋭い感性は突然なりをひそめるのだから。だから脅迫文は折りたたんで、最初のものといっしょにポケットにしまった。

フォードがあの大きな車でわたしたちをチェルシーの家に連れていったのは、四月の終わりだった。行ったのは五人だけ――フォードとわたし、エミリーとローズとサクソン。運転手のビル・リロイを入れれば六人だ。ウォルトがエミリーを殴ってから、もう男の子たちがグレイヴズダウンの土地にはいるのは許さないと、フォードははっきり告げた。

ピーターとタンジーは、不安そうだが興奮した様子で家のまえで待っていた。彼らはエミリーが家に落ち着く手伝いをするために来たのだが、その夜にはキャッスルノールに戻ることになっていた。わたしたちはエミリーを手伝って、スーツケースや、ぞっとするようなタータン柄のプラスティックケースを運んだ。エミリーが実際は通うことのない、秘書養成学校の入学祝いに両親がくれたタイプライターのケースだ。

「それはぼくが運ぶよ」と言って、ピーターがエミリーからタイプライターのケースを取った。

「ありがとう」彼女は言った。「ここにいるあいだにタイピングも上達するかもね」

ローズとわたしはわけ知り顔で視線を合わせた。おそらくエミリーはロンドンにいるあいだにいろんなことをやるだろうが、エミリーのことだから、タイピングの上達はやることリストの上位にはいらないだろう。

定期的に医師の診察を受けてほしいとピーターとタンジーが主張したので、エミリーはチェルシーの家に滞在することになった。エミリーはキャッスルノールで医者にかかるのを拒絶し、妊娠を秘密にしたいなら地元の病院で出産するのはよくないと指摘した。教会の信徒のなかに少なくともふたりの助産師がいるし、彼女の両親は毎週教会に行っているからと。

そこで、エミリーがキャッスルノールで医者にかからないなら、チェルシーにあるフォードの別宅に滞在するのがいいだろう、ということになったのだ。

フォードは簡単に心を変える人ではないので、説得するのはたいへんだった。最終的にはわたしだけでなく、ピーターとタンジーもエミリーのことを彼に懇願《こんがん》した。タンジーがいかに期待しているかということや、夫婦がたび重なる絶望を経てきたことを話し、ピーターができることはなんでもして妻を励ましているところを見せたのも役立ったと思う。それでフォードは折れたのだが、そのときこう言ったのだ。エミリーへのわたしの献身に心温まるものを感じたからだと。赤ちゃんの父親はだれなのかとフォードが訊くことはなかった。

チェルシーの家に着くと、フォードがドアを開け、わたしたちはいそいそと家のなかにはいった。「わあ、なんてエレガントなの！」エミリーが感極まって言った。彼女の言うとおりだった。幅の広い玄関ロビーは黒と白のタイル張りでぴかぴかに磨かれ、頭上のきらびやかなシャンデリアが映るほどだった。おいしそうなローストディナーの香りがキッチンからただよい、フォードはなんて思いやり深いのだろうと思った。「家政婦を先に送って、準備を整えておいたの？」わたしは尋ねた。

彼はわけ知り顔でわたしに微笑《ほほえ》みかけると言った。「鍵だけわたしして、妊娠した十代の女の子を見知らぬ街に置き去りにするわけにはいかないからね。ミセス・ブランチャードはエミリーがここにいるあいだ彼女といっしょに暮らすことになる。地所の運営を手伝ってくれるスタッフは他にもいるし、永遠というわけじゃないからね」

「そうね」わたしは微笑み返した。「永遠というわけじゃないわ」

エミリーはフォードから恒久的な住まいを与えられたかのように、部屋から部屋へと優雅に歩きまわっていた。わたしはいやな気分で、不安を抑えられなかった。妊娠したことでエミリーには褒賞《ほうしょう》が与えられたかのように思えた。エミリーを見ると、彼女は廊下に立って片手を大きくなってきたお腹に当て、情熱的なまなざしでフォードの背中を見つめていた。

わたしに考えられるのは、フィオナ・スパロウなら誇らしく思うだろうということだけだった。

その考えは浮かぶやいなや押しやられたが、その過程で棘《とげ》のようにわたしの心に傷を残した。助けてくれるようフォードを説得するのはたいへんな作業だった——当然よね？　彼はエミリーとジョンのことを知っていたので、赤ちゃんの父親はだれなのかと尋ねなかった。サクソンが話したにちがいない。わたしはそう確信していた。

ピーターとタンジーは小声でフォードと話していた。おそらくエミリーに必要なビタミンを取らせ、飲酒や喫煙といった無謀な行為をいっさいさせず、医師の診察を受けさせるよう、ミセス・ブランチャードにお願いしたいと話していたのだろう。

だが、聞いてはいけないことを聞いてしまった。それはわたしの心からエミリーという棘を抜き、とてもおだやかな気分にさせてくれた。わたしはそのことばを丁寧に心のなかにしまった。必要なときにその温かさを取り出して、ひそかに愉《たの》しめるように。

ピーターは言った。「あなたはなんて気前がいいんでしょう、フォード。私たちのためにここまでしてくださって。そしてエミリーのために」

するとフォードは言った。「あなたがたのために力になれてうれしいですが、正直に言いましょう。これはあなたたちのためでも、エミリーのためでもありません。フランシスのためにやっているのです」

グレイヴズダウン・ホールに向かう砂利敷きのドライブウェイを進むと、自転車のタイヤがザクザクと小さな音を立てたが、チェーンには油を差してきしらないようにしていた。出かけるのを母に気づかれたくなかった。母はわたしが安全なベッドのなかにいると思っているのだ。まだ午後九時にすぎなくても。フィオナ・スパロウとちがって、母はグレイヴズダウン家の人たちが好きではなかった。あの人たちはみんなどこかおかしい、彼らに関わるとみんなつぎつぎに不幸に見舞われると言っていた。

わたしは苦労して母のことばを頭に入れないようにしなければならなかった。母はまちがっていなかったからだ。アーチーと彼の離散した家族のことも、彼の父親がフォードの最初の妻と逃げたことも、先代のロード・グレイヴズダウンが長男とその妻もろとも死ぬことになった自動車事故のことも……かわいそうなサクソンに情緒障害があることでさえ。

グレイヴズダウン・ホールの大きなドアのまえに立って、いったい自分は何をしているのだろうと思った。どうしてわたしはここにいるのだろう? エミリーはチェルシーに姿をくらましたが、フォードのことば――エミリーのためでもありません。フランシスのためにやっているのです――による高揚と、それが与えてくれた熱情は、彼がまったくわたしに会おうとしないために薄れていった。村に来てくれさえすれば、わたしを見つけるのはむずかしくないのに。

どうしてわたしに会いにきてくれないのだろう?

ベルを押させたのはその怒りの小さな火花だった。大胆さは本来わたしとは縁《えん》がなかったが、エミリーから学んだ。頭のなかの理論的な部分は、フォードとグレイヴズダウン・ホールにまつわるすべてを忘れて自分の人生を生きろ、二度とここを訪れてはならないと告げていた。

だが、今は惹かれるものがあった――重力のように感じられるものが。骨や体のなかにあるとても繊細で不変的なもののせいで、そのルールに従わずにいられないのだ。フォードはわたしのなかでそういう存在になっていた。そして、ここですごせばすごすほど、未知のベールを引きはがすチャンスは大きくなると、わたしは自分に言い聞かせた。彼だってただの人間でしょう？　壊れていて、ほかのみんなと同じくらい欠陥のある人。彼のそういう見栄えのよくない部分を暴いてやる。そうすれば呪いは解けるだろう。

わたしはそんなふうに心の動きを誤解するほど愚かだった。人の見栄えのよくない部分を見て、それを吸い込み、自分のものにするとき、どんなに強い重力が必要かまだ知らなかった。

メイドに案内されて図書室にはいると、フォードが小さなグラスのなかの琥珀《こはく》色の液体を指でかきまわしながら座っていた。新聞の紙面を見てむずかしい顔をしており、わたしがはいっていっても顔を上げなかった。今日は髪をうしろに流しておらず、わずかにウェーブが見られるものの、無造作ながらもきちんとしていた。サクソンはもう寝たらしく、フォードはひとりだった。

「モントゴメリー家に丁寧な断りの手紙は送ってくれたかな？」と彼は尋ね、新聞から目を離さずにグラスを置いた。

「はい、だんなさま」メイドは答えた。彼女はもじもじしながら、お客さまがお見えですと伝えようと口を開けたが、彼が話しつづけたので、口をはさめずにいるようだった。

「よかった。あそこのパーティがすごく退屈になってきたんだ。いつも同じ人たち、同じ娘たちばかりで」

メイドが咳払いをし、彼はようやく顔を上げた。

彼はまったくの無表情のままわたしを仔細に見たあと、メイドに手を振って下がらせた。子どものように屋敷のまえに自転車を停めて、手作りのサブリナパンツに黒のタートルネックという姿でそこに立っていると、わたしは急にばかなことをしている気分になった。そして、彼の顎《あご》がごくわずかにこわばるのを見て、わたしは彼がプレイするゲームのピースにすぎなかったのだという印象を持った——そのゲームは終わっていた。

それがわたしの足を床にとどまらせた。もうばかなことをしたとは思っておらず、怒りを感じた。これまでの数カ月の出来事を暴露したくなった——退屈した上流階級の人が、愉しみのために村の十代の若者たちを利用したのだと。彼は、爆発したらどうなるか予測するためだけに、火薬樽《だる》に火花を注いだのだ。

あの日の彼のことばさえ疑った。エミリーに聞こえるように言ったのだろうか？　彼女とプレイしていたゲームのつぎの一手だったのだろうか？

わたしは手のひらに爪を食い込ませた。彼にかけられた呪縛が解け、圧力を受けた氷のように、髪の生え際から亀裂がはいるのを感じた。

「フランシス」ようやく彼は言った。「どういう風の吹きまわしかな？」彼の声は抑揚がなく、凍るような冷たさだった。わたしは彼が座りなさいと言わないことに気づいた。だからわたしは堂々と立っていた。座らないことがわたしの選択であるかのように。

「エミリーはどうしてますか?」わたしは尋ねた。彼女の名前を口にすると顔がひきつるのがわかり、思わず声が熱を帯びたが気にしなかった。

彼は目を細くしたが、すぐには返答しなかった。すばやい動きで鋭い音を立てながら新聞をふたつに折ると、いささか強すぎる力でたたきつけるようにエンドテーブルに置いた。

「そんなことを訊きにきたわけではないだろう、フランシス」フォードは冷ややかに言った。

わたしは胸の上で腕を組み、冷静に彼を見据えた。「あれはあなたの子なの?」

わたしの大胆さに感心しているかのように、彼の一方の口角がくいっと上がった。「わからない」彼は率直に言った。椅子の背に寄りかかると、凍るような冷たさはすっかり消えた。

「座りなさい、フランシス。ローマ軍の兵と戦おうとしているブーディカ（紀元六〇年にローマ帝国に対して反乱を起こしたケルト人イケニ族の女王）みたいに突っ立ってないで」彼は首を傾げて嘲笑《ちょうしょう》するような笑い声をあげた。反対側には飲み物のカートがあり、彼はそこから空《から》のグラスを取って琥珀色の液体を一定量注ぎ、わたしに差し出した。

わたしはウィスキーを飲んだことがなかったし、高価であればそれだけわたしがひるむはずのものを、彼が飲むかと訊きもせずに注いだので、少し腹が立った。焼けた大地と、カラメルと、消えたマッチのにおいが鼻を襲い、喉に火がついてわたしは咳き込んだ。

彼は笑った。この夜二度目の笑いで、今回は開放的な笑い声を響かせた。わたしを見る目はきらきらしていた。

ふたたび怒りの閃光がよみがえった。「そんなふうにわたしを見ないで」わたしは言った。

「どんなふうに？」彼はそう言うと、もうひと口酒を飲んだ。

「わたしの健全な村娘らしいマナーと経験不足をおもしろがっているみたいに。つまらない社交界のパーティを断って、おもちゃにできる地元民を探しにいくんでしょ」

彼はわたしに平手打ちされたかのように顔をしかめ、顔に手をすべらせた。「そう言われても仕方ないだろうな」

わたしはやや満足して息を吐いた。「エミリーの赤ちゃんが自分の子かどうかわからないというのはどういう意味？」

彼は長いため息をつき、横目でわたしを見た。「あのね、フランシス、どういうわけかきみに会うと、急にその善良な意見を聞かずにはいられなくなるんだ」彼は立ち上がってぶらぶらと本棚のひとつに歩み寄った。「私らしくないことだが」彼は本棚の磨かれた木材に指をすべらせながら、わたしのほうを振り返った。「正直に話すよ、妻に去られてから、私は社交界の遊び人になった。ハイスピードでロンドンのぜいたくなパーティを飛びまわり、それ以上の速さで女性たちをものにした。きみの友人のエミリーもそのなかのひとりだ」彼は本棚に目を戻し、適当に一冊本を抜き出した。何かしていないと耐えられないかのように。

「ある晩、森でエミリー、ウォルト、ジョン、ローズを見つけ、初めてきみに会ったときと同じことを言った。距離をとってくれるならいてもいいと。一週間ほどして、ある晩大胆にもエミリーが屋敷にやってきた。社交界のパーティでも場ちがいではないような服装で、目的ははっきりしていた。そして、そう、少なくともある程度はきみも理解しているように――私は退屈していた」

わたしはもうひと口ウィスキーを口に含み、今度はちゃんと飲み込んだ。

フォードは本を戻し、別の本を引き出した。「だから彼女に私を誘惑させた。でも用心はした」彼はわたしを鋭く見た。「避妊具は使ったよ。私は愚か者ではないからね。そして、彼女には一度きりだと言いわたした。彼女はそれが気に入らなかった。自分には私がこれまでに会ったどんな美人よりもおもしろみがないと、ずっとあとになるまで気づかなかったんだろう」彼はわたしを見なかった。

「女性についてすてきな意見を持っているのね」わたしは平板な口調で言った。わたしの声はウィスキーで荒れていたが、わずかな批判も含まれていた。

彼はため息をついて、少しのあいだ天井を見上げた。「きみと顔を合わせるたびに、私は近づくなと警告しているんだよ、フランシス」彼の声は疲れ、わずかにいらだっているような険《けん》があった。「私が暮らすねじれた世界には、きみはまともすぎる」彼はさっき座っていた椅子のある場所に戻り、そこに座ってようやくわたしと目を合わせた。「だからこういう話をしたんだ。きみの言うとおりだ。私は退屈した上流階級の人間で、新しいゲームを求めている」

わたしは少しのあいだ注意深く彼を見つめた。この人はわたしより数年しか年上ではないのに、別の時代の人間のように振る舞っている。

「あなたはずっとそうやって生きてきたんでしょう？　今の地位を相続してからというわけではなくて」わたしは図書室をもっとよく見た。彼がさっきまでそのまえに立っていた本棚は、軍事戦略の本でいっぱいだった。その隣の本棚は産業と経済理論。見れば見るほど、図書室は勝利の遺物だらけなことに気づかされた。ハンティングのトロフィー、ポロの試合の優勝カップ、チャーチルとナポレオンの伝記。

「この図書室にあるのは」わたしはゆっくりと言った。「すべてあなたのお父さまのものね」

　彼の声は静かになった。「父は征服者だった」彼はグラスの中身を見ながら静かに揺らした。「私もそうなるべき教育を受けたが、その点では兄のほうがすぐれていた。兄と父はグレイヴズダウン家の財産を莫大なものにした。ふたりはほしいものを人から奪うのがとてもうまかったんだ。ふたりが死んだあと、私は彼らのルールに従おうとした」彼は苦々しく笑い、グラスを干した。「彼らの勝利のルールは私が知る唯一のルールだった。妻に去られたとき、私は冷酷な性格になった。フォイル家から農場を取り上げ、一家を離散させた」

　そのときはなんと言えばいいかわからなかったので、ただ彼を見ていた。

「きみはどうしてそんなに簡単に私の本質を引き出すことができるのかな、フランシス？　知っているかい、これまで出会ったなかで、私のゲームに引き込まれなかった女性はきみだけだ。きみはただプレイを拒否することで、私のすべてのルールを破り、その一方で私の人生の枠組が結局は卓越したものでもなんでもないと示してくれた。私はトランプのカードで作った家のように不安定なんだ」彼は軽く唇《くちびる》をかんで深く考え込んだ。「きみは私をぶちのめしに来たんだろう？」

彼がわたしにかけた魔法のクモの巣のようなひび割れは、すっかり元に戻ったわけではなかったが、急に見え方が変わった。壊れやすい美しさのせいでさらに興味深くなった。いけないことだとわかっていながら引き寄せられて、何かがはじまるというときめきとともに、わたしはフォードのドアをたたいた。そして、それよりずっと抵抗し難いものを携えてその夜屋敷をあとにした。ロマンスではなく、わかりにくくて、不完全で、奇妙な友情を。いろいろなことについて深く考え込んでいたわたしは、スコッチでいくぶん頭がくらくらしていたこともあって、午前一時半に裏口から忍び込むとき、音を立てないようにするのを忘れていた。母がおりてきて明かりをつけ、その顔いっぱいに驚きが、そして怒りが、やがて不安が広がった。

「フランシス、いったい何をしていたの？　起きてミルクを飲みにきたなんて言わないでよ。すっかり服を着ているし、お化粧までしてるじゃないの。ジョンと出掛けていたの？」

母は例の目つきでわたしを見た――何かを話してもらいたいけれど、どう尋ねればいいかわからないという目つきで。でも、このことはだれにも話したくなかった。母にはジョンと別れたことを話していなかった。複雑すぎる気がしてあの気持ちについて話すことはできなかった。それに、わたしはひどいうそつきだった。

そこでわたしはただため息をついて言った。「ごめんなさい、お母さん。もうしません」

彼女はうんざりした顔で見たが、うなずいた。「明日は外出禁止。一日じゅうオーブン仕事を手伝ってもらうわよ」

「わかった」

一週間後、できるかぎり静かにしたと思ったのに、母は午前二時に帰宅したわたしを見つけた。そのため週末じゅう外出禁止になった。

わたしの両親は常識的な人たちだ――エミリーの親のように厳格ではないし、ローズの親のように無関心でもない。そのちょうど中間で、自由にさせてくれるけれど、やりすぎだと思えばきつくしかる。三度目にこっそり家を出たときは見つからなかったが、四度目の訪問から戻ったとき、母が賢くも裏口に置いた水差しを倒してしまった。

その後は、厳重に監視されながら、かなり創造的な罰とともに週末をすごすことになった。五月はガレージの整理、六月と七月は裏庭の草むしりをした。八月になるころには庭の草が尽きたので、母はお向かいのシモンズのおばあさんの前庭の草もむしらせた。母のおかげでわたしは何週間もフォードに会えなかった。

わたしはまた、どうして彼は会いにきてくれないのだろうと考えはじめた。

そして、心配しはじめた。彼が恋しかったから。

第27章

〈キャッスル・ハウス・ホテル〉のまえに救急車が停まっている。ライトはまだ点滅しているが、サイレンは止んでいる。こみあげる不安を抱えて、急いで重厚なダブルドアからなかにはいる。サクソンが言ったことばがよみがえる――ローズだけになってしまったと思うと悲しい。

三人の友人たちはわたしのなかで密接につながっているので、フランシスを殺した人物がつぎにローズをねらうのは当然のような気がしてくる。もしフランシスがエミリー殺害犯の正体を知ったなら、最初に話すのはローズだろう。だからローズがターゲットになる――なんであれフランシスが結論に達したことを彼女に話す機会がなかったのだとしても。フランシス殺害犯が彼女をよく知る人物なのはたしかだ。つまりローズのことも知っていると考えていいだろう。

フロント付近はだれもいない。救急隊員はどこに行ったのだろうとあたりを見まわす。ホテル内が美しく明るいことに気づかずにいられない。天井は高く、明るい黄色の壁紙はシルクのように見えるデザインのものだ。フロントデスクの向こうに高さのあるふた組の出窓があり、そこからはよく手入れされた芝生が見わたせる。そこにも人影はなく、白いキャンバス地のパラソルの下で糊《のり》のきいたテーブルクロスをかけられたテーブルが、等間隔に設置されているだけだ。台座の上のわびしいフラワーアレンジメントに気づき、肺《はい》から空気が抜けていくのを感じる――花はほとんどしおれているが、殺されるまえにフランシスが活けたものなのは明らかで、ローズは捨てる気になれないのだろう。

左手のオークパネルの壁にある開いたドアから話し声が聞こえる。ホテルの制服を着た男性が部屋から出てきて、わたしは通りすぎようとした彼の腕をつかむ。

「すみません」わたしは言う。「ローズを探しているんです。ここにいますか？」

「今はお加減がよくないんです」彼は言う。「息子さんがお世話をしていますので、代わりに私がおうかがいします」

「彼女は大丈夫なんですか？　実は、彼女のことが心配で来たんです」わたしは言う。「わたしたち、二日まえに会っています。わたしの大叔母のフランシスはローズの親友だったんです」

「ええ、大丈夫です、ちょっと怖がっていただけです」男性は言った。そして声を落とした。「ここだけの話ですが、今度のフランシスのことがひどく応えているようで。無理もありませんよ。キャッスルノールに殺人犯がいるなんて、だれも認めたくありませんからね」

「そこにいるのがローラなら」隣の部屋からかみつくような声がする。「さっさとロンドンに帰れと伝えて！」

彼女の激しいもの言いにわたしは驚く。だが、すぐにローズが最初にわたしを見たときのことを思い出す。ひと目見ただけで、彼女はぎょっとして怒りの表情を浮かべ、それから我に返った。一瞬わたしを母だと思ったのだろうが、いったい母は彼女を動揺させるような何をしたのだろう。

「ローラじゃありません」どんな罵詈雑言《ばりぞうごん》が飛んできても場がおだやかになるよう明るい声を保ちながら、わたしは怒鳴り返した。「アニーです、ローラの娘の。おととい グレイヴズダウン・ホールでお会いしましたよね、覚えていますか？　外に救急車が停まっているのを見て心配になったんです。あなたの無事をたしかめたくて来ました」

隣の部屋は静かになり、ようやくジョーがドア口に顔を見せる。緑色の救急隊員の制服は少ししわになり、目の縁《ふち》は赤く、以前会ったときよりはるかに疲れている様子だ。「やあ、アニー」と言って、弱々しい笑みをなんとか浮かべる。「様子を見にきてくれたなんてやさしいんだね」彼はフロントデスクに向かいながらわたしを脇に連れていこうとするので、わたしはもう少しで隣のシダの鉢植えのひとつに足を突っ込みそうになる。「フランシスにもらったアレンジメントの花の棘が母の指に刺さった」彼はフロントデスクの上のしおれた花に視線を投げる。「毒にやられたかもしれないとパニックになったが、大丈夫だ。だが、このところフランシスのことでよく取り乱すし、身の安全に不安を覚えている。それにあの油断ならないオリヴァーのこともあるし」彼は静かに言う。「母はきみに会うそうだが、やさしくしてやってくれるとありがたい。フランシスは母の世界のすべてだったし、母はおれのたったひとりの母だ。これ以上傷つくのを見たくない」

「わかります」わたしは言う。ローズは何を話そうとしているのだろうと、よけいに興味がわく。彼女に訊きたいことがたくさんある。だが、無理強いはしたくないし、フランシスに会ったこともないのに、相続権を勝ち取るためだけに質問をしにくる、冷酷な姪《めい》の娘にもなりたくない。

ジョーはわたしを、オークパネルの壁とチェスターフィールド・ソファ（肘掛けと背もたれに鋲打ちを施したソファ。肘掛けと背もたれが同じ高さでつながり、丸まったアームの形に特徴がある）のある小さな居間に案内する。あとからウエイトレスが、小さなケーキやサンドイッチを満載した三段のスタンドと紅茶を運んできて、テーブルセッティングがすむまでジョーとわたしは一分ほどうしろにさがる。ジョーはローズが座るソファの向かいにあるウィングバックチェア（背もたれの両側に羽がついたような形が特徴の安楽椅子）のほうをわたしに示す。彼はローズのそばに行って手を取り、今にも爆発しそうな爆弾であるかのように母親を見つめている。

ようやくローズは時間をかけてわたしを見る。だれだかわかって見ているようだが、わたしのなかに彼女を怒らせるような要素はないらしい。

「息をして、母さん。息をしなくちゃだめだ」ジョーが彼女の背中をさすり、わたしはショックのあまりどうすればいいかわからない。殺人の話はできない、彼女がこんな状態では。

「ほんとに、彼女にそっくりだわ」ローズはジョーに言う。驚いたことに彼女は小さなげっぷをする。酒を飲んでいたのかもしれないという考えが浮かぶ。彼女はわたしを見る。「ローラはフランシスに感謝したことがなかった。でもよく見ると……」ローズの表情がやわらいで笑顔になる。「彼女よりもフランシスに似ている気がする。いい印《しるし》だわ」これは興味深い。わたしとフランシスに血のつながりがないことをローズは知っているのに。母がピーターとタンジーの実の娘ではないことを彼女は知っていた。母はローズを動揺させるような何をしたのだろうという疑問がまた浮かぶが、性格的なものではないかという気がする。母は無意識に人を侮辱《ぶじょく》することがあるから。

ローズは手を伸ばし、ノートとペンを持っているわたしの手をそっとたたく。「フランシスも小さなノートにいつも何か書いていた」ローズは言う。思い出したらしく目尻にしわが刻まれるが、いい思い出だったらしい。やがてローズは首を振って天井を見上げる。その目はうるんでいる。

「彼女に会ってみたかったです。すごく刺激的な人生だったようですね。サクソンもウォルトもあまり彼女のことを話してくれないんです」

ローズの表情が即座に鋭くなる。「サクソン？　サクソンの言うことを聞いてはだめよ。彼はいつだってうそつきでのぞき屋だった」

「もういいだろう、母さん、さあ……アニー、話題を変えないか？」ジョーの顔が懇願しているので、わたしはうなずく。

涙が流れ、抑えていた悲しみが吹きこぼれるのをわたしは見る。やがて悲痛な嗚咽《おえつ》が響きわたる。ローズは奥の壁を指さす。そこには装飾が施された本棚が並んでいる。「アナベルのためにあのアルバムを持ってきてくれる、ジョー？　彼女に見せたいの。いちばん上の段の右側のを」

ジョーが立ち上がって彼女が指し示すほうに向かい、大きな写真アルバムを持って戻ってくる。「本気かい、母さん? これについては話し合っただろう——うちにはこういうアルバムが多すぎるし、母さんは見ないほうがいいって」

「だからこの一冊をアナベルにたくすのよ」彼女は言う。もう一度わたしを見てから、そわそわとノートとペンをもてあそんでいるわたしの両手に目を移す。「フランシスとわたしの関係がいいときも悪いときも、ジョーはずっとわたしのそばにいてくれたの。ほんの小さなころから」彼女は手を伸ばしてジョーの手をにぎる。「フランシスがランチの約束をキャンセルしたり、そう、彼女がわたしの誕生日パーティに来てくれなかった年もあった——」

「あの年は彼女の具合が悪かったんだよ、母さん」ジョーが冷静に言う。

「そうね」ローズはそう言って目を落とす。「こういう写真は焼き増しが山ほどあるの。若いころの写真よ。アルバムに入れていつでも手元に置いておきたいから、一冊はこのホテルに置いて、家にも一冊ある。フランシスはわたしがこれを持っているのをいやがった。まえに進んで未来を見なきゃいけないといつも言っていた」ローズは弱々しく笑う。「つねに将来が心配でたまらない、それがフランシス。でも、わたしたちはとても似ていた。「フランシスもわたしと同じくらい長い時間、若いころのことを考えていた。わたしより長い時間だったかもしれない。わたしたちはみんなエミリーを失ったことから決して立ち直れなかったから」

「みなさんを見てみたいです」わたしは言う。ジョーが少し心配そうにわたしを見る。ローズは若いころとても輝いていたが、それ以降はあまりぱっとしないタイプの人のようだ。あるいはよろこびと痛みがつねに同居しているのかもしれない。エミリーのことは決して癒えない傷なのだから。

ローズはわたしにアルバムを差し出す。アルバムをつかむ両手は震えている。わたしにたくすのがつらいのだろう。どう反応するべきかわからない。悲しんでいる女性から思い出の品を奪いたくはないが、彼女はわたしにそれをたくすことが前向きなセラピープログラムのステップであるかのように振る舞っている。

「さあ」彼女はアルバムを手放して言う。「これでいいわ。持っていてくれるわね?」

ジョーがポケットに手を入れて、彼女のためにティッシュペーパーの束を取り出す。「母は動揺している」ジョーはきっぱりと言う。「うちに連れて帰らないと」

「いいえ」ローズは巾着袋を閉じるような、決意の固い老婦人ならではの方法で勇気を奮い起こして言う。「やることがあるの」ジョーの膝《ひざ》をたたく。「忙しくしていると頭がよく働くのよ。あなたたちは残ってお茶とケーキをいただきなさい。無駄にしたらもったいないわ」ローズは立ち上がり、ジョーはついていってさらに世話を焼こうとするが、彼女は手を振って彼を座らせる。彼女はきびきびと部屋から出ていき、入れ替わりにマグダがはいってくる。

「呼び出しはどうだった?」彼は立ち上がってマグダに尋ねる。

「どうも、アニー」彼女はわたしに小さく手を振ってからジョーに向き直る。「たいへんだったけど対応できた。年配男性の転倒で、サンドビューに送った。腰に人工関節を入れないとだめかもね」マグダはため息をつく。「ほかにも幼児の窒息《ちっそく》で呼び出しがあった。それは解決したからあなたには知らせなかったけど、救急車は二台しかないから、緊急時はちょっと手薄になるのよね」

「通信係とまたトラブル？」ジョーが訊く。

マグダはただ肩をすくめる。「リトル・ディンバーはひとチームぶんの人員を抱えてるし、時差がある地域ってわけじゃない。なんの問題もなくここに人員を送れるはずなのに。わたしのやり方が気に入らないんでしょ」

「救急車は二台あるの？」わたしは訊く。

「ええ、わたしたちはほとんどチームで行動するけどね」マグダは言う。「だからキャッスルノールにある地元の小さな分署には、いつも救急車が一台置かれているわけ。こんな退屈な話、聞きたくないでしょ。それにジョー、わたしたち、もう行かないと」

「わかった」ジョーはそう言うと、わたしに向かってさらに何か言おうとするが、思い直して首を振り、マグダといっしょに出ていく。

残されたわたしは、フランシスの日記のイメージをよみがえらせてくれる、大量の写真がはいったアルバムを抱えている。さっとめくると、フランシスの物語の断片が、わたしの心のなかであざやかに色づきはじめる。

表紙に使われている写真はとりわけ印象的だ――ローズとフランシスは十代の終わりか二

十代の初めで、ふたりの男性といっしょにぴかぴかのロールス・ロイスのまえで微笑んでいる。フランシス大叔母の図書室にある写真から若いフォードはわかるが、もうひとりの男性は見たことがない。モップのようなカーリーヘアとローズに向ける愛情深い視線からすると、これがジョーの父親だろう。表紙についているポケット状のビニールカバーからその写真を取り出すと、裏にはたしかにこう書いてある――ビル・リロイ、ローズ・フォレスター、フランシス・アダムズ、ラザフォード・グレイヴズダウン、一九六六年六月。

エミリーはこのときまだロンドンにいたはずだ。ローズはいつ未来の夫に出会ったのだろう。応接室にはだれもいないし、紅茶はまだ熱い。手つかずのケーキを恐る恐るひとつ取り、アルバムに没頭する。写真のどれかにだれがエミリーを殺した人物かがわかる手がかりが見つかるかもしれない。わたしがまだ見たことのないフランシスの知っていたことが。

チェルシーの我が家の庭に座っているエミリーの写真に目を留める。そのお腹はかなり大きい。

「ママ」わたしは写真の隆起を指でたどりながらつぶやく。

第28章

キャッスルノール・ファイル　一九六六年十月五日

「それほど悪くないわよ、フランシス」ローズが言った。

わたしたちは八月の太陽に焼かれていた。わたしが毎週恒例の罰を受けているあいだ、ローズは座ってしゃべっていた。通りの向こうから母が定期的にカーテンを開けて、わたしがしゃべってばかりいないで仕事をしているかチェックしている。ローズの訪問は、彼女が手伝ったり、わたしの気をそらしすぎたりしないかぎり許されていた。

「ひどいわよ」わたしは言った。「汗だくだし、シモンズのおばあさんはわざとこの雑草を育てているにちがいないわ。でなければ実は魔女で、わたしが雑草を抜くと三倍生えてくる呪文を使ってるのかも」

「ゲームだと思えばいいの」ローズは微笑みながら言った。「わたしが草をむしるから、あなたはカーテンを見ていて。お母さんの気配がしたら合図のことばを叫ぶの。たとえば、デイジーとかね。そして走って交代する」

「すごくばかばかしく聞こえるわよ、ローズ」わたしは言った。「でもこれがもっとおもしろくなるならなんでもやりたい気分」

それはたしかにおもしろかった。ときどき冷淡でぼんやりしているように見えることもあるけれど、ローズはこういうことがすごくうまい。エミリーのような大胆さはなくても、なんでもないことを特別なものにしてしまう。

エミリーがロンドンにいるあいだ、わたしたちはますます多くの夏の日をこんなふうにすごすようになった。

ついに笑い声を抑えるのがむずかしくなり、母にばれて怒鳴られるまえに落ち着こうと中断した。もしローズの訪問が禁止されたら、わたしはこの罰をひとりでやることになる。そうなったら目も当てられない。

「赤ちゃんはもう見た？」ローズが尋ねた。

「ううん、でもピーターとタンジーは今チェルシーにいる。フォードが数日のあいだふたりをあの家に滞在させているの。家政婦の助けを借りて親として育児に慣れるためにね」わたしはそこでことばを切った。エミリーはどうしているかとローズに尋ねたくはなかったが、結局がまんできなかった。「まだエミリーとばったり会ったりしてないわよね？」わたしは尋ねた。「もうこっちに帰ってきてるんでしょう？」チェルシーを出られるほど体が回復すると、エミリーは以前の生活を再開したくてまっすぐ村に戻ってきたらしかった。エミリーがまた自由にキャッスルノールを歩きまわれるのだと思うと不安になった。ジョンとはもう終わったのだと自分に言い聞かせ、彼への思いはすっかり消えていたが、かすかなほろ苦さはまだ残っていた。

「あれ、知らなかった？」ローズは言った。「今週末チェルシーに戻ったわよ。何か家に忘れ物をしたとかで、予定もいくつかあるから泊まるって言ってた」ローズは口元をゆがめた。彼女もわたしと同じくらいエミリーがらみのことを不快に思っているのがわかった。「エミリーに会ったわけじゃないわよ。アーチー・フォイルから聞いたの」

気分がましになることを願って、わたしは石を拾って木に向かって投げた。でも、ましにはならなかった。「ああ、こんなこと早く終わってくれればいいのに！　でも、こうしてあなたと冗談を言ってたら、昔みたいな気分になったわ。今回のエミリーとジョンの厄介ごとなんか起こらなかったみたいに」

「そうね、まったく同じではないけど」ローズは言った。「言いたいことはわかる。いろんなことが昔の状態に戻ってほしい。完全に同じとまではいかなくても。少なくとも男子のことではいい勉強になったわ。たちの悪い友だちのことも」

わたしはぐるりと目をまわし、タンポポの綿毛のまえにしゃがんだ。暑くどんよりした空気では綿毛が飛んでいかず、その種はわずかにただよったあと、草の上に着地した。

「フォードとサクソンはまだ寄宿学校めぐりをしているの？」彼女が訊いた。

「うん。このところほぼ毎週末行ってる。また屋敷を訪問したいわ。でもあなたは行ってるんでしょ？」わたしはいたずらっぽく微笑んだ。フォードの運転手とローズのロマンスはわたしたちのあいだの公然の秘密だった。

運転手のビルのことを尋ねると、ローズは少し赤くなったが、こんな話をしていると、すっかり大人になったような気がした。ニキビやそばかすのある十代の少年から先に進み、自分たちの将来が正しい場所に収まりつつあるような。

「いい方向に向かってるんじゃないかな」わたしは言った。「エミリーの階級ゲームもこそこそした悪ふざけもなくなったし」

ローズは微笑み、何か言おうと息をついたが、わたしの肩越しに何かを見て、驚きと怒りの表情を浮かべた。

「まあ、いい神経してるわね！」シモンズのおばあさんの家の脇にある、育ちすぎたシダレヤナギの陰から出てきたジョンに向かって、ローズは叫んだ。

ジョンは彼女のことばから身を守ろうとするように両手をまえに出した。「フランシスに話がある」彼は言った。「重要なことなんだ。おれが言うことを彼女は聞きたがるはずだ」

「そんなわけないでしょ」ローズはつばを飛ばして言い返した。「フランシスにはあなたたちよりはるかにいい未来があるんだから」

「たのむよフランシス」ジョンは言った。

そこに立っているジョンを見て、怒りで何も考えられなくなった。別れを告げたあと、彼がわたしのために闘いさえしなかったことを思うと血が煮えくりかえった。

「わたしの時間は一秒だってあなたにあげたくない」わたしはかみつくように言った。「あなたは過去を振り切ってまえに進み、赤ちゃんが生まれることになったら、エミリーが身の振り方を決める手伝いをわたしたちに押しつけた！　ローズとわたしはあなたたちが引き起こした混乱の後始末をしなくちゃならなかったのよ。わたしたちが望んでいるのは人生から永遠にエミリーを排除することだけよ！」

ジョンは懇願するような目でわたしを見るばかりだった。「ごめん、フランシス。信じてくれ、離れているのはつらかったよ。でも、きみの望みを尊重するのがいちばんいいと思ったんだ。フォード・グレイヴズダウンとつきあっているとウォルトから聞いた。それで……きみは大丈夫だなと思った。ほら、彼みたいな人といっしょなら」

わたしはどこから突っ込めばいいかわからず、興奮した口調で言った。「どうしてウォルトがあなたなんかと話すのよ？　あなたは彼のガールフレンドと寝たのよ。ウォルトは簡単に人を許したりしないわ」

ジョンはうなずいて唇をかんだ。「信じられないと思うけど、ウォルトとおれは和解したんだ。おれはエミリーのことを説明した。というのも……いやな予感がするんだよ、フラニー」

「フランシスよ」ローズがぴしゃりと言った。「裏切り者の口で彼女のニックネームを呼ばないで」

わたしは微笑みそうになった。ローズがわたしを守ろうとしていることで、とても満たされた気分になれたからだ。エミリーなら友だちを守るためにこれほど懸命にならなかっただろう。

だが、ジョンはとても不安そうで、何かがおかしいと思った。ウォルトがジョンを許したというなら……そのこと自体が妙だ。

「最後まで聞いてくれるかい？」ジョンは静かに言った。「きみだけに話したい」彼の目がローズをちらりと見てからわたしに戻った。「もう二度と会わないよ、きみがそう望むなら」彼の砂色の髪は陽に焼かれてブロンドに近くなり、わずかに目にかかっていた。手を伸ばして額《ひたい》の髪を払いたいという衝動が強すぎて、わたしは体の横でこぶしをにぎりしめた。

「いいわ」わたしは言った。「でも、今後はわたしに近づかないと約束して」

彼はうなずき、また唇をかんだ。彼は歩いて木の下に戻り、わたしとローズから離れた。わたしはローズを見てささやいた。「お母さんがカーテンを引っ張るのが見えたら合図のことばを叫んで」

彼女は真剣な目つきでわたしを見てうなずいた。

「時間はかぎられてるわ、ジョン。さっさと話したほうがいいわよ」木の下の彼のそばに立つと、わたしは言った。

「わかった。ありがとう、フランシス。機会があるうちにきみに話さなきゃと思って」彼は深呼吸をしてからその場を行ったり来たりした。慎重にことばを選ぼうとしているかのように。

彼を思いやることはしなかった。「それなら話しなさいよ」わたしは言った。

「うん、実はこういうことなんだ。きみがラザフォード・グレイヴズダウンとつきあっているのは知ってるし、こんなことを言う権利がないのはわかってるけど、おれはまだきみのことを思っているし、きみを守りたいと思っている。実はあのときの話なんだけど……ああ、恥ずべきことだしひどいことだよな」彼は顎を引き、首が赤みを帯びた。「エミリーとおれが関係を持ったときの話だ」彼はうつむいたが急いで先をつづけた。「きみのまねをしている彼女に釣られるほどおればばかじゃないよ、フランシス。あの夜彼女は必死にきみをまねようとしていた。きみのハンドバッグを持って、きみの香水をつけていた。きみが言いそうなことを言いはじめたりもした。あとになるまで気づかなかったけど、ちょっとした言い回しとか。でも問題は、彼女がその夜おれと寝ると決めていたことなんだ。エミリーは何度も言った。どうしてもあなたとしたい、今夜じゃなきゃだめなの、と。おれはコンドームをひと箱持っていたけど、彼女は必要ないと言い張った。安全だから心配しなくていいと」

今の話にどれだけ動揺しているかジョンに見せたくなくて、わたしは顔をそむけた。でも、ふたりが寝たことを思うと、そのせいですでに何カ月も拷問されるような苦しみを味わってきたにもかかわらず、やはり胃がむかついた。毎回傷口を突かれるようなものだった。

「こんな話をされるのは耐えられないと思う、しかもおれからなんて。でもきみは知る必要がある。彼女は妊娠しようとしていたんだと思う。フォードとも寝て、彼を罠にかけようとしたんだ。彼を脅迫するためか、だまして結婚に持ち込むために。それには使える男が必要だった」

「それがほんとうなら、どうしてウォルトじゃないの？　どうしてあなたじゃなくちゃいけなかったの？」

「それも考えてみた。ウォルトとおれが和解した理由はそこにあるんだ。今ではあいつの怒りはすべてエミリーに向けられている。というのも……おれじゃなきゃいけなかったんだと思う。おれは彼女の強迫観念の一部だったから——そう、彼女は強迫観念を持っていたんだよ、フランシス。その相手はフォードじゃなかった。きみだったんだよ」ジョンは何拍か間《ま》をおき、そのことばを印象づけた。

「とにかく」彼は急いでつづけた。「フォードが彼女をチェルシーの家に住まわせて、毎週末に彼女のところに行くなんて、ほかにどんな理由がある？　彼女が自分の子どもをはらんでいると思っている以外に」

「彼はエミリーのところに行っていないわ。サクソンと寄宿学校を見学に行ってるのよ」

「彼がそう言ったのか？　サクソンが新しい運転手と村にいるのを見たよ。叔父と運転手はチェルシーに泊まっていると言っていた」

わたしは落ち着くために鼻から鋭く息を吸った。

「どうして彼女は何もかもぶちこわすの？」わたしは吐き出すように言った。声は震えていた。

「だからおれはここにいるんだ。彼女がもうだれかの人生をぶちこわさないようにしたい。もう二度とエミリーにおれたちをもてあそばせたくない。というのも、フランシス、彼女が意図的に妊娠して、フォードに結婚や経済的援助を求めようとしているなら……」

「ピーターとタンジー」わたしはささやいた。「彼女は赤ちゃんを手放すつもりはない。もっと大きなものを手にするためのチケットなんだから。でもそれならどうして兄夫婦を巻き込んだの？」

「エミリーは策士だ」ジョンは言った。「彼らはおそらく保険だろう。フォードに完全に拒絶されても、お金も援助もない十七歳の母親としてひとりで生きていかなくていいように」

「ピーターとタンジーは今チェルシーの家にいるわ。ふたりは赤ちゃんとすごしていて、エミリーはうちに帰ってきたの。ただ……」わたしは心臓が胃まで落ち込むのを感じた。「ローズによると、エミリーは今週末また戻ったみたい。チェルシーの家に何か忘れてきたからって」

「きっとピーターとタンジーと対決しにいったんだ。赤ん坊を取り戻すつもりなんだよ。サクソンに会ったとき、フォードはエミリーを受け入れかけているとも言ってたから」

あの雌犬《めすいぬ》め！　体じゅうに怒りが満ちた。フォードとエミリーのこととなると感じる敵対心についても、赤ちゃんがほんとうに彼の子なのかどうかも、考えたくなかった。あれだけわたしと会話したあとで、彼がほんとうに彼女のゲームに引き入れられたのかについても、感情をしまい込んだ。

そもそも、そんなことを考えてはいられなかった。渦《うず》を巻くような怒りのなかで、ひとつのことが浮かび上がってきたのだ。こんなばかげたゲームよりもはるかに重要なことが。

それはピーターとタンジーのことだ。

「エミリーはふたりの夢を打ち砕くつもりなのよ！」わたしは言った。「ああ、どうしよう！　そんなことをさせるわけにはいかないわ！」

「角を曲がったところにウォルトが車を停めてる。闘う気まんまんで。あいつがエミリーに何をするか心配だよ」ジョンは一瞬口ごもった。「あいつは親友だけど、怒りをコントロールするのがうまくない。それはきみも見てるだろ。だからおれもいっしょに行くつもりだ。彼がばかなことをしないように。それに、赤ん坊がだれの子なのかはわからないけど、赤ん坊も含めてだれの人生も、もう絶対にエミリー・スパロウに台無しにさせはしない。最後にきみが決めてくれ。おれとウォルトといっしょにチェルシーに行くかい？」

「わたしがあなたの代わりを務めるわ」ローズが木の下から現れて言った。「トイレを使うからとお母さんに言って家にはいったら、古い衣類をひと抱え持ってきて。わたしの髪を隠せるように、お母さんがあなたに被らせるあのぞっとする日よけ帽子もかならずね。このあとはわたしが家に背中を向けてここにいる。日焼けしたくないんだとお母さんが思ってくれることを願って。できればワンピースかポンチョみたいなものがいいわ、すっぽり体が隠れるように」

「ありがとう、ローズ」わたしは言った。そして、彼女を熱烈に抱きしめた。「庭の草むしりは五時までだから、あとちょっとお母さんをごまかしたら帰っていいわよ。ああもう、なんてことなの！」

パニックのせいで頭がややぼんやりしていたが、クロゼットの奥からもう着ない衣類を、適当にひと山つかみ出した。ありがたいことに帽子は見つかった。これは絶対に必要だ。ワンピースとポンチョとコートをシダレヤナギの下に置くと、ローズはできるだけ早くわたしに変身した。

「やだ、ごめんね、半分は冬物だった。これを着たらローストになっちゃうわね」

「大丈夫よ。残りの衣類は持ってかえって、あとでまとめて返すわね。あなたはよくやったわ。もう行って。エミリーを止められるうちに」

村から出もしないうちに、ピーターの車が彼らの家のまえに停まっているのを見て、停めてと声をあげることになった。ウォルトは目抜き通りの脇に車を寄せたが、長いドライブウエイにはいるのは拒否した。彼はできるだけ早くチェルシーに行きたがり、脇に寄せただけでも運がいいのだと言った。

「遅かったわ」わたしはピーターの車を見ながら言った。「兄たちはもう戻ってる。エミリーはすでに爆弾を落としたのよ」それを証明するかのように、フォードのファントムⅡが轟《ごう》音《おん》とともに通りすぎた。運転手はわたしたちのほうを見もしなかった。フォードへのつのる思いがすべて裏切られ、心臓がつぶれそうだった。エミリーのもとに急ぎ向かう彼の車を見てしまった今、彼への愛情は胸のなかで割れたガラスとなった。

「これがエミリーなんだよ、フランシス」ウォルトがうなった。「彼女はあのタウンハウスで女相続人を演じている。おれは彼女の正体をみんなに知らせたい。娼婦でうそつきだとね。

フォードは彼女に会いにいこうとしているんだぞ——なんとかしたいと思わないのか?」彼はハンドルをたたき、通りに怒りの目を向けた。

もちろんなんとかしたかった。だが、ピーターとタンジーの家につづくドライブウェイを見ると、エミリーがあれだけ希望を与えたあとで荷物をまとめて追い返された彼らの心痛に比べれば、十代の失恋は小さなことだと気づいた。フォードは明らかに急いでエミリーのそばに行こうとしていたからだ。もう明らかだった。エミリーはいつも望んだものを手に入れる。彼とのあの会話を信じたわたしがばかだったのだ。そのあいだじゅうわたしはずっとゲームのピースでありつづけた。別のお愉しみの種にすぎなかったのだ。

もう彼は必要なかった。自分の家族がどこにいるかわかった。わたしには兄がいた。ローズがいた。

「ピーターに会わないと」わたしは言った。「行きたければわたし抜きで行って」

「本気か、フランシス?」ジョンが訊いた。「もうつぎのチャンスはないかもしれないんだぞ、すべてが吹っ飛んじまったら」

「本気よ。それに、エミリーがいちばんいやがるのは、彼女が何をしようとわたしが興味を示さないことだと思う」

ジョンが向ける視線はとてもやさしくて、わたしは砕け散りそうになった。「きみは最高だよ、フラニー」彼は言った。

「ばかなことはしないでよ、いい? ウォルト?」ウォルトが早く出発したくてエンジンをふかすと、わたしは叫んだ。「少しは許そうとしてみて」

「きみは許しすぎなんだよ、フランシス」ウォルトは食いしばった歯の隙間から言った。

「自然に反してる。いつかもっと闘うことを学んでほしいよ」すぐにウォルトは走り去り、車のタイヤがほこりを舞い上げた。

ドアをノックしてピーターが現れたとき、わたしは打ちひしがれた姿を見ることになると思っていたが、兄は見たこともないほど幸せそうだった。赤ちゃんのローラを抱いて、誇りと愛情で舞い上がっていた。

「ああもう、エミリーが心変わりしたんじゃないかとすごく心配したんだから！」わたしは言った。

「たしかに心変わりしたよ」ピーターは言った。そして、一瞬表情をくもらせた。「でもおれが丸く収めた」彼は微笑んでローラの小さな頭にキスをした。

第29章

クレイン刑事が三回電話をかけてきたが、写真を見ているあいだサイレントモードにしていた。四度目の着信の知らせが現れてようやく気づき、電話に出ると、彼の声は差し迫っていた。

「アニー、よかった。屋敷にいないから心配していたんだ」

「四回電話するほど？　わたしは無事よ。ちょっと村にローズに会いにきたの」

「だれかがバールを使って、フランシスのダイヤル錠のかかった引き出しをひどく荒らした。サクソンとエルヴァはどこにも姿が見えない」

「オリヴァーは？」

「ここにいる。ストレスでまいっている様子で、隅に座ってときどき電話に出ては上司に怒鳴られている。午前のほとんどは庭を歩きまわりながら電話をして、リモートでふだんの仕事をこなそうとしていたと言っている」

「だれかさんは引き出しを開けることができたの？」

「いや、それでだれかさんはひどく頭にきて、図書室に欲求不満をぶつけたようだ。窓が割られ、棚の本がぶちまけられた」

「サクソンね」わたしは言う。

「あるいはアーチー・フォイル。彼は早い時間に生垣の剪定《せんてい》をしていた。だが、そう、サクソンでまちがいないだろう」

「アーチーはわたしといっしょだったわよ。フランシス大叔母の馬力のある車の運転を教えてくれていたの」

「へえ、あの車に乗ったの？」クレイン刑事が笑う。

「わたしの運転技術を疑うの？」

「いや、あの車の運転席にいるきみが想像できなくて」

「わたしを侮辱するのはそれくらいにして、どうしてサクソンが図書室を荒らしたと思うかってことに戻りましょう。わたしも同感だけど、あなたがそう思った理由に興味があるの」

「トランクの死体について、鑑識の結果が届いた。エミリー・スパロウと確認された。トランクにあったコートのポケットで見つかったリボルバーで撃たれていた。アニー、フランシスについてのぼくの説が正しかったのかもしれない。彼女が友人を殺したのかもしれないとぼくは思っている」

「確信はあるの？」フランシスが日記に書いていることとはちがうが、もし彼女が実際にエミリーを殺したのだとしたら、もう一度チェルシーの家を訪問したことは書かなかったのかもしれない。

「フランシスは行方不明の友人の死体を入れておいたトランクが送られてきてしまったので、

警察を呼ばずに納戸に隠したと考えられる。トランクにはいっていたコートはフランシスのものだったとサクソンが確認した。ボタンの牡鹿《おじか》を覚えていたんだ。そのつながりに気づいた彼は……打ちひしがれた様子だった。図書室を荒らした人物はフランシスの写真を特に標的にしていた。サクソンは幼いころエミリーを知っていた。だからかなり動揺したんだと思う。叔父と昔の三角関係にまつわるとても興味深い話もしてくれたよ」

「サクソンが何を話したにせよ、あなたを混乱させるためよ。忘れないで、あなたの捜査に手を貸しても彼の利益にはならないのよ」

「きみの利益にもならない。でもきみは適切な事実を教えてくれている」

「それは保身についてのわたしの理解が浅いからよ。その流れで、フランシスの日記を思い出して。わたしはフランシスがエミリーを殺したとは思わない。ウォルトかジョンだと思う。あるいはフォードか。とにかく、その錠のかかった引き出しを見てみたいから、屋敷に戻るわ。ダイヤル錠の組み合わせ番号はまだ思い浮かばないけど、なかにはいっているのはとてつもなく重要なものみたいね」

「もうすぐ村に着く——迎えにいくよ。古い車はどこかに停めておくようにアーチーに伝えてくれ。ベスが屋敷まで運転してくれるだろう。それか、ジョーでもいい。彼もあの車を運転できるから。何年もまえに父親から基本を教わったらしい」

「ジョーには会ったけど、まだ仕事中だと思う。でも、だれかにあの車をまかせられるならよかった」安堵を覚えながらわたしは言う。「こんなにすぐもう一度あれを運転したくはないもの。精神修養《キャラクター・ビルディング》にはなったけど、わたしの人格《キャラクター》はもうすっかりできあがってると思うから」

わたしはローズからもらったアルバムをバックパックに入れる。数分のうちにクレイン刑事がホテルのまえに車を停める。

グレイヴズダウン・ホールに戻ると、図書室の状態は刑事の言ったとおりだとわかる――たしかに荒らされている。だが、ひじょうに意図的な暴力で、フランシスが写っている写真がすべて破かれ、彼女の顔がけずられている。かなり常軌を逸しており、殺人者のしわざのように思える。

考えがめぐりめぐって、刑事がサクソンについて抱いた突飛な説に戻ってくる。彼がフランシス大叔母の遺言の内容を知って彼女を殺し、自分が彼女の殺人事件を〝解明〟できるようにしたのだとしたら? 彼が確実に財産を相続するには完璧な計画で、とても勝ち目はなかった。

「わたし……警察はサクソンを探すべきだと思う」わたしはゆっくりと言う。「でもこの屋敷か敷地内のどこかにいるはずよ。彼はこの場所をよく知っている。どこに隠れればいいか知っている」

「エミリー・スパロウの遺体の分析からほかにもわかったことがある」クレインが言う。「彼女はふたつの封筒を身につけていた。どちらの表書きもエミリー宛てで、大金がはいっていた。数千ポンドだ。何か思い当たることは?」

「だれかが彼女を殺したけど、お金は取らなかった?」わたしは言う。「赤ちゃんが関係してる」とつぶやいて、エミリーを中心に据えた小さい殺人ボードに歩み寄る。「ここを見て」わたしの祖父のピーターの写真につながる線を示す。「ある時点で、フランシス大叔母は自分の兄がエミリーを殺したのではないかと疑っていた。わたしの祖父のピーターと祖母のタンジーはエミリーの赤ちゃんを養子にするつもりだった。フランシスはエミリーが心変わりをすると思った。エミリーは赤ちゃんを使ってフォード・グレイヴズダウンを脅迫するつもりだったから。でも、日記の終わり近くで、フランシス大叔母が兄の家に行くと、彼は生まれたばかりのわたしの母といっしょにいて、フランシスに〝おれが丸く収めた〟と言ったの」

殺人ボードの上のピーターの名前を見る。名前の上に太く新しそうな黒い線が引かれている。タンジーのところにもだ。「フランシスはふたりの名前を消している」わたしは言う。「きっと遺体を見つけたときに現金も見つけたんだわ。そしてすべてをつなぎ合わせた」

クレイン刑事はこの新しい情報を理解しようとして、激しく瞬《まばた》きする。「つまり、フランシスはきみがあのトランクを送ったあとに遺体を発見したと?」彼がそう言うと、わたしは顔をしかめる。「彼女はコートのポケットを調べたのか?　そして現金を戻したのか?」

「そうよ!　その行動が何よりも彼女の無実を示しているわ。もし彼女が一九六六年にエミリーを殺したなら、あのコートのポケットに何がはいっているか知っていたはずよ。だって、あそこにリボルバーを入れたのは犯人でしょう?　それでフランシス大叔母は、これだけ年月がたってからようやく容疑者リストのピーターの名前を消したのよ。彼女はあの封筒を見つけて、兄の筆跡に気づいた。ピーターが〝おれが丸く収めた〟と言ったのは、エミリーに危害を加えて赤ちゃんを手に入れたという意味ではなかったとわかったのよ。ピーターはエミリーにお金を払っただけだった」

声に出さずに考えたのは、フォードが向かっていると知りながら、どうしてエミリーはそんなことをしたのか、ということだ。どうして現金をもらって赤ちゃんをあきらめたのだろう、フォードを引き留めるための最大の切り札を？　もう少しでそのすべてがわかりそうな気がする。

「ひとりになって考えなきゃ」わたしは言う。

「部屋まで送るよ」クレインが返す。

「大丈夫だから、ほんとうに」わたしは言う。少し距離をとりたいのに、彼はボディーガードのようにそばから離れない。

「これはゲームじゃないんだぞ、アニー」彼は言う。「フランシスの意図がどうあろうと」だんだんきびしい顔になっていく——腕を組み、わたしが〝刑事の声〟と考えるようになった声色を使っている。その口調はこう伝えている——ここを仕切るのはぼくだということを忘れるな。これは明らかに一種の威嚇《いかく》なので、わたしは彼を無視して自分の小さな部屋に向かう。

「ドアに鍵をかけるんだぞ」背後で彼の声が聞こえるが、わたしはすでに階段を駆け上がっている。

今度の脅迫文は枕の下にさえない――枕の上にある。

喉が干上がり、前回と同様小さなクロゼットを調べ、つぎにベッドの下を調べる。だれかが隠れていて、わたしがドアを閉めた瞬間に殴りかかってくるかもしれないからだ。だれもいないことがわかると息を吸い込み、ドアに戻ってロックする。

脅迫文はまえと同じ黄色くなった紙に昔風のタイプ書体で書かれている。

ばかな雌犬め、自分にそんな価値があると思うのか？　おまえにはせいぜい地面に開いた穴がお似合いだ。おまえは娼婦でうそつきだ。これをやめないならおまえの貧相な首を小枝のように折ってやる。

わたしを脅《おど》すためのものでないのはまちがいないが、それでも書かれている内容に血が凍る。十代のフランシス大叔母は手を震わせてこれを読んだことだろう。バールで損なわれたファイルキャビネットと、すっかり割られた図書室のガラスのイメージが頭に浮かぶ。

フランシスに向けられた暴力。あるいは彼女の思い出に。

頭のなかで一九六五年まで懸命に時代を遡《さかのぼ》って、もう一度脅迫文を読む。おまえは娼婦でうそつきだ――ウォルトだ。これはウォルトのことばだ。フランシスの日記のなかで、エミリーの正体をみんなに知らせたいと彼は言い、彼女をこの両方のことばで罵っている。

さまざまな種類のノート類をバックパックから取り出し、震える両手でベッドの上に積み上げる。ようやくローズにもらったアルバムを引き出す。

そこにあるはずの写真を探して、すばやくアルバムをめくる。一ページずつ見ていくうちに、色褪《いろあ》せた一九六〇年代のコダクロームはぼやけはじめる。ぴったりしたセーターかブラウスを柄物《がらもの》のスカートにウエストインし、おろした長い髪がいつものように輝いているフランシス大叔母がいる。未来の夫、ビル・リロイと腕を組んでいるローズ。写真を見ているうちに両手の震えが収まってきて、なんとなくそこで見つかると思っていた手がかりが遠のく。ウォルトの写真は一枚しかなく、彼は煙草を吸いながらカメラをにらんでいる。写真を撮られるのがひどくいやそうに。

おとなしい働きすぎの弁護士という表面の下に、暴力的なティーンエイジャーはどの程度潜んでいるのだろう？　この脅迫文の手がかりがそんなあからさまなものなら、どうしてフランシス大叔母は彼をそれほど信頼し、遺言の執行者にまで任命したのだろう？　うそつきと娼婦。

死亡時刻のせいで、ウォルト自身は多かれ少なかれ容疑からはずれているが、彼に共犯者がいるとしたら？

オリヴァー。フランシス大叔母が殺された朝、彼はあの最初の会合に少し遅れてきた。そして、ウォルトが一九六六年にエミリーを殺したなら、オリヴァーは秘密を決してもらさない共犯者としてうってつけだ。フランシス大叔母の地所が売却のため彼にたくされることになれば、プロとして勝利を収め、得をすることになるからだ。

海辺でアイスクリームを持って立っているフランシス大叔母の写真に人差し指で触れる。彼女を知ることができなかった悲しみが襲う。彼女の人生の終わり方の不公平さに腹が立ってくる。彼女が望んでいたのは、人びとに真剣に受け止めてもらうことだけだったのに。

それに、エミリーが姿を消したあと、彼女を探しつづけたのはフランシスだけだったようだ。フランシスは六十年近くものあいだ友人探しをやめなかった。エミリーが彼女の十代をめちゃめちゃにし、いたるところで彼女を裏切っていたにもかかわらず。フランシスはまえに進み、たしかに未来を見ていた——そして、だれもが彼女をいかれていると思っていた。エルヴァ・グレイヴズダウンから警察署の受付係まで、だれもが迷信深いフランシス大叔母の逸話を持っていた。

「未来ねぇ」わたしはつぶやく。「いったいこれはなんのための訓練なの?」わたしは考え込む。「フランシス大叔母が設定した課題ではあるけど、彼女にとって重要なものだった。彼女は正義を求めていた。信じてもらうことを求めていた。それは遺言の手紙にはっきりと……」

わたしはキノコのイラストがついたノートを開き、ささいだけれど気になっていることのリストを見る。答えの出ていない疑問点のリストだ。

花——だれが送った?　理由は?

錠――××‐××‐××、左右に回す標準的なダイヤル錠

フランシス大叔母の予言を書き写したページを開き、彼女がチェックマークをつけたのと同じ箇所を線で消す。

おまえの未来には乾いた骨がある。おまえのゆるやかな終焉《しゅうえん》は、クイーンを片手のひらににぎったとたんにはじまる。鳥に気をつけるがいい、なぜならおまえを裏切るから。そしてそこからは決して引き返せない。だが、娘たちが正義の鍵となる。正しい娘を見つけ、彼女を手放すな。すべての印《しるし》はおまえが殺されることを示している。

なぜ彼女がその箇所を実現したとみなしたのか、考えられる理由を書き加える。

乾いた骨＝最近発見されたエミリーの死体、鳥の裏切り＝エミリーの欺《あざむ》き、クイーン＝フォードのチェスの駒、正しい娘＝わたし、死体を送ったから

錠の問題が気になりはじめ、あの古いダイヤル錠のことを考える。以前通っていたジムのロッカーにあの手の錠がついていた。ジムの会員権のようなものに使うお金があり、エクササイズなどに妙に執着していたころのことだ。普通はまず右に回してから左に回し、また右

に進める。番号は時計回りに40個で、0と40は同位置にある。

予言を書き写したページを開かなかったら、パターンに気づかなかったかもしれない。

〝right〟という語が目に飛び込む。それも二度。そして数字の〝one〟。「でも左《left》はない」わたしはつぶやく。「そして one 以外の数字はなし」

頭のなかでさまざまな考えがぶつかり合い、わたしを結論へと押しやる。ようやくぴんときて、急いで階下に向かう。肩越しに振り返り、だれにもつけられていないことを確認しながら。

階段をおりている途中、オリヴァーが行く手をふさいでいるのに気づいて驚く。電話中ではない――ただそこに立って、わたしを見上げている。わたしはスピードを落とし、ひと足ごとに彼がいかにわたしより背が高くて力強いかを感じながら、彼に近づく。わたしは叫ぶ間も与えられずに、たちまち制圧されるだろう。その考えを押しのけ、無表情を心がける。

「失礼……通してもらえる?」わたしは言う。彼を警戒しているのをさとられまいとするが、自信はない。

「うまくいってる?」彼が静かに尋ねる。脇によけてくれないので不安になる。

「ええと、あの――」わたしは何を言えばいいかわからず、咳払いをする。

彼は身を寄せてさらに声を落とす。「無料で助言してあげよう」彼は言う。「いいやつぶったくそったれの刑事にだまされるな。やつがきみから不相応なほど情報を得ているのはすでにわかっている」

「なんですって？」意識の底を流れる恐怖が憤《いきどお》りに変わる。だが、すぐに彼のことばの裏にあるものに気づき、たちまち恐怖が戻ってくる。オリヴァーはわたしを監視していたのだ。クレインとの会話を把握しているということは、かなり近くで。

「アニー？」わたしの意識に呼び出されたように、クレイン刑事が廊下からわたしを呼ぶ。

オリヴァーはわたしににやりと笑いかけてからようやく脇にどく。

「大丈夫か？」通りすぎるわたしに刑事が訊くが、わたしは手で払いのけるようにしてファイルキャビネットに急ぐ。彼は心配そうについてくる。「どうしたんだ？　重要なことがわかったのか？」

わたしはオリヴァーの助言を無視し、クレインに話しながら考えることにする。心がざわざわして、向こう見ずな行動で身の危険を招くよりも、クレインと情報を共有して彼を味方にしておくほうがましだ。「みんながフランシス大叔母さんの話をまじめに取らなかったのはどうして？」

クレインは壁に書かれた予言に目を向けるが、わたしは手にしたペンでそのなかの語に下線を引く。

「すごくばかげたことよ。階上《うえ》で錠のことを考えていたの。左にいくつ、右にいくつというやつを。フランシス大叔母はこの予言をほんとうに信じていた。何を決めるにも頭のなかにあったのはこれだった」

ほどなく、必要な箇所すべてに下線が引かれる。

おまえの未来には乾いた骨がある。おまえのゆるやかな終焉は、クイーンを片手《one》のひらににぎったとたんにはじまる《right》。鳥に気をつけるがいい、なぜなら《for》おまえを裏切るから。そしてそこからは決して引き返せ《back》ない。だが、娘たちが正義の鍵となる。正しい娘《right one》を見つけ、彼女を手放すな。すべての印はおまえが殺されることを示している。

「one 以外に数字がなくてすごく頭にきたのよね」わたしは少し息を切らして言う。「でも、for と back に気づいて思った。これは〝左に4〟という意味じゃないかって。つまり、右に1、左に4、右に1」

「01－37－38」クレイン刑事が声に出しながらダイヤルを回す。古い錠の内部で歯車がカチリとかみ合う音がする。

わたしは勝利のため息をつく。「やった。フランシス大叔母がもっとも賢くて誠実な親戚だけに存在を知らせたかったものはなんなのか、見てみましょう」

引き出しはバールでたたかれた部分がゆがんでいるので、開けるのに少し力が必要だ。ついに開くと、困惑で額にしわが寄る。なかにはだれがエミリーを殺したかについての結論がはいっているのではないかと期待していた。せめて犯人の可能性がある人物についてヒントになるものが。だが、フランシス大叔母は書いていた――だれがわたしを殺そうとしているかうすうす感づいていたら、あらかじめ警察に通報していたでしょう、と。

中身を見て、引き出しを無理やりあけようとしたのはサクソンだとわかる。そこにあるのはフランシス大叔母のさらなる調査資料だ。正確に言うと、サクソンに泥を塗ることになる資料。彼はここに何がはいっているか知っていたにちがいない。

サクソンのファイルを取り出す。ほとんどが防犯カメラの画像だ。写っているのはサクソンだけではない――サクソンとマグダで、タイムスタンプは数カ月まえからフランシスの死の数日前までだ。

「これはなんなの？」わたしはファイルをクレイン刑事にわたして言う。

彼は写真をめくりながら数分ほど黙って見ている。そのあいだにわたしはまた引き出しに手を入れ、ほかにも何かはいっていないか調べる。ごく小さなカンバスが見つかる。美術界で初めて認められたころの母の作品のひとつだが、これまで売りに出されたものではないようだ。おそらく母が描いてフランシスに贈ったものだろう。フランシスが母のものを保管していたのを知って、涙が出そうになる。もしかしたら宝物だったのかもしれない。

クレイン刑事から画像を一枚取り返すが、彼は抵抗しない。「動物病院から盗まれた薬品……」彼は言う。

「なんですって？」

「ミユキの動物病院が泥棒にはいられて、馬用の薬品が盗まれたことはもう知っているだろう」

「ええ、でもこの写真とどういう関係があるの？」

「これにはサクソンがマグダに箱をわたしているところが写っている……」フランシス大叔母の字で書かれたメモのページをめくりながら、クレインの声が小さくなる。「フランシスのメモによると、サクソンは医療用医薬品を嗜好品として販売していたらしい。そして、マグダを使ってさまざまな場所に運んでいた」

マグダ。オウス医師の予約帳と、あの朝フランシス大叔母の予約がはいっていたことを思い出す。「ファイルのなかにドクター・オウスに関するものはある？」わたしは訊く。

情報をまとめたページをふたりで見ながら、クレインは黙り込む。あるものはタイプで打たれており、ほかの人から提供されたもののように見える。「ドクター・オウスはフランシスがサクソンの取引の真相を探る手助けをしていたようだ」

「これでサクソンが馬用の薬品を盗んだことが証明できるの？」わたしは訊く。

「動物病院にいる彼の写真はないが、マグダにわたしているのはアヘン剤（モルヒネやコデインなど）の箱だから、それだけで犯罪だ。たとえフランシスを殺した証拠にならなくてもね。この写真を撮った人物はすでにこの取引のことを知っていたようだ。フランシスのメモがある……彼女の情報が正しければ、これは犯罪の決定的証拠だ」

クレインはタイプ打ちの書類を見る。「これは地元の私立探偵が作成したものだ。レターヘッドに見覚えがある。知っている男だ。すべて確認が取れるだろう。彼は信頼できる。フランシスに雇われていたとしても驚かないよ」

「見て」わたしはあるページを彼にわたす。「亡くなった日にこのメモを書き加えてる。ほら、ここ」わたしは日付の下の書き込みを指さし、それを見て胸が締めつけられる。十代のころの筆跡にそっくりで、見るたびにフランシスを知っているような気分になる。彼女がすぐそばにいるような気分に。

「亡くなった日のフランシスのメモか」と言って、彼はすばやく目を通す。「彼女はドクター・オウスを訪れ、サクソンがマグダを使って彼女の診療所から医療用のアヘン剤を手に入れていることを知った。これについてはマグダがドクター・オウスに話したようだ。地元の診療所を通して医療品を注文してほしいとリトル・ディンバーの通信司令係にたのまれたと。マグダはそれらしい通信司令係からのEメールや在庫表まで偽造していた――見てごらん」彼は指さす。「フランシスはあの朝ドクター・オウスを訪れてそのコピーをとっている」

「どうしてドクター・オウスはすぐに通報しなかったの？　少なくともマグダのことを？」

「多分フランシスはすべてを話していなかったんだろう。正しい質問をして、帰ってから情報を判断したんだ。あるいは、ダブルチェックが必要だったとか？」

わたしはまたぴんとくる。最終的な結果が見えなくても、何かをやり遂げると達成感があるものだ。

「サクソンは早い時間のフェリーに乗っていたのよね？」わたしは言う。「フランシスが亡くなったとき、彼はキャッスルノールにいた。わたしはドクター・オウスの診療所でマグダを見た。わたしが発疹《ほっしん》の手当をしてもらっているとき、彼女がはいってきたの。でも……」

クレインは何も言わない。先をつづけてと促すような目でわたしを見るだけだ。その目はわたしを冷静にさせる。わたしは首を振って、顔の緊張を解く。筋《すじ》が通らない。わからないことが多すぎる。答えの出ていない疑問点リストを思い出す。ダイヤル錠の項目を線で消しながらも、花のことがまだ気になっている。あとはエミリーを殺した人物。ウォルトがわたしの第一容疑者だが、サクソンは十歳でも彼女を殺せただろうか？　ふたつの殺人にはつながりがある気がしたが、もしサクソンが薬物取引における彼の役割を知られてフランシスを殺したとするなら……フランシスが悪いうわさを深追いしたことが結局は命取りになったのかもしれない。

写真とメモはクレイン刑事にたくすことにする――そうするべきだろう。サクソンが違法なことをしているという証拠だから。

「急いでこれを署に届けるよ」彼は言う。「アニー、たのむから自分の部屋に行って、ドアに鍵をかけてくれ。すぐに戻ってくるつもりだが、無線で巡査をひとりここに呼んでおく」

「わかった」わたしは言う。彼はわたしに軽くうなずいてから出ていく。

自分の部屋に行ってドアを開け、なかにはいってすぐにまた鍵をかける。鍵を持ったまま向きを変え、部屋を見まわすと、胃がよじれる。どこにでも持っていくバックパックを忘れたのは致命的だった。鍵のかかった引き出しの暗証番号を早く試したくて、部屋に置いていってしまったのだ。

ここに着いてからほとんど手を触れていないノートパソコンが粉々に砕かれている。おそらくファイルキャビネットに打ち込まれたバールがここでも使われたのだろう。だが、何よりもわたしの胸を締めつけたのは、ノートがすべてずたずたにされていることだ。たった一度の判断ミスで、わたしの調査のすべてが失われ、台無しにされた。

ベッドサイドのキャビネットに鍵を置いて、紙切れのなかに膝をつく。愛らしいキノコのイラストつきの破れたノートの表紙のために泣くのは愚かなことだ。涙をこらえて深呼吸をし、絶望することはないと自分に言い聞かせる。実のところ、書き込んだことはすべて頭のなかにあるのだし、失ったのはただの紙だ。

そのとき、完全に理解する。わたしは狙われているのだと。フランシス大叔母を殺した人物は、その秘密を守るためならもうひとり殺すこともためらわないだろう。

動揺が最高潮に達したとき、部屋の反対側からドンと音がする。わたしは必死で武器を探す――レターオープナーでもヘアピンでもなんでもいい。ようやく万年筆を見つけ、キャップをはずしてとがったペン先を出す。こんなに怖がっていなければこのまぬけ加減に笑っているところだが、そうはせずにゆっくりとドアに向かってあとずさる。

取っ手に手をかけ、廊下に飛び出そうとするが、取っ手は回らない。部屋の奥のベッドサイドキャビネットを見て、心のなかで悪態をつく。ドアの鍵はそこにあり、その隣のクロゼットからまたドンという音が聞こえる。

この部屋のなかにだれかがいる。わたしは不審者といっしょに自分も閉じ込めてしまったのだ。

第30章

だれにも聞こえないのはわかっているが、わたしはいつまでも叫びつづける。オリヴァーには聞こえるかもしれないが、わたしの身が危ないからといって、彼が助けようとするだろうか？

「いい加減にしてくれ！」サクソンがクロゼットから出てきてわたしに怒鳴る。それでもわたしがやめないと、近づいてきて手でわたしの口をふさぐ。万年筆は軽くはたき落とされ、たちまちわたしは制圧される。彼はわたしの口をふさいだまま、腕をまわしてわたしの両手の動きを封じる。押さえつける彼の手から逃れようと力一杯もがくが、彼は細身のわりに驚くほど力が強い。

サクソンは冷静にわたしを押さえつけ、もがくのをやめるまで待つ。彼が暴力をふるおうとしているのでないとわかると、ようやくわたしは抵抗をやめるが、必要になったらいつでも自己防衛できるように、頭のなかで動きをおさらいする。いちばんの驚きは、彼が静かにクロゼットのなかで待っていたことだ。そして、クレイン刑事がたのんだ巡査が到着してわたしのドアをたたくまで、どれくらいかかるだろうと考える。そのころわたしは死んでいるだろうか？

「アナベル」サクソンは冷静に言う。「きみに危害を加えるつもりはない。驚かせてしまったが、わざとではないんだ。信じてくれ」彼はわたしの口から手を離すが、両腕は押さえつけたままでいる。「手を放したら、話を聞いてくれるか？　落ち着いて、暴れたりせずに」

わたしはうなずく。わたしに言えることはあまりないし、声が出るとも思えない。

「よかった」と言って、彼はわたしを放す。わたしはすぐにドアに背中をつけるが、鍵がないので依然として無力だ。「ところで、これは私がやったんじゃない」彼はノートの残骸《ざんがい》を指して言う。

「図書室は？」わたしは訊く。かすかに砂利を踏む音が聞こえて、さっと窓に目を向ける。例の巡査だろうか？　それともオリヴァー？　また悲鳴をあげようかと考えるが、代わりに震える息を吸い込む。サクソンがわたしに危害を加えるつもりなら、もうやっているはずだ。

「いったいどうしてわたしのクロゼットに隠れていたの？」

「図書室を荒らしたのも私ではない」と言って、彼はやや落ち着きのない笑みを浮かべる。「クロゼットのなかにいたのは、昔そこにしまっておいたものを探していたからだ。きみが階段をのぼってくる足音が聞こえたから、クロゼットのなかに隠れた。きみはそのうち部屋から出ていくかもしれないから、そうしたら退散するつもりだった」

「何を探していたの？」わたしは訊く。集中するものが必要だ、頭のなかがまだどくどく脈打っていることから気をそらすために。

彼は手を振る。「たいしたものじゃない。後学のために教えるが、このクロゼットは二重底になっている。殺人の考察のための資料をしまっておくにはいい場所だ」彼はずたずたの紙の切れ端を拾う。わたしの几帳面な筆記体で〝毒〟と〝サクソン〟と書かれた部分が見え、彼はそれをひらひらと床に落とす。

「それならだれが図書室を荒らしたの？」わたしは訊く。そして身震いする。まだサクソンの不気味な登場に心を乱されているのだ。だが、彼らしいとも言える――フランシス大叔母が日記に書いていたことが思い出される。ふと見ると、彼があの木の下に立って彼女とジョンを見ていたと。

「おそらくゴードン家のやつだろう」

「どっち？　ウォルト、それともオリヴァー？」

「どちらでも。あるいは両方。たいしてちがいはない。残念ながらわれわれはふたりとも困った状態に追い込まれたわけだから、協力する以外に道はないと思う」サクソンは明るい声を保ちながら言う。

「困った状態に追い込まれたってどういうこと？　わたしはひとりでもうまくやっていたんだけど」わたしは言い返す。

「フランシスの日記を読んでいるからか？　あれはいい読み物だ。私も目を通したよ、何年もまえにたまたま見つけて、当時の出来事を彼女がどれくらい覚えているか確認するためにね。きみは忘れているようだね、私があそこにいたことを」

「どこにいたっていうの？　チェルシーの家？　エミリーが死んだときに？」

「いいや、フォード叔父と私がそこに着いたときには、家にはだれもいなかった。だれがエミリーを殺したのかはわからない。知っていたら、何年もまえにそう言っているよ。それに、正直エミリーはいつか姿を現すだろうと思っていた。スイス・アルプスのスキーリゾートかどこかで働いているんじゃないかとね」

彼は何も言わず、しばらくあれこれ考えをめぐらせている。

「何が望みなの、サクソン？」わたしは疲れた声で訊く。「相手がわたしじゃなかったら、クロゼットから出てきただけで燭台《しょくだい》で殴られていたところよ」ベッドサイドキャビネットを見ると、そこにはいかにも重そうな真鍮《しんちゅう》の燭台がある。武器を必要としていたとき、どうしてあれをつかまなかったのだろう？　ジェニーとあれだけ〈クルード〉（犯人を推理して遊ぶボードゲーム）をやってきたのに何も学ばなかったの？

「でもきみは他の人とはちがう」彼は言う。今では歯を見せて微笑んでいる。「だから、われわれが協力すればそれほど困ったことにはならないと思う」

「あなたがフランシス大叔母を殺したの？」わたしは訊く。うそをついている印《しるし》を求めてじっと彼を見る。彼はこちらを見つめ返すだけだ。

「いいや」ようやく彼は言う。「私ではない」

「でも、動物病院から医薬品を盗んだのよね、売るために？」

サクソンは何も言わない。指の爪をじっと見ているだけだ。

「医薬品は今どこにあるの、サクソン？」

「私と組むのか組まないのか？」

「組む理由がないわ。わたしが協力関係を結びたくなるような、どんな情報を持っているっていうの？」

「すべてはゴードン家に戻ってくるんだよ」サクソンは長いあいだわたしを見つめたあと、片方の眉《まゆ》を上げる。

「どういう意味？」

「最終的にこの競争の勝敗を判定するのはウォルトだ――妙だと思わないか？　彼は遺言執行人でもある。ずっと変わらずフランシスのごく親しい友人でありつづけ、エミリー・スパロウや、チェスの駒や、乾いた骨や、そういったくだらないことのすべてをずっと聞かされつづけてきた人たちのひとりだ」

「彼女にとってはくだらないことじゃなかった」わたしは言う。

「きみの頭のなかの彼女にとってはね！」と言って彼は笑う。「それでいいんだよ。われわれのどちらかは、彼女の本心を暴かなければならない。ウォルトがこのお膳立てをした。彼は舞台監督なんだ」

「どういうこと？」

「私は十一時のフェリーに乗っていないが、ウォルトには言えなかった。フランシスが死んだとき、私は銀行にいたんだ。フランシスの口座があるのと同じキャッスルノールの銀行に。そこには子どものころに設定した私の信託基金があって、私は委託者の名義をフランシスのままにしていた。あの日、残高明細のプリントアウトをたのんだところ、行員がうっかり最近のフランシスの口座の明細も印刷してしまった。彼女の弁護士費用を見て、おもしろいことがわかった」

「フランシスはウォルトに過払いしているっていうの？」

「ほかにもあるがね。私は何も言わずにプリントアウトを受け取った。そこにエルヴァから電話があってフランシスのことを聞き、時間を稼ぐ必要があったので、フェリーで向かっているところだとうそをついた」

「どうして彼に過払いしていたの？」

「わからないが、彼女はそれに気づいていなかったのではないかと思う。ウォルトは彼女から金をだまし取っていたんだろう」

「どうして気づかなかったのかしら？　それ以外はどんなことにも気づいていたのに……」

「会計士のせいだ。フランシスは法律事務所と同じ会計士を使っている。経営者はふたりの古い友人で、その人物もウォルトと同じようにまだ引退したくないらしい。とうに引退する年齢をすぎているんだがね。興味を惹かれないか？　七十五歳でまだ現役なんて。たしかに近頃景気はよくないが、このふたりはだれにもまかせたくない顧客が何人かいるらしい」

「その会計士というのはだれなの？」

「われわれの古い友人、テディ・クレイン」

「刑事さんのおじいさん？」

「そのとおり。この情報を利用して、刑事から例の写真を取り戻すつもりだ」

「ウォルトがフランシスを殺したと思ってるのね」わたしはゆっくりと言う。わたしが考えたことと合致するが、完全にではない。わたしはオリヴァーが実行犯だと思っている。ウォルトは共犯だ。ウォルトがエミリーを殺したとフランシスに知られたので殺したのだ。

サクソンは顔を引きつらせてうなずく。

「でも、ウォルトはどうやって薬品を手に入れたの？」

「それがパズルの最後のピースだろう？　相続財産は折半しよう。そうしてくれれば教える」

「どうしてわたしが必要なの？」わたしは訊く。ついに彼はやましそうに姿勢を変える。わたしの目を避けて窓の外を眺める。「ああ」わたしは言う。「医薬品ビジネスをやめなくちゃならなくなるからね」

「きみが手を貸してくれればその必要はない」彼はそう言って、またわたしの目を見る。

「あなたの犯罪行為をかばうつもりはないわ！」

「その必要はない。私はくされ取引とは関係ないからな！　マグダがひとりでやっていることだ。だが、彼女が医師からだまし取れるように、偽の処方箋《しょほうせん》を書くのはやめなければならない。私とマグダがいっしょに写っているあの写真――私が彼女に必要のない薬を都合しているのはあれを見れば明らかだが、取引に関して私はそれらしく否認することができる。医師免許は失うことになるが、人生は終わりというわけじゃない」

「オリヴァーはどうなるの？　ウォルトがフランシス大叔母を殺したなら、彼は共犯者ってこと？」サクソンがオリヴァーを疑っているのかどうか知りたい。

「いいや」サクソンは冷静な声のまま部屋のなかを行ったり来たりする。「だが、私はオリヴァーをまったく信用していない。それは全員に言えることだ――きみをのぞいて全員にね。われわれはみんな何かしら罪を犯している」

「今知りたいのは、そのなかのだれが殺人の罪を犯しているかよ」

「それはもう教えただろう」サクソンは肩をすくめる。

「あなたはウォルトを疑っていると言ったけど、どうやったと思ってるのか知りたいわね」わたしは言う。

「それなら遺産を私と分けるか？　これはいい手だぞ、アニー。叔父にはチェスに関してお気に入りの格言があった」

「〝計画なしにプレイしてもいいが、おそらく負ける〟」わたしはなかばひとり言のように言う。

叔父の格言が正しく引用されるのを聞いて驚いているのだとしても、サクソンはそれを見せない。「きみの調査はこれまでのところどんな具合かな？　それともただじたばたして、フランシスの十代のころの冒険に夢中になっているだけなのか？」

わたしはサクソンを長いこと見つめる。ここは彼の家だったし、彼は叔父の近くにいた。彼の立場からすると、すべてをわたしが相続するのは考えられないことにちがいない。一度も来たことがない地所を、亡くなって初めて知ることになった大叔母からもらい受けるのだから。

「フランシスが遺言に実刑判決に関する文言を入れたのには理由がある」サクソンは言う。「彼女は私に自分の犯罪行為についてじっくりと考えさせたかったんだと思う。無能な弁護士ときびしい判事にあたれば、私は刑務所にはいることになるかもしれない。そうさせるつもりはないが、はいったとしても、長くはないだろう」

「でも、相続財産は手にはいらないわね。わたしがあなたとの山分けに同意しないと」わたしは言う。

「私は悪い人間じゃないよ、アニー」サクソンは返す。

わたしは長々と息を吐きながら考える。「取引するわ、サクソン。あなたと遺産を分けることを考えてもいいけど、ここですべてのカードを持っているのはわたしだということを知っておいてね。あなたはわたしも失敗すると思わせようとしてるけど、わたしは失敗しないから。だから知っていることを話して、オリヴァーと刑事さんに勝つのに力を貸して。そして最後にわたしが寛大な気分になるよう期待することね」

少し不機嫌そうにサクソンはうなずいた。「いいだろう。ウォルトは薬品に近づくことができた。マグダのキャッスルノールの客のひとりだからだ。村でマグダから何か買いたければ、彼女に電話すれば、救急車でやってきて〝世話〟してくれる」

「ああ、そんなひどいことが」わたしは言う。怒りの目つきで彼をにらみ、この件を牛耳る彼の役割をどう思っているかを見せつける。だが、昨日クレイン刑事とわたしが〈死んだ魔女〉亭で偶然ウォルトに会ったとき、彼がなんらかの薬を飲んでいたのを思い出す。

少なくともサクソンには恥じているふりをするだけの良識がある。「事実を伝えているだけだ」

「でも、その論理によると、マグダの〝客〟はだれでも彼女が蓄えているものに近づけることになるわね」

「たしかにそうだが、私が関わっているから、キャッスルノールのほかの顧客についてはわかっているし、そのなかにフランシスを殺す理由のある者はいない」

「それなら、証明するには何をすればいいの？」

「そこでわれわれのチームプレイの見せどころとなるわけだ」サクソンはまた微笑んでいる。

「ふたりで協力しよう。そして勝つんだ」

第31章

頭をはっきりさせるために庭を散歩しようと決める。出るまえに、ローズがくれたアルバムをつかむ。幸い、アルバムは部屋を荒らした人物にも損なわれずにすんでいる。図書室の大きなデスクに寄って、引き出しのひとつからペンと何も書かれていない紙を見つけ出す。クレインに送り込まれた巡査が厨房でベスと話をしているので、引き返して納戸から外に出ることにする。納戸に足を踏み入れると少し体が震える。今後もここを気味が悪いと感じなくなることはないだろう。

ジェニーは二回目の呼び出し音で電話に出る。「アニー、待ちくたびれたわよ！　電話してくれないと、あの殺人屋敷で何か恐ろしいことがあったんじゃないかって心配になるじゃない」

「実は、わたしはもうひとつの殺人屋敷で育ったってことがわかったの。だから立ち直りが早いのかも」

「全部話して。何も抜かさずによ。全部メモして、いっしょに謎解きするから」

「どうして？　犯罪者だらけの村で、広大な不動産でも狙ってるの？」

「ううん、いっしょに愉《たの》しみたいだけ。『ブリティッシュ・ベイクオフ』を見たあと、お菓子作りに挑戦したくなるのと同じよ、それの殺人版。それに、わたしだって役に立つかもしれないでしょ！」

「ジェニー、『ベイクオフ』の挑戦にはいつも失敗してるじゃない。あのマドレーヌを忘れたの？」

「あれはうちのオーブンのせい。こっちのほうがはるかにわたしに合ってると思う。だから話して」

塀で囲まれた薔薇《ばら》園のなかに石のベンチを見つける。今回は四角く剪定《せんてい》された生垣のまわりに白っぽい砂利道が模様を作っているのに気づく。中央には凝《こ》った装飾が施された蓮池《はすいけ》があり、地味な噴水からちょろちょろと水が流れ出ている。最初にここに来たときは、そういうものにまったく気づかなかったが、あのときはスパイ活動に集中していたのだから無理もない。ジェニーに報告しながら、新しい紙に書き出していく。すぐに紙がいっぱいになる――記憶から呼び起こした答えの出ていない疑問点を書き、ノートに写した殺人ボードの内容ももう一度書く。ペンが止まるのは、ローズのアルバムから写真を引き出して添付するときだけだ。

「サクソンって昔のアニメに出てくるいんちきセールスマンみたいね」ジェニーが言う。「彼の話にあったプリントアウトは見せてもらった？　フランシスがウォルトに過払いしてたことを証明できるっていう？　真っ赤なうそかもしれないわよ」

「まだだけど、見せてもらうつもり。でも、ウォルトがまだあの法律事務所で働いているのはたしかに変よね。昔の友人がまだ会計士をしてるのも」

「悔しいけど、いい点をついてる」ジェニーが言う。「それに両者には重大な共通点がある――エミリーが失踪した夏、ふたりともエミリー、ローズ、フランシスと仲がよかった。しかも、今現在フランシスのために働いている。ごめん、働いていた」

「ひとつわからないのは、あの花はなんなのかってこと。ドクニンジンのアレンジメントよ」わたしは言う。「あれがどう関係しているのか、いくら考えてもわからないのよね」

「関係ないのかもよ」ジェニーが率直に言う。「ただの偶然かも」

「うん、そうかもね」わたしは言う。脳に霧《きり》がかかりはじめ、堂々めぐりをしているような気がする。「どちらの殺人の容疑者としても最右翼はウォルトで、オリヴァーはフランシス大叔母殺しの共犯者だと思う。でも、あんたの意見を聞きたい。わたしは事件に近すぎて細かいところまでちゃんと見えてないのかもしれないから」

「テレビの警察ドラマみたいなものよ」ジェニーは感情を交えずに言う。「単純な説明がたいてい正しいの。つまり、人はなぜ殺すのか？」

「ええと、欲？」わたしは言う。

「それもひとつの理由ね……」ジェニーは教師の声でつづける。数学の引っ掛け問題で、わたしが自力で答えを導き出せるまで力を貸そうとしているように。

ジェニーに見えないのはわかっているが、わたしはあきれてぐるりと目をまわす。「ググったでしょ？　シリアルキラーとか残虐な主婦たちとかに特化したサイトを見て――」

「だったら何？　だってすごくおもしろいじゃない！　シリアルキラーは範疇外《はんちゆうがい》ね。彼らが殺すのは社会病質者だからよ。あんたが相手にしてる人物はちがうと思う。でなきゃハエみたいにバタバタ人が死んでるはずだもの。とにかく、もっとも一般的な殺人の動機は欲、復讐、愛、自衛。このサイトによると……何これ。ウイルスに感染したみたい」

「まあ、あんたの病的なサイトは信用しないけど、いいわ」わたしは言う。「試しにその四つの項目を書いてみるわよ。そして、フランシス大叔母殺害事件の容疑者たちをその四つのどれかに分類し、殺人の凶器を入手できた人に印《しるし》をつける」ジェニーと話すと頭が整理できるのがいい――彼女はいつもわたしの奇妙なプロットのアイディアについて相談に乗ってくれるし、行きすぎだと思ったら遠慮なく言ってくれる。そして、その会話のあとは、いつもまったく新しいものの見方ができるようになるのだ。

「凶器っていうのはこの事件の場合……なんだっけ？　馬用の鎮静剤？」

「おしい。馬用の鉄剤の注射。ほかの医薬品といっしょに動物病院から盗まれたもの。オーケー、最初の項目を埋めるわよ。まずは欲」わたしは動機を分類するアイディアが気に入る――最初からそうすればよかった。

「うーん、おもしろい、いっしょにゲームをしてるみたい。待って、わたしも動機の下に容疑者を書いていくからあとで比べっこしよう」

「あんた、ボードゲームのデザインをするべきよ」わたしは淡々という。

「もう、冗談やめてよ。でもこれはおもしろくなりそう！　〈クルード〉みたいだけど、友だちが競争に勝って遺産を相続できるように、占い師の予言の謎を解かなきゃいけないの。ところが、みんな罪深い秘密を抱えていて――」

「ジェニー」

「はいはい。わかった。欲の欄《らん》は書いたわよ。そっちはだれを書いた?」

「サクソン、エルヴァ、ウォルト、オリヴァー」抜けている人はいないかと考えながら、わたしはゆっくりと読み上げる。

「こっちも同じ。でもわたしはさっき聞いた会計士も入れた」

「テディ・クレインか。うん、そうだね、彼も入れよう。つぎの動機。復讐」わたしは言う。

「これは厳密に言うとキャッスルノールの住民すべてが当てはまる。フランシスが地所を売るつもりでいたことや、みんなの秘密を集めていたことを村の人たちが知っていたんだとしたらね。でも、地道に考えてみましょう。なんのために人のゴシップを集めるのか。それを広めてその人の人生を台無しにするため。あるいは脅迫するため。でもフランシスは恐喝者ではなかったのよね?」ジェニーが尋ねる。

「クレイン家とはちょっと問題があったみたい。でも、刑事さんにそのことを話したら、フランシスが誤解していただけで、すべて解決していたことがわかった」

「ほんとに? セクシーな刑事さんに殺人の容疑をかけたくはないけど、彼にも可能性はあるんでしょ?」

「しばらくはあやしいと思ってたけど、容疑は晴れた。それと、フランシスが興味を持っていたレジー・クレインだけど、彼は気にしなくていいと思う。彼女はただ秘密を集めてこの家にしまい込み、知ったことについては口をつぐんでいたみたい。彼女は理論的な人だった。秘密を隠しておくことが、大勢の敵を作らずにすむ最良の方法だったのよ」

「なるほど」ジェーンはゆっくりと言う。またサイトを読んでいるのだろう。「じゃあ復讐の欄ね。復讐は忘れたころにするのがいいっていうけど……」

「サイトにそう書いてあるの？」

ジェニーは鼻を鳴らして言う。「あんたには〝皮肉屋さん《リトル・ミス・サードニック》〟って書いてある特製Tシャツを買ってあげたから」

「完璧、あんたの新しいボードゲームをするとき着るわ」

「とーにーかーくー」彼女は母音を引き伸ばしながら言う。「脱・線・しないで。フランシスが復讐のために殺されたんだとしたら、彼女が最近したことへの報復だったんだと思う」

「ジョンとか？　わたしは彼を〝愛〟の項目に書いたけど、それだと今さらって感じよね」わたしは言う。

「そうとはかぎらないわよ」ジェニーが反論する。「焼けぼっくいに火なんてよくあることだし。それに彼は今牧師なんでしょ？　薔薇の針のこともあるし……なんだかすごく情熱的な感じがしてきた。彼女は教会のためにフラワーアレンジメントをしていたのよね？」

「最初の日にウォルトにそう聞いた……ワオ、思いつかなかった。気づくべきだったのに、昔の恋愛がこじれるのはミステリの古典的展開だもの。実際、わたしの最新小説のモチーフがそれだし」わたしはちょっとおどおどしながら言う。わたしのプロットはあまりにも予想がつきやすかったということだろう。

「おそらく彼女に誘惑されたあと怒りにかられたのかもしれない。そして、心に罪が重くのしかかっていた……」ジェニーは言う。声がわずかに震えているのはくすくす笑いをこらえているからだ。

「ジョンはまたフランシスに拒絶されたのかもしれない。これだけの時間がたったあとで。でも、それだと殺人の凶器が問題になる」

ふたりともしばらく黙り込み、やがてジェニーが高い声で言う。「じゃあつぎね。あんたが復讐の欄に書いたのはだれ？　わたしはエルヴァだと思う」

「いいところをついてるかも。エルヴァはふたつの項目で当てはまると思う。欲と復讐」わたしは言う。「夫を相続人からはずされた怒りからフランシスを殺したのかもしれない」

「そうね、でもサクソンはまえからそのことを知ってたんでしょ？」ジェニーが訊く。「なんで今殺すの？」

「そうか。フォイル家のことも考えなくちゃいけないかも、ベスとアーチー。フランシスはアーチーがマリファナ栽培の事業をしていることを最近知って、そのビジネスをやめないと農場から追い出すと脅《おど》した。アーチーはがんこなタイプみたいだし、ベスはミユキの馬用医薬品を容易に入手できた。動物病院が施錠されていないことも知っていた。唯一の問題は、フランシスが持っていたサクソンとマグダの写真ね。薬物の窃盗に関わっていたことを示す写真」

「でも、みんなはマグダから薬物を買っていただけなんでしょ？」ジェニーが訊く。「待って、マグダはだれがフランシスを殺したか知っていると思う？」

「たしかに彼女も容疑者よ。クレイン刑事も今ではそう思ってるはず」わたしはそう言ってから心のなかでうめく。「彼はすべての調査ファイルを見てるから。でも、サクソンによると、ウォルトもマグダの常連客だったらしいの。つまり、彼も何か別のものを買いにいったときに、彼女から鉄剤を盗むことができた」

「ありうるわね」彼女は言う。「そうでなければ、マグダが殺人者で、フランシスが自分の情報を持っていることを知って、黙らせるためにやった」

「ちょっと思ったんだけど」わたしは言う。「エルヴァの名前が容疑者として出たとき、『なんで今殺すの？』と言ったわよね。エミリーの死体がフランシスの地所に送られてきたからよ」

「うん、いいときに送ったよね、アニー」

「死体がはいってるなんて知らなかったのよ！　でも、皮肉なものよね。その死体がきっかけだったのよ。それでフランシスにはエミリー殺しの犯人がわかったんだと思う」

「うん、それがつながりだね」ジェニーが言う。「つぎは自衛の欄」

「やっぱりウォルト・ゴードンかな。ふたつの殺人に関わっているのは彼だけよ。彼がエミリーを殺したとするでしょ、フランシスはそれを知って動揺したにちがいないわ。それで、すぐに警察に通報せずに彼と話そうとした。何度かやりとりがあって、あの会合の日にウォルトはぴんときた。あの会合でフランシスは秘密を暴露するつもりかもしれない——彼女は一同を部屋に集めて、これだけの年月を経た今ようやく、だれがエミリーを殺したのかを証明するつもりだったのよ。アガサ・クリスティ風に」

「そしてウォルトは電話を受けたふりをして、会合の場所を移した。彼女がすでに死んでいるのを知っていたから。追及を逃れるために、自分が村にいるときに彼女が電話してきたと言った。うわ、さえてるじゃん、アニー」

「サクソンが正しかったと思うとちょっとむかつくけど」わたしはそう言って唇《くちびる》をかむ。「たしかにそれだとすべてはまるのよね。でも、サクソンが純粋にわたしと協力して謎を解明したいと思っているとは信じたくないな。フランシス大叔母の図書室を荒らしてないと言ったのは絶対うそだし、彼には何かわたしが見落としていることがあると思う」わたしはため息をつく。「それに今、ウォルトについてひとつ大きな問題がある」

ジェニーは二秒ほどしてからようやく言う。「彼がやったことを証明しなくちゃならない」

「そのとおり。証明するのはむずかしいわ。ウォルトについては別のことを疑ってるから。彼は名人からゲームの仕方を学んだ」わたしは立ち上がって石のベンチをあとにすると、脚のストレッチをしながら行ったり来たりする。

「名人ってだれ？　フォード？」

「フランシスよ」

第32章

「わかったわ、サクソン」わたしは言う。「あなたが温めているのはどんな計画？」

わたしたちがいるのは〈死んだ魔女〉亭の薄暗い一角で、わたしは一パイントのＩＰＡビールを飲み、サクソンはメニューのなかでいちばん高いシングルモルトだけど、とくに高級というわけでもないウィスキーをツーフィンガーぶん注文している。パブのまえにはフランシス大叔母のロールス・ロイスが停まっているので、アーチーは先ほどわたしをホテルでおろしたあと、パブに寄ることにしたのだろう。到着したとき、サクソンはロールス・ロイスの隣に自分のスポーツカーを停め、疑わしげな目で古い車を見た。わたしはできるかぎり謎めいた笑みを向けるにとどめた。

わたしたちがパブにはいっていくと、アーチーは仲間に加わろうとしたが、サクソンはうっとうしいテリアであるかのように彼を追い払った。わたしはアーチーが肩をすくめて退散するのを見ていたが、傷ついた彼の気持ちをなだめる時間はなかった。

わたしは髪を二本の長い編み込みにし、これも目抜き通りのオックスファムの店で買った足首まである淡いブルーの花柄《はながら》ワンピースに、着古された黒いレザージャケットを合わせている。サクソンはわたしの向かいに座って片方の足首を反対側の膝《ひざ》に置き、オーダーメイドらしいズボンの裾《すそ》からアーガイルのソックスをのぞかせている。驚いたことに、そうするとだれかの祖父のような親しみを感じさせる。

わたしたちの同盟関係は不安定で、わたしはまだ完全には彼を信じていない。ウォルトがフランシス大叔母を殺したとこれまで以上に確信しているが、サクソンはまちがいなくまだ容疑者の可能性がある。彼がクロゼットから出てきたときのことを思い出すとぞっとするので、心の片隅にとどめておく。彼がどんなゲームをしているにしろ、わたしは彼のボードの駒ではない。まだ彼の対戦相手なのだ。

「囮《おとり》になるのはどんな気分だい？」彼が訊く。わざと質問しているらしくにやにやしている。

「いい気分じゃないわね」わたしは無表情に彼を見て答える。「あなたが囮になれば？　でも、いっしょにウォルトを陥《おとしい》れる計画とこれとどういう関係があるの？」

「すぐに説明する。だが、殺人の凶器は医薬品だということを忘れるな。それと、生憎《あいにく》だが私は囮にはならない。まずはマグダを引き込む計画だからだ」

「うそ。だめよ」

「まず、彼女が入手した医薬品をまだ持っているかどうかたしかめる必要がある。わたしたちのどちらかが彼女から容器を盗めればもっといい。残り物を入れる保存容器のような、ふたつきのプラスティックの箱だ。密閉されているが透明だからなかが見える」

「単に救急車を襲うわけにはいかないの？」

彼は冷めた目でわたしを見て、沈黙を長引かせる。

ようやくわたしは言う。「つまり、わたしの仕事はマグダの顧客用の番号に電話して、彼女が救急車で現れたら……クスリだかなんだかのために乗り込むわけ？　わたしがこの手のことにもっとも向かない人間だってわかってるわよね。血を見ると気が遠くなるし、病院に行くとパニックになるし、医療関係者が使う消毒液のにおいでさえだめなんだから」

「不安を抑えるために少しケタミンが必要だな。マグダなら信じるだろう、札束をちらつかせればとくに」

「持ってないけど」

「私が都合しよう」

不安が高まる。医薬品の箱を手に入れても、わたしたちが最終的にフランシス大叔母殺害事件を解明する助けにはならないし、サクソンの論理はあまりにもこじつけっぽくて、すべての鍵になるとは思えない。彼はまちがいなくわたしをもてあそんでいる。わたしをはめようとしている。これがどれほど明白なことかわからないのだろうか。

非難することもできたが、彼がこのことから何を得たいのかもっと知りたい。相続権を勝ち取れるよう、わたしを競争から追い落としたいのだろうか？　実刑判決を受けさせて、わたしを失格にさせたいとか？　それとももっとひどいこと――フランシス大叔母殺害への彼自身の関与を見抜かれないように、薬物でわたしを無力化させようというのだろうか？

「救急車のなかに座って顧客のふりをしながら、わたしはどうやってその医薬品の箱を手に入れるわけ？」わたしは訊く。

「古典的な目くらましだよ。マグダは医薬品のことでつかまりたくないからぴりぴりしているだろう。だから私が警察に密告する」

これがいかに見え見えの作戦かわからないのだろうか。わたしは彼がどんな言い訳を用意しているか試すことにする。「へえ、すごい、じゃあわたしたちは必要な証拠が得られないばかりか、わたしは薬物常用者のように見られてしまうわけね。すばらしい計画だわ、サクソン」

「きみは救急車が二台あることを忘れている。マグダは警察無線を聞いているだろうが、いつも音を小さくしている。だから、彼女が運転席に乗り込んで無線のボリュームをあげるときに、隙を見て医薬品の箱を手に入れるのがこの計画の肝《きも》だ。私は警察に通報するとき、彼女が自分のビジネスのことだとわかるような用語をいくつか使う。警察無線からそれが流れてくれば、突然彼女は無線に注意せざるをえなくなる。だが、私はもう一台の救急車に証拠があると説明し、箱を持って走ってくるきみを車のなかで待つ」

「わかった」わたしは膝の上で両手を組んで、サクソンをじっと観察する。「この役割をこなせば、求めるものが手にはいるのね。で、実際にフランシス大叔母に鉄剤を注射したのがウォルトだとどうやって証明するの？」

サクソンは椅子の背にもたれ、片方の腕を椅子の脇にだらりとかけて、グラスのなかの琥《こ》珀《はく》色の液体を揺らす。その顔は慎重に何かを考えている。だが、彼が計画の残りの部分を披露すると、わたしの心臓は不安でどきどきしはじめ、どきどきはすぐにハンマーで打つ音に変わる。

「ウォルトはそこそこ几帳面だが、痕跡を消すのは下手だ。銀行の記録はその一例だよ。手袋をつけずに箱に触れたのはまちがいない」

「じゃあ、箱の指紋だけで充分だと思うの?」充分ではないだろう、とわたしは思う。「だって、マグダの指紋もつくわけでしょ」それに、箱には実際に使われた注射器がはいっているわけではない――フランシス大叔母に注射したあとその注射器を箱に戻したりしないだろう。おそらく殺人の凶器はとっくに消えている。雨水管に捨てられたか、ふたつ先の町のゴミ缶のなかに埋もれて。フランシス大叔母が殺されてから二日がたっているのだ。今ごろはゴミ廃棄場に到達していてもおかしくない。

「でも、ウォルトとちがってマグダにはフランシスを殺す動機がない」サクソンは言う。

「プリントアウトを見せて」わたしは言う。「ウォルトがフランシス大叔母からお金を余分に受け取っていたという、あなたが言ってた銀行の記録を」

サクソンは肩をすくめるが、椅子のかたわらの床から革製のブリーフケースを取り上げる。しばらく書類をめくったあと、たしかにフランシス大叔母の口座の取引明細のように見えるA4の紙を数枚差し出す。〈ゴードン、オーウェンズ、マトロック有限責任会社〉の名前が何度か出てきて、毎回五百ポンドが振り込まれている。興味深いことに、支払いはわたしがエミリーの死体がはいったトランクを送ったころからはじまっている。

「もういいだろう」サクソンはわたしをじっと見ながら言う。

わたしは横目で彼を見るが、携帯電話を取り出してすべてのページを写真に撮る。「どうしてウォルトがお金をだまし取ってるってわかったの？　弁護士費用って高いんでしょ。これが彼の通常料金かもしれないじゃない」

「それはない。電話してあそこの秘書に訊いたんだ。私自身の遺言の検認をたのみたいというふりをしてね。潜在顧客としてほかの依頼項目についても訊いたところ、彼女はあらゆる料金のリストを送ってくれた」

わたしはもう一度書類を見る。フランシス大叔母の財産からすれば大金ではないが、塵《ちり》も積もれば山となる。たとえどうあれ、ウォルトがフランシス大叔母に過剰請求していたのなら、それはやはり窃盗だ。「それで、検認の費用はいくらなの？」

「全部込みで三百ポンド。ほかの項目は一時間百ポンドで、定額料金のものもあるが、一回五百ポンドの料金が何回も請求されているんだぞ？　なかなか一貫性のある数字だと思わないか？」

そのとおりだが、まだ何かおかしい気がする。ウォルトとフランシス大叔母はかなり近しい間柄だ。彼がお金を必要としているのに彼女に拒否されたからといって、窃盗までするだろうか？　そこにはまだ何か事情があるのかもしれないが、それがなんなのかわからない。

いちばん気になるのは、お金をだまし取っていることに気づかれたのだとして、それがウォルトにとってフランシス大叔母を殺すほどのことか？ということだ。

彼に暴力的な過去があることをわたしは知っている。エミリーを殴り、怒りにまかせてロンドンに車を走らせ、チェルシーにいるエミリーと対決しようとしたことも。ウォルトがフランシス大叔母の死を望んだとするなら、お金のためではないだろう。彼がエミリーを殺したことを、彼女が知ったからかもしれない。古い悪魔たちが押し寄せてきたのかもしれない。長いあいだ彼が隠しつづけてきたものが。

だが、殺人の方法は……あれは入念に計画されたものだった、まちがいなく。わたしはサクソンを見る。彼は盗んだ医薬品をマグダにわたしているところを防犯カメラに撮られている。彼は叔父からゲームの仕方を学んだ。わたしには入念な計画者に思える。

彼には医療の知識、動機、犯行手段がある。フランシス大叔母が死んだとき、ウォルトの事務所にいなかったひとりでもある。

ようやく彼に書類を返す。彼があやしいと思っていることを知られたくはないが、わたしには選択肢がふたつある。このまま計画に参加し、それによってもっと証拠が集まることを願うか、丁重に断ってグレイヴズダウン・ホールに帰り、そこで彼がやったことを証明できるだけの証拠を探すか。後者のほうが安全だが、前者はサクソンに自白させる立場に立てる。

計画なしにプレイしてもいいが、おそらく負ける。自分の計画を立てよう。そして、サクソンのゲームで彼を負かすのだ。

「あの――」と話しはじめ、不安にかられて、正しいことばが浮かばないかのように窓を見る。「ウォルトのやったことを暴くほうが危険は少ないんじゃない？　まずはこの書類から詐欺の痕跡をたどるというのは？　このプリントアウトをクレイン刑事に見せたらどうかしら？」

「なにをばかなことを言っているんだ、アニー。刑事に先に事件を解決させるわけにはいかないだろう！」サクソンは愚かな子どもを見るようにわたしを見る。いい兆候だ。彼にわたしを見くびらせなければ。

「そうだった」わたしはのろのろと言う。ビールの残りを飲み干す。

するとそのとき、わたしの思いが呼び出したかのように、クレイン刑事自身が〈死んだ魔女〉亭にはいってくる。サクソンがぎくりとしたあと、驚きを隠そうとしてやけに気だるそうにするのをわたしは見る。

サクソンは地所でわたしと刑事がいっしょにいるところを見ているので、わたしたちが情報を共有しているのを知っている。ドア口に潜んで盗み聞きする習慣がある彼は、わたしたちが話し合ったことの多くを耳にしているだろう。クレイン刑事はわたしたちにそっけなくうなずいて、まっすぐアーチー・フォイルのもとに向かう。

わたしは空《から》のビールグラスの底越しに彼を見返す。どうすればサクソンの裏をかけるだろう？　それについて考えていると、十代の女の子のグループがパブのわたしたちのいる一角を通りすぎる。彼女たちはごく普通のこと、服やメイクのことで言い合いをしている。ふだんなら聞き流していただろうが、わたしの頭は一九六六年の夏のことでいっぱいなので、エミリーとローズとフランシスの写真を思い出さずにはいられない。グループのひとりの少女が通りすぎざまにこう言うのが聞こえる。「クレア、いいかげんあのワンピース返してよね、もう何週間も借りっぱなしじゃない！　あたし、アンディの結婚式にあれを着るつもりなんだから！」

わたしはいっときの白昼夢から覚め、ある決意をする。「いいわ」わたしはサクソンに笑みを向ける。「やるわ。時間と場所を教えて。いっしょにウォルトを追い詰めましょう」

第33章

砂利敷きのドライブウェイを戻るころには、太陽が屋敷のうしろに沈もうとしており、サクソンはわたしにおやすみとだけ言って、自分の部屋に閉じこもる。オリヴァーの部屋のドアの下からは金色の光の筋《すじ》が見え、わたしはできるだけ足音を立てないようにしながら急いでそこを通りすぎる。

部屋に戻ると、答えの出ていない疑問点のリストを出して、タイプ打ちの脅迫メモのことを書き忘れていることに気づく。そこでわたしは書き加える。

脅迫状――もともと（一九六六年）はだれが送ったもので（ウォルト?）、だれがわたしの部屋に置いた?

そこで心臓が早鐘を打ちはじめる。あともう少しで真相に手が届きそう、という興奮のためだ。最初の脅迫文はフランシスに宛てたもののようだ――そのまえに、おまえがこれまで望んだすべてのものを手に入れてやる。そして、書いたのはエミリーと思われる。フランシスからジョンを奪い、もう少しでフォードも奪おうとしていた人物。フランシスの兄が死ぬほどほしがっていた赤ちゃんもろとも。

最初は（おそらくフランシス大叔母もそうだったのだろうが）彼女が見ていない隙にだれかがポケットに紙切れをすべり込ませて脅しているのだと思い込んでいた。だが、それでは脅しの内容とつじつまが合わない。すべてはエミリーに起こることをはっきりと限定しているし、使われていることばのこともある。〝娼婦〟と〝うそつき〟はフランシスを指すことばではない――彼女はグループのなかでいちばん奥手なのをからかわれていたし、だれよりも正直だ。

つまり、第二の脅迫状はエミリー宛てのように読める。でも実際は、どちらの脅迫もエミリーに向けたもので、同じ人物から送られている。フランシス大叔母がなぜこれを捨てずに持っていたのかは理解できる――エミリーの失踪事件の調査で彼女が集めていた証拠の一部だったかもしれないからだ。だが、十代のフランシスはこれらのことを日記に書いている。十代の大叔母はこれらをどう解釈したのだろう？

パブで十代の少女たちが服のことで口論するのを聞いたとき、記憶が呼び起こされた。ひとりが貸したワンピースを返してくれと友人に言っていた。わたしはエミリーのことを思い出した。いつもフランシスの服を借りて、おかしなくらい執拗《しつよう》に彼女のまねをしていたエミリー。

脅迫はまちがいなくエミリーに向けたものだった。フランシスが脅迫状を手にしたのは、エミリーがそれを受け取った日にたまたま着ていた服のポケットに入れられたからにすぎない。どちらのときも、彼女はフランシスに借りたものを着ていたのだ。

レザージャケットは今日買ったばかりなのに、反射的にポケットに両手を入れる。だがその反射的行為で思い出す――エルヴァのブレザーのポケットからくすねたものがあったことを。彼女が殺人ボードからはがした付箋紙《ふせんし》とメモだ。サクソンに関する証拠かもしれないので心臓がどきどきしはじめる。わたしのノートをずたずたにし、ノートパソコンを破壊したのはまちがいなくエルヴァだ。わたしがポケットから盗んだものが何であれ、ふたりともそれを探していたのだろう。わたしは自分がそれを取っておいたこともすっかり忘れていた。

クロゼットに飛んでいく。サクソンがそこに隠れていて、昔からここにあるものを探していたと言ったことを思い出す。ふたりはわたしの部屋で何かを探していた――サクソンに見つける時間がなかったのだといいが。

クロゼットの隅で丸まっているわたしの古いジーンズを見る。におってきそうだ。

「どうか」わたしはささやく。「サクソンがこれを無視していますように……」ジーンズのポケットに手を入れると折りたたまれた紙の束が出てくる。「やった！」

ベッドに座ってエルヴァが取ってきたものを見る。フランシスの書き込みがある付箋紙が二枚と、やはりフランシスの自筆のメモ紙が一枚。

それは紛失品のリストだ。

銀のネックレス（鳥）

銀器――七点が紛失
ハンス・クリスチャン・アンデルセン作『雪の女王』の稀覯本《きこうぼん》
ボーンチャイナのティーカップ――四点が紛失

期待がしぼむのがわかる。エルヴァはサクソンを守っているのではなかった。第一印象どおり、自分自身を守っていたのだ。リストの下のほうに、やや急いだ筆跡で〝エルヴァ〟と書かれている。付箋紙はそれを裏付けている。ひとつには日付の横に〝エルヴァ訪問〟と書かれ、もうひとつにはサクソンの休暇スケジュールが書かれている。

もう一度サクソンのことを考える。窃盗作戦のふりをしてわたしがマグダの救急車に乗れば、ドラッグを買おうとしたとして警察につかまるのはまちがいのないところだろう。そして、わたしが何を言おうと実刑は免《まぬが》れないだろう――サクソンはわたしを地獄に落とし、相続権を奪う〝証拠〟を手に入れるはずだからだ。フランシス大叔母の遺言はそのことをはっきりさせている。

携帯電話を取り出して、医師が違法に処方箋を書いた罪で逮捕された案件の判例を調べると、実刑になった例はない。医師免許を失い、重い罰金が科せられて、なんらかの監視リストに名前を連ねることになるが、刑務所に入れられることはない。状況や弁護士の腕にもよるのだろうが、サクソンの自信は見当はずれではないことを示す先例があるばかりだ。マグダの商売とのつながりがばれなければ、これらすべてを無傷で乗り切れると、サクソンはわかっているのだ。

やはり彼を出し抜くしかない。それにはかなりの勇気が必要だ。頭のなかで形になりつつある計画を実行するまえに、確認しなければならないことがあるが、その答えはすでにわかっている。わたしの計画は危険で愚かかもしれないが、無防備な標的よろしくこの屋敷にいつづけるほうがはるかに危険だ。

そこでわたしはクレイン刑事に電話する。最初に確認するべき人物だからだ。遅い時間なのに、彼は最初の呼び出し音で出る。

「クレインだ」

「どうも、刑事さん。アニーよ。遅くにごめんなさい。フランシス大叔母が亡くなった日のことで質問があるの」

「いいとも。もうすぐそっちに着く。夜はエヴァンス巡査と交代することになっているんだ。そっちは何も問題ない？　無事なんだろうね？　サクソンとパブにいるのを見かけたよ――彼には気をつけたほうがいい」

心配そうな声にちょっとぐっときて、〈死んだ魔女〉亭でサクソンにだまされるふりをしながらだますことを目論《もくろ》んでいたと言うのは思いとどまる。

「ありがとう、大丈夫よ。サクソンがちょっとおしゃべりしたがっただけ、別になんでもないの」明るくさわやかな声で話そうとするが、早急に演劇のレッスンが必要なようだ。「電話したのは、考えをまとめていて、気になることがあったからなの」

「どんな捜査でも大切なのは堅実な計画だ。ぼくで力になれることならなんなりと」

「ばからしく聞こえるかもしれないけど、フランシス大叔母がみんなと会うことになっていたのは知ってるわよね？　わたしとサクソンとオリヴァーが招集された会合のことだけど？」

「ああ、それなら知っている」

「あなたも呼ばれていたの？」でなければほかの警察の人は？」

「ぼくが？　いや、呼ばれてはいない。を呼ぶ必要があったと思うのか？」

わたしは間《ま》をとり、慎重にことばを選んだ。「彼女があなたらう必要がなかったということでしょう。わたしが知りたかったのはそれだけよ、ありがとう。あとで会いましょう、明日の朝にでも」

「わかった、アニー、おやすみ」

電話を切って、もう一度メモした紙を出す。ウォルト・ゴードンの横に大きなバツ印をつける。

フランシス大叔母が彼の罪を暴くために会合を設定し、自分が解明した六十年近くまえの事件の一部始終を古典的な手法で明かすつもりだったなら、警察を呼んでいたはずだ。なんといっても、ああいう人だったのだから――強い正義感の持ち主で、予言に対する信念はほとんど宗教じみていた。もし古典ミステリのような大団円シーンを計画していたのなら、クレイン刑事にお呼びがかかっていただろう。

夜のあいだの保管場所として、メモした紙をマットレスの下に入れることにする。アルバムも同様にしようかと思うが分厚すぎる。バックパックに入れたままにしてベッドにはいる。眠ろうとするが、クロゼットに目が行き、先ほどサクソンがそこから現れたときに言ったことを考えてしまう。ベッドを飛び出してサイドテーブルのランプをつける。クロゼットの偽の底板を確認せずにはいられない自分の強迫衝動を少しおかしいのではと思いながら。

指で探ると偽の床板は簡単に見つかり、押すと小さなバネで持ち上がる。大きさも形もAmazonの中型サイズの箱ほどの、まあまあ広いスペースがある。だが、なかにあるのは何枚かのふきんで包まれたひとかたまりの品物だ。一冊の古本と七本の銀器を引き出して、鋭く息を吸い込む。足りないのはティーカップだけだ。もっと何かないかとほこりだらけの床板を探り、ようやく小さなベルベットの袋をつかむ。銀の鳥のネックレスが手のひらにすべり落ちて息をのむ。

サクソンはここがエルヴァの隠し場所だと知っていたはずだ。彼女はフランシス大叔母のものを盗んでいた、これはもう明らかだ。ここに隠してあとで取りにくるつもりなのだろう、だれにも見られていないときに。でも、それならそもそもなぜサクソンは偽の底板のことをわたしに話したのだろう?

たぶんどうでもいいのだろう。これらの盗みは取るに足らないことだし、厳密には窃盗ですらないと思っている節《ふし》がある。屋敷の外に持ち出してはいないのだから。エルヴァがなぜこれらのものを盗んだのかわからないが、おもな結論としては、エルヴァは疑わしいものの、これが殺人の動機になるとは思えない。

品物を隠し場所に戻し、偽の底板をおろす。ようやくベッドのなかに戻って明かりを消すが、ドアの外で足音がして目がさえてしまう。たぶんクレイン刑事がわたしの所在を確認しているだけだろう。ここに来る途中だと言っていたから。それでも、ドアの鍵が自分のかたわらの、ベッドサイドテーブルの上にちゃんとあることを確認する。

不安なまま眠りに落ちると、夢のなかで足音とささやき声と、だれかがドアの取っ手をガチャガチャ回す音がする。

真夜中すぎにトイレに行こうとしてベッドを出ると、ドアの外に置かれた小さな包みにつまずきそうになる。紙に包まれた小さな本の形のもの。急いで包みを開けると、フランシス大叔母の緑色の日記が手のひらの上に落ちる。

ベッドに戻り、むさぼるように最後まで日記を読む。

第34章

キャッスルノール・ファイル　一九六六年十月七日

エミリーの失踪という悲しい事実は、村に衝撃を与えた。最初のうちは。数週間ほどは、どこに行ってもゴシップや諸説を耳にした。エミリーは逃げた、エミリーは悪い男と関わった。よく使われはじめたフレーズは、〝殺された〟だった。だれかがそう言うたび、わたしは両手をにぎりしめた。人混みのなかから彼女の顔が浮かび上がるのを期待して村を歩きまわるうちに、わたしはますますエミリーのことを気にしはじめ、逆にキャッスルノールのことはあまり気にしなくなった。聞いたり見たりすればするほど、多くのことを知るようになったからだ。知ったのはすべて不愉快なことだった。

わたしたちはみんな一時期エミリーを嫌っていたが、彼女は糊《のり》のようにわたしたちグループをひとつにしていた。そしてひとたび彼女がいなくなると、わたしたちはあまり会わなくなった。例外はローズとわたしだけだった。

わたしはフォードと話すのを拒んだが、ローズはわたしとグレイヴズダウンの地所にとって電気ケーブルのような存在だった。運転手のビルはますますローズとすごすようになった。そして、この時期以降、ローズは陽気になった。わたしは頭の上に雲がたれこめているように暗くなった。

わたしはだれも信じなかった。とくに地所とつながりのある男たちは。ジョンとわたしは一時期和解したが、まえと同じというわけにはいかなかった。決して同じにはならないだろう。

フォードは強引ではなかったが、ビルを通してちょっとしたものを送ってきた。アフガニスタンに関する本。チェスのセット。贈り物をもらうたび、もう二度と彼と話すまいと決意した。夏の出来事はわたしを変え、どれだけ多くの身近な人たちが隠し事をしているかにわたしの目を開かせたからだ。三カ月まえなら、そういう贈り物は望みどおりの効果をもたらしていただろう。わたしを有頂天にさせ、感服させていただろう。だが今はそれがなんのためのものかわかっていた——すべて彼にまつわるものだ。彼はわたしのことを考えていたのではない、自分のことを考えていたのだ。そしてわたしの目のなかに映る自分の像が見たかったのだ。

それがいやだった。

そしてわたしにはそれをさらに憎む理由があった。ジョンがついに、ウォルトと彼がわたしを兄の家でおろした日のことを話してくれたのだ。みんながエミリーに会うためにチェルシーに急行し、二度と彼女が姿を見せなくなった日のことを。

ジョンとわたしがもう一度なんとかやっていこうとしているころのことだった。彼はわたしを文化的な場所に連れていこうとずいぶん苦労していて、そのときわたしたちは〈キャッスル・ハウス・ホテル〉のテラスでコーヒーを飲んでいた。エミリーの話題は幽霊のようにわたしたちのあいだにぶら下がっていた。何週間ものあいだどちらもその話題を持ち出さなかったが、言わずにいることがこれほど多くてはまえに進めなかった。

ジョンの堅苦しくぎこちない求愛行動は、フォードがわたしとデートするならそうするだろうと彼が考える行動のパントマイムのようだった。フォードがわたしとデートすることはなかったが。彼はわたしの家庭を混乱させたことを知っていた。母はついにピースをつなぎ合わせ、わたしがこっそりどこに行っていたかを知り、それを不適切だと思っていることをはっきりさせた。グレイヴズダウン家はつねに悪運に見舞われていると、母はわたしに思い出させたが、それは迷信的理由だけではなかった。だが、いくらお金持ちでも、紳士なら淑女が十八歳になるまでは待つべきだと言い、彼はそれを当然のこととして受け入れた。

「ケーキでもたのむ？」ジョンが訊いた。テーブル越しに手を伸ばしてわたしの手を取った。

「そんなにお腹がすいてないから」わたしはそう言うと、彼があまりに必死なので、弱々しい笑みを浮かべてコーヒーをすすった。

ふたりともしばらく無言でいたが、とうとうジョンが言った。「ウォルトが進学して法律を学ぼうと考えてるって知ってた？」

わたしはコーヒーを吹き出しそうになった。「ウォルトが？　最後に見たとき、エミリーの裏切りのせいで錯乱しかけていた、わたしたちのウォルトが？」

「あのときのことを全部きみに話したいと思ってた」ジョンは静かに話しはじめた。ハンマーが落ちてきたような衝撃だった。「あの日はほんとうにおぞましい日で、すべてが悪いほうに向かった。あの日おれたちがあそこに着いたとき何があったのかと、きみに訊かれるのを待っていたんだ」

「ずっと訊くのが怖かった。聞かなければよかったと思うようなことを言われるんじゃないかと」

「わかるよ。きみに真実を話したいと思っていたけど、頭のなかでいくらことばを組み合わせても、きみが気にしている人物についてほのめかすことしかできないんだ。でも、フランシス、おれたちがチェルシーにたどり着けなかったことは知っていてほしい」

わたしは驚いて目をしばたたいた。「なんですって？」

「ウォルトの古い車がA三〇三号線で故障して、近くの修理工場まで押していかなくちゃならなかったんだ。そのあとヒッチハイクでキャッスルノールに戻り、それ以来あのステーションワゴンは修理工場にある。この数週間ずっと家にいたせいで、ウォルトは自分の人生でもっと何かやるべきだと思いついたんだろう。あいつの家族のことは知っているだろう？」

「ええ」わたしは言った。「村のほかの人たちと同じくらい根性が曲がってる」

「とにかく、失踪まえのエミリーを最後に見たのはおれたちだときみに思われたくなかったんだ。だっておれたちじゃなかったから。おれとウォルトは彼女に会ってもいなかった」

「わたしたちはロールス・ロイスが村から出ていくのを見てる」わたしは両手で頭を抱えた。どうしてジョンがこれをわたしに話したかわかったからだ。最後にエミリーに会った人物は、ピーターとタンジーか、フォードとサクソンだったのだ。

「フォードの話になるといつも苦々しい顔になってしまう。きみがだれとつきあおうとおれに怒る権利はないんだからなおさらだ。すべておれが悪いんだから。でも、最近きみが彼とつきあっているのは知っている。長つづきしそうなのか？」

「ローズはわたしがフェアじゃないと思ってる。フォードにもう一度チャンスをあげるべきだって。でも、ローズはわたしとちがって彼のちょっとした仕草の裏にあるものが見えていないから。あなたは正しいわ、ジョン。この情報で——ますますそれが悪化しそう」

ジョンはうなずいた。「ねえ、フラニー、フォードが彼女を殺していたらどうする？　彼には権力がある。そういう人間はただやりたいことをやる。だれにも何も言わせずに」

「フォードがエミリーを殺しても、つかまることはないと思うの？」

ジョンの唇が薄い線になった。「あの日のことについては何度も考えたんだけどね、フランシス、いちばん目立つのはなんだと思う？　ウォルトの激怒やエミリーの策略よりも？　きみのやさしさだよ。おれたちが車で出発する直前、きみは許しを口にした。きみのことば、きみの寛大で落ち着いた顔つき——あの平和な瞬間のことが、あれから何週間も音楽のようにおれの頭のなかで鳴り響いているんだ。以来ずっとそれを追いかけている。

この世にひとりの子どもがいる、彼女がここにいるのはエミリーの策略とおれの裏切りのせいなのか、フォードの欲望のせいなのかはわからないけど、きみはだれにも悪意を向けず、あの赤ん坊を愛する人への贈り物ととらえた」

ジョンがこんなふうに話すのを聞いたことがなかった。これまで以上に彼に対して温かい気持ちになった。彼がこれほど雄弁だなんてだれが知っていただろう？　彼がスピーチをする姿が見える気がした。いつか地方議会に立候補する姿さえ。

だが、あることに思い至って、両手が震えはじめた。ジョンが話題にしている愛は——強引に奪われたものかもしれないからだ。ようやくわたしは口に出して言った。「あるいはわたしはエミリーの人生設計を狂わせた一連の出来事の一部だったのかも」

「気休めかもしれないけど、おれはラザフォード・グレイヴズダウンよりもきみのお兄さんの温かい人柄を信頼している。きみはできることをすべてやったんだよ、フランシス。あの状況のなかで。きみの振る舞いには品位があった。おれにはそれがわかる。きみにそれを知っていてほしい」

わたしの目から涙がひと粒こぼれて頬を伝い、ジョンが手を伸ばして親指でぬぐった。「眠れないの」わたしは言った。「だって……彼女に何があったかわからないだけでもつらいのに、それだけじゃないんだもの。たしかに欠点はあったし、わたしにひどいことをしたけど、彼女だってひとりの人間だったのよ。村のひとたちが彼女のうわさ話をしているのを聞くと、みんな知りもしないことをさも知っているように話題にしていて、何もかもがわいせつで、何もかもがゴシップで……」

「真実もある」ジョンはそう言ったあと、すぐに恥ずかしそうな顔をした。

「真実だとしても、みんなが彼女を非難しているのを聞くとぞっとするの。ウォルトはなりたければ弁護士になれるでしょう——酒屋からポルノ雑誌を盗み、試験でいつもカンニングをしていたウォルト。ウォルトはお酒を飲んで煙草を吸って悪態をつくけど、なんでも好きなものになれるチャンスがある。エミリーにもあったはずよ。彼女の人生だって進んでいったはず。でも今、彼女はみんなが話す恐ろしい物語でしかない」

「フランシス」ジョンは言った。心配そうに額《ひたい》にしわを寄せて。「きみは善意にあふれているけど、このことで人を信頼する心を失わないでほしい」

だが、わたしはもの思いにふけっていた。「ローラは八月八日に生まれた。名前はエミリーがつけたって知ってた？　ピーターが教えてくれたの。彼女がそうしたがったって。ローラ・フランシス・アダムズ。ローラはエミリーの姉妹の名前だから、そこから取ったんでしょう。でも、わたしの名前もはいってる」

ジョンは両手で引っこ抜きそうな勢いで髪をかき上げた。いらいらしたときの動作だ。

「うれしく思うのはわかるよ、フランシス。人への信頼を失うなと話したばかりだし。でも、その名前だって残酷な意図があるんだよ。きみを思うふたりの男と寝て産んだ赤ん坊に、きみの名前をつけたんだぞ？　彼女が予測不可能で強迫観念にとらわれていたことを忘れないでくれ。彼女の関心は——いつだってきみに向けられていたんだ」

「わかってる、以前あなたに言われたから。エミリーには強迫観念があって、それはフォードでもお金でもなかった」

「きみだった」

「じゃあ、公平なことかもね、わたしが今彼女のことしか考えられないのは」

「だれかがきみのためにしたこととも考えられる」

「ジョン！　なんてことを言うの！」

「わかってるよ、ごめん。でも言っておく必要があったんだ！」ジョンは両手をにぎったり開いたりした。「こんなことは聞きたくないだろうけど、フランシス、エミリーはおれたちのようには成長しなかっただろう。きみを傷つけつづけていただろう。ウォルトには法曹界での未来があるし、おれは――きみは笑うだろう、フランシス、でもおれは本気で教会に身を捧げようかと考えている」

「えっ……」わたしは耳にしたことが信じられず、何度もまばたきをした。

「聖職者の仕事がどんなものかはわからないけど、神学なら……少なくとも勉強したいと思う。今までの人生で初めて錨《いかり》をおろした気分になれるんだ。きみもきっとそういうものに出会えるよ。ローズはこのホテルで仕事を手に入れた。きみにはまだ言っていないと思うけど。彼女から聞いたら驚いたふりをしてくれる？」

コーヒーは冷たくなっていたが、わたしは手持ち無沙汰だったのでひと口飲んだ。春に十八歳になるわたしも、やはり錨に引き寄せられていた。だが、それはジョンが気に入りそうにないものだ。未知の錨、疑問と理論の錨。謎と推測の錨。そして、裏をかこうと決めている予言という錨。

コーヒーカップから顔を上げて、わたしを信じて疑わない彼の澄んだ目を見たとき、すでに自分が闇に引き入れられつつあるのが感じられた。そして、彼のなかには希望が見えた。彼はとても美しかった。

おまえの未来には乾いた骨がある。

あの占い師のもとに行った日は、なんと複雑な日だったことか。あの予言にもっとしっかりと耳を傾けるべきだったのだろうか？　わたしは今もつけている、つけるのをやめられない鳥のネックレスに指をからませた。

エミリーの運命はわたしのためのものだったのだろうか？　運命はまちがった少女を殺したのか？

そのとき、わたしはジョンにキスした。最後のキスをしたかったから。彼はわたしより年上で、十九歳になっており、キャッスルノールで時間を無駄にしていた。結局、教会は彼に合っているかもしれない。あるいはどこかの大学でも。

唇を離すと、もうひと粒涙がこぼれ、胸のなかで何かが裂けるような気がした。ジョンに別れを告げるというだけではなかった。それは彼が最高だと思ってくれていた自分の一部から目を背《そむ》けることだとわかっていた。

わたしが選んだのは、エミリーについての不快な物語のすべての糸をたどることであり、キャッスルノールという織物のなかに自分を織り込んで、真実が見つかるまであらゆる人のすべてを探ることだった。

なぜならさらに深く思い知ったからだ。わたしたちの――エミリーとわたしの運命がからみ合っていることを。わたしは姿を変えたエミリーなのだと思わずにいられなかった。

だから彼女に何があったのか探るつもりだ。たとえそれでわたしが死んだとしても。

あの予言を思えば、おそらくそうなるのだろう。わたしはそれを受け入れた。

第35章

金属製のカーテンリングをジャラジャラさせてカーテンを開けると、部屋に光があふれて朝日が顔を打つ。昨夜はほとんど眠れなかった。日記を読むのに忙しかったからだ。最後まで読んでから、ある部分に戻ってもう一度読んだ。今度はときどき止まってローズのアルバムをめくりながら。こうすると、フランシスが写真について語っているようだった。気になるパターンが現れるまでは。写真の何かが彼女のことばと合致しなくなるまでは。

そして午前三時になってようやく、フランシスがエミリーの死体を見つけたとき何に気づいたのかが、ぞっとするほどはっきりとわかる。そのあとは、頭のなかでどんどんピースがつながり、謎を解くための自分の計画を一心不乱に調整しながら、そのあとの早朝の時間をすごす。

急いで服を着て、壁の変色した鏡に自分の姿を映し、そわそわとうなずく。やらなければ。なんとしてでも。サクソンとわたしは今夜会うことになっている。それまで不安を寄せつけずにいるのはたいへんな作業になりそうだ。

おいしそうな料理のにおいが厨房からただよってきてお腹が鳴る。わたしはカーペット敷きの階段を一段抜かしでおりる。

「ベス」厨房に着くとわたしは言う。わたしを見つけて彼女が浮かべた明るい笑みは本物だ。

「アニー、おはよう！　ちょうどマフィンが焼けたところよ。ひとついかが？」

「すごくいいにおいね」わたしは言う。神経質な胃が朝食を受けつけるかどうかわからないが、ひどくお腹がすいているので、試してみることにする。ベスは何も訊かずにわたしにコーヒーを注ぐと、湯気の立つマグの横にミルクと砂糖を置く。わたしはどちらも無視して、コーヒーを飲む。少しは元気になる。

「調査について訊いてもいいかしら」ベスは用心深く言う。「穿鑿《せんさく》しすぎないようにするから」

わたしはうなずき、安心させるように彼女を見る。「気が気じゃないと思うけど、心配しないで。フランシス大叔母を殺した犯人を見つけるためと、この地所の将来のために、できることは全部やっているから」

「フランシスが計画したこのゲームにあなたが勝ったら、すべて今のままってこと？　わたしたちを農場にいさせてくれるの？」彼女は身を乗り出して、わたしの前にマフィンを置く。わたしは彼女がセッティングしたテーブルの上の磁器のティーセットを見る。起きて温かい飲み物を探しにくるほかの人たちのために用意されたものだろう。エルヴァのポケットで見つけた紛失品のリストを思い出すが、六組のカップとソーサーはフルセットそろっているように見える。この屋敷にはボーンチャイナのティーセットがいくつもあるにちがいない。

「ベス」わたしは手を伸ばしてカップを取りながら言う。「ばかな質問に聞こえるかもしれないけど、いくつかティーカップがなくなっているのに気づいたことはある?」わたしは注意深く彼女を見つめる。彼女は頬を赤くし、やましそうな顔つきを隠そうともしない。「すぐに戻すわ」彼女は静かに言う。

わたしは驚きを隠せない。彼女の自白から、フランシス大叔母殺害に関するわたしの結論はすべてまちがっているかもしれないと不安になってくる。ベスは屋敷の鍵を持っているし、ミユキの動物病院にも出入りできる……彼女を完全に誤解していたのだとしたら? 彼女は人の役に立つのが好きな人で、家族でやっている農場の状態を気にしているのだと思っていた。だが、その間ずっと彼女は泥棒で、フランシス大叔母の大切なものを盗んでいたとは。

わたしは注意深く彼女を見る。「実は、紛失物のリストを見つけたの。エルヴァはそのリストを取って隠そうとした。おそらくフランシス大叔母のほかのメモといっしょにして、目立たせないようにするためだと思う」

ベスが向かいの椅子に座り込む。「わたしはフランシスを彼女自身から守ろうとしただけなの。わたしが取ったのは——彼女にストレスを与えていたもの、彼女があの予言と結びつけていたものだけよ。デザインが豪華すぎて女王が使いそうだから、フォークにまで不安にさせられると彼女は言った。何年もそれで食事をしていたのに。どうしてそんなにパラノイアがひどくなったのかわからない。でもとにかく、目にしなければ思い出すこともないと思ったの。どれも屋敷の外にさえ出していない。隠しただけよ」そこまで言って口をつぐむ。

わたしのことを考えているのだろう。「残りの品も見つけたのね? あの部屋に滞在しているのね？」

わたしはうなずく。

ベスについて考える。彼女は裏表がなく正直に見える。フランシス大叔母を殺したとは思えない。午前三時の啓示が戻ってきて元の位置にしっかりと収まるのがわかり、遺産を相続したら農場はどうするのかという問いに対する正直な答えを、彼女に話しても害はないだろうと判断する。「ベス、わたしはあなたたち家族から農場を奪うつもりはないわ。それに、あなたのおじいさんがあそこで何を育てているかも知っている」それを聞いてベスの目がわずかに大きくなるが、彼女は何も言わない。「栽培はやめてもらわなくちゃならないけど、彼には何かほかの――合法な――ビジネスを紹介するつもりよ。それと、あのロールス・ロイスをあなたたちに譲ることはもう決めてるの。わたしには使い道がないから」

ベスの表情が明るくなる。「ほんとに？　すごくうれしいわ。わたしたち、あの車が大好きだから」

「ええ」わたしは言う。「あなたたちがフランシス大叔母を殺していなければだけど」

ベスは笑うが、わたしは半分本気だ。だが、どちらにしても、わたしのことばで空気がわずかに明るくなる。朝食も少しなら食べられそうだ。そこで、ベスに賭けてみることにする。

「ひとつお願いがあるんだけど」彼女に対する直感がまちがっていないことを切に願いながら、わたしは言う。「わたしのバックパックをミスター・ゴードンに届けてくれない？」テーブルの下に手を伸ばし、足のそばに置いておいたバックパックを取り上げる。今夜何かあるといけないので、これまでにわかったことを彼に知らせておく必要がある。「わたしがサインさせられた、ただのつまらない書類よ。チェルシーの家の電気代の払いが遅れてて」説得力のない言い訳だが、すべてを話すわけにはいかない。

「いいわよ」彼女はそう言ってバックパックを受け取る。

彼女がすぐに、しかも中身を見ないでバックパックを届けてくれることを願うしかない。

「ありがとう」わたしは言う。そして、何本か電話をするために、ひとりになれる場所を探して庭に向かう。計画のつぎの段階に進むときだ。

ウェブサイトでキャッスルノールの診療所の電話番号を見つけると、二回目の呼び出し音でオウス医師が出る。

「こんにちは、アニー・アダムズです」わたしは言う。

「ああ、どうも、アニー。発疹《ほっしん》はどう？　もうとっくに治ってると思うけど」

「はい、ありがとうございます。でも、電話したのは別の用件なんです。フランシス大叔母が亡くなるまえ、どの程度あなたに調査のことを話していたかはわかりませんけど、彼女はマグダが処方薬の売人をしているという証拠を手にしていました。わたしはマグダがあなたの診療所を通して医薬品を手に入れていることを知っていますが、フランシスのファイルによると、正当な理由をでっち上げてあなたから医薬品を手に入れているようです。ですから、関係者としてあなたを告発するために電話しているわけではありません」

電話の向こう側が一瞬静かになり、やがて小さな悪態のような声がする。ふたたび話しはじめたオウス医師の声は、押さえつけられた怒りに満ちている。「注文や保管の方法が変わったんだとマグダは言ったのよ」彼女は言う。「発注リストと送り状を見せられたけど、すべて問題ないように見えた。それに、オキシトシンや液体モルヒネを注文していたわけじゃなかった——ほとんどは救急車で通常必要とされるものだった。エピペンとかインスリンとか、そういうもの」そこで間《ま》をおく。「ほんとなの？」

「ええ、まちがいありません」わたしは言う。

「それならローワンに電話しないと。彼がこの問題を処理するべきよ」

「彼はもう知っています」わたしは言う。胃が落ち込むような感じを覚える。クレイン刑事はフランシス大叔母殺害犯にどこまで迫っているのだろう。たった三日のあいだにあまりにもたくさんのことがあったし、解明するまであと四日しかない。だが、クレインが今日事件を解明してしまったら、残りの日数などなんの意味もなくなる。彼がだめな刑事であることを願ったり、なんらかの妨害行為をしようとまでは思わないが、とにかく計画どおりに行動し、それでより早く答えが手にはいることを願うしかない。「でも、ひとつお願いがあります。マグダの悪事を知っているのは隠して、彼女と話してもらいたいんです。やってもらえますか？　フランシスのために」

「あなたの身に危険はないのよね、アニー？　ローワンに電話して、あなたから目を離すなと言うこともできるのよ、危険に頭から突っ込んでいかないように」

「彼がわたしより先に事件を解明してもいいんですか？〈ジェソップ・フィールズ〉があ

の土地をなんであれ大金を稼げるものに変えるのを許して、村じゅうの怒りを買うんですか？」

「もう少しローワンを信用するべきよ」彼女は言う。「彼はとても苦労しているのよ、アニー。みんなの安全を守りながら本来の仕事もして、そのあいだじゅうあなたが独自の調査をするのも許している。でもあなたが死んだりしたらなんにもならない」

またもや生まれた不安をなんとかのみ込む。自分の計画について考えれば考えるほど、お粗末な気がしてくるからだ。「とにかく、あなたにはちょっとしたうわさ話をしてほしいんです。マグダだけに。わたしがフランシス殺しを解明したと伝えてください。いいですか？」

「犯人がだれだかわかったの？　その場合、あなたが電話すべきなのはウォルト・ゴードンだと思ったけど」彼女は言う。

「わかったと思うんですけど、証明するにはまだいくつか必要なものがあるんです。だからそれだけ、やってもらえませんか？」

長い間のあと、ため息が聞こえてくる。「わかったわ」ようやく彼女は言う。

「ありがとう」

「でも、あなたの安全を守るために、わたしの力でできることはすべてやるつもりよ。この会話の内容をローワンに伝えることも含めて」

わたしは顔をしかめる。「あなたがやるべきことをやってください」わたしは言う。

「あなたもね」彼女はそう言って電話を切る。

第36章

教会の鐘が鳴り響くなか、わたしは両手をもみ絞り、ジョン・オクスリーに会うことに自分がいかにそわそわしているかに気づく。グレイヴズダウン・ホールでは時間が遅々として進まず、これ以上部屋から部屋へとぶらぶらしていられなくなった。そこで、もう教会や、そことわたしの家族とのつながりを避けるのはやめにしようと、タクシーを呼んだ。教会は小さな丘の上にあり、村の反対側のもっと大きな丘の上にある城跡の小さな残響のようだ。傾いた墓石や繁茂するイチイの木々のあいだを縫《ぬ》いながら、ゆっくりと丘をのぼる。

人びとが教会から流れ出てくる――ライラック色やあざやかなターコイズブルーの帽子をかぶった女性たちが、しわくちゃのスーツの男性たちとしゃべっている。振り返って丘のふもとを見ると、しゃれた黒いクラシックカーのドアが閉まる直前に、ボリュームのある白いドレスが翻《ひるがえ》るのが見える。ジョンに近づいて「どうも、アニーよ、わたし、あなたの孫なの?」と告げるタイミングではないような気がして、教会の横のはずれにベンチを見つけ、そこから少し観察する。それほどたたないうちに人は少なくなり、車の列が道の先の〈キャッスル・ハウス・ホテル〉のほうに向かうのがわかる。

わたしはジョンを見る。彼はひとりの老婦人と話しているが、彼女を見ていない――わたしを見ている。教会のウェブサイトに載っている写真のとおりで、白髪は櫛《くし》できちんと整えられ、ほっそりした体形はまだ活動的なことがうかがえ、なんとなくテニス選手かボートを漕ぐ人を思わせる。十八歳で、エミリーとこそこそつきあい、うそつきでいきがっている典型的なティーンエイジャーの彼を思い浮かべてみる。殺人者としての彼を思い浮かべようとし、不可能だとわかって満足する。

だが、つぎに花に気づく――すべて薔薇《ばら》、それもとても特殊なタイプのものばかり。教会のまえには台に置いたふたつの大きなアレンジメントが鎮座している。内部にも同じものが飾られているのだろう。それらはすべて、いちばん小さなつぼみにいたるまで、アーチーの農場で見た薔薇だ。新鮮なところをみると、アーチーはフランシスの死後も習慣を絶やさず、みずから教会に花を届けているのだろう。

ようやく牧師がおしゃべりを終え、わたしのほうにやってくる。わたしは両手をにぎったり開いたりしながら、彼の過去について知っていることをどれくらい話すべきかと考える。「きみに偶然会うかもしれないと思っていたよ」彼は言う。その顔は好意的だ。「きみが村にいると聞いていたが、私を訪ねる理由がないことはわかっていた。ローラも彼女の両親も決して教会に足を踏み入れなかったから。ここ、いいかな?」彼はベンチのわたしの横を示す。そして微笑《ほほえ》む。その微笑みは温かく、はにかんでいるようでもある。頭のなかを千ものことがらが走り抜けているのだろう。長いこと感慨深そうにわたしを見ている。

「もちろん」わたしは言う。わたしのなかに彼は何を見るのだろう。ブロンドの髪、離れた目、高い頬骨――わたしにエミリー・スパロウの面影を見るだろうか？　あるいは、なんとなく見覚えがあると思うだけ？　だが今、彼をまともに見ると、わたしの頬骨も目もジョンから受け継がれたものだとわかる。それでエミリーの写真を見たとき、母やわたしと似ているところが見つからなかったのだろう。ブロンドの髪はエミリーとわたしたちに共通するものだが、顔はジョン似なのだ。体じゅうが温かくなる。わたしはピーターとタンジーのことも父親のことも知らない。そして、ここにいるやさしそうな老人は、座っているだけで何もしていないのに注目に値すると思わせるほどの驚きをもってわたしを見ている。存在するだけですばらしいと言わんばかりにわたしを見ている。

こんな気持ちは初めてだ。薪《たきぎ》に火をつけたときの陽気なパチパチという音や、パンを焼くときの心地よい香りのような。どちらもこれまでの人生で経験したことはない。〝家族〟という感じとはちがうと思う。これによって母に与えられた型破りな生活がなくなるわけではないが、新しい次元が突如としてわたしの世界に加わったような感じだ。

思い切って飛び込むことにする。「たぶんピーターとタンジーは、母が知ってしまうことを心配していたんでしょう。あなたが実の父親だということを。そうなんでしょう？」

わたしの率直さに驚いたのだとしても、彼はそれを見せない。ほっとしたように聞こえるため息をつく。

「ピーターとタンジーは……」彼は頬をふくらませてことばを選ぶ。「ローラのことにとても慎重だった。ひとりっ子だから、彼女こそがバランスのとれた幸福の象徴だったんだろう。

今思うと、彼らはそのバランスを維持するためにできることはすべてやっていたよ。私が叙任されてここの牧師になってから、彼らは一度も教会に来ていない。分不相応の金をかけてローラをリトル・ディンバーの私立学校に入れたから、彼女はキャッスルノールにほとんど友だちがいなかった。おそらくここではレジー・クレインが唯一の友だちだろうが、それも一時期同じ学校に通っていたからにすぎない。それに、ピーターとタンジーがフランシスを訪れるときは、なごやかではあったがいつも短時間で、決められたことをこなしているという感じだった」

「どうして知っているんですか？　学校のこととか、フランシス大叔母を訪問したこととか。それに、あなたが母の父親だという事実を」まだ〝祖父〟ということばを言う気にはなれなかった。

「私がローラの実の父親だと知ったのは、彼女が生まれたあと、フォードが金を出して親子鑑定をさせたからだ。当時としてはまだ比較的新しい技術だったが、フォードはたしかめたがった。教えてくれたのはフランシスで、そうしてくれて私はうれしかったよ。フランシスと私は毎週会ってコーヒーを飲んだ。実際、長いあいだそれをつづけてきた。彼女はローラやきみについていつも新しい情報をくれた。私たちは〈キャッスル・ハウス・ホテル〉で会った。ちょっとした習慣だな」彼は愛情深く微笑む。「彼女が亡くなったと知ってほんとうに悲しかった。状況を聞いて怒りすら覚えた」彼は涙ぐんで何度か瞬《まばた》きをするが、目をそらさない。「ずっと彼女を愛していた」

どう返せばいいかまったくわからず、しばらく無言になる。ジョンの手に指輪はなく、フランシスを愛しながら、すぐ近くで自分の人生を生きる彼女を見守りつつ長い年月をすごしてきた彼の姿を思って、わたしは胸がつぶれそうになる。少なくともふたりの友情はつづいていたようだが。

「私が実の父親だとローラに話せなくてつらかった」ようやく彼は言う。「でも、ピーターとタンジーに約束したんだよ、彼らがなぜそうしたがったのかは理解していた」

「母もここに来たがると思います。そして、あなたから真実を聞きたがると思います」わたしは言ってみる。母に話したいことはたくさんあるし、展覧会はもう閉幕したので、遠ざけておけるような言い訳もない。

「ローラの成功はすべて新聞で読んだよ」と言うと、ジョンは誇らしそうに微笑む。「きみが生まれたときは、毎週恒例のコーヒーとおしゃべりに、フランシスが写真を持ってきてくれた」彼は声を詰まらせる。「もうあのコーヒーの会がなくなると思うと寂しいよ」

「フランシスの代わりになれないのはわかっていますが、わたしとコーヒーを飲みませんか?」わたしは小さな声で言う。

「キャッスルノールにとどまるつもりなのかい?」彼が尋ねる。顔全体が明るくなる。〝家族〟の絆に強く引き寄せられ、そこがわたしの居場所なのだとわかる。

「ええ」わたしは自信をもって言う。「そのつもりです」

第37章

屋敷に戻り、図書室のつづき部屋から母に電話する。

「もっと早く電話できなくてごめん」わたしは言う。「展覧会はどうだった？」

「もう、最高だった！」母は言う。「レビューもすばらしかったし、作品もすごくよく売れたのよ。アトリエを借りるお金もできたから、もう地下室を使わなくてよくなったわ。そうそう！　それで思い出した。アニー、あの生活費はもう送ってくれなくていいって、フランシス叔母さんの弁護士に伝えてくれる？　先週、口座に何か手ちがいがあったみたいなの。また五百ポンドの小切手が届いてたけど、もう必要ないから」

「待って、フランシス大叔母さんからの生活費の小切手は、いつも〈ゴードン、オーウェンズ、マトロック〉から送られてきてたの？」わたしは訊く。銀行の記録を思い出し、事情が少し見えてくる。

「いいえ、いつもフランシス叔母さんから直接送られてきてたんだけど、あなたがあの手紙――ほら、あの会合のお知らせ？――を受け取る一週間ほどまえに、弁護士事務所から送られてくるようになったの。そのときは疑問に思わなかったのよね、蓄えが底をつきかけてたし、お金はお金だもの。でしょ？」母はハイテンションで、ほとんど息を切らしている。

「アニー、わたしの絵のひとつがいくらで売れたか聞いても、あなたはきっと信じないでしょうね。〈タイムズ〉にまで載ったんだから！　お金のことだけじゃない。これでまた仕事が軌道に乗ったのよ。この展覧会が大失敗するんじゃないかってすごく心配だったけど、わたしの作品や、この展覧会でわたしが伝えようとしていることを心から理解してくれる人たちに会えて、ほんとによかった」

わたしは微笑む。母がまた仕事に対して前向きになっていると聞くのはうれしい。「すごいじゃない、ママ。きっとうまくいくと思ってた」

「ところで」母はさらっと言う。「どうしてまだキャッスルノールにいるの？　サクソンがフランシス叔母さんの遺言に反対してるの？　それとも地所を分けることになるの？」

この状況について、サクソンのひねくれたゲームのせいで身動きがとれないことや、チェルシーの家を守り、グレイヴズダウンの地所を土地開発業者の手から守るために、彼を出し抜こうとしていることを話すエネルギーはない。フランシス大叔母の最後の遺言のせいで、さまざまな感情がもつれあっている。エミリーのことや、彼らが十七歳だった夏に起きたことによる騒動を知った今、これに勝つのはわたしでなければならないのだ。そして、できるだけ頭をはっきりさせておきたい。

「まだもめてるの。ここにとどまって最後まで見届けるつもり。わたしたちの家を手放さなくてもいいように、できることは全部するからね。すぐにまた電話する。じゃあね」

電話を切って、携帯で撮った銀行書類の写真を呼び出す。プリントアウトを最初に見たとき気づいたこと——最初の弁護士費用の過払いがあの手紙が届く一週間まえにはじまっていること——は、母のことばで確認がとれた。わたしが送ったトランクをフランシス大叔母が受け取った日だ。エミリーの死体を発見し、大叔母にとってすべてが変わってしまった日。これだけ長いあいだ探しつづけたあとでエミリーを発見したフランシスは、そうとうショックだったにちがいない。予言を口にしながら小部屋のなかを歩きまわり、恐怖に完全に支配される彼女を思い浮かべる。

　遺言の変更は自暴自棄的行為であり、差し迫っていると思われる死を回避するための縁起担ぎの一手だったのだ。何も悪いことをしていない母を除外したのは、フランシス以外の人たちには無慈悲に思えただろう。ウォルトが彼女を説得しようとするのが目に見えるようだ。そのあいだにベスは題名に〝女王《クイーン》〟がついた本と、ボーンチャイナのティーカップと、正しく《ライト》見えなくなったからとフォークまで隠した。すべてはフランシスをパラノイアから守るためだった。

　そして、説得が無駄に終わると、ウォルトは母を支えつづける方法を探すことにした。ウォルトのことをよく知りもしない母を。あの最後の何回かの送金は、最後の絵を描き上げるまで母を支え、展覧会の開催を可能にできる画材を買うのに役立った。目がうるみ、何度かまばたきをしてこみあげる涙をやりすごす。フランシス大叔母は正しかった——エミリーにあれ以上いい人間になる機会は訪れなかったが、あの夏にまちがいを犯したほかの全員には訪れた。ウォルトにもそれがわかったのだろう。母への援助は、まだエミリーを愛し、いくつもの約束を破った彼女を許し、彼女がどれだけのものを失ったかに気づいた彼にできるせめてものことだったのだ。

ローズのアルバムを思い出す。ウールのコート——みんながエミリーの妊娠を知った日に、フランシスがエミリーから引きはがしたコート——を着たフランシス大叔母の写真があった。そして、ジョンとウォルトはチェルシーにたどり着けなかったが、ファントムⅡは彼らを追い抜いていったという情報……自分がまちがっていないことを願う。サクソンはわたしの調査のじゃまをしてペースを遅らせ、やる気を削《そ》ぎたいだけなのだ。わたしを楽に操れるように。だが、ウォルトはエミリーを殺していない。ウォルトはそこにいもしなかったのだ。

「準備はいいか？」肩越しにサクソンの声がして、振り向くと、いつから隠れていたのかわからない彼がこちらを見ている。図書室につづく小さなドアから射し込む夕暮れの光のなかに、彼は足を踏み入れる。

サクソンはなぜバックパックがないのか尋ねない。彼を出し抜けるのかもしれないと自信を持つべきなのか、彼が自分のゲームを進めるのに都合のいいときが来るまで待っているだけなのかわからない。だが、あのバックパックの中身はわたしの保険であり、計画はあらかじめ立ててある。せっかく集めた証拠をまた台無しにされる危険を冒すわけにはいかないし、わたしの記録はすべてにつながる鍵となる——正しい人の手にわたりさえすれば。

わたしの持ち物は音声起動の可能な自分の携帯電話と、村の店で購入したプリペイド式携帯電話《バーナーフォン》だけだ。これを買いにいくのは愉《たの》しかった。店にはいっていって興奮気味に「バーナーフォンをください！」と言ってしまいそうだった。

ジェニーは八時ちょうどまで待ってキャッスルノール警察署に電話し、すべてを話すことになっている。わたしの身を守る情報だけを伝えるつもりだが、クレイン刑事が空白を埋めてわたしより先にゴールにたどり着いてしまえばおしまいだ。だが、うまくいけば八時までに、フランシス大叔母の遺言の条件を満たすのに必要なものすべてを、ウォルトに提出できるだろう。

「いいわよ！」わたしはチャリティーショップで買った着古されたレザージャケットをまた着ている。サクソンがそれを見ていやな顔をするのがわかる。必死に冷静さを装っているが、わたしを屋敷から追い出したくてたまらないのだろう。永遠に。

わたしたちは彼のスポーツカーに乗り、しばらく黙ってドライブする。バーナーフォンで時間をたしかめる――七時二十五分。バーナーフォンはよくあるベーシックなノキアのものではない。たいした金額でもない携帯電話に、きちんと録音ができる最高級のマイクが内蔵されているとは思えないからだ。新しいiPhoneを買うと当座預金が悲鳴を上げたが、開設済みのiPhoneのアカウントに二台めの電話として登録できたし、すぐに使えるようになった。厳密に言えばバーナーフォンではないが、わたしはこの用語を使うのが気に入っている。それに、サクソンの鼻先で携帯電話を入れ替えなければならないので、同じように見えなければならない。録音機能を起動させて、ごまかすためにメールを音声入力しているふりをする。〝日曜日のブランチで会いましょう、ジェニー、キスキス〟とつぶやいて、赤いスタートボタンを押す。サクソンの目は道路に向けられており、表情は変わらない。バーナーフォンを内ポケットに入れ、何事もなかったように本物のほうを取り出して電源を入れる。

つぎに考えるのはタイミングだ。話を長引かせないといけないだろう。ポケットのなかでもマイクが音声を拾えるといいのだが。作戦が開始されたら、録音状態をよくするために取り出すわけにはいかない。すべてが失敗して、夜の終わりにはドラッグを買った罪でつかまるのではと、パニックにもなっている。

もう少しサクソンを試したい、わたしにドラッグを盗ませることがどうしてフランシス殺害犯を指し示すことになるのか、訊きたいという思いにかられる。だが、この計画は彼にとってフランシスとは無関係だった。わたしを除外するためだけのものだったのだ。あまり追い詰めると、彼を疑っていると気づかれてしまうだろう。

「グローブボックスを開けろ」サクソンが言う。「そこに現金がはいっている。マグダは先に払えと言うだろう、きみを救急車に乗せるまえに」

丸めて輪ゴムで留められた紙幣の束が手のひらに落ちる。汚れて隅が折れた、テレビドラマでヤク中が持っていそうな紙幣だが、輪ゴムをはずしてエリザベス女王の顔がのぞくと、頭のなかでフランシス大叔母の予言に火が灯る――

おまえのゆるやかな終焉《しゅうえん》は、クイーンを片手のひらににぎったとたんにはじまる。

わたしは身震いし、迷信じみた考えが取り憑《つ》いて不安をあおるまえに、それを打ち消す。紙幣をジャケットのポケットに入れ、もう一度横目でサクソンを見る。この紙幣に彼の指紋はひとつもついていないに決まっている。わたしの指紋だらけにして、自分は難を逃れるつもりなのだ。ここには封筒もビニール袋もない。

「救急車に乗り込んだら、何がほしいのかと訊かれる。筋書きどおり、ケタミンがほしいと言うんだ」

「わかった」わたしは言う。針のことを考えちゃだめ、注射器のことを考えちゃだめ……しっかりするのよ、アニー。これが成功すれば、あなたは主役のアニーになれる。探偵アニーに。

村に着き、サクソンは酒屋の裏の小さな駐車場に車を入れる。従業員用らしく、何台かの車がすでに停まっているが、彼は気にしない。実際、救急車はどこにいても不思議ではない。だれかが車に乗ろうと駐車場に出てきても、停まっている救急車を見るだけで、深く考えたりしないだろう。

サクソンはバックでスポーツカーを大型ゴミ容器《ダンプスター》のうしろの隙間に入れる。そこからだと駐車場を見わたせるが、注意深く見ないかぎり人目につくことはない。「私はここにいて、きみが箱を持ってきたらすぐに車を出せるようにしておく。もし警察無線で気をそらす方法がうまくいかなくて、マグダが箱から目を離さなかったら、買ったケタミンだけをポケットに入れて、通常の売買であるかのようにごまかせ。いいな?」

ここで彼がわたしをとんでもなく鈍《にぶ》いと思っていることがはっきりする。「急に気が変わったと言って、お金を返してもらい、ドラッグを持たずに帰ったらどうしていけないの?」

「マグダにあやしいと思われるからだ。これは違法なビジネスだ——どちらも危険を背負う必要がある。きみも彼女と同じくらい深入りすれば、密告しないとわかってもらえる」

その理論の欠点を嘲笑《あざわら》いたくなるが、彼を信用していると思わせなければならない。

「オーケー。それならわかる気がする」わたしはうなずいて唇《くちびる》をかむ。わたしが事件を解決したとオウス医師がマグダに話してくれたことを願う。すべてはその情報が伝わることにかかっている。

「それでいい、少し不安そうに見える」彼は言う。「パニック発作のふりをしろ。ドラッグを常用するタイプではないとマグダに思わせるんだ。携帯電話を出せ。私が彼女の番号にかける」

サクソンは片手を差し出す。そうくるだろうと思っていた。彼は抜け目ない。わたしが録音していないことを確認したいのだ。わたしが車から降りるときも返してはくれないだろう。

わたしは固まったセメントのような顔つきで彼を見て、本物のほうの携帯電話のロックを解除する。彼の目をじっと見つめて携帯をわたす。彼はやや意外そうな顔をする。わたしが多少なりともためらうと思っていたのだろう。

彼は番号をタップし、スピーカーフォンにする——マグダとの会話をチェックしたいが、話すのはわたしにさせたいのだ。車内のどこかにあるサクソンの携帯電話が、録音にセットされているのはまちがいないだろう。

呼び出し音が数回鳴ってから、マグダの声がゆるゆると聞こえてくる。「マグダの軽傷外来」その歌うような軽快な調子から、この番号がまちがいでないことは明らかだ。「こんにちは、マグダ。アニー・アダムズよ。この番号にかければ、その……クスリを都合してもらえるって聞いたんだけど？」

「そのとおりよ」彼女はほがらかに言う。「すぐに必要なの？　何がほしいかによるわ。今はそれほど在庫が豊富ってわけじゃないから……」

サクソンが励ますようにうなずいているので、わたしは役割を果たすところを見せようとする。「例の殺人事件のことで頭がおかしくなりそうなの。何か落ち着かせてくれるものがほしいんだけど、Kはある？」アーバン・ディクショナリー（スラングや慣用句のオンライン辞書サイト）によると、ケタミンを買うときはそう言うらしい。保守的で法を守る市民であるわたしが〝K〟などと口にすると、急にぎこちなさと違和感を覚える。

「たしかにあなたにはそれが必要ね」彼女は言う。金額を告げ、ATMに行く必要があるか尋ねる。その必要はないと言うと、どんどん話が進みはじめる。

「軽傷の処置にちょうどいい場所があるの」彼女は言う。「駐車場なんだけど。村にいるの？」

「ええ」わたしは言う。「今酒屋を出たところ。そこはここから近い？」

「その裏の駐車場なら完璧よ。十分で行くわ」

「オーケー。よかった」

サクソンは通話を終了すると、わたしの携帯を自分のポケットに入れる。「マグダは携帯の所持を認めない」彼は言う。「わかるだろう。彼女は自分の身を守ろうとしているだけだ。

だが、心配はいらない、私がここで見ているし、最悪でもKが手にはいる」彼がKと言うと、ずっとスムーズに聞こえる。

急に口のなかが乾いてつばをのみ込む。「そうね」わたしは言う。今や車内は張り詰めた雰囲気なので、不安を隠さなければと思う。不安で怖がっていると思われれば、サクソンはますます調子にのる。彼は自分が勝つと思っているだけなのだと自分に言い聞かせるが、頭のなかで警報が鳴っている。

「うまくやれるさ」サクソンは言う。「だが、外に出て待っているほうがいい。私がここに駐車しているのを彼女に見られるわけにはいかないから」

わたしは爆発から逃れるように車から降りるが、夜の空気を顔に感じるとすぐになんとか落ち着きを取り戻す。駐車場の奥に向かって三十ヤードほど歩いて振り向くと、いちばん遠くの一角にいるときだけサクソンが見えることに気づく。反対側の一角まで歩き、彼から見えないところでレザージャケットのポケットに手を入れる。レザー越しの録音ではサクソンの指示がくぐもっているかもしれないが、バーナーフォンを入れておく場所はほかにないので、これでうまくいくよう祈るしかない。バーナーフォンの時刻を見る。今は七時四十五分。あと十五分でジェニーが第二段階に進む。その十五分で必要なものが手にはいらなければ、警察に手の内を明かすことになり、クレイン刑事が急行して、事件は彼のものになる。もっと悪くすれば、わたしはやっていないことのせいで逮捕され、サクソンがフランシス殺しの真犯人を見つけてゲームに勝つ。それが彼のねらいだからだ。

深呼吸をする。サクソンはわたしを罠にかけようとしていると思っているだろうが、わたしはフランシス殺しの犯人を罠にかけようとしていることを思い出す。わたしは全員を大詰めへと向かわせているのだ。

わたしはゴシップがこの村をあおるのをあてにしている。マグダのビジネスが公然の秘密であり、とりわけ彼女が多くの時間をともにすごす人たちのあいだでそうであることもあてにしている。もしわたしがそのどちらかを過大評価していたらひどく困ったことになる。

「どこにいるの?」食いしばった歯のあいだからつぶやく。早く救急車作戦をはじめなければならない。タイマーが動きだすまえに、救急車のなかにいなければならないからだ。遅れることも考慮しておくべきだったかもしれない。

ようやく救急車が駐車場にはいってくると、ちゃんとやり遂げたとわかって、わたしは思わず唇をゆがめてかすかに満足の笑みを浮かべる。今ごろサクソンはひどく混乱して、小さなスポーツカーのなかで悪態をついているだろう。わたしは急いで録音がまだつづいていることをたしかめ、バーナーフォンをポケットに押し込む。

「どうも」わたしは運転席から降りてくるジョー・リロイに言う。「わたしはマグダを呼んだんだけど」混乱しているふりをしながら言う。

「ああ、知ってるよ」彼は言う。「でもおれが代わりに行くと言ったんだ。彼女は緊急性のないパニック発作だと言ってたけど。大丈夫そうだね」彼は言う。親しげな顔で。

「え、ええ、呼吸法を試してみたの」もっと声に緊張をにじませてみる。むずかしくはない。

彼のあざやかな青い手袋と、入念に装着されたマスクを見る。わたしの計画には慎重さが足りなかったようだ。向こう見ずなわたしでも、脱出方法は思いつけない。十五分。十五分間彼に話しつづけさせなければならない。運がよければ必要なものを手に入れて、ここから出られる。「でも、まだちょっとめまいがする。どこかに横になれるところはある？」

ジョーは救急車のうしろにまわって扉を開ける。蛍光灯の明かりが点滅してから、病院のような弱々しい光に変わり、胃がひっくり返る。「あるとも」彼はそう言うと、わたしの片方の腕をつかんで救急車のなかに導く。わたしのジャケットのレザーの上で彼の手術用手袋がきゅっと音を立て、消毒薬とアフターシェーブローションの混ざった香りがする。彼は怖がるウサギを自分の巣の入り口に導こうとするキツネだ。救急車のなかの紙カバーが敷かれたストレッチャーに座りながら、わたしはすでに震えているが、向かいに積まれた医療品の下にプラスティックの箱があるのに気づいて、頭が少しはっきりする。サクソンが話していたとおりだが、それはわたしにもわかっていたことだ。

扉が閉まる音がして、ジョーの声が専門家らしくなる。「さて、アニー」彼に目をやって、完全にタイミングをまちがえたことに気づく。ジョーは一秒も無駄にするつもりはないようだ。すでに注射器を手にしながら彼は言う。「残念ながら、きみは今夜薬物の過剰摂取で死ぬんだよ」

第38章

キャッスルノール・ファイル　一九六七年一月十日

エミリーが失踪して最初のクリスマスに、わたしは寛大な気分だったらしく、ついにローズとグレイヴズダウン・ホールに行くことを承諾した。フォードが彼女と仕組んだことなのはわかっていた。九月になると彼はわたしにプレゼントを送るのをやめ、手紙を送るようになっていたからだ。雄弁なおもしろい手紙で、彼はわたしと、わたしの将来の夢に興味を持っていた。手紙は少しずつわたしをなごませ、九月の終わりには、おずおずと返事を書くようになった。最初はあまり個人的なことは書かなかったけれど、手紙の内容はそれほどエロティックでなかったにもかかわらず、彼はときどきわたしをエロティックな気分にさせるような書き方ができた。ああ、説明するのはすごくむずかしいわ！

クリスマスに屋敷に行ったとき、彼の全力の愛情を感じたけれど、まだ少し距離があった。またあのチェスの駒をわたされて、「ほら、きみはクイーンを手にしている」と言われているかのように。でも、あのときはただ予言の一文を引用したのではなく、自分の横にわたしのためのスペースを作ろうとしてそう言ってくれたのだとわかった。初めて彼に会ったときは、あれを彼がわたしに興味を持っていると解釈するのは愚かだと思ったから、わたしは自分をたしなめた。彼がエミリーに会っていたことを知ってからは、ふたりがいっしょにいるところを想像して、心のなかから彼を焼き払った。

十月のあいだじゅう、わたしはまだフォードがエミリーを殺したのではないかと疑っていた。やがて、自分がクイーンを取ってボードに置けばいいのだと思いついた。彼に近づけば、エミリーに何があったのかわかるかもしれないからだ。

だが、それればかり考えているのは危険だとわかっていた。そこで、彼が手を伸ばしてわたしの心に触れようとするたびに、暖炉のまえの大きなラグの上にいるフォードとエミリーの姿を思い浮かべた。ダイニングルームにあるラグがよかった。毛皮のラグで、あの上で彼とふたりですごせたらどんなにゴージャスだろうといつも思っていたからだ。それはわたしのいちばん恥ずかしいフォードにまつわる白昼夢だったので、完全に抹殺するためにまんなかにエミリーを置いたのだ。そこで両腕と両脚をからませているふたりを、いつもずる賢いエミリーを想像した。おかげでフォードに対して冷静でいられたし、エミリーは彼女が望んでいたほどフォードに影響力がなかったのかもしれないと思えた。

フォードは新たな妻がほしければ、迎えていただろうから。

それに、彼はわたしへの手紙のなかで孤独について書いていた。とても美しいことばで、男らしいきちんとした文字で、どの行も明らかに苦心して。もちろん、わたしはすべての手紙を取ってある。

十一月じゅう、ローズは必死でわたしにエミリーのことを考えさせまいとした。大学で勉強しているジョンが手紙で、わたしが占い師と殺人のことばかり話していると彼女に伝えたのだろう。

だから、それについてふたりに話すのをやめると、わたしも孤独になっていった。

十二月になるころには、わたしの疑念も消えはじめており、手紙がお互いの秘密を話せる場になっていた。夏にサクソンがジョンに話したこととはちがい、自分とサクソンはエミリーのいるチェルシーに滞在していたわけではない、とフォードはわたしを安心させた。サクソンはうそをついていたのだ。彼らはほんとうに寄宿学校の見学に行っていた。

彼は手紙の結びに〝愛情をこめて〟と書き、呼びかけには〝私のかわいいフランシス〟と書くようになった。とてもわたしに会いたいが、久しぶりなので不安だと彼は書いていた。あれだけのことがあったあとなので。時間がたつにつれ、フォードとエミリーがいっしょにいる姿を想像して、わたし自身の想像に穴を開けるのはむずかしくなっていた。フォードを知れば知るほど、彼がエミリーに興味を持っていたことがあるとは思えなくなってきた。

わたしはますます確信するようになった。フォードはエミリーを見抜いていたのだと。わたしを見抜いていたように。そしてそれがわたしの運命の最後の糸を引き、彼に引き寄せた。

「髪は結わないほうがいいわ」わたしが髪をピンでアップにするのを見て母は言った。「彼がおろしている髪が好きなら、おろしたままにしなさい」文通がはじまると、母の態度は変わった。彼を立派な人だと思うようになったのだ。古風な手紙は母に過去を思い出させた。

母は戦争中父と文通していたことを語り、最近の若者たちは時間をかける恋愛のよさがわかっていないとこぼした。そこで母に一通（彼がお気に入りの散歩の場所や、好きな花の種類を訊いている初期のころのもの）読ませたところ、お察しのとおり母もフォードに魅了された。

「もう少し手の込んだ感じにしたいのよ」わたしは言った。「クリスマスパーティなんだもの」

母は緑色のベルベットのワンピースの裾《すそ》をいじり、わたしが短くしてしまったのでむっとしていたが、必死に何も言うまいとしていた。

「何を飲みたいかと訊かれたら、シャンパンカクテルをたのみなさい」母は言った。「でも飲むのは一杯だけよ。ディナーではワインが出るだろうから、酔っ払うわけにはいかないでしょう。十二時までにあの運転手にうちまで送ってもらいなさい――成年だろうと関係ないわ。夏にはあんなことがあったんだから……」眉間《みけん》のしわが深くなった。「あれほどの財産と称号を持つ男性との交際をつづけるつもりなら、常識をわきまえないと」

「ええ、もちろん」わたしは言った。体じゅうがかっとほてってった。

ローズが玄関のベルを鳴らし、すぐに隣にやってきて、わたしの髪とドレスとつけている口紅の色を褒めちぎった。母がわたしのコートを取りにいくと、わたしはローズに口紅を差し出した。彼女は自分の唇に丁寧にそれを塗り、鏡を見てにじんでいないことをたしかめた。

「今夜この口紅でフォードにキスしなさいよ、フラニー。わたしがビルにキスしたらおそろいになるわ」彼女は言った。

「ローズったら、やめてよ！」と言いつつもわたしは笑った。

「彼に結婚してくれって言われたの」彼女は声を落とすが、頰は輝いている。

「ローズ！」わたしは彼女に微笑みかけた。彼女は小さな悲鳴をあげてわたしの手をにぎった。

「それで、イエスと言ったのよね？」

「すると言ったけど、あなたとフォードが結婚してからよ」

わたしは冷静な表情を保った。ローズのことならわかっていた。自分が幸せなので、わたしもその幸せに引き入れたいのだ。なんてやさしいのだろう。でも、彼女はわたしがくぐり抜けてきたことをすべて理解しているわけではなかった。そのときは理解している人なんていないと思っていたが、そうとはかぎらない気もした。

「ローズ、自分の幸せをわたしの幸せといっしょにしちゃだめよ。わたしはフォードのなんなのかよくわからない。いろんなことがすごく複雑なのよ」

「そんなのすぐに解決するわよ、わたしにはわかる」彼女は言った。「ほら、もうすぐビルが来てお屋敷まで送ってくれるわよ。フォードはわたしの好きなときにビルと車で出かけていいと言ってくれたの。すてきでしょ！　まるでわたしたちの車みたい。フォードが用意したクリスマスツリーも早く見せたいわ。わたしたちのためにちょっとがんばりすぎだと思うけど、あなたに会うのはすごく久しぶりでしょう。彼は神経質になってるのよ、フラニー。

あなたのことが好きだから。絶対そうよ」

「わたしたちだけなの？　クリスマスパーティに運転手も招くって変じゃない？」

「フォードは気にしてなかったわ。あなたが幸せなら彼も幸せなのよ。それに、わたしなしではあなたが来ないとわかっている」

わたしはうなずいた。「あなたがいっしょに行ってくれてうれしい。ビルもいるなら小さなグループとして完璧ね」

「ちょっと変わってるけど、フォードはほんとうにとても努力しているのよ、フランシス」

母がわたしのベージュのレインコートを持って、少しうろたえた様子で戻ってくる。「あなたの冬のコートが見当たらないのよ、フランシス。金色のボタンがついているやつが」

「ああ」わたしはあのコートのことを考えまいとしながら言った。「あれはずっとまえになくしちゃったの。どこに置いてきたか思い出せなくて」

「この寒さのなか何を着ていたの？」母が不意に尋ねた。「たしかにあなたがコートを着ているのを見たはずだけど」

「あれはローズのよ。でも昨日コーヒーを飲みにいったときホテルに忘れてきたの。なくても大丈夫よ」

「うちにあるほかのはもう古くなってしまって」母は言った。「シルエットが全然おしゃれじゃないのよ――ぶかぶかすぎて。でも」彼女はレインコートをわたしして言った。「どうせ外にいるのは一分ぐらいだものね。あなたのためにもっと仕立てのきちんとした、ウェストをベルトで絞るタイプのコートを探さないと」

「ありがとう、お母さん」わたしは言った。そして、彼女の頬にキスをすると、ローズと腕を組んで外に出て、暖かいロールス・ロイスに乗り込んだ。ビルが出てきて乗り込むのに手を貸した。

グレイヴズダウン家のクリスマスツリーは、ローズが話してくれたとおりだった——ダイニングルームの中央にあるエレガントな光の塔だ。アーチ形の天井と同じくらいに高さがあり、てっぺんのクリスタルの星がシャンデリアの最下部に触れているのも、入念に考え抜かれた結果のようだった。

部屋の両側の暖炉で炎が燃え盛っていたが、暑すぎるということはなかった。ビルは車とともに消えたあと、着替えにいった。「彼ったら」ローズが言った。「ゲストに見えるようにしたいと言い張るの。運転手の制服のままでいいとフォードに言われたのに」

新しい使用人たちが静かに立ち働いているのに気づいた。ひとりがわたしのコートを受け取り、別のひとりがシャンパングラスののった銀のトレーを無言で差し出した。ローズとわたしはそれぞれグラスを取り、立ったままツリーを見つめた。

「あのなかで迷子になれそう」わたしは言った。

「気に入ってもらえてうれしいよ」背後からフォードの声がした。わたしを驚かせない程度には静かな声だったが、電流が走って脈が速まるには充分だった。

振り向くと、彼の目は輝いていたが、笑顔はやさしかった。そこには不安が見え、希望のひらめきも見えた。これがわたしの気持ちをやわらげ、頬に挨拶のキスをされたときも、思わず彼のアフターシェーブローションのにおいを吸い込み、「こんばんは」とささやいていた。

シャンパンを二杯飲んだあとはさらになごやかな夕べになった。

だからみんなシャンパンが好きなのよね？　でも、カナッペやキャビアといったもののフォーマルさや高級さはすぐに気にならなくなった。会話はいつもより活気があり、双子の暖炉の炎とともに弾けた。ディナーのあと、腰のくびれにフォードの手を感じながら、ダイニングルームを出て図書室に向かうと、コーヒーとプチフールののった銀のトレーが待っていた。ローテーブルのまわりにソファが二脚置かれ、意図的なレイアウトに感じられた。フォードはここを隠れ場所ではなく愉しみの場所にすることにしたのだ。

わたしの心を読んだかのように、彼が尋ねた。「図書室の模様替えをしたんだが、どう思う、フランシス？」

部屋を見まわして、彼が窓のそばに飾った花や、新しい色のカーテンに気づいた。すっかり変わった部屋を見て驚いた。この部屋にはわたしが反映されていた。わたしが手紙に書いた小さなこと——彼はそれをこの部屋に取り入れたのだ。ローズはにこにこしながらわたしを見た。感情が顔に表れてしまい、それを見られたことにちょっと動揺した。フォードを見ると、やはりわたしは求められていると感じた。

「すてきね」わたしは言った。「この部屋にいるといつもくつろげるわ」

そのとき、フォードが身を寄せてわたしにキスした。すばやい動作だったが、そのやさしさにはっとさせられた。反対側のソファでローズがビルにキスする音が聞こえ、妙にいらいらした。これはわたしのためのひとときで、ローズのではないのに。口紅を使わせなければよかった。

フォードは体を起こすと、ようやくソファに背中を預けた。そして、少しのあいだ目を閉じ、満足げな笑みを浮かべた。片腕をさりげなくわたしのうしろのソファの背にかけていたが、わたしには触れていなかった。

「きみに贈り物があるんだ、フランシス」彼はようやく目を開けて言った。ほとんどわからないくらいに図書室の入り口に向かって手を振ると、使用人のひとりが大きな長方形の箱を持ってはいってきた。分厚い金色のリボンがふたの上できれいに結ばれた箱を膝《ひざ》の上に置かれ、わたしはためらった。

「早く」ローズが促した。「開けてみて」彼女は安心させるようにわたしに微笑みかけた。

ふたを上げると、蝶《ちょう》の羽のような何枚もの薄紙の下にあったのは、立派な毛皮の縁取《ふちど》りがついたウールのコートだった。色は深緑で、わたしの目に合わせて選ばれたのだとわかった。

「きれいだわ」わたしはささやいた。それはほんとうだった。箱から取り出すと、厚手で暖かそうだったが、洗練されたデザインで、エレガントな感じだ。古くさすぎず、適度にクラシックだった。

フォードはわたしに微笑みかけ、グラスを上げてみせた。「きみがなくしたコートの代わりだ」彼はそう言ってグラスの中身をひと息に飲み干した。

第39章

「心配するな、アニー、形だけでも蘇生措置はするよ」ジョーは言う。「だが、経験の浅いドラッグ使用者のきみは、急いで大量に摂取してしまった。気の毒なことだ。われわれがそれに気づいて、もっと早くきみのもとに駆けつけていれば」

わたしは反射的に救急車の奥に向かう。ジョーの背後の両開きの扉は壁のようにわたしたちの出入りを阻んでいる。突然、いかにスペースが限られているかに気づく。ストレッチャーと医療品の棚のあいだには点滴セットと酸素ボンベがあり、彼の手がとどかないところに逃げ場はない。逃げるなら前方のドアしかないとわかって喉が詰まる。ジョーがさらに一歩近づく。彼が手にしている注射器を見まいとするが、見たくないのに目が追ってしまう。彼がこんなことをするとは思わなかったが、考えればわかったはずだ。殺人者を追い詰めれば、その過程で自分も殺される可能性は急上昇する。それにジョーはまさに注射によってすでに人を殺しているのだ。

最終的に彼へとわたしを導いたのは花だった。さらに、エミリーが最後に目撃された日にチェルシーに向かうロールス・ロイスを見たと、フランシスが日記に書いていたこと。それらはふたつの殺人がつながっていることを示していた。フランシス大叔母はフォードへの思いと、エミリーが彼を取り戻そうとしているのではないかという懸念で感情がもつれ、フォードがエミリーのもとに急いでいたのだと一足飛びに思い込んでしまった。

だが、彼女が見たのは、運転席にいるフォードの運転手だけだった。ビル・リロイだ。最後のピースをはめたのは、フランシスの日記に書かれていたローズのことばだった。フォードはわたしの好きなときにビルと車で出かけていいと言ってくれたの。すてきでしょ！まるでわたしたちの車みたい。

パニックに襲われかけるが、頭をはっきりさせておかなければならない。針のせいで過呼吸になれば、救急車のにおいや、まさに命が危険にさらされていることのために気を失い、ジョーの仕事をさらに楽にしてしまう。

フランシス大叔母のことを考え、ジョーが彼女にしたことへの怒りで集中力を保つ。怒りに寄り添い、かさぶたのようにつつくことで心を落ち着かせる。

「ローズはどうしてる？」わたしは言う。首を絞められたような金切り声だが、ジョーも怒らせなければならない。怒りは人をしゃべらせる。「彼女は息子が親友を殺したことにどう折り合いをつけてるの？　フランシスは彼女の人生そのものだった、そうよね、ジョー？でも実際はそれ以上で、フランシスはローズにとっての強迫観念だった。エミリーにとってよりもはるかに」

「おれは母を自由にしてやったんだよ、アナベル」彼は毒ヘビのようにわたしにつばを飛ばしながら言う。「長い年月のあいだフランシスの病的な執着が母に影響を及ぼすのを見ながら生きるのがどんなものか、おまえにはわからないだろう。フランシスがエミリー・くそったれ・スパロウに取り憑かれているのを見ることで、母は毎日少しずつ死んでいった。母はフランシスの人生最大の願いをかなえてやったのに――エミリーがもう二度と彼女を傷つけないようにしてやったのに。それこそ強い人間のすることだ！　愛する者を守ることこそ！　だがフランシスは母を破壊していた。今度はおれが母を守る番だった」彼はわたしに詰め寄って腕をつかむが、分厚いレザージャケットのおかげですりぬける。ジャケットの袖からもう片方の腕も抜き、自由になったので救急車の前方に急ぐ。クラクションか無線を探すためだ。そのとき、携帯電話がポケットから落ちて床に当たる音がする。

腕が伸びてきてわたしのむきだしの腕をつかみ、うしろに引っ張る。気づくとわたしはヘッドロックされてジョーの胸に押しつけられ、注射器を喉に向けられている。つばを飲もうとして喉が詰まりそうになる。

「ジョー」わたしはなんとか声を出す。「警察が来るわよ」

「ばか言うな」と彼は言うが、動きがさらに速くなる。注射ができるほどわたしがじっとしていないだろうと判断し、注射器を片側に置いて、別の医療品の箱を開ける。片腕できつく首を押さえつけられたままなので、どんなにもがいて彼を押しのけようとしても、逃れることができない。「少なくともフランシスはおとなしく座ったぞ！」彼は怒鳴る。「殴り倒されたいのか？」

「フランシスは自分がドクニンジンの毒にやられたと思ったのよ！」わたしはガラガラ声で

叫ぶ。彼が箱のなかの何かに手を伸ばし、わたしを押さえる腕が少しゆるむ。「あなたがあのフラワーアレンジメントを送ったのは、彼女がパニックになってあなたに電話すると知っていたから！　彼女は殺されることを病的に恐れていたからこそ、簡単に殺せるとあなたは知っていた！　その大きすぎる恐怖を逆手に取った」わたしはついに肘《ひじ》でジョーのあばらを突くが、彼はわたしの向きを変えさせてストレッチャーの上に押し倒す。膝で胸を強く押さえつけられ、肋骨《ろっこつ》が折れるのがわかる。

「じっとしていろ、アニー。すぐに終わるから」彼の声は恐ろしいほどに平板で、わたしは悲鳴をあげるが、思ったよりはるかに弱々しい。もっとまえに悲鳴をあげるべきだったのに、ジョーからフランシス殺しの自白を引き出すことに必死で、まともな判断ができなかったのだ。

「わたしが調べたことは警察に送ってあるわ」わたしは言う。「警察はここに向かってる。それはうそじゃない」

「どうしてそんなことができたんだ」彼は語気荒く言う。わたしの腕は自由になったが、彼の膝のせいですべての空気が押し出されている。彼の脚を引っかき、手首をつかんでいる腕に爪を立てようとする。脚が虚《むな》しく宙を蹴《け》る——彼はもう一方の脚で体重を支えながら、てこの原理を利用してより強くわたしの胸骨に膝を押しつける。「そんなものはおまえの想像だ。何もつかんではいない！　フランシスが六十年近くも明らかにしようとしてきたことをおまえが解明したなんて信じないぞ。しかも彼女の死をおれと結びつけるなんて」

「そう思うならわたしを逃がしてよ」わたしはあえぐ。明滅する白い点が見えはじめ、気を失いつつあるのがわかる。痛みは恐ろしいほどで、嘔吐《おうと》してしまうかもしれない。ジョーに膝で押されつづけ、やがて四肢が重くなる。彼のもう一方の手が首に伸びてきて、わたしは弱々しくよける。あと一分も生きていられないかもしれないと、恐ろしいほどはっきりと気づく。ぬいぐるみ人形のように小柄なわたしに勝ち目はない。涙が頬を伝い、簡単に屈してしまう自分に痛いほどの怒りを感じる。彼が首を絞めはじめたらわたしはおしまいだ。

「もう遅すぎる」彼は言う。「母はこれでようやく心安らかになれる。長いあいだそれはそれは苦しんできたんだ――あのフランシスのババアは母に地獄を味わわせた！　いつだってエミリー、何もかもエミリー。フランシスは母が彼女のためにどれだけのことをしてやったか、フランシスが愚かな正義の追求をやめてさえいれば、ふたりの人生がどんなにすばらしいものになったか、知ろうともしなかった。毎年母は誕生日にしろ、記念日にしろ、フランシスに関わるものならどんなささいなイベントでも忘れたことはなかったのに、フランシスは何も返さなかった。母は夫の死を悼《いた》むフランシスの手をにぎってやったのに、父が死んだときは？　フランシスはあのごたいそうな花を送ってきただけだ！　花だぞ！　いっしょにあれだけのことを乗り越えてきたのに！　母は自分を犠牲にしてエミリーを排除し、フランシスをばかなローラや彼女の仰々しい絵に執着させまいとしてきたのに！　知っているか？　フランシスはローラが彼女のために描いたろくでもない絵を、よくじっと見つめていた。描き込まれているかもしれない〝正しい娘〟の象徴を探して、ほとんど正気を失いそうになりながらね」

空気を求めてもがきながら、わたしの意識は奇妙な場所をさまよっている。だらだらと話すことに気を取られ、わたしの首を絞めるジョーの手が一瞬ゆるむ。錠のかかったファイル用引き出しから母のカンバスを取り出したときのことが頭に浮かび、ほかのイメージも流れにのってよみがえってくる。だが、心を打ったのは、フランシス大叔母が母のことを思っていたという事実だ。母とフランシス大叔母の関係を壊したのはローズだったのかもしれない。

ジョーの手にまた力がこもり、わたしはえずく。

「それに、フランシスが母を警察に突き出さないだろうと信じるほど、おれはおめでたくはない！　彼女がそうするまで何日もなかっただろう。もう時間の問題だった」

「どうして……どうしてわかったの？　フランシスが……」一語ごとに打撲のような痛みが襲う。そろそろ八時であってほしい。クレイン刑事があの電話を受けるまでは生きながらえないと。それと、サクソン！　サクソンがわたしをはめようと計画し、ドラッグ所持で逮捕させてわたしを遺産相続争いから除外しようとしていたなら、クレインはもうここに向かっているはずだ。だが、さらに肺をつぶされながら、わたしは顔をしかめる。彼を見誤っていたかもしれないからだ。ジェニーがクレイン刑事に伝えるのは、わたしが見つけたことと、わたしの居場所だけだ。どれだけ差し迫った状況か、彼女は知らない。わたしが危険な状況に身を置いていることを刑事が知ったとしても、ここに来るまでに数分はかかるだろう。それでは間に合わないかもしれない。

「フランシスは母に話した。母のところに来て、発見したことをすべて話したんだ。それが母にとっての終わりのはじまりだった。母はだんだん壊れていった。それでおれは思った、フランシスが生きているかぎり、母の心は安まらないだろうと。母には心安らかに暮らしてほしいのに！」彼はわたしの顔のまえで叫び、彼の不快な熱い息が、命が尽きるまえに経験する最後のものになるのかと思うと、恐怖が喉にこみあげる。「母は十七歳のときからゆっくり休むことができないんだ。エミリーを排除するために母がしたことをフランシスがよろこんでいないのを知ったときから。おれが生まれてからずっと、フランシスは母の心配事や考えのすべてを支配していた。それを止めなければならなかった」彼の声が割れ、顔が感情でよじれる。「おれが止めなければならなかった」彼は言う。今度は少し静かだが、むせび泣きで声が締めつけられているせいで、叫ぶのと同じくらい危険に感じられる。

「あなたの指紋は……バッテリーについてる」わたしは息を詰まらせながら言う。ジョーの目が大きくなり、わずかに膝から力が抜ける。「あなたは運転手の息子よね」わたしは咳き込む。彼の手が首から離れた隙に、急いで肺に空気を吸い込む。もう一度震える息を吸い込んで、必死でさらにことばを発しようとする。「だからやり方は知っていた」わたしはあえぐ。「彼女の退路を断つにはバッテリーをはずすだけでよかった。あの朝彼女は車が動かなかったので、ウォルトに電話して、わたしたちを屋敷に連れてくるようにと伝えた。警察はバッテリーを調べるでしょう。そこからはあなたの指紋が見つかるはず」

「いや、それはありえない。手袋を使ったからな」彼は言う。だが、やはり不安そうな顔をしている。そしてさらに動きを速める。膝をさらに強く押し当てられ、わたしは叫び声をあげようとするが、出る声はひどく小さい。

「だれ……」最後にひとつ知りたいことがある。どうしてもわからない最後のピースが。「だれに花を届けたの?」

ジョーの顔はわたしの顔のすぐまえにあり、その目はわたしを焼き尽くすかのようだ。「エルヴァだ」彼は言う。

息ができない。なんてばかだったのだろう。上腕に何かが巻かれるのを感じ、ゴムバンドのようなものがわたしの血流を遮断して、採血をしなければならなかったこれまでの恐ろしい経験が頭に浮かぶ。視界が揺れ、ジョーの針を避けるために腕を動かそうとするが、体全体が鉛《なまり》のように感じられる。最後に聞くのはジョーのことばだ。「フランシスと同じだよ、アニー……これは自分が招いたことだ」

何かが肌を刺すのを感じ、興味深いことに、ようやくおなじみの針恐怖症が体じゅうに目のくらむようなパニックを浸透させる。その効果はすばやく、すぐに気が遠くなりかける。だからわたしはためらわない。行動する。

ジョーはわたしの腕と、過剰摂取に充分な量の薬物を投与するためにその腕を押さえつけることに集中するあまり、わたしの上に危なっかしく覆い被さり、もう片方の腕をつかんでいる手の力がゆるむ。彼の膝が胸からすべり、わたしは片脚を彼の下に入れ、電光石火の速さで蹴り上げる。彼はすでにストレッチャーとわたしの上でバランスをくずしているので、蹴落とすのは簡単だ。

彼がいつまでも倒れていないことはわかっているが、今の蹴りで最後の力を使ってしまったわたしの意識は、暗闇へと沈んでいく。闇に飲み込まれるまえに、救急車のドアが開く音を聞いたのは空耳だろうかと思う。

第40章

最初に目にしたのはウォルトの顔で、くもったガラス越しに見ているように感じられる。わたしはまだ救急車のストレッチャーの上だが、ジョーは床の上だ。彼が立ち上がろうとしているので、ウォルトがわたしに肩を貸して運び出そうとする。救急車の後部に運ばれ、ジョーが追いかけてくるまえに、ベスがウォルトを手伝ってわたしを扉の外に出す。救急車の扉をバタンと閉めて、ジョーをなかに閉じ込めたのがだれかはわからない。

クレイン刑事については思ったとおりだった――彼が到着するまでの数分はたしかにちょっと長すぎた。わたしが歩道に座り込むと、警察車両が轟音《ごうおん》とともに駐車場にはいってくる。彼らを目にした安堵でパニックが少し楽になる。だが、わたしの腕からは血がにじみ出ており、注射器が腕を引っかいたことでできた長い傷を見てわたしは気を失う。

こんなにすぐにまた失神するのは初めてだし、吐き気もひどい。意識が戻ると、刑事の声がビリビリと聞こえる。彼の胸に耳を押しつけているからだ。彼は清潔な洗濯物と、消えかけてはいるが大地を感じさせるコロンのにおいがする。だれかが彼と口論しており、わたしは少し頭がはっきりしてくる。

「いまいましい《ブラディ》病院なんてだめよ、いったいなんだって――ああ、ごめんなさい、アニー

「――」ベスは少し動揺しているように見える。「血まみれ《ブラディ》なんて言うつもりはなかったのよ」また言ってしまったことに気づいて彼女は顔をしかめる。「ただ、あなたをどこか快適で、パニックが起きないようなところに連れていけって言ってるの」

「大丈夫よ」とわたしは言うが、口のなかが干上がり、頭を動かすと吐き気がひどくなる。屈辱《くつじょく》を感じる暇もなく、つぎの瞬間には刑事に髪をうしろで押さえてもらいながら、駐車場で嘔吐している。まだ彼の膝に座ったままなので、よけいに無様な状況だ。

「何も注射されていないから安心していいよ」クレインは落ち着いて言う。「ぼくたちが最初にしたのは、ジョーがきみに使おうとしていた注射器を見つけることで、まだ薬物がいっぱいにはいっていた」

「お願いだから〝注射器〟ということばを使わないで」わたしはささやき、ベスはバッグからちゃんとアイロンのかかった綿のハンカチを取り出す。わたしはそれに首を振る。気持ちが悪すぎてそんな高級なものは使えない。首を振るのはまずい考えだったようで、わたしは二ラウンド目に突入し、傷ついた鹿のようにクレイン刑事に抱えられながらまた嘔吐する。

　駐車場全体が警察車両の点滅する青いライトに照らされている。これから時間をかけて救急車を調べることになるのだろう。ここはアニー・アダムズ殺人未遂事件の現場というだけではない。一台の警察車両の後部座席にマグダが見え、別の車にはジョーが乗せられている。

「ローズはどうなるの？」わたしはささやき声でクレイン刑事に訊く。

「きみの気分がよくなったらすべて話すよ」彼は言う。

ベスは歩きながら携帯電話で話しているが、電話の途中でわたしと目を合わせる。「どこでもあなたがいちばん快適だと感じられる場所に、ドクター・オウスが往診にきてくれるそうよ」彼女は言う。

「それなら、フランシス大叔母の家に戻っていい？」わたしは尋ねる。

「もちろん」クレインは言う。わたしは彼の肩に腕をまわし、彼を杖代わりにしてだれかの車まで行こうと考えるが、彼は見た目より力があり、わたしを抱え上げる。苦難の乙女の役をやらされるのは不本意だが、わたしにできることはあまりない。彼はわたしをやさしくベスの車の助手席に乗せ、彼女がグレイヴズダウン・ホールまで車を運転し、ウォルトとクレインの車があとにつづく。屋敷に着くと、わたしは足を引きずって自分でなかにはいると主張し、全員がゆっくりと図書室に向かうあいだ、だれかに寄りかかるのも拒否する。

そこでようやくサクソンの姿がないのに気づく。ジョーとマグダが逮捕されれば、サクソンは自分を守ろうと躍起になって、彼が気まぐれなパートナーシップを申し出たときわたしたちが交わした、拘束力のない契約のことを持ち出すだろう。彼は別の警察車両に乗っていたのだろうか。サクソンがマグダの医薬品ビジネスに関わっていた証拠の写真を持っているクレイン刑事の手によって。

すぐにベスが家じゅうから集めたと思われる枕が図書室のソファの上に積み上げられ、そこに横になるようにと言われる。ウォルトはまた大きなデスクの向こうに座る。デスクの上の開いたブリーフケースの横には、わたしのバックパックがある。オウス医師がわたしを隅隅まで診察したあと、胸部レントゲンをオーダーし、いやでもちゃんとした治療を受けなければだめだと主張する。わたしはそのすべてに耐えなければならない。

アーチー・フォイルまでがここにいて、精神的葛藤を抱えていそうなオリヴァー・ゴードンがその隣に座っている。

「アニー」ウォルトが言う。「私はフランシスが自分の殺人を解明させるにあたってだれも危険な目にあわせるつもりはなかったと思いたい。おそらく彼女はすべてが古典的な方法で進んでいくと思っていたのだろう——週末にみんながひとつの部屋に集まって、殺人犯が明らかになる、というような。あるいは刑事がさっそうと登場して待ったをかけ、事件を解明してみんなを打ち負かす、というような」

ウォルトはクレインににっこり微笑む。実際、最後には彼のすばやい判断がわたしの命を救ったからだ。「私はフランシスがパラノイアに陥《おちい》っていたことも含め、彼女のことをよく知っていたのだから、こうなることを予測しておくべきだった。彼女が殺される何日かまえ、急いで遺言にきみを含めるよう変更したときにね。彼女はきみがすべてにおいて無敵の救世主だと確信していたのだよ。正義をもたらしてくれる〝正しい娘〟だと。だが、危うく命を失うところだったね、申し訳ない。戻ってやり直せるものならそうしたいよ」

「あなたのせいじゃありません」わたしは言う。「それに、フランシス大叔母のことも責めません。わたしは自分から進んで今度のことにのめり込んだんです。それに、フランシス大叔母はジョーに殺されることになるとは、手遅れになるまで気づかなかった。おそらく彼がエミリーのこともローズがしたことも知らないと思っていたのでしょう。フランシスを殺したのがジョーだという物的証拠はなかったので、わたしは彼と直接対決しなければならなかった。あなたたちのまえで彼を糾弾するわけにはいかなかった。彼はすべてを否定するだけでしょうから」

「少しまえに戻っていいかな、アニー？」クレイン刑事が尋ねる。「ローズがエミリーを殺したとどうしてわかった？」

「ほとんどは日記からだけど、車とコートとアルバムのおかげもあるわ」

「もう少しくわしく説明してもらえるかな？　たぶんウォルト以外の人はフランシスの心のなかをたどれないと思うから」

「だれがエミリー・スパロウを殺したかということは、今解明するべき問題じゃなかったけど、気になってはいた。鍵は、なぜフランシス大叔母が突然謎を解明したのかということだった」わたしは言う。クレイン刑事からわたされたグラスの水をひと口飲む。「わたしが引っかかったのは、フランシスの服についての記述が日記のなかに頻繁に出てくること。エミリーがフランシスのものを盗んで彼女のまねをしていると、ローズはいつも話していた。それで、服に注目しながら日記を読んでいたら、三人の友人たちの親しさには何か病的なものがあるとわかってきた。エミリーはフランシスのコートを借り、父親のリボルバーを手に入れた。その理由は明らかにされていないけど、実際は自分の身を守るためだったんだと思う。彼女は何カ月も匿名《とくめい》の人物から脅迫文を受け取っていたから」

「ローズからの脅迫文？」

「それについてはこれから話すけど、答えはイエスよ。とにかく、わたしが気になったのはあのコート――エミリーはフランシスのウールのコートのポケットにはいっていた銃で殺された。ローズからアルバムをわたされて、ようやくわかってきた。フランシスのものを身につけていたのはローズだった。厳密に言うと、ご近所さんの草むしりをする代わりにこっそりチェルシーに行こうとしていた日、フランシスがローズにわたした冬物衣料の山ね。フランシスの母親は娘が働いているかどうかチェックしていた。草むしりはフォードに会いにこっそりグレイヴズダウンの屋敷に行ったことに対する罰だったから」

「それでローズはリボルバーがポケットに入ったままのあのコートを手に入れた。でも、どうやってチェルシーまで行ったの？」ベスが訊く。

「最初に日記を読んだとき、フォードの車がピーターとタンジーの家を通りすぎて村から出ていくくだりで、無意識にフォードとサクソンがチェルシーに戻るところなのだろうと思った。フランシスは運転手のことしか書いていなかったけど、それについては別になんとも思わなかった。フォードの運転手のビルは、あの車でいつでもローズの好きなときに彼女とドライブすることを許されていた、という箇所を読むまでは。彼はあの日チェルシーに彼女を送っていったのよ」

「ビルは殺人の共犯者だったと思う？」クレインが訊く。

わたしは唇をかみながら考えるが、ウォルトが口をはさむ。「ローズがしようとしていたことをビルが知っていたとは思えない。車で待っていてくれと言ったんじゃないかな、私が知る彼らの関係性からすると」彼は言う。

「それでビルはチェルシーの家までローズを送り、そこで彼女はエミリーを殺して、地下室にあったトランクに死体を入れた。コートと殺人の凶器といっしょに」わたしは言う。「ひとつどうしてもわからないのはフォードとサクソンのこと。自分たちがチェルシーに着いたとき、そこにはだれもいなかった、とサクソンはわたしに言った。でも思い出したの——フォードがファントムを運転することはなかった。もっと現代的なメルセデスに乗るほうが好きだった。サクソンはエミリー・スパロウのこととなると、わたしをまちがった方向に導くためにできることはなんでもやっていた」刑事のほうを見ると、小さなうなずきが返ってくる。「エミリーのことで、サクソンがどれだけ懸命にわたしを脱線させようとしていたかは理解できる。一時期は叔父の思い出を守ろうとしているのかと思ったけど、実際はわたしを混乱させようとしていただけだと思う」

「でも、エミリーもチェルシーの家に忘れ物をしたとアーチーに話していて、そこからすべてがはじまったんだ」ウォルトが言う。「きみのメモを見ても、これはまだ答えが出ていなかった。どうしてエミリーが戻ったのかわかったのかい？」

「エミリーが本気でピーターとタンジーからローラを取り戻したがっているとジョンは信じていたけど、もっとずっと単純なことだった。彼女はタイプライターを忘れたのよ、ロンドンに出るにあたって両親がくれたあのタイプライターを。わたしはあのタイプライターがキャッスルノールに戻らなかったことを知ってるの。何年かまえにチェルシーの家で見つけて、いじって遊ぶために自分の部屋に持っていったから。フランシス大叔母が日記に書いているケースの描写は、わたしが見つけたものとまったく同じ――プラスティックでタータンチェック柄だった。最初にキャッスルノールに帰ったとき、それを持ってこなかったことを母親に指摘されたんだと思う。それで急いでチェルシーに戻ったところ、家政婦は荷造りを終えて家に施錠するところだった。ローズには格好の口実があった。ビルが車で待っているから、車でキャッスルノールまで送る、列車で帰る必要はないとミセス・ブランチャードに言ったのよ。ローズは彼女にビルと車で待っていてほしい、自分はエミリーと話があるので戸締りをしてから行くと」

「でも、戸締りをしてローズだけが出てきたとき、どうしてだれもエミリーのことを訊かなかったんだろう？」オリヴァーが訊いた。わたしは彼が興味を持っていること自体に驚くが、彼はほとんど畏怖のようなものを浮かべた顔でわたしを見ている。まるで手品をするマジシャンを見るように。結局キャッスルノールは彼の心の故郷で、フランシス大叔母によって置かれた困難な状況を乗り越えるために、それを無関心な見せかけの裏に隠していたのかもしれない。だからわたしは黙って彼を見る。

「あの家には駐車スペースがない」彼はゆっくりと言う。

「土地開発業者みたいに考えるようになったわね」と言ってわたしはにやりと笑う。

「駐車規制はおそらく当時もあったはずだ。ビル・リロイは家のまえに車を停めたとしても、一分以上は停められなかった。通りの突き当たりまで行って停める必要があった」

「そのとおり」わたしは言う。オリヴァーが自分の首尾に気をよくして、座ったまま少し背筋を伸ばすのを見て満足する。「おかげでローズは戸締りをして車が待っているところまでひとりで向かい、エミリーはどこかに行く用事ができたという話を作ることができた。ショーを見にいくとか、買い物に行くとか、なんであれエミリーらしいことをして、列車で帰ることにしたという話を」

「でも、どうしてそんなに早く死体を処理できたんだろう？　殺人のせいで汚れた場所をきれいにすることも含めて」クレインが訊く。彼にじっと見られ、わたしはわずかに気をそがれる。彼はわたしの進行を阻止しようとしているのではない——純粋に興味を惹かれている顔つきだ——が、この場を仕切るのはわたしではないということをつい忘れてしまう。

そこで、ウォルトがすかさず言う。「これは推測だし、警察はチェルシーの家の地下室の写真をたくさん撮って調べることになるだろうが、ローズは地下室でチェルシーがエミリーを殺したのだと思う。どうしてそこに行ったのかはローズにしかわからないが、それがもっともありうるシナリオだ」

「地下室の床には排水溝があります」わたしは不意に思い出す。「母がどうしてもアトリエにしたがった理由のひとつがそれなんです。ローズがエミリーを殺したとき、血が流れたのだとしても、バケツ何杯かの水があればあっという間にきれいになったはずです」

全員が不意に黙り込む。わたしにはもう言うことがなくなったからだ。へとへとだがフランシス大叔母とエミリー・スパロウのためにいくばくかの正義がなされてうれしい。自分がその理由になれたことが誇らしくもある。

だが、窓の外を見ると家のまえに広がる芝生が目にはいり、アーチー・フォイルとその家族に対して罪悪感を覚える。「ごめんなさい」わたしはベスに言う。「精一杯やったけど、結局は警察を巻き込んでしまった。今となってはみんなのためにと思っていたことのすべてが台無しだわ。〈ジェソップ・フィールズ〉が来て、ここはすべてゴルフコースになってしまう」

「どういう意味だ？」ベスでさえ反応できないうちに、オリヴァーが言う。

ウォルトが咳払いをし、わたしたちはブリーフケースのなかの書類を探す彼を見つめる。

「きみは忘れているようだが、アニー、フランシスはだれが先に正しく殺人事件の謎を解いたかの最終判断を私にゆだねた。言うまでもないことだが、それはまちがいなくきみだ」

ベスがよろこびの声をあげるが、これほどの財産がほんとうに自分のものになるのだと理解するあいだ、わたしは瞬きしかできない。

最初に感じるのは、母があれほど愛する家を手放さなくてすむという安堵だ。わたしもあの家を守りたいと思っていることに気づく——あそこで子ども時代をすごしたのだから。戸棚の裏から古いヘアワックスの缶とかカフリンクスといった奇妙なものを発掘しながら。それで、そういう品を残していった幽霊についての物語を作りはじめたのだった。実話からヒントを得た今は、物語にして残す必要性をより強く感じている。

地下室は永久に閉ざさなければならないかもしれないが、母はどこかほかにプロ用のアトリエを手に入れるだろう。

だが、相続財産を勝ち取ったのに、少し悲しく思っていることに驚く。フランシス大叔母がほんとうに亡くなってしまったのだと実感せざるをえないからだ。殺人の謎を解かなければならないあいだは、彼女がいつもそばにいた。彼女の人生の、そして死の手がかりを探して、この屋敷じゅうを見てまわった。そのときはわかっていなかったが、わたしを惹きつけたのはエミリー・スパロウをめぐる謎でも、フランシス大叔母に何があったのかを探るという課題でもなかったのだと思う。

謎多きフランシス大叔母自身に魅せられたのだ——彼女の人生に、愛に、数多《あまた》の強迫観念に。彼女は慎重な気質と鋭い観察眼でわたしに話しかけてきた。わたしは彼女のなかに破滅的なほど自意識の強い人物を見た。その傾向はわたしにもある。そして一瞬、彼女の財産ばかりか運命までも相続しそうになった。

ゆっくりと息を吐きながら、自分がほんとうに正しい娘だったのだと実感する。わたしはフランシス大叔母のために正義をもたらした。そして、実の祖母であるエミリーのために。わたしはおだやかな満足感を覚える。今ではエミリー・スパロウを失った悲しみと、若くしてその命が奪われたことへの怒りも相続してしまったとはいえ。

部屋にいるみんながわたしにおめでとうと言っているが、わたしはクレイン刑事にじっと見つめられているのを感じる。部屋にいる少なくともひとりは、この時間わたしがこの終わりを悲しんでいるのに気づいてくれているという事実に、心が温かくなる。フランシス大叔母を失ったあとで、ようやくわたしは彼女を知ったのだから。

わたしはデスクのうしろの、チェスボードがある棚まで歩く。ボード上からクイーンを取って、デスクのうしろからわたしを見ているウォルトのところに戻る。わたしはデスクのまんなかにクイーンを置くと、息を吸い込み、涙をこらえながら、ふさわしいことばを探す。

「最初にやるべき仕事は、盛大な葬儀をすることよ」わたしは言う。「村じゅうの人たちをここに呼びましょう。わたしはみんなに知らせたい――みんなに知ってほしい――みんながどれほどフランシスを誤解していたかを。彼女がどんなにすばらしい人だったかを」

第41章

「ああ、ここに来るといつもぞっとしたものよ」ふたりでグレイヴズダウン・ホールのまえの芝生の上に立つと、母が言う。わたしがフランシス大叔母殺害事件を解明してから二週間がたち、焼けるような八月の陽射しは九月初旬のものへと移行している。さわやかな秋が待ち遠しいし、キャッスルノールでそれを経験できるのだと思うとうれしくなる。この芝生が黄色い葉で埋まり、やがて冬が訪れて霜《しも》に覆われるのを想像する。「ここには数えるほどしか来たことがなかったけど」母はつづける。「今のほうがすてきに見える」彼女はロングネックレスのチェーンをねじり、チャームが個人用のウィンドチャイムのように小さな音を立てる。「もう七歳じゃなくて、悪いことをしてもアーチー・フォイルに剪定《せんてい》ばさみで指をちょん切られないとわかっているからかしら」彼女は身震いする。「ここに来るといつもサクソンにそんなうそばっかり吹き込まれたわ。すごく変わったティーンエイジャーだった」

「げっ、子どもになんて恐ろしいことを言うのよ」わたしが返す。

「でも、フランシス叔母さんの手紙によると、サクソンには子ども時代がなかったんですって。だから、今はそれほど彼に怒りは感じない」彼女は肌寒そうに両腕をさする。わたしはとても暑くて、子どものようにスプリンクラーのあいだを走りたいほどなのに。

すべてのいきさつを母に話したあとで最初にしたのは、日記をわたして読んでもらうことだった。彼女は時間をかけて読み、読み終えると、それについてわたしと話すことを拒否した。だが最近ではこのことにまつわる自身の過去について、ぽつぽつと話すようになっていた。母にそういったことのすべてを昇華できる芸術があってよかったと思う。彼女は自分の気持ちを話すタイプではない。視覚化することでわかってもらおうとするのだ。

「あなたにドラッグを買わせてはめようとしたのは、邪悪以外の何物でもないけど」彼女は付け加える。

フランシス大叔母の死との関わりについて、エルヴァの疑いは晴れたが、それは彼女がいかにも彼女らしい否認をしたからだった。まちがってホテルに届いたが、匿名《とくめい》の人物からフランシスに送られたものだと、通りかかったジョーにアレンジメントをわたされた、と主張したのだ。ジョーは賢い――エルヴァはよく敷地内をうろついていただろうから、フランシスはアレンジメントが彼女からのものだと思っただろう。エルヴァはフランシスに敬意を抱き、夫に正当な遺産を残してもらうために彼女にこびていたので、フランシスの思い込みを否定しなかったのだろう。フランシス大叔母を発見したとき、エルヴァが警察に電話しなかった理由もそこにある――何が起きたのかに気づいて、巻き込まれるのが心配だったのだ。

サクソンはわたしとこの屋敷を避けるだろうと思ったがちがった。処方箋《しょほうせん》の偽造などで逮捕されたあと保釈され、今は裁判を待っているところだ。彼はあえて何度かわたしのもとを訪れ、わたしも彼から目を離さないようにしている。彼のわたしとのゲームはまだ終わっていないと思うからだ。

約束どおりロールス・ロイスはフォイル家に贈った。アーチーはビニールハウスを取り払ったが、あのマリファナをどうしたのかについては深追いしないことにした。彼は造園業から引退することを決めた——花はフランシスにとってとても大きな意味があるからつづけていただけなのだという。今は納屋のひとつを趣味のための作業場に改装し、ヴィンテージカーの修復をしている。アーチーが新しいビジネスに転向してくれてうれしかった。彼がいちばん求めていたのは、だれかに自分の冒険の後押しをしてもらうことだったのだと思う。フランシス大叔母を味方に引き入れようとして、まちがったものを選んでしまっただけなのだ。

「サクソンのことなら心配しないで」わたしは母に言う。サクソンを出し抜こうと計画したせいでわたしが死にかけたことについて、母はすべての詳細を知っているわけではない。母を心配させたくなかった。母もそれなりに向こう見ずだが、やるのはせいぜい幕間時間にウエストエンドのショーに忍び込むとか、フランス語訛《なま》りでバーテンダーを口説くようわたしをけしかけるといった冒険だ。どれも殺される危険があるわけではない。フランシス大叔母を殺した犯人の口を割らせるために身を危険にさらしたことを、母は理解してくれないだろう。「クレイン刑事がこのところ厳重に彼を監視しているから」

「うわさをすれば」母が言う。刑事の車が砂利敷きのドライブウェイをのぼってきて、わたしは助手席にウォルトが乗っているのに気づく。

「ほんとに行きたくないの?」わたしは尋ねる。ローズが住む施設にクレイン刑事が連れていってくれることになっているのだ。ローズは健康上の理由から訴訟能力を欠くと判断され、以来その施設に住んでいる。わたしは行こうかどうか迷ったが、この物語全体にふさわしいエンディングを求めてもいた。これを幕引きと呼ぶ人たちもいると思うが、クレインは慎重にも、ローズに会うことでそれを得られるかどうかはわからないとわたしに忠告した。

彼の言いたいことはわかる。ローズのようなやり方で人生が壊れてしまった女性に会うのは愉しいものではない。彼女は友人を殺し、息子は彼女の親友を殺した。ローズと話すことがプラスになるかどうかはわからないが、それでもやるべきだという気がする。

「ええ、ほんとよ」母は言う。「代わりにジョンに会うわ。そっちがわたしの向かうべき道のような気がするから」

「それもそうね」わたしは静かに言う。「ああ、忘れるところだった」と言って、肩にかけたキャンバスバッグのなかをあさる。ローズに会った感想を書き留めたくなったときのために、バッグにはペンとノートを入れている。フランシス大叔母を見習って自分が経験したことを記録しはじめているのだ。自分の物語を生きたものとして見る助けになるから。物語はほどけ、よじれ、またひとりでに折りたたまれる。それをすべて書いておけば、読み返したとき、ずっとそこにあったのに気づかなかったことの意味がわかるだろう。

わたしは父の名前が書かれた分厚いファイルを母にわたす。「これ、ママに」わたしは言う。「これを取ってくるように言われて、少し読んでみたけど、今はそれほど興味を持てないの」

母はフォルダーを見て、一瞬悲しげな笑みを浮かべる。「わかった。興味が出るまでわたしが持ってる。どうしてかっていうとね、アニー」

「何？」

「彼はどこかにいるから、あなたのパパは。そんなにいい人ではないけど、わたしたちのことがニュースになってるから、また現れるかもしれない」

これについて考えてみるが、何も言わずにおく。突然アート界に返り咲いた母も充分話題になったが、わたしのストーリーは国際的なニュースになった。ふたつの殺人事件を解決し、その結果女相続人となっただけでもニュースだが、それが存在すら知らなかった祖母の殺人となると？ 見出しはおのずと決まってくる。アニー・アダムズ――殺人の被害者だったティーンエイジャーの秘密の孫娘、村をひっくり返す。

「あとで屋敷に戻ってくる？ 夕食のころにでも？」わたしは母に尋ねる。

彼女はため息をつく。「急いで新しいアトリエに戻りたいの。だから、もしかまわなければ帰るわ。でも、十月の葬儀には来るから。約束する」

ウォルトが慎重にわたしたちに近づいてきて、深い思いのこもった目で母を見る。彼を責めることはできない。母は彼が持つことのできなかった娘の象徴か、愛して失った女性を思わせる存在なのだから。わたしのほうを向いた彼の目が、古着のTシャツを見てわずかに大きくなる。今わたしが着ているのは、最初にキャッスルノールのオックスファムの店に行ったときに買ったもの――コーデュロイのスカートと、それにタックインした色褪《いろあ》せたレトロなコンサートTシャツだ。〝The Kinks: Live at Kelvin Hall, Glasgow, 1967〟の文字がかろうじて読める。

「そのシャツは私が手放したものだと思う」彼はつぶやくように言う。少し赤くなってさえいる。

「オックスファムの店で見つけたんです」誇らしげな声でわたしは言う。「ずっとあの曲が好きでした、〈ユー・リアリー・ガット・ミー〉が」

ウォルトは笑う。そしてうなずく。「それなら、きみのところに行きついてうれしいよ」

「もしまだほかにもあるなら、よろこんで引き取りますよ」と申し出て微笑《ほほえ》む。

「どこかにピンク・フロイドのTシャツがあるかもしれない」彼は言う。「オリヴァーにはよさがわからないようでね。探してみるよ。新しい人生を与えてやるのもいいだろう」

わたしと母の面倒をみるためにお金を送ってくれた彼にお礼を言いたい。たとえそれがほんの数回のことであっても。彼はフランシス大叔母に隠れてそれをした。彼女の判断に同意していなかったからだ。ちょっとしたことでいいから、エミリーの家族を助けたかったのだと思う。だが、わたしは何も知らないと思われているほうがいいだろう。

ぎこちない沈黙のあと、ようやくクレイン刑事が鋭くわたしを見る。「もう行かないと、アニー。時間どおりに着きたければね。特別に予約を入れてもらったんだから、せっかくの機会をふいにしたくない」

「わかった」わたしは言う。

小さなテーブルをはさんでわたしとクレイン刑事の向かいに座るローズは、背中を丸めておどおどしている。刑事のほうばかり見ている目は、奇妙なほど信頼にあふれている。彼を好きになることにしたようだ。わたしを見るたび顔をゆがめるが、どんな表情も長くとどまることはない。まるで、自分が見ているのがだれなのかわからないように。実はわたしも彼女を誤解していた女性たちのひとりなのだが。

ローズの隣には四十代の男性セラピストが座っている。彼女の権利を主張すると同時に落ち着かせるために同席しているのだろう。

どうはじめればいいのかわからない。会ってくださってありがとうございます、と言ってもいいが、彼女に選択肢はなかった。お会いできてうれしいです、は本心ではない。幸い、クレインが察して主導権をにぎる。わたしは彼に連れてきてもらってここにいるだけだ。両方の殺人事件の捜査をまとめる責任者はクレイン刑事なので、ローズに会えるのは本来彼だけなのだ。

「どうも、ローズ」彼は言う。「みんなでおしゃべりをしたら、役に立つんじゃないかと思いましてね。ちょっと確認して誤解を解くのに。あなたが知られたくないことは尋ねません。あなたはもう罪を認めているし、裁判にかけられることもないので、これはあなたの昔の傷を癒《いや》すことになるかもしれないと思っています。わかっていただけますか?」

ローズはわたしをちらりと見たあと、気が抜けたように顔をそむける。「あなたを好きになりたかった」彼女は言う。「がんばったけど、あなたのせいでひどくむずかしかった」あなたというのがエミリーなのか、母なのか、わたしなのかわからない。ローズに怒りを覚えるのではないかと思っていたが、さまざまな感情が入り混じっていて分類できない。エミリーを殺したとき、彼女は十七歳だった。悪かったと思っているのかどうかだけ知りたい。

「あなたがくださったアルバムの写真、愉《たの》しく拝見しました」わたしは言う。少なくともそれはほんとうだ。見ているとちょっと悲しくはなるが、あのアルバムは大切にしている。母を妊娠中のエミリーの写真は、額に入れて図書室に置いた。そこにあるフランシス大叔母の思い出の品々とともに。

ローズは遠くを見ているが、不意にわたしに目を戻し、黒い目でわたしの目を穴があくほど見つめる。「謝罪がほしいんでしょう」突然彼女は言う。「それは無理よ。エミリーは止めてやる必要があった」

少なくともこれでわたしの複雑な思いははっきりした。もう思いを伝えることにためらいはない。

「ローズ」わたしは冷静な声を保ちながら言う。「理解していますよね、あなたがエミリーを殺さなかったら、フランシスは予言のことをすべて忘れていたかもしれないと？　彼女の日記を読みました。あなたが書いた脅迫文をスカートのポケットから見つけたせいで、彼女は運命を信じはじめた。そして、エミリーが姿を消したとき、彼女は恐怖を覚えた。エミリーは自分の身代わりになったのだと思った。あなたはエミリーに台無しにされる人生からフランシスを守っていたつもりでも、彼女はあなたのせいで生まれた恐怖とともに生きることになった」

ローズはわたしのことばに驚き、目をしばたたく。だが、その目に涙はない。彼女の表情が変化するのを見守るうちに、わたしが言ったことを自分の物語に都合がいいように変えているのがわかる。

クレイン刑事がテーブルの下で、だれにも見えないようにそっとわたしの肘《ひじ》をつかむ。わたしの怒りの火種は消え、この先何年もくすぶることになるローズへの敵意の燃えさしだけが残る。

だが、それが殺人事件を解明するときに起こることなのだろう。ピースがはまったからといって、犯罪そのものへの怒りは消えない。それはわたしが学んだ悲しい事実であり、人生や執筆に対する見方を変える。

「今日はもうこれぐらいでいいでしょう」セラピストが言う。

ローズが部屋に連れていかれるまえに、わたしは最後にもう一度彼女を見るが、彼女はもうこちらを見ようともしない。わたしの顔は彼女の記憶に焼きつき、今ではエミリーと見分けがつかなくなっているのだろう。

第42章

葬儀を十月に決めたのは、フランシスの遺言で秋と指定されていたからだ。その理由がわかる——金色の光に満ちた秋の地所は壮麗だ。敷地を縁取《ふちど》る森林地帯はオレンジや赤で豊かに彩られる。

スピーチが終わったあと、グレイヴズダウン邸のワインセラーの高級シャンパンを飲み、自分もこの場の一員であることをうれしく思いながら、立ってみんなを眺める。ジョン・オクスリーは心温まることばでみんなを泣かせた。わたしは満ち足りた気分で、ベスが用意した料理を食べる人びとを見守る。

葬儀は地所の前面の広大な芝生の上でおこなわれる。村じゅうの人びとが集まれるので都合がいい。屋敷はフランシス大叔母に別れを告げる背景として完璧だ。芝生のまんなかに再現された小さな書斎は賞賛の的になっている。全体の構図を作り上げたのはジェニーで、まさにこの場にふさわしい作品だ。東洋風のラグが敷かれ、その中央に床置きのティファニーランプと、フランシス大叔母のレザーの肘掛け椅子が置かれている。すべては——ニュース記事や村のゴシップも——ここに、惜しまれるひとりの女性がいたことをみんなに記憶してもらうためだ。

選び抜かれた彼女の本――すべて殺人ミステリ――が危なっかしく積み上げられ、肘掛け椅子の隙間という隙間にはジェニーが芸術的に花を埋め込み、さらにエミリーのタイプライターもある（母にたのんでチェルシーから持ってきてもらった）。それは台座の上に、銀のフレームにはいったエミリーの写真といっしょに置かれている。エミリーにも別れを告げられるようにしたかったのだ。フランシスならそれを望んだだろうという気がして。

ブライトンからやってきたエミリーの姉のローラは、おだやかな様子で隅のほうに立っている。スピーチがはじまるまえに近づいてきてわたしを抱きしめ、「ありがとう」とささやくと、また人びとのなかに溶け込んだ。だが、母のほうを見るたび、名前をもらった人としゃべっている。どうやら心温まる進展があったようだ。

サクソンとエルヴァもいて、人びとのあいだを歩きまわり、ベスの料理を褒め、大量にシャンパンを飲んでいる。ミユキはベスを手伝って、厨房から長テーブルに大皿を運んでいる。長テーブルは芝生の上のジェニー作のセンターピースを四角く囲むように設置されている。

オリヴァーがジェニーのそばに立って、会話に誘い込もうとしているのに気づく。ジェニーはちょっと彼に興味を惹かれているようなので、わたしは彼女を救おうとふたりに近づく。ジェニーはこういうところが母と共通している。ダメ男がいると、磁石のように引き寄せられてしまうのだ。幸いジェニーには、反対極のようにあいだにはいってその磁気を退《しりぞ》けるわたしがいる。

「すばらしいところね、アニー」ジェニーがわたしを見て言う。

「ありがとう」わたしは言う。「あんたにかなり借りができたわ、わかってると思うけど」と付け加え、着ているコートの前面に手をすべらせる。あたりを見まわしながら額《ひたい》にしわが寄るのがわかる。

「どうしてそんなに心配そうなんだい？」オリヴァーが訊く。

「わたし……未解決な部分が残ってるのがいやなのよね。ここに集まったみんなを見ながら、これまでのことを考えていたんだけど……」わたしはため息をつく。「だれがあの脅迫文を置いたのかわからなくて」

「ああ」オリヴァーが暗い顔で首のうしろを掻く。「あれはぼくだ」

「えっ……あなたが？　どうして？　だいたい、どこであれを見つけたの？　待って、ノートパソコンを壊してノートを破いたのもあなた？」

「ちがうよ！　ぼくは何も壊してない。あれはサクソンだよ。きみにやってないと言ったんだとしたら、うそをついたんだろう。でも、なんの説明もなくあの脅迫文をきみの部屋に残したのは、たしかに不気味な行動だったと思う。謎に取り組むきみたちをただ突っ立って見ているんじゃなくて、何かしなくちゃと思ったんだ。きみを怖がらせるべきか、力になるべきか決められなかった。それで、フランシスのつづき部屋であのメモを見つけたとき、これなら……どちらにも使えると思ったんだ。そうなっただろう？」

オリヴァーの顔がやけに正直で気取りがないので、一瞬言うのはやめようかと思う。だがわたしは言う。

「オリヴァー、わたし、ずっと見張られている気がしてたのよ――すごく気味が悪かったんだから！」

彼は少ししょげたように見え、やがてうなずく。「ごめん、アニー。ほかのやり方を思いつけなかったんだ……正直、ずっと自分の仕事がいやだった。逃げ出す勇気もなかった。でも、きみが殺人事件を解明すれば、ぼくはむずかしい選択をする必要がなくなる。すべて会社からやらされていたことなんだ」彼はそこでため息をつく。「すごく卑怯だったと思うけど、上司に延々と謝りながらするにはあれが精一杯だった」

わたしはうなずく。思い返せば八月のあのころ、オリヴァーはつねにストレスにさらされ、つねに電話をしていたからだ。「たしかに、あなたは助けになった」わたしはゆっくりと言う。「でも、ほんとに仕事は辞めるべきだと思う」

「ああ」彼は笑うが、笑い声には皮肉の棘《とげ》がある。「仕事はクビになったよ。でも、結局は望んでいたとおりになったわけだから、うまくいったってことだよね」

背後で礼儀正しい咳が聞こえ、振り向くと、クレイン刑事がわたしと話すのを辛抱強く待っている。ジェニーがわたしのほうに眉《まゆ》を上げてみせるので、わたしは〝そんな見え見えのばかなまねはやめて〟という視線を向ける。彼女とオリヴァーは失礼と言って、ベスの料理を褒め称えている人びとのほうに歩き去る。

「アニー」クレイン刑事は両手をポケットに入れ、かかとを軸に軽く体を揺らしながら言う。いつもよりこぎれいな身なりで、淡い色のチノパンを穿《は》き、一日じゅう襟《えり》を引っ張っていたかのようにネクタイがわずかに片側に寄っている。黒っぽい頰ひげはふだんよりやや短めに整えられ、髪もきれいに刈り込まれている。ここに来るまえにわざわざ床屋に行ったのだろう。

だが、クレイン刑事を見ているうちに、何かニュースを伝えようとして慎重にことばを探しているのがわかる。臆病なわたしはその先を聞きたくないととっさに思ってしまう。そこで、彼の黒い目を見て深呼吸をする。

「ジョーの裁判のために証拠を提出する必要があるんでしょう?」わたしの声は石のように硬い。救急車のなかでの経験は思い出したくないからだ。

クレイン刑事の肩から力が抜ける。率直さが信条の彼にとって、重要なことを避けるのはうそをついているのと同じことなのだろう。そういう正直さがいかにめずらしいかわかりはじめているわたしは思わず微笑む。

「検察官から今朝電話があった」彼は言う。「ジョーを自白させるために囮《おとり》になろうとしたことで、弁護側はきみを標的にするだろう、と彼女は見ている。こちらの主張はとても強固だから、向こうに勝ち目はないだろうが、法廷ではそれを覚悟しておいてほしいとのことだ」

わたしはうなずく。「警告をありがとう」フランシス大叔母の殺人事件でいちばん矛盾した感情を抱いてしまうのは、ローズに対してだ。だが、ジョーはわたしにとって悪人そのものであり、暴力で状況をコントロールできると考えている人物だ。彼を刑務所に入れる手助けをすることにはなんのためらいもないので、そのときが来たら、わたしはそうするだろう。

クレイン刑事はわたしの手を取ろうとするように手を伸ばすが、ほんの一瞬だったので、想像だったのかもしれない。代わりにわたしの肩に手を置き、一度ぎゅっとつかんでから、腕を脇におろす。

十月の陽射しは強いが、空気は重ね着が必要な程度にひんやりしている。わたしの新しいコートは洗練された茶色のレインコートで、ジェニーが選んだものだ。フランシス大叔母がフォードから贈られたダークグリーンのウールのコートはクロゼットで見つかった。あのクリスマスにフランシスが着ていた、グリーンのベルベットのワンピースの隣にかけてあった。それを着たい気もしたが、服を借りることが謎解きの大きなヒントになったことを思うと気がひけた。そのコートを見て最初にしたのは、ポケットを調べて銃や脅迫文がはいっていないか確認することだった。

フランシス大叔母が一九六六年以降に所有した衣類をすべてとっておいたらしいのも不思議だ。彼女の筆跡で埋まった革製の日記帳はほかにも何冊かある。わたしはそれを屋敷のなかの別の場所で見つけた。それらはエミリー・スパロウや殺人がテーマではないので、別に保管していたのだろう。だが、着るものを探してフランシスのクロゼットを見ているうちに、彼女が調査していたもうひとつの犯罪に関わったかもしれない服を着る危険を冒したくはないと思った。自分の殺人を未然に防ごうとしながら、別の殺人事件に巻き込まれるのは、フランシスらしいと言えなくもないが。

だが、これだけのことがあったあとで、フランシス大叔母はわたしを待っていたのではないかと思えるものを偶然見つけた。彼女の部屋のヒマラヤスギのたんすのなか、彼女のほかの日記がしまわれていた場所に、何も書かれていない革表紙のノートが何冊かはいっていたのだ。だれかがやってきて新しいことばを書き込んでくれるのを待っているかのように。葬儀のために外に出るまえに、わたしはそのなかの一冊を開いた。そして、ペンを取って白紙のページに書きはじめた。

謝辞

アニーやフランシスの声を世界に伝えるために、多くの優秀な人たちが信じられない量の仕事を懸命にこなしてくれました。この本のはじまりを思うと――このまま謝辞を読んでいただければ、わたしの言おうとしていることがすぐにわかります――心から確信を持って言えます、これはチームの努力の結晶だと。

まずはすばらしいエージェント、ゾエ・プラントに感謝することからはじめなければなりません。この本がちゃんとした形になったのは彼女のおかげだからです。二〇二一年のパンデミックのさなか、ホームスクーリングでふたりの幼い子どもたちを教えていたわたしは断片的に書くことしかできず、突拍子もないアイディアが浮かぶたびに、原稿もどきをゾエに送るようになりました。彼女は絵本から吸血鬼を題材にしたコメディまで、あらゆるものを担当してきた辛抱強い人で、わたしがパンデミック期に書いたものはほとんど（全部）が客観的に見てひどいものであったにもかかわらず、引きつづきアイディアを出すようにと励ましつづけてくれました。そしてようやく、かなりの大作となったヤングアダルト小説を彼女に送ることができました。アニーという名前の大胆なニューヨーカーが、疎遠な親戚に昔占い師が話したことのせいで、車でイギリスを旅し、殺人事件を解明するという話です。ゾエはこの話に惚れ込んで三つのバージョンを考え、いつ「もう、無理」と言ってもおかしくなかったのに、あきらめませんでした。どんなに感謝してもしきれません。

この本をアメリカや多くの地域に紹介するために力になってくれた、ジェニー・ベントとベント・エージェンシーのすばらしいチームに深く感謝します。ジェニーはすばらしい仕事仲間で、彼女がそばにいてくれると、何から何まで面倒をみてもらっている気がします。支えてくれたエマ・ラガルド、ヴィクトリア・カペーロ、ニッサ・カレン、そしてジェマ・クーパー、初期バージョンの原稿を読んで、声をそろえて「見込みがあると思う」と言ってくれたＴＢＡチーム全員にもお礼を言いたいです。

すばらしいフィルム・エージェントのエミリー・ヘイワードと、アーティスト・パートナーシップの彼女のチームにも感謝します。アニーとフランシスをふさわしい映画人のもとに送り出すために、見事な手腕を発揮してくれました。

並はずれた才能を持ち、いい意味で圧倒されるほどこの本に情熱を傾けてくれるふたりの編集者がいるのは、信じられないほど幸運なことです。執筆中に心が萎《な》えたときはいつでも、ふたりがこの作品にかけるエネルギーと興奮を思い出すだけで、世界を相手に闘う準備ができました。イギリスのクエルクス社のフローレンス・ヘア、アメリカのダットン社のキャシディ・サックス、あなたたちのおかげで編集のドリームチームを作れた気がします。

クエルクス社のイギリスチーム――ステファニー・ビアワース、ケイティ・ブロット、エラ・パテル、リップフォン・タンに感謝します。とても独創的なやり方でわたしの本を宣伝してくれる、彼らの熱心な取り組みには感服せずにいられません。イギリスの原稿整理編集者、装丁デザイナー、そして、わたしの本のために心を込めてとても美しいプロモーション用資料を作ってくれるみなさんにも深く感謝しています。みなさんほんとうにすばらしいです。

ダットン社のアメリカチーム――エミリー・キャンダー、イザベル・ダシルヴァ、エリカ・センプルン、ジョン・パースリー、クリスティン・ボール、ライアン・リチャードソン、スーザン・シュワーツ、リーアン・ペンバートン、アシュリー・タッカー、ティファニー・エストライヒャー――そしてアメリカの装丁デザイナー、原稿整理編集者、まだ会ったことのないチームのメンバーのみなさん、みなさんがこの本のためにしてくれたことのすべてがとても気に入っています。わたしの期待をはるかに超えていました。

わたしのすばらしい執筆仲間たちも、この本をまとめるにあたって力を貸してくれました。テキサスのレディたち――リサ・ガント、ティファニー・ニーヒーサー、メアリー・オウスティーンの支援と慧眼《けいがん》と貴重な助言にとても感謝しています。ロンドン在住のアメリカ人仲間であるアシュリー・チャルマースにも心からありがとう。あなたの友情と、生きのいい会話と、的確なフィードバックのおかげで、これまで何冊もの本を書くことができました。

作中いくつかの細かい点で力をお借りしたみなさんに感謝します。ロジャー・スウィートは古い車に関する知識を授けてくれました――ロールス・ロイス・ファントムⅡが彼のお気に入りの車でなくても、それを運転するのはどんな感じがするか、どうやって動かすかについてすばらしい洞察力を持った方で、話をさせてもらえて楽しかったです。ロールス・ロイスに関する記述でまちがいがあれば、すべてわたしひとりの責任です。

出版界（と人生！）での浮き沈みのあいだずっと手をにぎっていてくれた、長年のパートナーにして批評家の友人ハンナ・ロバーツ、あなたに永遠に感謝しています。勝利を祝い、文句に耳を傾け、ともに本に夢中になり、あまりに荒くてゴミ同然だけど、本人としては何かあると感じているいる原稿とも言えないばらばらの文章を読んでくれる、そんな真の友人にこの世でめぐりあえることはめったにありません。ありったけの愛と感謝を捧げます。

すばらしい夫であるトムの忍耐力、愛、支えがなかったら、わたしの作家人生はありえません。わたしにとってあなたがどれだけ大事な人か、あなたは知っているのでここに書く必要はないけど、働き者のあなたがことばでは言い表せないほど好きだし、わたしをこれほど完璧に理解してくれる人がいてくれてとても感謝しています。ふたりのすばらしい子どもたち、エロイーズとクェンティン、もちろんあなたたちがこれを読むのは何年か先だろうし、もしかしたら読まないかもしれないけど（読んでくれなくても気にしないわ）、一応ここに書いて活字にしておくわね。あなたたち以上の子どもたちはいません。あなたたちには毎日驚かされ、刺激を受けています。

わたしの本を熱く支持し、実際に手に取ってもらえるよう尽力してくださる書店員のみなさんに感謝したいと思います。書店員の仕事がどんなにたいへんかはよくわかっていますし、書店に足を踏み入れるたび、みなさんの知識と熱意にいつも心を打たれます。わたしの作品をさまざまな言語に移し替えるという、とても複雑で手のかかる仕事をしてくださっている翻訳者のみなさんも同様です――みなさんの仕事を尊敬してやみません。

　そして最後に、最後まで残しておくほど重要な人たち（大賞番組でいちばん大きな賞が最後に発表されるように）、この本を選んでくださったすべての読者のみなさんに感謝を捧げます。みなさんのおかげでわたしはこの仕事ができるのです。ありがとう。

解説

千街晶之

　クリスティン・ペリン『白薔薇《しろばら》殺人事件』（原題 *How to Solve Your Own Murder*、二〇二四年）は、ある予言から始まる。それは呪いと言ってもいい。一九六五年、十六歳の少女フランシス・アダムズは、占い師から未来を予言される。一緒にいた友人のエミリーとローズは、そんな予言など出鱈目《でたらめ》だと笑い飛ばそうとするが、フランシスは不気味な印象を拭《ぬぐ》えない。占い師の言葉とは、「おまえの未来には乾いた骨がある。おまえのゆるやかな終焉《しゅうえん》は、クイーンを片手のひらににぎったとたんにはじまる。鳥に気をつけるがいい、なぜならおまえを裏切るから。そしてそこからは決して引き返せない。だが、娘たちが正義の鍵となる。正しい娘を見つけ、彼女を手放すな。すべての印《しるし》はおまえが殺されることを示している」というものだった。

　歳月は流れ、ミステリ作家志望の二十五歳の女性、アニー・アダムズは、キャッスルノールという田舎の村に招待された。そこには大叔母にあたるフランシスが住んでいるが、遺言状を書き換えたらしい。フランシスの弁護士ウォルター・ゴードンに迎えられたアニーは、ウォルターの孫で土地開発会社社員のオリヴァー、フランシスの亡夫の甥《おい》サクソンの妻であるエルヴァらに紹介される。検死医をしているサクソンはその場に姿を現さなかった。

その後、フランシスの屋敷を訪れたアニーは、図書室で死んでいる大叔母を発見する。両手には多くの傷があって血まみれだったが、ほかに外傷はないようだった。そして床には数本の白薔薇が落ちていた。フランシスは生前、少女時代に占い師に予言された通りに自分は殺される運命なのだと主張していた。彼女の死因が他殺なのだとすれば、その予言は的中したことになるが……。

このように紹介すると、本書を怪奇趣味溢れるオカルト・ミステリかと思う読者も出てきそうだ。予言というモチーフは、ミステリの世界に時折登場する。古い例では、モーリス・ルブラン『三十棺桶島』（一九一九年）が孤島に伝わる予言をなぞるように惨劇が続発する物語だったし、カーター・ディクスン『読者よ欺かるるなかれ』（一九三九年）では読心術師の予言通りに次々とひとが死ぬ。横溝正史『真珠郎』（一九三七年）の老婆の予言なども含まれるだろう。近年では有栖川有栖『インド倶楽部の謎』（二〇一八年）の表題作、阿津川辰海『星詠師の記憶』（二〇一八年）、今村昌弘『魔眼の匣の殺人』（二〇一九年、以下同じ）、澤村伊智『予言の島』、辻堂ゆめ『今、死ぬ夢を見ましたか』、井上悠宇『誰も死なないミステリーを君に2』、法月綸太郎『法月綸太郎の消息』所収の「殺さぬ先の自首」……と、何故か二〇一九年頃に予言や予知をモチーフにしたミステリが集中したことが一部で話題になった。

予言とはちょっと違うかも知れないが、アンソニー・ホロヴィッツ『メインテーマは殺人』（二〇一七年）では、自分の葬儀の手配を済ませた資産家の老婦人がその夜に本当に絞殺されてしまうという、まるで自分の死期を予知していたかのような怪事件が扱われている。単純な殺人予告と予言とをどう区別するかはやや面倒なところではあるが、未来が見える筈《はず》がない人間が、何故か未来を正しく言い当ててしまう不可思議さを強調したのが予言を扱った作品だと言えるだろう。右にタイトルを挙げた作品は、特殊設定として予言が取り入れられているか、予言がインチキであるかのいずれかに当てはまるものが多い。後者の場合は、その背景のからくりが、解き明かされるべき謎として読者に提示されることになる。

ところが本書の場合、予言が的中したかのような変死事件——という、書きようによってはいかようにもオカルティックに盛り上げることが可能な発端にもかかわらず、予言が発せられた背景はさほど重視されているわけではない。十六歳のフランシスに忌《い》まわしい未来を予言した占い師にしても、冒頭にちょっと出てくるだけの端役にすぎず、巻頭の登場人物表にも名前はない。この占い師がインチキであろうが本物であろうが、本筋にとっては全くどうでもいいという扱いなのだ。この点は、今までの予言ミステリとは大いに趣《おもむき》を異《こと》にしているとは言えないだろうか。

しかし重要なのは、フランシスがその予言を真に受け、周囲からは変人と見られるような狷介《けんかい》な老女になってしまったことだ。彼女の死後、アニーたち事件関係者にウォルターが遺言状を公表する。その内容は常軌を逸《いっ》したものだったが、それもまたフランシスが自分が殺されると信じ込んでいたせいだった。双子の兄弟のうち長生きしたほうが全財産を相続できるというロジャー・スカーレット『エンジェル家の殺人』（一九三二年。江戸川乱歩が『三角館の恐怖』として翻案)、大富豪の三人の孫のうち一人と結婚することを条件に恩人の孫娘に全財産を相続させるという遺言状が波紋を拡げる横溝正史『犬神家の一族』(一九五一年)、自分を殺害した犯人に全財産を譲るという新川帆立『元彼の遺言状』(二〇二一年)等々、異常な遺言状が出てくるミステリは枚挙に遑《いとま》がないけれども、本書のフランシスの遺言状も相当に規格外である。

アニーはミステリ作家志望だけあって、大叔母の死に直面してその謎を積極的に解こうとするものの、どうしても解かなければならない立場というわけではなかった。ところが、この遺言状がアニーの立場を一変させるのだ——彼女のみならず、他の関係者の立場をも。

本書では、フランシスの死という現代の事件と同時に、一九六六年にフランシスの友人エミリーが失踪した事件の謎も並行して解かなければならない。当時の事件関係者は現在は老齢に達しており、中には鬼籍《きせき》に入った者もいる。その意味で本書は、アガサ・クリスティが得意とした「回想の殺人(スリーピング・マーダー)」テーマも含んでいる。謎解きの手掛かりとなるのは、フランシスが生前に残していた膨大な調査記録だ。彼女は自分が殺された時のために、親族や村人たちを調査し、ファイルを作って「放火」「傷害」「破産」「不貞」といった項目ごとに分類していたのだ——約六十年の歳月を費やして。

ただし、そのファイルの内容が作中で列挙されるわけではない。読者としても、そんな大量の記録を延々と読まされても困るだろう。その代わり、アニーを語り手とする現代パートに挟まるかたちで、若き日のフランシスが綴《つづ》った日記が紹介される構成となっている。そこでは、友人のエミリーとローズ、フランシスのボーイフレンドのジョン、エミリーのボーイフレンドのウォルター（ウォルト）、そして彼らが忍び込んだ屋敷の若き当主で、後にフランシスの夫となるラザフォード（フォード）らの往時の姿が活写されている。彼らが織り成す人間模様の中に、やがて起きるであろう悲劇の種が播《ま》かれているのだろうか。

また本書は小さな村を舞台にしているため、登場人物同士の関係性が極めて狭く密である。一九六五～六六年当時は幼かった人物やまだ生まれてすらいなかった人物も、当時の関係者その子や孫や甥だったりするため、現在の事件のほうの容疑者から外すわけにはいかない。れどころか、警察官や検死医といった、普通のミステリでは容疑者の枠に含まれないことが多い職業の人物さえも、フランシスとの関係性を考えれば除外するわけにはいかず、結局は登場人物全員を容疑者と見なさざるを得ないのだ。アニーにとってみれば関係者の誰も信用できないが、かといってフランシスのことをよく知らない彼女の単独調査には限界があるので、彼らと協力関係を結ばざるを得ない局面も出てくる。そんな五里霧中の状況下、アニーの綱渡り的な調査と推理が繰り広げられるのである。

物語の終盤でアニーは、ある人物と対面する。その人物はフランシスのためにあることをしたのだと主張するが、その人物の行為さえなければ、フランシスは予言を信じることなどなかったのだとアニーは答える。いかにも不吉でひとの心を傷つける、しかし他愛のない占い。だが、それはフランシスの心を終生呪縛する結果となってしまったのだ。京極夏彦『姑《う》獲鳥《ぶめ》の夏』（一九九四年）で、陰陽師の中禅寺秋彦は「呪いはあるぜ。しかも効く。呪いは祝いと同じことでもある。何の意味もない存在自体に意味を持たせ、価値を見出す言葉こそ呪術だ。プラスにする場合は祝うといい、マイナスにする場合は呪うという。呪いは言葉だ。文化だ」と説明する。フランシスは、そんな呪術の罠に陥《おちい》ってしまった。アニーによる真相解明は、彼女自身のための行為であると同時に、死んだフランシスを呪いから解放し、その真の姿を人々に知らしめる、一種の「憑物落《つきもの》とし」でもあったとは言えないだろうか。

著者のクリスティン・ペリンは、アメリカのワシントン州シアトル出身で、修士号と博士号を取得するためにイギリスに移住する前は書店員として数年間働いていた。現在、彼女は家族（夫と二人の子供）と一緒にサリー州に住んでいる。児童向けのシリーズである *Attie and the World Breakers* は、ドイツ語・オランダ語・ポーランド語で出版された。本書が大人向けの最初の著書であり、本国ではレビューサイト「The Real Book Spy」の「黄金時代のミステリ好きなら読むべき現代のフーダニット二十冊」に選ばれたり、二〇二四年春にはアメリカの人気司会者ジミー・ファロンの番組のコンテストで最終候補二冊に残る（優勝はトレイシー・シエラの *Nightwatching* となった）など、既《すで》に高い評価を獲得している。ミステリ作家としての実質的なデビュー作である本書のみからの判断になってしまうけれども、人間模様の丁寧な描写の中に伏線を張りめぐらせる、アガサ・クリスティを意識したような作風が著者の本領ではないだろうか。趣向を凝《こ》らしたフーダニットである本書が、日本ではどのように評価されるか興味津々である。

訳者紹介　英米文学翻訳者。おもな訳書にフルーク〈お菓子探偵ハンナ〉シリーズ、サンズ〈新ハイランド〉シリーズ、マキナニー〈ママ探偵の事件簿〉シリーズ、グリフィス『見知らぬ人』『窓辺の愛書家』など。

白薔薇《しろばら》殺人事件

2024年 7月12日　初版
2024年12月 6日　再版

著　者　クリスティン・ペリン

訳　者　上《かみ》條《じょう》ひろみ

発行所　（株）東京創元社
代表者　渋谷健太郎

162-0814 東京都新宿区新小川町1-5
電　話　03・3268・8231-営業部
03・3268・8201-代　表
URL　https://www.tsogen.co.jp
組　版　キャップス
暁印刷・本間製本

ISBN978-4-488-23905-3　C0197